rowohlt
POLARIS

MARISSA STAPLEY

Ein Leben lang lieben

ROMAN

Aus dem Englischen
von Katharina Naumann

Rowohlt **Polaris**

Gedicht auf Seite 148 aus:
Emily Dickinson, *Dichtungen*,
Dieterich'sche Verlagsbuchhandlung,
Übersetzung: Werner von Koppenfels
Gedicht auf Seite 358 aus:
Walt Whitman, *Grasblätter*, Reclam Verlag,
Übersetzung: Johannes Schlaf

Die Originalausgabe erschien 2014 unter dem Titel «Mating for Life»
bei Washington Square Press / Simon & Schuster, New York.

Deutsche Erstausgabe
Veröffentlicht im Rowohlt Taschenbuch Verlag,
Reinbek bei Hamburg, März 2019

Redaktion: Katharina Rottenbacher
Umschlaggestaltung bürosüd, München
Umschlagabbildung shaunl / Getty Images; buerosued.de
Satz Adobe Garamond
Gesamtherstellung
CPI books GmbH, Leck, Germany
ISBN 978 3 499 27568 5

Für Joe
und für Maia und Joseph

You're just an empty cage, girl, if you kill the bird.

TORI AMOS, Crucify

Teil eins

All I really, really want our love to do
is to bring out the best in me and in you.

JONI MITCHELL, All I Want

1

DIE SCHNAPPSCHILDKRÖTE (CHELYDRA SERPENTINA) Anders als andere Schildkröten kann sich die gemeine Schnappschildkröte nicht vollständig in ihren Panzer zurückziehen. Diese Schildkröten schnappen zu, um sich zu verteidigen, sind ansonsten aber nicht aggressiv. Dennoch werden sie oft gejagt und gelten in Nordamerika als gefährdet. Bei der Paarung vollführen Schnappschildkröten ein tanzartiges Ritual im Wasser, bei dem sie sich ansehen, aber nicht berühren. Schnappschildkröten haben keine bestimmte Paarungszeit: Sie balzen und paaren sich nur, wenn die Umstände genau stimmen.

✦

Als Liane beim Schwimmen die Schnappschildkröte sah, schrie sie auf. Die Schildkröte biss sie zwar nicht, war aber eindeutig kurz davor. Dann tauchte er mit dem Kopf zuerst ins Wasser und war verschwunden. (Natürlich wusste sie nicht, dass die Schildkröte ein Er war, aber sie nahm es an; es lag etwas Ruhiges und Männliches in seinem Blick.)

Sie konnte spüren, dass die Schildkröte noch da war, irgendwo unter ihr. Sie drehte sich auf den Rücken und hörte die Stimme ihrer Mutter in ihrem Kopf. «Wenn du im Wasser Angst hast, gerate *nicht in Panik*. Sonst ertrinkst du», hatte Helen vom Rand des Stegs aus gesagt, während Liane unter ihr im See schwamm. Lianes älteste Schwester Fiona war bereits zur Mitte des Sees gekrault, wo Helen eine

Taucherflagge ins Wasser gesetzt hatte. Ilsa hatte ebenfalls auf dem Steg gelegen, sich dann aber ins Wasser rollen lassen und schwamm dann wie ein Delfin auf Liane zu, tauchte und packte ihre Fußgelenke von unten. Liane hatte geschrien und mit den Armen gerudert. «Ganz genau! Danke, Ilsa. Genau das tust du nicht. Dreh dich stattdessen auf den Rücken.» Liane erinnerte sich noch genau an den roten Badeanzug ihrer Mutter, an ihre gebräunte Haut, das blonde Haar und die Art, wie sie mit ihnen sprach, als wären sie schon erwachsen.

Die Schwimmstunden waren das Einzige, worauf Helen bestand in den langen Sommern, die sich so endlos hinzogen wie das Kaugummi, das sie im Yachthafen für 1,25 Dollar kauften. Die Mädchen mussten nicht einmal ihre Koffer auspacken, wenn sie nicht wollten. Und niemand sagte ihnen, sie sollten ihre Betten machen.

Jetzt schaute Liane in die Wolken und versuchte, ihren Bauch mit Luft zu füllen. Aber ihr Atem ging zu flach, und sie musste die Beine bewegen. Die Panik zwang sie dazu, sich wieder auf den Bauch zu drehen und zum Steg zu schwimmen, schnell.

Sie wollte nach Hause, dabei war sie erst einen Tag da.

Ihr Plan: zu schwimmen, Salat zu essen (hauptsächlich Salat, weil sie Kochen hasste oder es einfach nicht konnte; das war wie mit der Henne und dem Ei, aber sie wollte der Sache gar nicht auf den Grund gehen) und an den letzten Seiten ihrer Doktorarbeit zu feilen. Ende der Woche, wenn Lianes Mutter und ihre Schwestern zum jährlichen Wochenende ins Ferienhaus kommen würden, wollte sie fertig sein. Und Adam würde dann endlich aufhören zu fragen, wann sie fertig wäre, und sie müsste sich nicht mehr schuldig fühlen, weil sie nicht angemessen auf das Angebot seines Vaters reagierte, einen Job als Lehrassistentin an der Uni anzunehmen, während sie auf die Verteidigung ihrer Doktorarbeit wartete.

Der andere Teil des Plans, von dem sie niemandem etwas gesagt hatte, bestand darin, die Vergangenheit auszulöschen und sich in einen normalen Menschen zu verwandeln, indem sie allein hierherkam und das hier wie ein normales Ferienhaus und einen normalen See behandelte und nicht als den Ort der größten Tragödien ihres Lebens. Dass sie der Mensch wurde, den Adam gern gehabt hätte. Der Mensch, der sie zwar nicht glaubte sein zu können, aber doch wenigstens zu sein versuchen sollte.

Liane tauchte mit dem Kopf unter Wasser – mit geschlossenen Augen, um sich selbst auf die Probe zu stellen – und tauchte nach Atem ringend wieder auf. Sie hatte in den Eine-Woche-allein-im-Ferienhaus-Plan nur ihre großen Ängste einberechnet, nicht aber die vielen kleinen. (Schildkröten. Schlingpflanzen. Algen. Andere Dinge, die zu peinlich waren, um sie zu erwähnen. Wie Ameisen. Käfer. In Spinnweben zu geraten.) All das schien ihr allein noch beängstigender. (Im Moment: Sie spürte immer noch die Nähe der Schildkröte, die jetzt vielleicht auf der untersten Sprosse der Leiter hockte und darauf wartete, ihr in den Zeh beißen zu können.)

Sie tauchte wieder ins Wasser und öffnete diesmal die Augen. Dann kam sie wieder hoch, blinzelte und sah, wie sich etwas zu ihrer Linken bewegte. Das Umblättern einer Seite. Da saß ein Mann am Ende des Stegs vor dem benachbarten Ferienhaus – früher hatte es den Castersens gehört, aber jetzt hatten sie es verkauft oder vermieteten es oder Ähnliches. Liane konnte sich nicht mehr genau erinnern, wusste aber, dass Helen letztes Jahr davon gesprochen hatte, als der neue Steg gebaut wurde und danach zwei Kajaks das motorisierte Pontonfloß ersetzt hatten, das Mr. Castersen damals sein «Partyboot» genannt hatte.

Der unbekannte Mann, der auf dem Steg saß und las, schaute jetzt auf, und Liane sah weg und konzentrierte sich auf ihre Schwimmstrecke. Sie hätte winken sollen. Immerhin war sie im Ferienhausland. Im Ferienhausland musste man winken (selbst wenn man gerade schwamm) und mit den Lippen ein *Hallo* formen (egal, ob man sich kannte oder nicht). Aber sie schämte sich zu sehr. Vermutlich hatte er ihr Geschrei wegen der Schildkröte gehört. Er hatte vermutlich auch beobachtet, wie ungeschickt sie vom Steg gesprungen war, mit zugehaltener Nase und gespreizten Beinen. Außerdem war es jetzt auch egal, weil der Mann – der kupferfarbenes Haar und einen ebensolchen Bartschatten hatte – sich ohnehin wieder in sein Buch vertiefte. Sie schwamm weiter und bemühte sich, nicht zu ihm hinzusehen, was aber bedeutete, dass sie zum Schuppen schauen musste, der direkt am Wasser stand, also schloss sie die Augen und tauchte wieder unter.

«Warum behältst du es eigentlich?», hatte sie Helen vor Jahren gefragt und damit das Kajak gemeint, das im Schuppen hochkant gegen die Wand gelehnt stand. «Was soll ich denn damit machen, es wegschmeißen?», hatte Helen zurückgefragt. «Ich könnte die Vorstellung nicht ertragen, dass es irgendwo auf einer Mülldeponie vor sich hin rottet. Und es kommt mir falsch vor, es zu verkaufen. Also behalten wir es. Vielleicht holst du es ja eines Tages heraus.» «Niemals», hatte Liane erwidert. Was für eine makabre Idee. Schrecklich.

Manchmal fragte sie sich, ob Helen absichtlich so unsensibel war. Sie versuchte, ihre Mutter zu lieben, wie sie war, sie liebte sie wirklich, wie sie war, aber manchmal wünschte sie sich doch, sie wäre mehr wie andere Mütter. Andere Mütter hätten zum Beispiel niemals gerade dieses Kajak im Schuppen gelassen oder sogar vorgeschlagen, dass Liane damit auf den See hinausfahren sollte.

Liane kletterte die Leiter zum Steg hinauf. Dabei zuckte sie immer wieder zusammen und bemühte sich, die algenbewachsenen, glitschigen Sprossen nur möglichst kurz mit den Zehen zu berühren. Dann setzte sie sich hin, umschlang die Knie mit den Armen und wünschte sich ein Badetuch. Sie blinzelte. Der Rücken des Buches, das der Mann las, war orangefarben. Ein Taschenbuch. Sein Kopf war gesenkt, die Schultern gebeugt, und er lehnte sich ein wenig nach vorn. *Als läse er nicht, sondern wollte in das Buch hineinkriechen.* Vielleicht war er aber auch nur kurzsichtig. Trotzdem musste Liane an ein Buch denken, das sie als Kind gelesen hatte. Darin ging es um einen Jungen (oder war es ein Mädchen?), der einen Baum mit einer Tür im Stamm fand, und als er (oder sie?) sie öffnete, lag dahinter eine andere Welt, die es schon immer gab. Liane fragte Helen immer wieder danach. «Vielleicht hast du es dir nur eingebildet», hatte Helen einmal geantwortet. «Du warst schon immer sehr phantasievoll.» Aber Liane glaubte immer noch, dass dieses Buch irgendwo sein musste. Sie war sich sicher, dass ihr Vater es ihr geschenkt und sogar etwas hineingeschrieben hatte. Sie erinnerte sich nicht mehr an die Worte, sehnte sich aber danach, sie wieder zu lesen.

Sie streckte die Beine aus, rutschte Stück für Stück an den Rand des Stegs und ließ sich zurück ins Wasser gleiten. Der neue Steg, der, der jetzt zum Castersen-/Vielleicht-auchjetzt-nicht-mehr-Haus gehörte, lag näher als der alte Steg der Castersens und war größer. Seine hellen Holzplanken erstreckten sich in den See, beschrieben einen Bogen und erstreckten sich noch weiter hinaus.

Ein paar Schwimmzüge, dann würde sie alles genau sehen können. Im genau richtigen Moment lehnte sich der Mann zurück, um sich zu strecken, und neigte dabei das Buch. Sie konnte die gelb-weiß-schwarze Schrift erkennen.

Junkie von William Burroughs. Enttäuschend. Und ein wenig erschreckend. Liane atmete tief ein und tauchte unter, wobei sie daran denken musste, dass Burroughs seiner Frau in den Kopf geschossen hatte. Zufällig. Wie konnte man jemandem *zufällig* in den Kopf schießen? Ein Dutzend beängstigende Szenarien fielen ihr ein. Sie befand sich allein auf einer Insel mit einem Mann, der am liebsten in ein Buch hineinkriechen wollte, in dem es um zügellosen Drogenkonsum ging, geschrieben von einem «zufälligen» Ehefrauenmörder.

Wobei sie nicht wirklich allein auf der Insel waren. Es kam ihr nur so vor, weil es Ende Juni und am See ziemlich ruhig war. Auf der Insel standen noch viele andere Ferienhäuser, die meisten auf dem Felsen verborgen hinter Bäumen. Das kommende lange Wochenende würde den wahren Sommeranfang einläuten, dann würde man sich hier weniger isoliert fühlen. Helen würde über den Lärm der Motorboote den Kopf schütteln und wie eine verärgerte Henne gackern. Und sie würde wieder einmal davon sprechen, Unterschriften gegen den Lärm zu sammeln, aber dann würde sie es wieder bleibenlassen. Helen wusste genau, wann eine Sache aussichtslos war und wann nicht.

Liane hatte die Leiter des Hauptstegs erreicht. Sie setzte einen Fuß auf die erste schleimige Sprosse und zog sich hoch, nahm ihr Handtuch vom nächststehenden Liegestuhl und ging zurück zum Haus, ohne sich noch einmal nach dem Mann umzudrehen. Im Schatten stellte sie sich auf die Stufen, die aus Steinen bestanden, die offenbar vor Jahren von Helens Vater aus dem See gezogen worden waren. Der Großvater, den Liane nie kennengelernt hatte, hatte das Grundstück in den vierziger Jahren gekauft und es nach seinem Tod Helen hinterlassen – und nicht Helens Bruder. Helen sprach so gut wie nie darüber, erwähnte nur hin und wieder, dass dieser Bruder (den ebenfalls keins der Mädchen je kennengelernt hatte) deswegen vor Gericht gezogen war, weil er es nicht fair fand, dass sie ein so wertvolles Grundstück bekam, obwohl sie so gut von ihrer Musik lebte.

Das Wasser rann Lianes Rücken hinunter. Sie beugte sich vor, warf die Haare nach vorn und schlang das Handtuch wie einen Turban um ihren Kopf. Dann ging sie weiter. An der Fliegengittertür der Veranda, die ganz um das Haus herumgebaut war, tauchte sie die Füße in einen Eimer Seewasser, den sie extra dorthin gestellt hatte, um keinen Sand (und keine Käfer und Borreliose übertragenden Zecken) in das Haus zu tragen. Dann trocknete sie sie mit dem Handtuch ab, das sie danebengelegt hatte. Wenn Ilsa am Wochenende kam, würde sie sich nicht daran halten und gut gelaunt sagen, dass sie *ihre* Füße auf keinen Fall in schmutziges Wasser tauchen würde, in das schon alle anderen ihre Füße getaucht hätten, und dass sie sich auf keinen Fall die Füße mit einem stockfleckigen Handtuch abwischen würde. («Du willst unbedingt Borreliose bekommen? Bring dieses Handtuch in ein Labor und lass es analysieren.») Der Sand im Haus würde Liane stören, aber nicht so sehr wie Fiona. Liane würde fegen, aber Fiona würde irgendwann den alten Staubsauger aus dem Schrank holen und damit das Erdgeschoss saugen. Helen würde natürlich nichts damit zu tun haben wollen. «Ich sauge Staub, wenn ich gehen will», würde sie sagen. «Ihr verschwendet wertvolle zeit eures Lebens damit.» «Ich verschwende *tatsächlich* etwas», würde Fiona entgegnen. «Vermutlich die Gesundheit meines Rückens. Warum noch mal wolltest du keinen neuen Staubsauger kaufen?» «Weil dieser hier noch funktioniert!» Und dann würden sich Helen und Fiona darüber streiten, ob ein alter oder ein neuer Staubsauger besser wäre, ob Müllhalden oder Recyclinghöfe besser waren. Liane würde entweder Ilsa ansehen und dabei die Augen verdrehen oder schuldbewusst das Zimmer verlassen, weil sie mit ihrem albernen Wassereimer den Anlass für diesen Streit geliefert hatte.

Liane stieß die Fliegengittertür auf und ließ sie hinter sich zuknallen. Das Geräusch durchbrach die Stille des Morgens. Durch das Fliegengitter konnte sie auf den See schauen und sah, wie der Mann von seinem Buch aufblickte.

Liane hielt Nickerchen. Sie kochte Suppe. Sie löste das *Globe and Mail*-Kreuzworträtsel zum Aufwärmen und scheiterte dann wie immer an den Kreuzworträtseln in der *New York Times*. Sie starrte die Sudoku-Kästen an, konnte darin aber nichts erkennen. «Dein Hirn funktioniert eben nicht so», hatte Adam einmal gesagt. Es hatte eine liebevolle Bemerkung sein sollen – aber es klang ein wenig herablassend. Er war einer jener Menschen, deren Hirn auf *jede* Art funktionierte. Das hatte sie ihm auch gesagt und, während sie es aussprach, schon gemerkt, dass es feindselig klang, ohne dass sie das beabsichtigt hatte. *Bestimmt fühlt man sich so als altes Ehepaar. Und wir sind erst drei Jahre zusammen.*

Sie lackierte sich die Nägel mit einem Lack, den sie in Ilsas Zimmer gefunden hatte. (Dunkelrot.) Sie fand Creme in einer Schublade in Helens Zimmer und rieb sich damit das Gesicht ein, worauf sie rote Pusteln von den ätherischen Ölen bekam. (Ihre Haut reagierte immer so, und trotzdem konnte sie es nicht lassen, Helens Cremes auszuprobieren.) Sie kühlte die Pusteln. Sie entfernte den Nagellack wieder. Dann ging sie zum Schrank, den früher ihr Vater benutzt hatte, und öffnete ihn. Aber darin hingen nur ein paar alte Jacken, von denen keine ihm gehört hatte. Sie starrte in den Schrank, bis sie wieder langsam und gleichmäßig atmete. Sie wünschte sich, die Jacken beiseiteschieben zu können und dann in einer ganz neuen Welt zu sein, wie Narnia. Sie schob die Jacken beiseite. Aber es geschah nichts. Sie fühlte sich kindisch und dumm. Aber auch voller Sehnsucht.

Was Liane nicht tat, war, an ihrer Doktorarbeit zu arbeiten. Wenn sie nicht im Haus war, war sie auf dem Steg. Sie und der Nachbar – der Büchermann, wie sie ihn inzwischen bei sich nannte – winkten sich nun immer zu. Er hatte *Junkie* beendet und *Schall und Wahn* begonnen. Sie brachte jetzt ihre Fachbücher und Referenzquellen hinunter zum Steg. Es war ein merkwürdig intimes Gefühl, so parallel zu ihm zu liegen und ebenfalls zu lesen.

Dann, am Dienstagnachmittag, regnete es, und sie musste im Haus bleiben, wo das blinkende Licht der Ladestation ihres Laptops von seiner Vernachlässigung kündete. Sie zwang sich, zwei Absätze zu schreiben. Dann las sie die Worte auf dem Bildschirm erneut durch. Sie ergaben überhaupt keinen Sinn mehr. Sie hielt den Atem an und hörte das Klirren von Tellern im Haus nebenan.

Lianes Doktorarbeit trug den Titel «Der böse Blick: Die

verborgene Bedrohung durch Neid». Offenbar hatte sie das Potenzial, publiziert und sogar eine Sensation zu werden, obwohl Liane ihre Erkenntnisse für keineswegs überraschend hielt. Vielleicht lag es daran, dass sie schon so lange mit ihnen lebte. Jetzt fühlte sie sich so erschüttert wie eine Frau, deren Mann, mit dem sie schon über dreißig Jahre verheiratet ist, plötzlich auf einer Party im Mittelpunkt steht, weil er so faszinierend erzählen kann.

«Es liegt daran, wie du diese Erkenntnisse präsentierst», hatte ihr Tansy Miller bei dem Kaffeetrinken erklärt, das Adams Vater, der Dekan, für sie arrangiert hatte. Tansy, eine Akademikerin in braunen Hosen und schwarzen Oxford-Schuhen, war diejenige, die Liane als Lehrassistentin unterstützen sollte, wenn sie endlich ihre Doktorarbeit abschließen würde. «Es ist deine Direktheit. Und die Tatsache, dass es nicht langweilig ist, deine Arbeit zu lesen. Die Studenten werden es bestimmt auch so sehen. Du erwähnst Prominente. Sie *lieben* Prominente.» Tansy sprach wie eine Theaterdirektorin, sie betonte jedes Wort und gestikulierte dabei. Liane mochte sie und wollte gern für sie arbeiten. Aber auch das hatte sie nicht dazu gebracht, sich endlich an die letzten Seiten der Doktorarbeit zu setzen.

Das Problem war, dass Lianes Arbeit *doch* langweilig geworden war, für sie zumindest. Adam hatte einmal gesagt: «Na ja, natürlich ist die Arbeit daran jetzt langweilig, so ist das eben, aber du hast deine Nische gefunden und musst jetzt dabeibleiben. Du kommst schon wieder aus deinem Tief heraus.» Nur dass sie Angst hatte, dass genau das nicht passieren würde. Früher hatte die ethnologische Arbeit von Alan Dundes, die Liane während ihrer Studienjahre entdeckt hatte, Geheimnisse versprochen. Sie hatte geglaubt, dass diese Geheimnisse vielleicht sogar eine wichtige Einsicht über das Menschsein an sich bargen.

Wenn sie diese Leidenschaft nur wiedererwecken könnte, dann würde vielleicht alles wieder gut.

Liane schloss ihren Laptop und nahm sich einen Stift, um sich handschriftlich Notizen zu machen. Der Stift kratzte auf dem Papier: *Neidische Blicke, schrieb Dundes, werden von neidischen Gedanken hervorgerufen und haben das Potenzial, auch körperlich zu verletzen. Der Böse Blick ist nicht nur ein Fluch der Schwarzen Magie, wie die meisten Menschen glauben, sondern eigentlich die Verkörperung des neidischen Blicks – ein sofort wirksamer Fluch, zu dem jeder fähig ist, auch unabsichtlich. Es geht dabei um Absicht oder deren Abwesenheit: Können wir etwas kontrollieren, das wir nicht beabsichtigen?* Sie hielt inne und musste plötzlich an William Burroughs denken. *Es ist, als wäre jeder im Besitz einer geladenen Waffe, die jederzeit losgehen könnte*, schrieb sie.

Liane selbst war kein neidischer Charakter und glaubte auch nicht, dass sie etwas besaß, was andere hätte neidisch machen können (sie hielt sich selbst für durchschnittlich aussehend, hasste ihr rötliches Haar, war vermutlich etwas intelligenter als der Durchschnitt, aber kein Genie, und reich war sie auch nicht). Aber der Neid und seine Macht, anderen zu schaden, gehörten zu ihrer Kindheit. Helen war eine bekannte Folksängerin gewesen, über die einige Dokumentarsendungen gedreht worden waren; erst neulich war einer ihrer Songs von einer berühmten Indie-Band gecovert worden. Liane hatte als Kind beobachtet, dass Helen das Haus niemals verließ, ohne vorher ihre Halskette mit dem Augen-Anhänger gegen den Bösen Blick angelegt zu haben. Als Liane sie danach fragte, antwortete Helen, dass sie sie trug, weil sie genau in der Zeit, in der sie ihre erste Goldene Schallplatte bekam (1969; Helen war damals erst zwanzig gewesen), ständig Halsschmerzen hatte. Sie war deswegen zu einem Schamanen gegangen – «Warum ausgerechnet zu einem Schamanen?», hatte Fiona gefragt, die mit ihnen im Zimmer gewesen war. «Warum nicht zu einem Arzt?» Aber Helen war gar nicht auf diesen Einwurf eingegangen. Der Schamane hatte ihr gesagt, dass jemand Schwarze Magie an ihr verübte, vielleicht unabsichtlich, aber ganz sicher aus Neid. («Ich war so jung. Es war absolut einmalig. Selbst Joni Mitchell bekam ihre erste Goldene Schallplatte erst im Jahr darauf, und da war sie schon siebenundzwanzig.») Wenn sie sich nicht schützte, sagte der Schamane zu Helen, würde sie ihre Stimme womöglich für immer verlieren.

Liane hatte sich den Schamanen als einen furchterregenden Mann mit einem Kopfputz aus Tierschädeln vorgestellt. Jahre später stellte sich heraus, dass er ein alter Freund von Helen namens Bob war. Sie bekam Angst, dass ihre Mutter wirklich ihre Stimme verlieren würde. Immer wieder hatte sie einen Albtraum, in dem sie mit Helen auf der Insel durch den Wald ging und ein großer schwarzer Vogel plötzlich auf Helens Hals einhackte. Als sie älter wurde, fürchtete sie sich jedes Mal, wenn sie jemanden beneidete. Sie entwickelte eine Angst vor dem Schaden, den sie unbeabsichtigt verursachen würde, wenn sie dem Neid erlauben würde, sich festzusetzen – und daher versuchte sie, sich möglichst wenig darum zu kümmern, was die anderen besaßen und sie nicht. (Einmal, als unsichere Zehnjährige, hatte sie Ilsa angeschaut und gedacht: *Warum kann ich nicht so schön sein wie sie?*, um dann aus dem Zimmer zu rennen und ihre Schwester für den Rest des Tages nicht mehr anzusehen.)

Sie legte ihren Stift nieder. *Angst.* Sie war ein Teil des Problems. Sie fürchtete sich davor, die Arbeit zu beenden, den Job bei Tansy als Lehrassistentin zu bekommen und selbst über Aberglauben und Folklore Vorträge halten zu müssen. (Aber ging es nicht genau darum? Um ihre Nische, wie Adam es ausdrückte.) Sie fürchtete, dass sie dann immer wieder dasselbe lehren müsste, bis sie eines Tages vor einem Seminar voller junger Leute stehen würde, die allesamt eine noch nicht so festgelegte Zukunft vor sich hatten, die allesamt noch die Freiheit besaßen, aus dem Vorlesungssaal zu marschieren und nie wiederzukommen, wenn sie es nicht wollten …

Und dann würde sie sie alle mit ihrem bösen neidischen Blick zermalmen.

Die Tatsache, dass ihre kindlichen Ängste noch immer so stark waren, gehörte nicht zu den Dingen, die sie mit Adam besprechen konnte. Oder mit sonst jemandem. Sie schaute auf ihr Handgelenk und nestelte an dem roten Band herum, das sie daran trug (sie war keine Kabbala-Anhängerin; das rote Band schützte sie gegen den Bösen Blick und war weniger auffällig als eine Halskette, also trug Liane es für den unwahrscheinlichen Fall, dass jemand sie zufällig beneidete), dann hörte sie auf zu arbeiten. In einem Anfall von Trotz ging sie sogar so weit, den Laptop herunterzufahren. *Es ist ja nur für jetzt. Ich brauche einfach eine Pause.*

Sie ging hinaus und setzte sich ans Ende des Stegs. Es lag eine leichte Kühle in der Luft. Der Sommer war noch nicht ganz da. Der Steg nebenan war leer, und über das Wasser dazwischen drangen keine Geräusche. Sie überlegte, was sie sagen könnte, wenn sie den Mut aufbrächte, mit Büchermann zu sprechen. *Hallo* wäre vielleicht ein Anfang. Aber so etwas hatte sie noch nie getan.

Liane war in der sechsten Klasse, als sie sich das erste Mal in einen Jungen verliebte, den sie nicht kannte. Die Jungen, die sie kannte, interessierten sie überhaupt nicht, aber manchmal sah sie einen Jungen auf der Straße oder in einem Geschäft und dachte plötzlich: *Das könnte er sein, er könnte der Richtige sein.* Sie schrieb ihm alle möglichen Charakterzüge zu, die er vermutlich gar nicht hatte, lag nachts in ihrem Bett und malte sich das ideale Kennenlernen und die perfekte Unterhaltung aus. Schließlich hatte sie das Gefühl, den Jungen tatsächlich zu kennen, obwohl sie in ihren Gedanken nur eine ideale Version von ihm erschaffen hatte.

Das war natürlich, als sie noch an den Einen glaubte. Jetzt war sie sich da nicht mehr so sicher. Aber sie würde vermutlich trotzdem Adam heiraten. «Wir sollten vielleicht heiraten», hatte er vor ein paar Wochen zu ihr gesagt, als sie an ihrem üblichen Tisch in der Ecke der eingezäunten Veranda des Restaurants saßen, in das sie gern gingen. Liane hatte sich gewünscht, nicht so enttäuscht zu sein. Ein anderer Typ Frau, die Frau, für die Adam sie vermutlich hielt, wäre begeistert gewesen. Das wäre ja *so* praktisch, ja, warum eigentlich nicht? Sie hatten ein paar erste Ideen gesammelt – nichts Traditionelles, natürlich nicht, und keine Hochzeit in irgendeinem Ferienort, weil das viel zu übertrieben und angeberisch wäre; aber wie wäre es denn mit einer kleinen Cocktailparty? Adam schlug sogar vor, den Freunden ihren Lieblingsfilm vorzuführen. (Es war ein französischer Film noir namens *Atemlos*, und es war sein Lieblingsfilm, nicht ihrer. Aber sie sagte es nicht.) Popcorn. Cola mit Schuss. Aber war das wirklich der Sinn der Sache? Dieser Tag sollte doch ihnen gehören. Er hatte eine Augenbraue hochgezogen, als sie das sagte. *Uns* gehören?, hatte er wiederholt. Liane hatte bisher noch niemandem erzählt, dass sie verlobt waren, wenn es denn überhaupt so war. Aber sie wusste, dass die Hochzeit mit Adam der Beginn eines Lebens darstellte, bei dem sie dann bleiben musste. Sie war nie auf die Idee gekommen, dass sie das vielleicht gar nicht wollte. Sie war immer der Typ Mensch gewesen, der bei allem blieb.

Damals, in der sechsten Klasse, nahm Liane nachmittags nach Schulschluss immer den Weg über den Parkplatz des Einkaufszentrums gegenüber der Schule, obwohl das ein Umweg war. Manchmal war Ilsa bei ihr, die in die achte Klasse ging, Fiona aber so gut wie nie, denn die ging damals schon zur Universität.

Immer wenn sie am Fenster der Tierfutterhandlung vorbeiging, bemühte sich Liane, einen Blick auf den Jungen zu werfen, der darin arbeitete, und gleichzeitig nicht so auszusehen, als ob sie nach ihm Ausschau hielt. Er war viel älter als sie, sechzehn oder so. Sie war erst elf. Das und die Tatsache, dass er in einem Tierfuttergeschäft arbeitete und sie keine Haustiere besaß, bedeutete, dass es höchst unwahrscheinlich war, dass sie sich jemals begegnen würden. Aber das war egal. Liane kannte weder seinen Namen, noch wusste sie sonst etwas über ihn, außer, dass er fast immer eine lila Baseballmütze mit der Aufschrift *Barenaked Ladys* trug.

Sie hörte sich das Album *Gordon* immer und immer wieder an. Als die Schule im Sommer aufhörte, ging sie mindestens zweimal am Tag an der Tierfutterhandlung vorbei. Sie zwang Ilsa dazu, mit ihr zu drei Konzerten der Barenaked Ladys zu gehen, in der Hoffnung, den Jungen dort zu sehen. Aber sie sah ihn nie.

«Warum gehst du nicht einfach rein und kaufst eine Dose Hundefutter oder so?», fragte Ilsa, die sich schlichtweg weigerte, zu einem weiteren Konzert zu gehen oder sich auch nur den Song *Brian Wilson* jemals wieder anzuhören. «Er weiß doch gar nicht, dass du keinen Hund hast.» Sie standen direkt vor dem Laden. «Los! Ich warte hier.» Aber Liane schüttelte nur den Kopf und wurde rot. Für Ilsa wäre es ganz einfach gewesen hineinzuspazieren, eine Dose Hundefutter aus dem Regal zu nehmen, dem Jungen die Hand auf den Unterarm zu legen und ihm massenweise Fragen zur Qualität des Futters zu stellen. Wahrscheinlich hätte er sich sogar mit Ilsa verabredet. Dabei war es ganz egal, dass Ilsa erst dreizehn war. Sie sah aus wie sechzehn und benahm sich sogar noch erwachsener. Aber Ilsa hätte abgelehnt. Sie wäre sogar wütend auf den Jungen gewesen, obwohl er natürlich keine Ahnung davon haben konnte, dass Liane mit den roten Flecken auf ihren blassen Wangen voller Sommersprossen in ihn verliebt war und vor der Tür wartete.

«Ich kann nicht», hatte Liane geantwortet. «Ich kann einfach nicht. Ich kann nicht mit ihm reden. Dann sterbe ich.»

«Bisher ist noch niemand daran gestorben, Hallo zu seinem Schwarm zu sagen.»

«Dann bin ich vielleicht die Erste.»

Irgendwann arbeitete der Junge nicht mehr in der Tierfutterhandlung. Es dauerte eine Weile, bis Liane nicht mehr an ihn denken musste, wenn sie den Song hörte. *Ring a bell and I'll salivate. How'd you like that? You can call me Pavlov's dog.*

Jetzt schaute Liane auf ihre Hände hinunter. Sie war eine verlobte Frau. Die Tage ihrer Mädchenschwärmereien lagen hinter ihr. Ob sie es schaffte, Hallo zu Büchermann zu sagen oder nicht, war vollkommen egal.

Sie stand auf und ging zum Ferienhaus zurück, trat ins

Wohnzimmer und stellte sich vor das Bücherregal, das bis zur Decke reichte. Viele der Bücher gehörten ihr, einige Helen, ein paar Ilsa oder Fiona oder Lianes Vater Wesley, wieder andere hatten Feriengäste dagelassen. Krimis und Liebesromane und Kreuzworträtselsammlungen teilten sich den Platz mit Vonnegut (Wesley) und Plath (Helen), einer Biographie von Violet Trefusis (Ilsa; sie hatte sie im letzten Sommer lesen wollen, ständig dabei geseufzt und sie schließlich mit einem Lesezeichen genau in der Mitte auf dem Regal gelassen) und Tolstoj (Liane und Ilsa teilten sich den Tolstoj). Die Kreuzworträtsel- und Sudoku-Sammlungen gehörten Fiona. Liane erinnerte sich daran, dass Fiona einmal gesagt hatte, dass das Lösen von Rätseln gut sei gegen Alzheimer. Alles, was Fiona tat, hatte einen Sinn.

Liane besah sich die Bücher und zog dann eins mit dem Titel *Die Monster von Templeton* heraus. Sie kannte es nicht, vielleicht hatte einer von Helens Freunden es dagelassen. Sie nahm es mit nach oben, wo sie sich den Bikini und ihre Jeansshorts anzog. Mit dem Buch in den Händen – kein Fachbuch, nicht einmal ein Klassiker; es gab keinen Grund, es lesen zu *müssen*, aber die Baumsilhouette und die kleinen Eichhörnchen auf dem Cover hatten sie angezogen, so etwas hatte sie sich schon sehr, sehr lange nicht mehr erlaubt – ging sie hinaus auf den Steg.

Sie streckte die Beine aus und begann zu lesen – völlig ohne Sinn und Zweck, nur aus Spaß, ganz allein am Ende des Steges, und auf der Flucht vor ihren eigenen Gedanken und Erinnerungen versank sie in die Erzählung von jemand anderem. Den ersten Satz des Romans las sie zweimal: «An dem Tag, als ich, knietief in der Schande, nach Templeton zurückkehrte, tauchte im Flimmerspiegelsee der über fünfzehn Meter lange Kadaver eines Ungeheuers auf.» Sie schaute auf den See hinaus und dachte an die Schnappschildkröte.

Am Ende des ersten Kapitels hörte sie Schritte auf dem Steg nebenan. Statt dorthin zu blicken, schaute sie sich um, zu den Bäumen und zum Himmel, streckte sich dann und las weiter. Sie fühlte sich warm und entspannt. *Genau das* musst *du tun, wenn du eine Woche allein in einem Ferienhaus verbringst.*

> «Ich schaute auf und begann, mich um die eigene Achse zu drehen. Die Sterne zogen über mir ihre leuchtende Bahn, mein Körper war in die warme Schwärze gehüllt, meine Hände verschwunden, und auch mein Bauch war nicht mehr da. Ich bestand nur noch aus einem Kopf und einem Paar Augen. Als ich nun das Tier berührte, erinnerte ich mich daran, dass ich in jener längst vergangenen Nacht gespürt hatte, wie sich in den Tiefen unter mir ein ungeheuerliches Wesen bewegte, etwas Riesiges und Weißes und Singendes.»

Sie schaute genau in dem Moment zu dem Mann hinüber, in dem er den Blick von seinem Buch löste und aufsah. Ihre Blicke trafen sich. Und sie wollte sagen: *Ich habe gerade etwas so Schönes gelesen, jetzt habe ich weniger Angst. Willst du es hören?*, weil sie sich sicher war, dass er die Freude verstehen würde, die es macht, wenn man im eigenen Bücherregal ein Buch findet, das man noch nie gelesen hat, wenn es einen sofort packt und man beschließt, den ganzen Tag nichts anderes zu tun, als es zu lesen. Stattdessen lächelte sie ihn an (was immerhin auch schon *etwas* war, sagte sie sich) und versuchte, nicht zu sehr in die Sonne zu blinzeln. Er lächelte zurück, und für die Dauer eines Herzschlages sahen sie sich an. Dann schauten sie beide aufs Wasser und wandten sich wieder ihren Büchern zu.

Am Ende des Tages hatte Liane Folgendes geschafft: Sie hatte den gesamten Roman durchgelesen, Eistee mit der perfekten Menge Minze und Erdbeeren gemixt, für die Füße ein Peeling aus Himalaya-Meersalz gemacht und dann eine Kefir-Fußmaske aufgetragen (Ersteres hatte einen genialen Effekt, Letzteres war dagegen ziemlich eklig) und den Büchermann zweimal angelächelt, beide Male, weil sie von ihrem Buch aufgesehen hatte, um dann festzustellen, dass er sie beobachtet hatte, das eigene Buch aufgeschlagen auf dem Schoß, während der Wind die Seiten umschlug. Schließlich räusperte er sich und sagte «Hallo» mit einer Stimme, die so klang, als hätte er sie eine ganze Weile nicht benutzt, und sie sagte «Hallo» mit einer Stimme, die genauso klang.

Und war nicht gestorben.

Am nächsten Morgen packte Liane ihren Laptop in die Tasche, in der sie ihn gekauft hatte. Sie nahm stattdessen das Gästebuch des Ferienhauses mit dem Kaffee hinaus auf die Veranda. Sie schlug es auf und blätterte zurück an den Anfang.

Vielen Dank, Helen, für eine wunderbare Woche. Wir haben das Wetter ausgenutzt und die vielen langen Spaziergänge, das Kaminfeuer und das leckere Essen genossen. Es war sehr nett, dass Sie so großzügig waren, es uns für eine Woche zu vermieten. Viele Grüße, die Smiths (Terri und Dave)

Liane gähnte und blätterte weiter. Sie hatte keine Ahnung, wer Terri und Dave waren, aber ihr Text klang langweilig. Vielleicht waren sie Freunde aus dem Dorf, in dem Helen jetzt wohnte. Helen hatte einmal gesagt, dass die meisten Leute dort langweilig seien, aber dass sie genau das an ihnen mochte, weil sie selbst sich so interessanter vorkam.

Auf der nächsten Seite erkannte sie eine Handschrift.

Deine Kinder sind großartig, Euer Ferienhaus ist zauberhaft, und du bist natürlich die Königin von allem. Alles Liebe, Edie

Liane war kurz überrascht, Edies Handschrift zu sehen, denn dadurch begriff sie erst, wie viele Jahre vergangen waren, seit sie sie das letzte Mal gesehen hatte.

Edie war überhaupt nicht langweilig gewesen, Liane hatte sie sehr gemocht. Das hatten sie alle – sogar Fiona, die sonst keine von Helens Freundinnen mochte, aber als kleines Mädchen mehr Zeit mit Edie verbracht hatte als die anderen Mädchen, weil Helen damals noch häufiger auf Tournee war. Aber dann musste es eine Art Zerwürfnis zwischen Helen und Edie gegeben haben, und sie war aus ihrem Leben verschwunden, als Fiona die Highschool abschloss. Liane erinnerte sich so genau daran, weil Edie noch zur Abschlussfeier gekommen war, Helen aber nicht mit ihr hatte sprechen wollen. Liane hatte Helen nie gefragt, was passiert war, und jetzt fragte sie sich, warum eigentlich nicht. Immerhin hatten sie Edie «Tante» genannt; sie war Helens beste Freundin gewesen.

Liane betrachtete den Eintrag und erinnerte sich daran, wie Edie sie, Ilsa und Fiona einmal auf eine «Expedition» mitgenommen hatte, um Raupen zu sammeln. Sie hatte gewusst, dass sie sich in den Weckgläsern erst in Kokons einspinnen und dann in Schmetterlinge verwandeln würden, die die Mädchen schließlich in der Abenddämmerung freiließen. «Warum denn ausgerechnet in der Abenddämmerung?», hatte Liane Edie gefragt. «Man muss Schmetterlinge immer in der Abenddämmerung freilassen», hatte Edie mit einer Stimme erwidert, die ganz schwer von Geheimnissen war, die nur eine Frau wie sie enthüllen konnte. Sie frisierte ihr Haar in Flechten, die sie wie eine Krone um den Kopf schlang, trug immer todschicke Röcke und ein Fußkettchen, das klimperte, wenn sie ging.

Liane schloss die Augen. Jetzt kamen die Erinnerungen: In Ilsas Weckglas hatte sich die Raupe nicht in einen Kokon eingesponnen. Sie war gestorben. Später hatte Ilsa ihr anvertraut, dass sie ihr Glas gegen das von Fiona getauscht hatte, weil sie gemerkt hatte, dass mit Fionas Raupe etwas nicht stimmte – weil Fiona böse geworden wäre, wenn sie keinen Schmetterling bekommen hätte. «Aber wolltest *du* denn keinen?», hatte Liane Ilsa gefragt. Ilsa hatte die Achseln gezuckt. «Eigentlich nicht. Es kam mir irgendwie falsch vor. Und jedenfalls wollte ich es nicht so sehr, wie es Fiona wahrscheinlich wollte.»

Liane hatte das Gefühl, der einzige Mensch zu sein, der wusste, dass Ilsa Fiona in Wirklichkeit doch liebhatte. Sie überlegte, Fiona vom Schmetterling zu erzählen, aber sie wusste, dass es dafür zu spät war. *Meine Schwestern mögen sich nicht.* Sie begriff das, während sie mit dem Blick den Schwüngen und Schlaufen von Edis Schrift folgte. Wie merkwürdig es doch war, dass es in manchen Familien Wahrheiten gab, die jeder ignorierte, obwohl sie im Grunde verheerend waren.

Liane schloss das Gästebuch, stand auf und ging in die Küche. Sie öffnete die Schublade, die dem Herd am nächsten war, und nahm eine Schachtel mit Dinkelflocken und Rosinen heraus. Sie löffelte Kefir auf die Flocken. Dann sah sie ihr Handy, das auf der Arbeitsplatte lag, und nahm es mit dem Essen auf die Seitenveranda. Kurz überlegte sie, Adam nicht anzurufen, aber dann tat sie es doch. Sie hätte es längst tun sollen. Es war schon Tage her, seit sie voneinander gehört hatten. Aber es gab keine verpassten Anrufe oder SMS von ihm, nichts.

«Was machst du so?», fragte er, als hätten sie erst vor wenigen Augenblicken miteinander gesprochen.

«Ich frühstücke.»

«Ah, und du wolltest nicht allein essen.»

«Na ja, nein, eigentlich nicht. Mir ist nur gerade eingefallen, dass ich mich gar nicht bei dir gemeldet habe, um dir zu sagen, dass ich gut angekommen bin, und ich dachte, dass du dir vielleicht …» Sie wollte gerade sagen, *dass du dir vielleicht Sorgen machst*, hielt dann aber inne, weil es nicht stimmte, und das, was Adam dann sagte, bestätigte das.

«Ich nehme an, dann hätte ich etwas in den Nachrichten gehört», sagte er, pragmatisch wie immer. «Ich dachte, du wärst vielleicht mit deiner Arbeit beschäftigt und wollte dich nicht stören.» Pause. «Schaffst du denn was?»

«Ja», log Liane. «Eine Menge.»

«Gut. Ich nämlich auch.» Eine weitere Pause. Dann: «Ich vermisse dich», sagte Adam. «Das Bett kommt mir ohne dich noch viel größer vor.»

Sie hatten gerade erst ein breites Doppelbett gekauft, das irgendetwas bedeutete oder zumindest irgendetwas hätte bedeuten sollen, aber letztlich kam es Liane vor allem riesig vor. Sie konnte sich gar nicht vorstellen, dass es sich noch größer anfühlte, als es bereits war. Nachts war sie darin so weit von Adam entfernt, dass sie sich einsam fühlte. Wenn er sich bewegte, spürte sie gar nichts. «Ich bin übrigens mit Jeff und Brynn in dieses neue Restaurant an der Ecke gegangen», sagte er. «Es war grauenvoll. Du hättest dich kaputtgelacht. Der Kellner wusste nicht einmal, was eine Burrata ist.»

«Warum habt ihr ihn denn gefragt, wenn ihr schon wusstet, was das ist?»

Er antwortete nicht.

«Ich mache mich dann mal wieder an die Arbeit», sagte sie. «Ich vermisse dich auch. Bis nächste Woche dann.»

Sie legte ihr Handy wieder hin und starrte in ihr Müsli. Draußen hörte sie Zikaden und Ochsenfrösche und in der Ferne ein Boot. Das Geräusch kam näher, und sie merkte, dass sie den Kopf schüttelte und missbilligende Geräusche machte, genau wie Helen.

Sie hatte keinen Hunger mehr. Sie ließ ihr Müsli stehen und ging zum Regal, um sich ein neues Buch auszusuchen, weil sie bereits entschieden hatte, einen weiteren Tag Pause von ihrer Doktorarbeit zu machen. Aber es musste das richtige Buch sein, eines, das etwas über sie aussagte, für den Fall, dass Büchermann die Titel auf dem Buchrücken ebenso las, wie sie es bei ihm tat. (Am Tag zuvor hatte er mittendrin *Wendekreis des Krebses* gelesen, nur um dann wieder zu *Schall und Wahn* zu greifen. Sie fragte sich, warum.)

Wendekreis des Krebses stand auf dem unteren Regalbrett. Es hatte ihrem Vater gehört, das wusste Liane. Sie nahm es heraus und schlug die erste Seite auf, wo er seinen Namen hineingeschrieben hatte: Wesley Robert. Sie erinnerte sich daran, dass er es ihr empfohlen hatte, obwohl sie erst acht

Jahre alt gewesen war; im selben Jahr war er gestorben. Er hatte es ihr mit einer merkwürdigen Dringlichkeit ans Herz gelegt, und jetzt glaubte sie zu wissen, warum. «Das hier ist mein Lieblingsbuch», hatte er gesagt. «Ich wollte es immer mit dir teilen.» Liane war schon sehr früh eine gute Leserin gewesen, deshalb hatte sie es versucht. Außerdem vergötterte sie ihren Vater. Dennoch musste sie sich irgendwann ihre Niederlage eingestehen. «Tut mir leid, Dad, aber ich habe absolut keine Ahnung, worum es in diesem Buch geht.» «Das ist völlig in Ordnung, Li. Vielleicht ist es sowieso mehr ein Männerbuch.»

Sie blätterte hindurch. Ein Satz war unterstrichen. *There are no more books to be written, thank God.*, las sie laut. Wesley hatte Schriftsteller sein und etwas Ähnliches schaffen wollen wie sein Lieblingsbuch, und es hatte Zeiten gegeben, in denen er nicht schlief, anscheinend wochenlang, und nur aus seinem Arbeitszimmer auftauchte, um begeistert zu verkünden, dass es wunderbar lief und um sich mehr Kaffee oder Brandy einzuschenken. Darauf folgte unweigerlich der Zusammenbruch, und er zerfetzte die beschriebenen Seiten, obwohl Helen ihn anflehte, es nicht zu tun.

In seinem letzten Jahr schien er aufgegeben zu haben, und Liane dachte oft darüber nach, ob das wohl der Grund war, aus dem er seinem Leben ein Ende gesetzt hatte, oder ob das Aufgeben nur ein Symptom für etwas anderes gewesen war. Letztlich würde sie nie erfahren, warum er Ende Dezember mit dem Kajak auf den See hinausgefahren war, warum er sich Steine an den Körper gebunden hatte, warum er sich hatte ins Wasser gleiten lassen, um hinab, hinab, hinabzusinken in die eisigen Tiefen. Er hatte keine Nachricht hinterlassen, und sie hatte Jahre gebraucht, um seinen Tod zu akzeptieren.

Jeden Sommer hatte sie das Ferienhaus durchsucht. Und obwohl sie ihn so sehr liebte und vermisste, war sie sich nicht sicher, ob sie ihm jemals würde vergeben können, dass er sich nicht von ihr verabschiedet, ihr keine väterlichen Ratschläge in irgendeiner Form hinterlassen hatte.

Stattdessen war da ein Boot im Schuppen und dieses Gefühl, wenn sie an ihn dachte, ein Gefühl, das sie nie wirklich hatte beschreiben können: irgendeine Mischung aus Sehnsucht, Trauer, Unzulänglichkeit und Enttäuschung. Und natürlich Angst. Die Große Angst, dass die Dunkelheit (genauer: manische Depression) auch sie eines Tages befallen würde. *Mein Leben ist nicht glücklich genug, als dass das sicher verhindert werden könnte.*

Sie nahm ein anderes Buch zur Hand: Martha Gellhorns Memoiren *Reisen mit mir und einem anderen*, über ihre Ehe mit Hemingway. Es gehörte Helen, war alt und hatte überall Eselsohren. Viele Sätze waren unterstrichen. Einer davon: *Ich weiß genug, um zu verstehen, dass keine Frau jemals einen Mann heiraten sollte, der seine Mutter hasst.* Sie stellte das Buch zurück ins Regal, und in diesem Augenblick sah sie den Ring. Es war ein Verlobungsring, daran gab es keinen Zweifel. Ein einzelner Diamant auf einem weißgoldenen, verzierten Ring, der achtlos auf das Regalbrett gelegt worden war. *Er muss einer Freundin von Helen gehören.* Liane nahm ihn zwischen Daumen und Zeigefinger und sah zu, wie der Stein im Licht funkelte. Sie musste Helen sofort eine Nachricht schreiben und sie wissenlassen, dass sie ihn gefunden hatte, damit diejenige, die ihn verloren hatte, sich keine Sorgen mehr machen musste.

Aber zuerst streifte sie sich den Ring auf den Finger, wobei sie ihn ein wenig herunterdrücken musste. Dann starrte sie ihn an und versuchte zu entscheiden, ob er an ihr gut aussah oder nicht.

Er sah nicht gut aus.

Sie zog an dem Ring, aber er ließ sich nicht über den Knöchel bewegen. Sie zog wieder daran. Nichts.

Und dann klopfte es an der Tür.

Noch ein Klopfen; noch ein fruchtloses Ziehen am Ring.

Vor der Tür stand ein Mann ungefähr in Helens Alter. Er hatte einen grauen Bart und braune Augen und hielt einen Jutesack in der Hand. Grünzeug schaute oben heraus. «Ich bin Iain, der Nachbar», sagte er, als ob es weit und breit keine anderen Nachbarn gäbe.

«Hallo, Iain, ich bin Liane», sagte sie und versuchte, nicht allzu enttäuscht zu klingen.

«Ihre Mutter hat mir schon erzählt, dass Sie hier sind.» Er wirkte merkwürdig nervös. «Jedenfalls habe ich ein Ferienhaus am Ende der Straße und einen großen Garten voller Frühlingsgemüse und Salat, so viel, dass ich nicht alles essen kann, also habe ich Ihrer Mutter gesagt, dass ich Ihnen etwas davon vorbeibringe, und sie fand, das sei eine gute Idee.»

«Vielen Dank; ich kann es gut gebrauchen. Ich liebe Salat.» Er gab ihr die Tasche, und sie sahen sich schweigend an.

«Möchten Sie vielleicht auf einen Kaffee oder Tee hereinkommen?», fragte Liane, weil sie das Gefühl hatte, dass er auf irgendein Angebot wartete oder zumindest noch nicht gehen wollte. Er schien ihr Gesicht genau zu mustern.

«Tee wäre wunderbar.»

Sie ließ ihn eintreten. In der Küche goss sie Wasser aus dem Wasserkühler in den rostigen Kessel und nahm sich dabei vor, Helen einen neuen zu kaufen, obwohl sie wusste, dass Helen sagen würde, dass dieser Kessel trotz des Rosts ein guter Kessel sei und es deshalb keinen Grund gebe, ihn wegzuwerfen. Sie erzählte Iain genau das, ihre Gedanken zu Helen und dem Kessel, und er erwiderte: «Absolut, das ist haargenau Helen, und dann benutzt sie den neuen Kessel entweder als Pflanztopf oder als Gießkanne oder verschenkt ihn weiter. Alles nur, um den alten Kessel vor der Mülldeponie zu retten – sie glaubt nämlich nicht wirklich, dass der Abfall dort recycelt wird, wissen Sie.»

«Oh ja, das stimmt. Wollen wir vielleicht auf der Seitenveranda sitzen?»

«Gern. Sie sollten diesen Salat aber in ein Handtuch wickeln und ihn in den Kühlschrank legen. Er ist sehr empfindlich.»

Sie betrachtete Iain. Gepflegt, ein auf angenehme Weise verwittertes Gesicht, Lachfalten um die Augen. Er sah sie mit derselben überraschenden Intensität an, so als glaubte er, sie kennten sich bereits von irgendwoher und er müsste nur noch nachdenken, wo das gewesen war. Sie war plötzlich befangen und kratzte sich unsicher im Gesicht, obwohl es nicht juckte.

«Oh», sagte er.

«Oh?»

«Sie tragen … einen Verlobungsring.»

«*Oh.* Stimmt. Ja. Es ist …» Die ehrliche Antwort wäre zu lächerlich gewesen, also sagte sie das, was am meisten Sinn ergab und im Grunde ja auch der Wahrheit entsprach. «Ich bin verlobt. Mit meinem Freund Adam. Meinem Verlobten. Meinem Verlobten Adam.» *Verlobter. Mein Verlobter Adam.* Passte es oder nicht?

Nein. Es passt nicht.

«Wow. Na ja. Das ist …» Er räusperte sich. Er hatte

den Blick noch immer nicht vom Ring gelöst. «Herzlichen Glückwunsch.»

«Danke schön.» Der Kessel begann zu pfeifen. Sie öffnete den Küchenschrank darüber, wo sie Gewürze und Tees aufbewahrten. «Grüner, Minze, Rotbusch, Chai, Earl Grey, English Breakfast oder so ein Zeug, das sich Youthful Detox nennt?», fragte sie.

«Oh, den Detox-Tee bitte. Perfekt.»

Sie legte zwei Teebeutel in die abgestoßene grüne Kanne, nahm zwei Becher und ging damit auf die Veranda.

«Also», begann sie, als sie sich einander gegenüber an den schwarzen Eisen-Bistrotisch auf die verschossenen rotgoldenen Kissen der Stühle setzten. «Haben Sie Ihr Ferienhaus hier schon lange?» Dann nahm sie einen Schluck Tee und verzog das Gesicht. «Igitt. Das Zeug ist ja grässlich.»

«Man gewöhnt sich daran. Und ich bin seit letztem Sommer hier. Zwei Häuser von hier entfernt. Es ist das alte Bachman-Haus. Sie sind jetzt in Rente und nach Mallorca gezogen.»

Liane nickte, als wisse sie das schon. Dann beugte sie sich vor und fragte so unverfänglich wie möglich: «Was ist denn eigentlich mit dem Haus auf der anderen Seite? Nebenan von uns? Wo früher die Castersens gewohnt haben? Haben sie es auch verkauft?»

Iain schüttelte den Kopf. «Sie vermieten es nur. Diesen Juni und Juli, an dieselben Leute. Der Mann, der jetzt hier ist, heißt Laurence Sowieso. Er ist Schriftsteller. Er arbeitet an etwas. Wobei er mir gesagt hat, dass er unter einer Schreibblockade leidet, deshalb liest er viel und versucht sich damit wohl wieder in die Spur zu bringen. Ich habe ihm letzte Woche Gemüse gebracht, da hat er mir davon erzählt. Offenbar ist es sein dritter Roman, und er hat Angst vor einem Karriereeinbruch.»

«Oh, wie interessant.»

«Von seinen Büchern habe ich noch nie gehört. Er sagt, dass er keine Science-Fiction schreibt, aber für mich klingt es genau so. Sein erstes Buch waren Kurzgeschichten, und sein letztes … warten Sie, da muss ich nachdenken … etwas darüber, dass in hundert Jahren das Ende der Welt eintritt und alle es wissen, das genaue Datum und so.»

Sie schaute auf den Ring an ihrem Finger. «Na ja, das muss vielleicht gar keine Science-Fiction sein. Vielleicht will er nur die menschliche Natur beleuchten. Das ist *wirklich* ziemlich interessant. Was würden Sie denn tun, wenn Sie wüssten, dass die Welt in hundert Jahren untergeht? Würde das für Sie irgendetwas ändern?»

Iain sah nachdenklich aus. «Ich weiß es wirklich nicht. Ganz egoistisch gesehen: Für mich selbst würde es vermutlich gar nichts ändern. Für meine Töchter und Söhne allerdings schon. Es gibt eigentlich keinen guten Grund mehr, Kinder zu haben, oder? Oder sogar mehrere davon, wie eine meiner Töchter. Vielleicht wäre es ohne Kinder sogar ganz befreiend.»

Einen Augenblick lang wünschte sie sich, Iain wäre Helens Typ. Es wäre schön, jemanden wie ihn in der Familie zu haben. «Lianes Mutter ist ein Freigeist», hatte Adam einmal auf seine gewohnt taktvolle Art zu seinen Eltern gesagt. «Ihr wisst ja, wie es im Showbusiness ist.» «Sie ist gar nicht im Showbusiness, sie war mal Folksängerin», hatte Liane später zu ihm gesagt. Sie wusste selbst nicht, warum seine Worte sie so wütend machten. Vielleicht weil er es so gesagt hatte, wie man auch sagen würde: *Lianes Mutter ist geisteskrank*. Aber natürlich hatte er recht: Ihre Freigeistigkeit äußerte sich darin, dass Ilsas Vater Helens Exgeliebter war, den sie auf Tournee kennengelernt hatte und der in Paris lebte; Wesley war während eines Ashram-Aufenthaltes in Indien in ihr Leben gestolpert (Fiona und Ilsa waren damals bei Edie untergekommen, und Helen war wochenlang im Ashram geblieben, weil sie eine Art Karriere- / Existenzkrise hatte); und Fionas Vater – tja, von dem wusste niemand so recht, wer er war, am wenigsten von allen Helen.

Sie merkte, dass Iain darauf wartete, dass sie etwas sagte.

«Was gut wäre für Leute, die ohnehin keine Kinder wollen», sagte Liane. «Dann müssten sie sich nicht ständig rechtfertigen. Befreiend, ich glaube, das trifft es. Weil man immer diesen Druck spürt, sich fortpflanzen zu müssen.» Kurz dachte sie, dass sie vielleicht über sich selbst sprach, was sie gar nicht beabsichtigt hatte. *Will ich denn keine Kinder? Oder will ich sie nur nicht mit Adam?*

«Genau», sagte Iain. «Immerhin wäre das ein guter Grund. Besser jedenfalls als die Gründe, die sich die meisten Leute heutzutage ausdenken: ‹Ich bin einfach zu egoistisch. Ich brauche mehr Zeit für mich.› Was glauben Sie denn, was noch passieren könnte? Hundert Jahre … Würden die Leute rebellieren und sich gegenseitig umbringen, bevor die hundert Jahre um sind, was meinen Sie?»

«Vielleicht. Vielleicht auch nicht. Vielleicht würde sich überhaupt nichts ändern. Vielleicht glauben wir sowieso alle, dass die Welt jederzeit untergehen kann, was würde es also ändern, wenn wir es wüssten? Vielleicht wäre es sogar schön, es zu wissen.»

«Offenbar müssen wir das Buch lesen», stellte Iain fest. Dann nahm er einen Schluck Tee und sagte: «Ich fürchte, ich habe keinen Funken Kreativität in mir, und ich verstehe nicht, wie man als Schriftsteller leben kann. Ich würde nicht gern so viel allein sein wie er. Wobei seine Frau und seine beiden Mädchen ihn natürlich am Wochenende besuchen.»

Seine Frau und seine beiden Mädchen.

Du bist verlobt, sagte sie sich. *Du trägst sogar einen Ring.* Sie sah darauf hinab und kicherte nervös. Dann legte sie die Hand auf den Mund. «Entschuldigung», sagte sie. «Ich fühle mich ein bisschen komisch. Ich merke, dass ich nicht ans Alleinsein gewöhnt bin, ich wäre also vermutlich auch keine gute Schriftstellerin. Eigentlich müsste ich an meiner Doktorarbeit schreiben, aber ich habe noch überhaupt nichts geschafft, und ich glaube … ich fühle mich ein bisschen komisch.» Sie bedeckte den Ring mit der anderen Hand und sah zu Iain auf.

Sein Blick war jetzt besorgt. Sie fühlte sich schuldig, dass sie sich vor einem Menschen, den sie gar nicht kannte, so merkwürdig benahm. Daher sagte sie: «Möchten Sie vielleicht zum Mittagessen bleiben?», fühlte sich aber sofort bedürftig und beschämt.

Aber er sagte: «Wollen wir zum Hafen fahren und dort Fish and Chips essen? Ich wette, Sie müssen nur mal kurz zurück in die Zivilisation, dann sind Sie wieder völlig auf dem Damm.»

Auf dem Damm. Sie empfand seine Gegenwart als tröstlich und sagte: «Ich glaube, Sie haben recht. Ich muss mal von der Insel runter, wenn auch nur für ein paar Stunden. Haben Sie ein Boot?»

Er nickte. «Ein kleines, aber ja», antwortete er, als sei es ihm ein bisschen peinlich.

Als sie später zum Ferienhaus zurückkehrte, fühlte sie sich nicht mehr so einsam. Das Mittagessen auf dem Festland in Iains Gesellschaft, ihre Gespräche über Bücher, über die Tatsache, dass er vor seiner Rente Museumskurator gewesen war, sein Interesse an ihrer Doktorarbeit hatten den Bann gebrochen. (*Frau, Mädchen.* Das hatte ebenfalls geholfen. Wenn auch nicht auf gute Art.) Sie stellte alle Bücher weg, die sie nicht für ihre Forschung brauchte, bereitete das Gemüse zu mehreren riesigen Salaten zu und schrieb am Freitagmorgen die letzte Seite ihrer Doktorarbeit.

Und: Sie ging in den Schuppen. Sie zögerte erst, dann zog sie das Kajak hinaus an den Steg und verbrachte einen Morgen damit, es sorgsam mit Seewasser zu waschen. Diesmal winkte sie dem Büchermann nicht zu. Sie zog eine Rettungsweste über. Sie trug sie, bis die Sonne unterzugehen begann. Schließlich stieg sie ins Kajak und paddelte davon. Der See war wie ein Spiegel vom Flohmarkt, ganz glatt, aber trüb. Sie hörte auf zu paddeln, schloss die Augen und stellte sich die ersten Seiten des Buches vor, von dem sie glaubte, dass ihr Vater es ihr geschenkt hatte. Sie erinnerte sich an das Orange des Vorsatzpapiers, den leicht schimmligen Geruch, der zwischen den Seiten hing; er kaufte nur in Antiquariaten. Sie sah die Worte vor sich:

Für Liane; hör niemals auf, an geheime Zauberworte zu glauben. In Liebe, Dad

Laut sagte sie: «Ich versuche es. Auf Wiedersehen, Dad. Ich liebe dich.»

Es änderte gar nichts, aber es war immerhin etwas. Vielleicht ein Anfang.

2

DER SCHWAN (CYGNUS) Schwäne sind für ihre monogamen Paarbeziehungen berühmt, aber dabei könnte es sich um einen Mythos handeln. Während man bereits wusste, dass es hin und wieder Schwanen-«Scheidungen» gibt, hauptsächlich wenn das Nisten misslingt, haben Forscher jetzt eine ausreichend hohe Zahl an Schwanen-Trennungen beobachtet, die darauf hinweisen, dass Schwäne womöglich doch nicht so treu sind, wie man bisher glaubte.

✦

Es würde etwas passieren. Wenn sie später an diesen Tag zurückdachte, aus der Distanz, die zwischen Fiona und allen anderen in ihrem Leben wuchs, die ihr etwas bedeuteten, begriff sie, dass sie es damals schon gewusst hatte.

Diese bevorstehende Sache hatte sie nachts wach liegen lassen, und sie hatte eine ihrer Tabletten genommen: Sie lagen versteckt ganz unten in ihrem beinahe leeren Schminkbeutel. (Fiona trug nur zu ganz besonderen Anlässen Make-up. Sie war stolz auf ihren natürlichen Look.) Ativan, hauptsächlich. Ein paar Xanax. Sie rationierte ihre Pillen, weil sie auf keinen Fall zu den Leuten gehören wollte, die glaubten, keiner merke es, wenn sie ständig ein wenig zu schnell oder zu langsam oder zu *glücklich* waren. Immer, wenn sie eine Tablette nahm, wünschte sie sich, ein so vollkommenes Leben zu führen, dass sie sie nicht brauchte.

Als Nächstes warf sie einen Blick in die Zimmer der Jungs:

Cole und Beckett, die Zwillinge, waren gerade vierzehn geworden, und Eliot, das Baby (überhaupt kein Baby mehr, das musste sie sich immer wieder ins Gedächtnis rufen), war elf. Fiona und Tim hatten ihre drei Söhne nach berühmten Schriftstellern benannt, obwohl weder sie noch Tim schrieben oder auch nur besonders begeisterte Leser gewesen wären. Fiona hatte nur eine Art Motto gebraucht, das war alles. Tim zog die Tageszeitung oder dicke Biographien vor, und Fiona las, was ihr der Buchclub zuschickte oder das, was Oprah jeweils in ihrer Show vorschlug. Aber wenn Tim nicht da war, las sie Selbsthilfebücher (zuletzt: *Sorge dich nicht, lebe!* von Dale Carnegie) – aber ausschließlich wenn er nicht da war, weil ihr die Bücher peinlich waren. Sie wollte nicht, dass ihr Mann glaubte, dass sie Hilfe brauchte. (Im Übrigen brauchte sie auch keine Hilfe. Sie wollte nur eine Absicherung für die achtundzwanzig bis dreißig Tage des Monats, in denen sie sich keine Tabletten erlaubte.)

In letzter Zeit war Tim wegen seiner Arbeit mehr auf Reisen als jemals zuvor. Sie hatte sich inzwischen daran gewöhnt und merkte jetzt, dass sie schlecht schlief, wenn er zu Hause war. Wenn er seine kalten Füße zwischen ihre Beine schob, rollte sie sich auf die andere Seite. Das gab ihr zu denken, aber sie wusste nicht recht, was sie dagegen tun sollte. *Wahrscheinlich ist das normal.*

Fiona schaute auf Eliot hinab, ihren Gar-nicht-mehr-Kleinen, und spürte ein Ziehen in der Magengegend. Es war schon eine Weile her, seit sie so etwas gespürt hatte. Sie hatte Tim kurz nach Eliots Geburt ins Krankenhaus geschickt, und nachdem der Erfolg der Operation mehrfach nachgeprüft worden war, konnte sie auf die Frage der anderen, ob sie noch weitere Kinder wollten, stets sehr sicher antworten. Sie lächelte dann und sagte: «Oh, man hat sich um Tim gekümmert.» Wenn sie ein Gläschen Wein getrunken hatte, senkte sie die Stimme zu einem gespielten Flüstern und benutzte das Wort «durchgeschnippelt».

Doch selbst jetzt, da die Jungs so unglaublich groß geworden waren (sie vermied es, sich die Babybilder von ihnen anzuschauen, weil sie die Vorstellung schmerzte, dass sie einmal so klein gewesen waren und ganz ihr gehört hatten), brauchte Fiona diese nächtlichen Momente. Wenn sie sich hinunterbeugte, um sie auf die Wange zu küssen, regten sich Cole und Beckett, während Eliot ganz ruhig dalag. Sie konnte ihn geradezu abküssen, was sie auch oft tat. In letzter Zeit, wenn sie nicht schlafen konnte, weil Tim zu Hause war, kletterte sie manchmal heimlich zu Eliot ins Bett und schmiegte sich an ihn. Sie schämte sich dafür zwar ein wenig, mochte auf das Gefühl der Nähe aber nicht verzichten. Ein paarmal war Eliot halb aufgewacht, hatte sie auf die Wange geküsst und gemurmelt: «Hab dich lieb, Mommy. Nacht», ganz genauso wie damals, als er noch fünf gewesen war. (Jedes Mal, wenn er das tat, wurde das Ziehen in ihrer Herzgegend zu einem Feuerwerk des Schmerzes und der Sehnsucht. Dann stand sie auf und ging in ihr Zimmer zurück.)

In der Nacht, in der diese Sache Fiona weckte und sie eine Tablette nahm, versuchte sie in Eliots Bett zu klettern, aber er drehte sich weg. Also ging sie zurück in ihr Schlafzimmer, wo sie einen Augenblick innehielt und sich dann hinlegte und ihre inzwischen kalten Füße zwischen die Unterschenkel ihres Mannes schob. Sie erinnerte sich an Nächte, die jetzt schon lange her waren, in denen sie beide wach waren, vielleicht weil eins der Kinder einen Albtraum gehabt oder er bis spät in die Nacht gearbeitet hatte. In jenen Nächten hatte der

Mond auf ihre Bettdecke geschienen. Ihre Füße berührten sich, und sie redeten über die Dinge, die ihnen besonders und geheim vorkamen, weil es so still und dunkel war. Aber in dieser Nacht reagierte Tim nicht auf ihre kalten Füße, und Fiona drehte sich nicht zu ihm um oder legte ihr Gesicht an seine Schulter, wie sie es getan hatte, bevor sie sich an seine ständige Abwesenheit gewöhnt hatte. Sie schloss nur die Augen und versuchte, gleichmäßig zu atmen, um sich in den Schlaf zu tricksen.

Am nächsten Morgen war nur ein leichter Kopfschmerz von ihrer nächtlichen Unruhe geblieben. An diesem Freitag war viel zu tun. Fiona würde am nächsten Tag zum Ferienhaus ihrer Familie fahren, was bedeutete, dass sie mit Ilsa, ihrer mittleren Schwester – sie lebte ebenfalls in Rye, mit ihrem Mann, der Tims Geschäftspartner war – vom White-Plains-Flughafen nach Toronto fliegen, dann ein Auto mieten und nach Norden fahren musste, bis die Felswände auftauchten. Dabei musste sie sich auf die Straße konzentrieren und durfte sich keinen Kindheitserinnerungen hingeben. Der jährliche Besuch im Ferienhaus Ende Juni war die einzige Gelegenheit, zu der Fiona die Jungs allein ließ, und nur dann sah sie Helen. Aber dieses Jahr hatte sie irgendwie Angst, und zwar aus anderen Gründen als normalerweise. (Die normalen Gründe: die unterschwelligen Empfindlichkeiten zwischen ihr und Ilsa; die Trauer, die sie manchmal fühlte, weil sie fand, dass sie und Liane einander nicht so nah waren, wie sie hätten sein können oder hätten sein sollen; und alles, was Helen betraf, alles, namenlose Dinge, Mutter-Tochter-Probleme, die Fiona belasteten und sie dazu zwangen, sich in ihrem Leben noch mehr anzustrengen und größer und, vielleicht am wichtigsten, besser als all das zu werden.) Dieses Jahr war es aber nicht das. Dieses Jahr wollte sie einfach nicht ihr Zuhause verlassen. Sie war nervös. Sie wäre am liebsten an Ort und Stelle geblieben, hätte krank gespielt, wäre in ihr Bett gekrochen und erst wieder aufgewacht, wenn das Wochenende und die Bedrohung vorbei waren.

Es wird etwas passieren.

Zur Ablenkung richtete Fiona ihre Aufmerksamkeit auf ihre To-do-Liste. Rita, das Kindermädchen, das jetzt ihre Haushälterin war, würde am Wochenende da sein, aber Fiona wollte dennoch ein paar Mahlzeiten zubereiten und Zettel mit Anweisungen daraufkleben, wie sie aufzuwärmen waren. (Sie würde versuchen, daran zu denken, *Ich werde dich vermissen, Tim. Bis in ein paar Tagen* auf den Zettel zu schreiben, den sie auf dem Küchentisch zurücklassen wollte.) Und, ganz wichtig, sie musste noch die Cocktailparty vorbereiten. Sie gab in dieser Zeit des Jahres immer eine, zu der sie ein paar von Tims Kollegen und einige wichtige Nachbarn einlud. Sie hatte diesen Begriff einmal Tim gegenüber benutzt, und er hatte den Kopf zur Seite geneigt und gefragt: «*Wichtige* Nachbarn? Planst du etwa eine Karriere in der Politik für mich? Suchen wir uns unsere Freunde jetzt nach strategischen Gesichtspunkten aus?»

Vielleicht war es einer der guten Charakterzüge Tims, dass er die Bedeutung sozialer Strategien nicht verstand, dass er gar nicht merkte, was sie alles tat, um sicherzustellen, dass die Dinge in ihrem Leben genau so liefen, wie sie es taten. Musste eine gute Ehefrau, eine gute Hausfrau, jemand wie *sie*, all das nicht mühelos wirken lassen?

Obwohl in Wirklichkeit alles so minuziös geplant war,

dass es fast immer haarscharf vor dem Auseinanderbrechen stand.

Fiona merkte, dass sie sich so sehr an der Küchenarbeitsplatte festgehalten hatte, dass ihre Knöchel ganz weiß waren. Sie lockerte ihren Griff. *Cocktailparty.* Wo war nur ihre Liste? Es war jedes Jahr eine Herausforderung, diese Cocktailparty zu geben und praktisch gleichzeitig zum Ferienhaus aufzubrechen, aber es war nun mal wichtig, den Termin vor Juli zu legen, denn ab dann würden alle in den Ferien sein, und die Zahl der Absagen würde die der Zusagen übersteigen. Und wenn sie die Party bereits Anfang Juni feierte, war das Risiko zu groß, dass der Abend womöglich kalt und regnerisch würde. Die Einladungen übergab sie stets persönlich oder zumindest telefonisch.

Fiona fand ihre Liste und ging in die Eingangshalle, wo sie mit gesenktem Kopf dastand und ihre Tasche durchforstete, um sicherzugehen, dass sie Schlüssel, Portemonnaie und Sonnenbrille hatte. Aber als sie Schritte auf der Veranda hörte, hielt sie inne. Die Postbotin hob die Hand und winkte durch das strukturierte Glas der Haustür. Fiona winkte zurück, schloss ihre Handtasche und trat hinaus auf die Veranda, um ihre Post hereinzuholen. Sie war zwar auf dem Weg hinaus, ja, würde die Sendungen aber noch sortieren, dasjenige zur Seite legen, womit man sich später beschäftigen musste, die Werbung in den Recyclingcontainer werfen und weiterleiten, was weitergeleitet werden musste. Es dauerte ja nicht lange. Die Jungen bekamen so gut wie nie Post, und alles, was mit dem Haushalt zu tun hatte, regelte sie selbst.

Heute: die übliche Auswahl an Prospekten, ein paar Rechnungen und ein gelber Umschlag mit Wildblumensamen und einem Dankesgruß darin. Sie fuhr mit dem Finger über das raue Papier und erinnerte sich sofort an den blauen Umschlag, der vor ein paar Wochen ebenfalls per Post gekommen war. Er war von ähnlicher Struktur gewesen: narbig, rau und grobkörnig, als bestünde er aus Recyclingpapier. Er war an einem ähnlichen Tag wie heute angekommen, und wie heute hatte sie auch damals etwas vorgehabt, was ihr wichtig vorkam, aber vorher noch die Post sortiert. Sie hatte die Handschrift nicht erkannt und den Umschlag mit in ihr Arbeitszimmer genommen (sie brauchte den Brieföffner dafür; außerdem hatte sie vergessen, die Schuhe auszuziehen) und beinahe zu spät erkannt, dass der Brief gar nicht an sie adressiert war. Sie hatte an ihrem Schreibtisch gestanden, den Brieföffner wie eine Waffe auf das Herz des Umschlags gerichtet. Ein Brief aus Wien. Für Tim. Wen kannten sie in Wien? Sie spürte den kurzen Impuls, ihn einfach zu zerreißen. Aber nein. *Sei nicht so albern.*

Aber statt den Brief auf Tims Schreibtisch zu legen, hatte Fiona ihn unter die Arbeitsunterlage auf ihrem eigenen Schreibtisch geschoben.

Und ihn dort gelassen. Zwei Wochen lang.

Jetzt legte sie den gelben Umschlag auf ein Beistelltischchen. Sie würde Tim den blauen Brief irgendwann geben. Es gab wirklich keinen Grund, ihn zu verstecken.

Sie bog mit dem Auto in die Parsons Street und fuhr auf die Rye High School zu, wo Beckett und Cole an einem Sommerprogramm für begabte Schüler teilnahmen, Beck in Musik und Cole in Mathematik. Es musste gerade Pause sein. Einige Schüler standen an die Mauer der Schule gelehnt. Einer von ihnen war Beck. Ihr Herzschlag beschleunigte sich. In letzter Zeit hatte Beck sich verändert. Er kam später als verabredet nach Hause und widersprach Tim und ihr ständig. Eine Sekunde lang glaubte sie, dass er rauchte. Aber er rauchte nicht, es war der Junge, der dicht neben ihm stand. Der Rauch hing über Becks Kopf und verzog sich dann. Ihr Sohn wandte sich ab und stellte sich lässig mit dem Rücken zu dem anderen. Sie war erleichtert. Offenbar waren die beiden nicht befreundet.

Sie beobachtete ihren Sohn weiter, weil sie einfach nicht wegsehen konnte. In dem Moment, in dem das Sonnenlicht auf sein Haar fiel, wirkte es so hellblond, dass es ganz unnatürlich schien (aber Fiona wusste, dass es genau dieselbe Haarfarbe war, die ihr Mann gehabt hatte, bevor er ergraut war), und es wirkte ein wenig, als wäre ihm seine Haut irgendwie zu eng oder zu unbehaglich. Bald würde sich das ändern, und alle Spuren der Kindheit wären verschwunden.

Der Fahrer hinter ihr hupte. Sie fuhr weiter und hoffte, dass Beck sie nicht gesehen hatte. Obwohl sie sich seit Jahren darauf vorbereitet hatte loszulassen, machte sie die Tatsache doch traurig, dass sie nicht einfach anhalten, aus dem Auto steigen und *Beck! Hallo!* rufen konnte, wenn sie ihren Sohn vor der Schule sah. Für Fiona war das Muttersein, als liebe man jemanden, der Jahr für Jahr weniger existierte. Die hilflosen Säuglinge, die entzückenden Kleinkinder, die kleinen Jungen, deren Erziehung sie so sehr mit Sinn erfüllt hatte – und dann diese Mann-Kinder. Und bald ganze Männer. Vielleicht würde es leichter, wenn sie wirklich Männer waren, das hoffte sie zumindest. Sie erhaschte einen Blick auf sich selbst im Rückspiegel und sah, dass sie die Brauen gerunzelt hatte. Sie versuchte, ihre Stirn zu entspannen, aber die Falten zwischen ihren Brauen blieben.

«Verdammt.» Sie hatte die Ausfahrt verpasst, die zum Gewerbegebiet der Stadt führte, und fuhr stattdessen am Wasser entlang. Ihr Ziel lag hinter ihr. Sie hätte einfach wenden sollen, was ihr Navi ihr auch ständig riet (obwohl sie den Weg genau kannte, tippte sie immer ihr Ziel ein, weil sie es mochte, Anweisungen zu folgen. Sie hatte dann immer das Gefühl, etwas geleistet zu haben), aber stattdessen fuhr sie einfach weiter und schaute dabei auf das Wasser, obwohl sie wusste, dass sie sich lieber auf die Straße konzentrieren sollte. Sie konnte sich nicht daran erinnern, wann sie das letzte Mal ohne jedes Ziel eine Straße entlanggefahren war. Vielleicht noch nie. Die Sonne schien auf die Wellen, die sich am Hafendamm brachen. «Bitte wenden», sagte das Navi. Sie schaltete es ab. Auf der anderen Seite lag das Wasser ganz ruhig da, nur ein Paar Schwäne glitten in der Sonne dahin. Sie beobachtete die Schwäne, bis sie den Hals recken musste, wandte sich dann wieder der Straße zu und wendete das Auto, sodass sie wieder in die richtige Richtung fuhr.

War es Janes Bemerkung im Lesezirkel gestern Abend, die immer noch in ihr rumorte? War sie deshalb so verstimmt? «Aber hast du dir denn nie ein kleines Mädchen gewünscht?», hatte Jane gefragt, die Wangen von zu viel Wein gerötet. (Fiona erlaubte sich nie mehr als zwei Gläser Wein an einem Lesezirkelabend.) «Es ist noch nicht zu spät, weißt du? Du bist doch kaum vierzig, oder? Du könntest noch ein kleines Baby haben. Ein entzückendes kleines rosa Engelchen, das man hübsch anziehen und herumzeigen kann, so wie ich es mit Maddie tue.» Und Jane hatte gekichert und Weißwein auf Sylvia McCains Couch verschüttet, und Fiona hatte gequält gelacht und sich abgewandt, um ein anderes Gespräch zu beginnen, wobei sie ihren Ärger unterdrücken musste (und zwar nicht nur weil sie erst achtunddreißig war). Ihr gefiel es nicht, dass Jane ihr einen Mangel unterstellte. Und sie mochte es nicht, dass sie sich immer fühlte, als sei sie einen Schritt zurückgeblieben, wenn sie mit Jane sprach, als gäbe es da etwas, das Jane sagen wollte, ohne zu wissen, wie.

Jane war früher Investment-Bankerin gewesen, aber dann hatte sie einen Kollegen geheiratet und beschlossen, Mutter zu werden. Fiona war früher kurz Kindergärtnerin gewesen, aber es hatte keinen Sinn ergeben, nach der Geburt der Zwillinge wieder arbeiten zu gehen, erst recht nicht, als die Familie von Toronto in den Staat New York zog und sie dort neue Zeugnisse brauchte. Weil sie erst Kindergärtnerin und dann gleich Mutter geworden war, hatte sie manchmal das Gefühl, eigentlich nie etwas anderes als Mutter gewesen zu sein. Eigentlich war das ja auch nichts Schlechtes. Irgendwie kam sie sich sogar qualifizierter vor als Jane, die jetzt Tabata im Fitnessstudio unterrichtete, um «nicht vollkommen durchzudrehen», und fast jedes Mal, wenn Fiona sie traf, zu viel trank. Wenn sie Jane für eine Freundin gehalten hätte, hätte sie ihr vielleicht anvertraut, dass sie sich nur Jungen gewünscht hatte. Aber das sagte sie niemandem. Sie entstammte einer Familie, in der es nur Töchter gab, eine Mutter, keinen Vater. Und doch fand Fiona Männer irgendwie sinnvoller als Frauen.

Fiona war schließlich vom Sofa aufgestanden, hatte sich bei der Gastgeberin bedankt und war nach Hause gefahren. *Die hat vielleicht Nerven, diese Jane, mir so etwas zu sagen,* hatte sie gedacht.

Jetzt bog sie in die Auffahrt ein und schaltete den Motor aus, wobei ihr Blick auf die Kisten fiel, die auf der Veranda standen. «Verdammt», sagte sie schon zum zweiten Mal an diesem Tag. Es war Lebensmittel-Liefertag. Im Frühling und Sommer lieferte ihnen ein Biobauer seine üppigen Erzeugnisse wöchentlich frei Haus, und sie teilte sich die Lebensmittel mit den Nachbarn. (Im Winter kam der Bauer nur alle zwei Wochen, und sie stellte die Kisten in den Keller. Es machte ihr gar nichts aus, dass die Leute jeden zweiten Freitag mit ihren nassen Stiefeln durch ihr Haus marschierten. Um ehrlich zu sein, mochte sie es. Sie gab gern mit ihrem Haus an, liebte das Gefühl, der Nabel der Nachbarschaft zu sein. Der Biogemüse-Nabel. Was denjenigen ohne Kinder vielleicht nur wie eine Kleinigkeit schien – oder Ilsa, die sie einmal gefragt hatte: «Warum gehst du nicht einfach am Wochenende zum Bauernmarkt in der Purchase Street?» –, aber es war absolut keine Kleinigkeit. Indem sie direkt mit dem Bauern zusammenarbeitete und die wöchentliche Biolieferung organisierte, war sie Teil von etwas Wichtigem.)

Nur dass sie heute irgendwie alles vergessen hatte. Es standen sogar schon ein paar Nachbarn auf der Veranda und warteten. Sie spürte, wie ihr die Hitze ins Gesicht stieg. Wie konnte sie das nur vergessen? Es war Freitag. Jeden Freitag kamen die Lebensmittel.

Sie stieg aus dem Auto, ließ ihre Einkäufe darin und trat auf die Veranda, um dabei zu helfen, das Gemüse zu sortieren. «Es tut mir ja so leid», sagte sie zu Michelle Turnbull und Alice O'Shea, die gewartet hatten. «Ich war nur … ich hatte einen Termin, bei dem es etwas später wurde.»

«Das ist schon in Ordnung, Fiona, wir wissen ja, wie viel du zu tun hast», sagte Michelle, und Alice lächelte, aber Fiona war immer noch ganz durcheinander. Als sie endlich ins Haus ging, zu beschämt, als dass sie die Mengen an Lebensmitteln hätte aus dem Auto laden wollen – all die Frühstücksflocken und Müsliriegel und Saftflaschen, die sie brauchte, um die Jungen satt zu bekommen (nicht alles war immer frisch und bio; sie begriff, dass sie eigentlich nur wollte, dass die Leute das von ihr glaubten) –, hatte sie das Gefühl, vollkommen aus dem Takt geraten zu sein. *Konzentrier dich*, sagte sie sich. Aber die Sache hatte ihre Lücke gefunden und erinnerte sie daran, dass sie kommen würde. Sie schüttelte den Kopf. *Nein. Nichts wird kommen. Es wird nichts Schlimmes passieren. Ich bin nur erschöpft.* Sie begann, sich mit ihrer kleinen Kaffeemaschine einen einfachen Espresso zu machen, und entschied sich dann doch für einen doppelten.

Tim kam früh von der Arbeit. Er rieb sich die Augen, als er in der Küche stand, und sein Anblick erinnerte sie an alle drei Jungs zusammen. Eliot war hinten im Garten, weil seine «Medienzeit» zu Ende war, aber die Zwillinge waren beide weg; Beck bei der Bandprobe und Cole bei einem Freund.

«Die Gäste kommen so um sieben», sagte Fiona, während sie Sommergemüse in eine Auflaufform aus Keramik schichtete. Alles andere war bereits vorbereitet. Rita war draußen, deckte den Tisch mit Tellern, Kerzen, Besteck, Gläsern und Servietten, stellte Eiskühler, verzinkte Stahlbehälter mit Craft-Bier und eine kleine Minibar auf.

«Gut. Ich freu mich drauf. War ein ziemlich anstrengender Tag, aber ich ruhe mich einfach ein paar Minuten aus, dann dusche ich und ziehe mich um.» Er ging auf sie zu. «Was auch immer du da kochst, es riecht köstlich. Ah, dein berühmtes Gratin.» Er küsste sie im Vorbeigehen auf die Wange, und sie lächelte. Sie spürte, dass sie sich ein wenig entspannte. Sie mochte es, wenn er ihre Gerichte «berühmt» nannte. (Heimlich fand sie viele der Dinge, die sie machte, «berühmt», und Tim schien das immer verstanden zu haben.)

Sie holte zwei Flaschen seines Lieblingsrieslings aus dem Weinregal und stellte sie in den Kühlschrank. Wenn Tim geduscht hatte, würde sie eine Flasche öffnen oder ihn fragen, ob er lieber einen Scotch wollte. Sie würde den letzten Tag vor ihrer Abreise zu einem schönen machen, selbst wenn sie mit der Party wirklich alle Hände voll zu tun hatte.

«Ach, übrigens», sagte Tim und blieb auf seinem Weg zur Veranda stehen, wo er immer seine Schuhe auszog und sich ausruhte. «Es wird einer weniger. Michael musste nach Kopenhagen fliegen, um dort Feuerwehr zu spielen. Dieser Deal wird sicher zustande kommen, aber es braucht noch einige Nachbesserungen, und einer von uns muss dorthin. Er weiß ja, dass wir heute Abend die Party haben. Aber er hat gesagt, dass Ilsa trotzdem kommt. Sie haben schon Sylvie gefragt, ob sie auf die Kinder aufpassen kann.»

«Oh, aber das muss sie ja nicht ...», fing Fiona an, aber was sie sagen wollte, blieb zwischen ihnen in der Luft hängen. *Ich will das gar nicht.* Sie sah den Anflug einer Enttäuschung – er war enttäuscht von *ihr*, sie hasste das – in Tims Gesicht. *Wenn du es mir doch nicht gesagt hättest*, dachte sie, sprach es aber nicht aus. Denn wie konnte sie ihrem Mann vorwerfen, dass er immer so ehrlich zu ihr war, dass er einen so starken moralischen Kompass hatte, der immer in Richtung Wahrheit zeigte?

«Michael hat gesagt, dass sie sich schon darauf freut. Offenbar will sie diesen Künstler kennenlernen, den du eingeladen hast?» Michael, Tims Geschäftspartner, war inzwischen fünfzig Jahre alt. Seine Scheidung war noch nicht durch gewesen, als Ilsa, damals fünfundzwanzig, zu Besuch gekommen war und Michael sich während eines Abendessens in sie verliebt hatte. Fiona war überrascht, als Ilsa begann, mit ihm auszugehen. Aber jetzt war Ilsa dreiunddreißig, sie waren sieben Jahre verheiratet und hatten zwei kleine Kinder: ein vierjähriges Mädchen, Ani, und einen dreijährigen Jungen, Xavier. Michael hatte noch zwei ältere Kinder, Alexa und Shane, aus seiner ersten Ehe, die beide schon aufs College gingen.

«Der Künstler heißt Lincoln Porter», sagte Fiona. «Seine Frau kommt auch.» Sie hatte die Porters drei Jahre hintereinander eingeladen, aber sie hatten jedes Mal aus unterschiedlichen Gründen abgesagt.

Tim lockerte seine Krawatte und zog sein Jackett aus. «Was malt er denn so?»

«Impressionistische Landschaften.»

«Genau wie Ilsa», stellte Tim fest. Es ärgerte Fiona, dass er Ilsa so große Aufmerksamkeit schenkte, aber sie sagte nichts, denn sie wusste im Gegensatz zu ihrem Ehemann, dass es besser war, wenn manche Dinge ungesagt blieben. Wie zum Beispiel: dass ihre wunderschöne kleine Schwester einmal versucht hatte, ihren Mann zu küssen. Es war nach ebenjenem Abendessen passiert, bei dem Ilsa Michael vorgestellt wurde. Fiona hatte damals Migräne und war ins Bett gegangen. Ilsa hatte angeboten, beim Aufräumen und Abwaschen zu helfen. «Ich glaube nicht, dass sie überhaupt weiß, was sie da tut», hatte Tim am nächsten Morgen beim Kaffee gesagt und Fionas schlaffe Hand gehalten. «Ich glaube, in ihr ist eine Menge Schmerz. Ihre Ehe ist gerade zu Ende gegangen. Sie ist viel zu jung, um schon geschieden zu sein.» Fiona hatte die Zähne zusammengebissen. *Zu jung.* Ja, allerdings. Tim hatte sie gebeten, Ilsa nicht zu sagen, dass sie es wusste, und Fiona hatte nur aus Loyalität ihm gegenüber den Mund gehalten. «Du solltest versuchen, ihr zu verzeihen», hatte er gesagt. «Du bist ihre große Schwester. Vielleicht kannst du ihr helfen.» Aber Fiona war weder zu dem einen noch zu dem anderen in der Lage gewesen.

«Die Astors besitzen ein Lincoln-Porter-Gemälde. Es hängt über dem Kamin in ihrem Wohnzimmer», sagte sie.

«Oh. Ja. Das Flussbett. Sehr schön. Ich werde ihm sagen, dass ich es schon oft bewundert habe.» Er verließ die Küche und streckte sich auf der Liege auf der Veranda aus.

Inzwischen wischte Fiona die Arbeitsflächen ab und ging dann an ihm vorbei, um draußen nach dem Rechten zu sehen. Sie hatte im Garten heute nicht alles geschafft, was sie hatte schaffen wollen. Aber es war erst halb fünf – sie hatte noch Zeit. Sie nahm eine kleine Pflanzschaufel aus einem Eimer.

Später, als das Telefon klingelte, hatte sie schmutzige Hände, die sie an den Hosen abwischte. Dunkle Streifen erschienen auf dem Khakistoff, auf die sie überrascht hinabsah. *Warum habe ich das denn getan?*

«Hallo?»

Stille. «Ich würde gern mit … mit Timothy sprechen. Timothy Sherman. Ist er da?» Der ausländische Akzent, die Art, wie die junge Frau fragte, ob er da sei und das Satzende fragend anhob – all das klang so anders, als Fiona sprach.

«Tut mir leid», sagte Fiona. «Könnten Sie das bitte wiederholen?»

«Timothy Sherman. Ist er da? Ist das hier die richtige Nummer?»

Fiona schluckte hart. *Wien.* Das musste Wien sein. Und irgendwie hatte sie es gleich gewusst.

Sie stand draußen auf der Veranda und lauschte, konnte aber kaum etwas von dem verstehen, was Tim sagte.

Sie konnte nur eines denken: *Etwas ist passiert.*

Später klingelte das Telefon erneut. Ilsa war dran. Tim war noch oben. Fiona stand in der Küche, immer noch in ihren Gartenhosen mit den Schmutzspuren. Wie lange stand sie schon so da? Konnte sie die Party noch absagen? Nein, dafür war es zu spät. Sie musste nach oben und sich umziehen.

«Hey», sagte Ilsa. Sie klang immer so, als sei sie gerade aufgestanden: heiser, bettwarm. «Ich kann es überhaupt nicht erwarten, mal rauszukommen. Braucht ihr etwas? Soll ich etwas mitbringen?» Die Art, wie sie sagte: «Ich kann es überhaupt nicht erwarten, mal rauszukommen», erinnerte Fiona an Ilsa als Teenager. Immer dieser Drang, fortzugehen, rauszugehen, etwas zu unternehmen, egal was.

Du hast doch schon alles, Ilsa. Und trotzdem willst du immer mehr.

«Hallo? Fi?», sagte Ilsa.

«Entschuldige. Nein. Ich brauche nichts. Komm einfach her. Wir sehen uns dann gegen sieben.» Und sie legte auf, ohne sich zu verabschieden.

Irgendwie schaffte sie es zu duschen und sich umzuziehen, obwohl sie sich nicht mehr daran erinnern konnte, als sie damit fertig war. Sie war fast verwirrt, als sie sah, dass sie ihr kinnlanges blondes Haar mit einem Haarreifen zurückgenommen und Abdeckcreme unter ihren Augen verteilt hatte und dass sie ein dunkelblaues Jersey-Kleid mit flachen taupefarbenen Sandalen trug. Fiona auf Autopilot war so effizient wie immer; sie hatte sogar ihre goldene Armbanduhr und die Diamantohrstecker angelegt.

«Fiona», sagte Tim von seinem Platz auf dem Bett aus.

«Nicht», sagte Fiona und verließ das Zimmer. Sie war kurz davor, die Tür zuzuknallen. Eliot würde es hören.

Als sie die Treppe hinunterging, sah sie, dass Ilsa bereits da war und im schwindenden Licht des frühen Abends unter einem Baum stand. Fionas Schwester drehte sich jetzt um, ging auf das Haus zu und wischte sich Gras oder etwas Ähnliches vom Kleid. Als ob sie irgendwo gesessen hätte, vielleicht auf einem Grashügel, vielleicht im Park, und dabei auf die richtige Zeit für ihre Ankunft gewartet hätte, dachte Fiona. *Andere Schwestern würden sagen:* Komm einfach, wann du willst. *Aber ich gehöre offenbar nicht zu dieser Sorte Schwestern.*

Ilsa trug eine Tasche in der einen und ein kleines Jäckchen in der anderen Hand – es wirkte winzig, sinnlos, wie ein Accessoire. Sie trug ein petrolfarbenes, geknöpftes Seidenkleid mit Rüschen an den Seiten. Ihr brauner Pony fiel ihr in die Augen, und ihr schwer zu bändigendes Haar leuchtete im sanften Schein der elektrischen Laternen auf der Veranda. An ihrem linken Arm klimperten Armreifen, als sie ihn hob, um zu klingeln.

«Hallo!» Sie küsste Fiona auf beide Wangen, und Fiona musste sich auf die Zehenspitzen stellen, weil sie flache Sandalen und Ilsa Stilettos trug, mit bronzefarbenen Riemchen und sehr hoch. Das ärgerte Fiona, die an ihren Fußboden und an ihren Rasen denken musste. Sie bat ihre Besucher niemals, ihre Schule auszuziehen, hoffte aber immer, sie würden zumindest praktisches Schuhwerk tragen. Ilsa tat das nie.

«Tut mir leid, dass Michael nach Kopenhagen musste», sagte Fiona.

Ilsa zuckte die Achseln und trat ein. «Ist denn schon jemand da?»

«Nein. Du bist die Erste», antwortete Fiona und folgte ihr in die Küche.

«Wo soll ich die hinstellen?» Ilsa holte zwei Flaschen Veuve Clicquot aus der Tasche.

«Du bist viel zu großzügig. Danke.» Fiona stellte sie in den Kühlschrank, ärgerte sich aber darüber. Das war mal wieder typisch für Ilsa. Die beiden Flaschen französischer Champagner ließen alles andere – den Riesling, das Sommergemüse-Gratin, das jetzt auf Appetizer-Löffeln verteilt war, die panierten Lammkoteletts, zum Grillen bereitgelegt, die Crostini – irgendwie schäbig wirken.

«Alles in Ordnung mit dir?», fragte Ilsa.

«Alles in Ordnung. Warum?»

«Du siehst … müde oder so aus.»

«Na vielen Dank.»

«Ach, sei doch nicht so empfindlich. Du siehst perfekt aus wie immer. Ich dachte nur … aber egal. Kann ich etwas zu trinken haben? Und wo ist denn dein Ehemann? Ich muss ihn noch ausschimpfen, weil er meinen Mann diesen Wölfen in Kopenhagen vorgeworfen hat.»

Fiona öffnete den Kühlschrank wieder und stand einen Augenblick ganz still da. *Dein Ehemann.* Jane, die viel zu direkte Frau aus ihrem Lesezirkel, deren Kommentar sie so aus der Bahn geworfen hatte, hatte Ilsa vor ein paar Jahren kennengelernt und hinterher gesagt: «Also, das ist eine Frau, mit der ich meinen Mann lieber nicht allein lassen würde.» Aber sie hatte es in einem bewundernden Tonfall gesagt. Wenn Jane eine Freundin gewesen wäre, hätte Fiona sicher etwas wie *Du hast ja keine Ahnung* erwidert.

«Er ist oben. Er ist erst spät von der Arbeit gekommen», log Fiona und bemühte sich, ruhig zu klingen. Sollte sie vielleicht doch noch eine Tablette nehmen? *Keine gute Idee. Nein.*

Ilsa rümpfte die Nase über den Riesling. «Hast du nicht etwas, was nicht so süß ist?», fragte sie.

«Draußen ist noch Pinot grigio. Oder ich mache den Champagner auf.»

«Nein, nein, der ist für Tim und dich. Außerdem ist er nicht kalt.»

Die Klingel. Fiona atmete tief durch. *Du schaffst das. Du kannst so tun, als ob alles in Ordnung wäre. Das tust du ja immer.*

Der Künstler und seine Frau kamen als Letzte. Er war hochgewachsen und trug ein dunkles Anzugjackett, das zu formell und gleichzeitig genau richtig formell wirkte. Seine Augen waren blau, das Haar weiß. Unter dem Jackett trug er ein weißes Hemd, keine Krawatte. Er sah auf diese übertrieben männliche Art gut aus, die Fiona nicht besonders mochte (alles war irgendwie zu groß, die Hände, das Kinn, die Nase, die Brauen).

Seine Frau stand neben ihm, mit grauen Strähnen im blonden Haar, ein bisschen wie ein Vögelchen. Fiona konnte sich nicht an ihren Namen erinnern. Anna? Elizabeth? Irgendetwas Klassisches. Sie wollte Tim danach fragen, weil er Namen niemals vergaß, aber bisher hatte sie es geschafft, nur dann mit ihm zu reden, wenn es absolut unumgänglich war. Und das hier, entschied Fiona, war nicht absolut unumgänglich. Es war doch völlig egal, wie die Frau hieß. Zum ersten Mal in ihrem Leben war sie eben nicht die perfekte Gastgeberin, würde nicht herumgehen und die Leute einander vorstellen, zwischen ihren Gästen vermitteln und sich um jede Winzigkeit kümmern. Sie nickte und winkte Lincoln und diesem Vögelchen von einer Frau zu und ging ins Badezimmer, wo sie die Tür verriegelte, sich gegen die Wand lehnte, die Augen schloss und versuchte, sich zu sammeln. Es war schon das zweite Mal an diesem Abend, dass sie das tun musste.

Als sie wieder herauskam, lehnte Ilsa an der Wand im Flur.

«Ich bringe einfach nicht den Mut auf, mich ihm vorzustellen. Meinst du, du könntest das für mich tun?»

«Seit wann fehlt dir der Mut, dich jemandem vorzustellen?»

«Ich bin heute ein bisschen schüchtern, glaube ich. Er ist immerhin ein unglaublich guter Künstler.» Ilsa schüttelte sich das Haar aus den Augen. «Ich habe mal vor einem seiner Gemälde gestanden und geweint, weil mir klarwurde, dass egal was ich auch tue: Ich werde niemals etwas so Wunderschönes erschaffen können. Er war mal Gastdozent in meinem Kunstseminar, und ich saß ganz vorne, vollkommen beeindruckt.»

«Na ja, ich könnte dich ihm vorstellen, aber ich kann mich an den Namen seiner Frau nicht mehr erinnern», entgegnete Fiona.

«Ich will ja nicht seine *Frau* kennenlernen.» Ilsa schlängelte sich an Fiona vorbei, und die Badezimmertür fiel hinter ihr ins Schloss. Einen Augenblick lang starrte Fiona die verschlossene Tür an und dachte, dass sie etwas anderes hätte sagen sollen, dass Ilsa an diesem Abend etwas verwirrt wirkte. Aber stattdessen ging sie einfach. Sie musste Rita bitten, die Crostini auf den Grill zu legen und die gesalzenen Tomatenscheiben herauszuholen. Sie hatte andere Sorgen.

Später sah Fiona Ilsa zurück nach draußen und in den hinteren Teil des Gartens gehen, wo sie sich an den Zaun lehnte und sich mit Jane unterhielt. Jane fing sofort an zu lachen, und Ilsa stimmte in das Lachen mit ein, und dann beugten sie sich zueinander und sprachen so vertraut miteinander, als kennten sie sich schon seit Ewigkeiten. Fiona spürte so etwas wie Eifersucht. Warum fiel es Ilsa so leicht, Freunde zu finden? Und warum schaffte sie selbst das nicht? Einen Augenblick später ging Jane zum Bartisch und winkte dabei mit ihrem leeren Weinglas. Und während Fiona noch dastand und zuschaute und das Gefühl hatte, dass ihr Garten gar nicht ihr Garten war, sondern eine Bühne mit vielen Schauspielern darauf, sah sie, wie Lincoln die Unterhaltung mit Bill und Allison Du Pont neben der Blautanne beendete. Er ging auf Ilsa zu. Er berührte ihr Handgelenk, hob es ein wenig an und sagte etwas zu ihr. Sie lächelte zu ihm auf. Dann untersuchte er ihr anderes Handgelenk. Er las ihr Tattoo. Fiona konnte den Blick nicht abwenden, als er Ilsa sanft die Ponyfransen aus dem Gesicht strich.

Schließlich überquerte Fiona den Rasen und ging mit dem merkwürdigen Gefühl, zu spät zu kommen, zu ihnen. «Lincoln, entschuldigen Sie, dass ich so unhöflich war und Sie und Ihre Frau noch nicht begrüßt habe.» Sie betonte die Worte «Ihre Frau» besonders und richtete sie an Ilsa. Dann senkte sie die Stimme. «Aber ich muss Ihnen etwas gestehen. Es ist mir ungeheuer peinlich, aber ich kann mich nicht an den Namen Ihrer Frau erinnern. Bitte verzeihen Sie mir das. Verraten Sie mir doch einfach ihren Namen, dann können wir diese unangenehme Angelegenheit vergessen.»

Lincoln wandte den Blick nicht von Ilsas Gesicht. Und Ilsa wandte ihren Blick nicht von seinem, und Fiona hätte sie am liebsten geohrfeigt, um sie zurück in die Wirklichkeit zu holen. «Sie heißt Rebecca», sagte er. «Ich sage es ihr nicht, versprochen.» Immer noch lag sein Blick auf Ilsas Gesicht. «Ich wollte sowieso gerade gehen. Rebecca ist schon fort. Kopfweh. Es war sehr schön, Sie kennenzulernen, Ilsa Bisette», sagte er. «Und, Fiona, eine schöne Party.»

Damit ging er.

Fionas Stimme war eiskalt. «Nur weil du ihn als Künstler schätzt, bedeutet das noch lange nicht, dass du dich unangemessen verhalten kannst», sagte sie. «Immerhin bist du eine verheiratete Frau.»

Ilsa lachte ihr ins Gesicht. «Du bist ja so verklemmt. Unangemessenes Verhalten? Komm schon. Wir haben uns nur unterhalten. Zwei Minuten lang, höchstens.»

«Er hat dich angesehen, als würde er dich am liebsten auffressen.»

«Wirklich?»

«Ilsa», sagte Fiona und hoffte, ihr Tonfall klänge wie eine Warnung.

«Entspann dich, große Schwester. Ich werde dir die Party nicht ruinieren, indem ich mich von ihm aufs Buffet werfen lasse und ...»

«Es ist kein *Buffet*», zischte Fiona.

«Du benimmst dich noch angespannter als sonst, weißt du.»

«Und *du* benimmst dich wie eine pubertäre Göre.»

«Immer noch besser, als sich wie eine alte Frau zu benehmen.»

Fiona drehte sich um und ging. Sie drängte sich durch eine kleine Gruppe Leute und wünschte sich, dass sie alle sofort nach Hause gehen würden. Ilsa mit ihrer verführerischen

Eleganz, Lincoln mit seinem aufgesetzten Charisma, sie alle, jeder Einzelne, weg.

Tim auch. Auch ihn wollte sie hier nicht haben.

Später, als die Gäste endlich gegangen waren – viel zu langsam für ihren Geschmack –, setzte sie sich daher nicht mit ihm an den Granittisch, trank mit ihm die Reste aus den Flaschen und analysierte den Abend, wie sie es sich noch am Nachmittag ausgemalt hatte, sondern tat etwas, von dem sie nie gedacht hätte, dass sie es tun würde: Sie packte Tim einen Koffer (sehr ordentlich, natürlich) und sagte ihm, er solle das Haus verlassen.

Aber sie fühlte sich kein bisschen besser, als er fort war.

3

DER NORDAMERIKANISCHE SCHWARZBÄR (URSUS AMERICANUS) Im Frühling und Sommer geben die nordamerikanischen Schwarzbären ihr Einzelgängerdasein vorübergehend auf, um sich zu paaren. Während das Männchen mit so vielen Weibchen wie möglich kopuliert, paart sich das Weibchen nur ein Mal alle zwei Jahre und wirft alle zwei bis vier Jahre. In den Jahren, in denen die Muttertiere zur Paarung bereit sind, zwingen sie ihren einjährigen Nachwuchs, sich von ihnen zu trennen – unter anderem um die Jungen vor der Aggression der Bärenmännchen während der Paarungszeit zu schützen.

✦

Ilsa fuhr. Sie fuhr und sie wartete. Obwohl sie schnell fuhr, über den Asphalt, über die Autobahn, fühlte sie sich reglos und gespannt. Sie berührte ihre Unterlippe, die ganz angeschwollen war vom Küssen, und dachte: *Müsste das nicht wenigstens weh tun? Ich spüre gar nichts.*

Aber dann, auf halbem Weg zum Ferienhaus, kurz hinter Holland Marsh und dem Bauernmarkt, bei dem Fiona jeden Sommer unbedingt anhalten wollte, um frische Lebensmittel zu kaufen, spürte Ilsa doch etwas: Sie war sauer, dass Fiona nicht da war. Wie konnte sie Ilsa einfach so diese Nachricht auf dem Anrufbeantworter hinterlassen: «Ich komme nicht mit. Ich habe die Autovermietung angerufen und die Versicherung auf deinen Namen eintragen lassen, vergiss die

Kindersitze nicht» (als ob sie die Kindersitze für ihre eigenen Kinder vergessen würde!), und dann das Telefon ausschalten? Ilsa hatte mehrfach versucht, ihre Schwester anzurufen, wobei sie jedes Mal, wenn sie die Anruftaste drückte, wütender wurde. Sie war sich nicht einmal sicher, was sie sagen wollte. Wahrscheinlich etwas wie: *Na komm, wir hatten doch schon schlimmere Kräche, und du bist doch noch nie einer Verantwortung ausgewichen*, in der Hoffnung, das Wort *Verantwortung* würde Fiona wieder zur Besinnung bringen.

Erst als der Ärger auf ihre Schwester kam, spürte sie den Schmerz, den sie erwartet hatte und der in ihr Herz ausstrahlte oder zumindest in die Gegend, von der sie annahm, dass dort ihr Herz war – ihr Herz im übertragenen Sinn, nicht das anatomische. Eingebildeter Schmerz, denn so etwas wie ein Herz gab es ja gar nicht, jedenfalls nicht so, wie es im Sprachgebrauch verwendet wurde. Sie warf einen Blick in den Rückspiegel zu Ani und Xavier, die beide schliefen, Xavier mit dem Daumen im Mund und verschwitzten Locken an den Schläfen, Ani mit ihren dunklen, geschwungenen Wimpern, und sie musste an Michael denken. Dann dachte sie an Lincoln. Dann versuchte sie sich wieder auf die Straße zu konzentrieren, aber es gelang ihr nicht, also fuhr sie an die Seite und schloss für eine paar Minuten die Augen. Sie war noch nie gut darin gewesen, lange Strecken zu fahren.

Ilsa hatte am Abend zuvor nur so getan, als sei sie zu schüchtern, um mit Lincoln zu sprechen. In Wirklichkeit hatte sie die ganze Zeit darauf gewartet, dass er auf sie zukäme. Im selben Augenblick, in dem sie ihn sah, wusste sie, dass sie ihn wollte, und zwar auf eindeutige, falsche Weise, daher hatte sie entschieden, dass es kaum einen Sinn hatte, mit ihm zu reden, wenn er nicht dasselbe fühlte, wenn er nicht ein Mann war, der solche Dinge tat. Es war schon eine Weile her, aber Ilsa war noch immer mit den Feinheiten der Verführung vertraut: Vor allem wusste sie, dass ein Mann wie Lincoln nicht wollen würde, dass sie den ersten Schritt machte. Ein Mann wie Lincoln wollte jagen und dann zuschlagen.

Also wartete sie und beobachtete ihn dabei, wobei sie darauf achtete, seinen Blick zu halten, sobald sie sich ansahen. Endlich ging Jane, um sich ein zweites Glas Wein zu holen, und er spazierte über den Rasen, ohne sie aus den Augen zu lassen. Er berührte sie sofort, indem er ihr Handgelenk in seine schlanken Hände nahm, um sie zu betrachten.

«Sie sind auch eine Künstlerin», sagte er, «nicht wahr? Ich erkenne da Farbe auf Ihren Handgelenken.» Ilsa hatte es gar nicht bemerkt, aber es stimmte. Auf dem Handgelenk, das nicht von Armreifen und Tattoo-Tinte bedeckt war (Ilsa hatte sich ein französisches Sprichwort auf ihr linkes Handgelenk stechen lassen) waren Spuren von dunkelvioletter Farbe, der Farbe von blauen Flecken. «Vielleicht bin ich ja nur Anstreicherin», hatte Ilsa erwidert, und Lincoln hatte gelacht.

«Ich sehe genau, dass Sie mehr als das sind. Ich erkenne einen Künstler, wenn er vor mir steht.»

«Wirklich?»

«Wirklich. Was malen Sie denn?»

«Nichts von Bedeutung.»

«Sagen Sie mir Ihren Namen. Ich werde überprüfen, ob Ihre Werke von Bedeutung sind oder nicht.»

«Ilsa Bisette.» Das Haar fiel ihr in die Augen. Sie schob es zur Seite; dabei klimperten ihre Armreifen. Er hatte sein Handy hervorgeholt, und sie versuchte, sich darüber nicht zu ärgern. *Er will sichergehen, dass ich jemand bin und nicht niemand.* Einen Augenblick lang las er etwas auf dem Bildschirm, steckte sein Handy dann wieder weg und griff nach ihrem anderen Handgelenk. Seine Berührung war jetzt sanfter. Er las das Tattoo. «Gauguins Worte», sagte er. Ilsa war siebzehn gewesen, als sie es sich hatte stechen lassen. Fiona hatte damals gesagt: «Du wirst es eines Tages bereuen, wenn du alt und runzlig bist und Tinte am Handgelenk hast», und Ilsa hatte entgegnet: «Das bezweifle ich ernsthaft», und Fiona hatte gesagt: «Du bezweifelst ernsthaft, dass du es bereuen wirst, oder du bezweifelst ernsthaft, dass du jemals alt und runzlig sein wirst?» Ilsa hatte darauf nicht geantwortet. Das Tattoo lautete: *Je ferme les yeux afin de voir.* (Ich schließe die Augen, um zu sehen.) Ilsa hatte damals noch ein anderes Zitat in Erwägung gezogen.

Lincoln lehnte sich gegen den Zaun, Ilsa stellte sich daneben. Er schaute hoch zu den zahllosen Sternen am tintenblauen Himmel und sah dann sie an, und sie fühlte sich wie einer der Sterne, die er gerade angeschaut hatte, voller Erwartung, Lichtjahre von ihrem Leben entfernt – aber vielleicht auch nur Sekunden vor der Katastrophe. Für einen flüchtigen Moment hatte sie die Vision von einem Bild. *Stern am Sommerhimmel, kurz bevor er fällt.* «Wann gehst du? Meine Frau ist schon fort.» Ilsa räusperte sich. Sie schluckte. Sie versuchte, nicht so enttäuscht zu sein. *Was wolltest du denn, dass er sagt?* Etwas anderes. Etwas Unvergessliches. Etwas nicht ganz so Direktes. Und etwas, das nicht die Worte «meine Frau» enthielt.

Ilsa wollte noch gar nicht gehen, aber als sie schließlich ihre Stimme wiederfand, murmelte sie: «Bald. Vermutlich.» «Wohnst du hier in der Nähe?», fragte er. Sie nickte, unfähig, Worte zu finden, nicht einmal *Ja.*

«Ich würde dich gern nach Hause bringen», sagte er. «Das wäre schön», antwortete sie, endlich ein ganzer Satz, weil «Ich würde dich gern nach Hause bringen» gut klang. Ein wenig süß, ein wenig verheißungsvoll. Und doch klang ihre Stimme falsch, als riebe sie gegen etwas, vielleicht gegen Stein. «Ich warte auf dem Bürgersteig draußen auf dich», sagte er. Und dann kam Fiona mit ihrer aufgeplusterten Moral.

Danach ging Ilsa ins Badezimmer, wo sie sich im Spiegel anstarrte. «Du willst das gar nicht tun», sagte sie zu sich selbst. Sie war im Begriff, eine Grenze zu überschreiten, und danach würde es kein Zurück geben. Sie würde zu jemandem werden, der sie nie hatte sein wollen. Aber dennoch zerbiss sie ein Pfefferminzbonbon zwischen den Backenzähnen, spülte sich den Mund aus und glättete sich die Haare und das Kleid. Sie kam sich vor wie eine Drogensüchtige. Schwitzig, beschwingt, bereit für den Schuss. Sie verabschiedete sich von Tim, aber nicht von Fiona, deren Gesicht ganz blass und wütend wirkte und die die Lippen fest zusammengepresst hatte, so als müsse sie mit aller Kraft etwas zurückhalten. *Du bist einfach viel zu langweilig, als dass du solche Gefühle hättest, als dass du dich nach etwas anderem sehntest als nach deinem Vorstadtleben. Wahrscheinlich merkst du gar nicht, dass Tim dich gar nicht mehr richtig küsst. Aber vielleicht tut er es ja doch.* Bei diesem Gedanken spürte Ilsa einen Stich. *Vielleicht bist du ja eine von den Glücklichen.*

Ilsa ging zu Lincoln und dachte dabei an ihre Zeit in der Kunsthochschule, besonders an jenen Nachmittag, als er als Gastdozent in ihrem Landschaftsmalereiseminar aufgetaucht war.

Sie erinnerte sich daran, damals überlegt zu haben, wie er als Mensch wohl so war, hinter all dem Gerede über Kunst, unter der Kleidung. (Kleidung: Sie erinnerte sich sogar daran, was er getragen hatte. Ein Jackett und ein Hemd, genau wie heute Abend. Das Hemd war dunkelgrau gewesen.) Jetzt drehte er sich um, und im Schein der Straßenlaterne dachte sie: *Vielleicht wusste ich immer, dass er eines Tages in mein Leben zurückkehren würde, wenn auch nur um zu …* aber sie dachte den Gedanken nicht zu Ende, weil sie seine Absichten nicht kannte. Als er auf sie zutrat, sah er aus wie ein Löwe, der sich ungeheuer freut, dass er die besten Teile der Beute selbst fressen darf: das Herz, die Lenden. *Sei nicht so dramatisch*, schalt sie sich. «Hallo», sagte sie zu ihm. Er lächelte, griff nach ihrer Hand, zog sie an sich, bis sie ganz nah bei ihm stand (mit in den Nacken gelegtem Hals, weil er trotz ihrer hohen Absätze so viel größer war als sie), und sagte: «Hallo, Schönheit.» (Wieder spürte sie diese Enttäuschung über seine Worte. «Hallo, Schönheit»? Wie vorhersehbar. Vorhersehbar wollte sie nicht.) «Wusstest du eigentlich», sagte sie und tat dabei kokett, «dass du mal mein Lehrer warst?»

Ilsa fuhr weiter und bog in eine Ausfahrt. Sie war jetzt ganz in der Nähe. Das Knirschen des Kieses unter den Reifen entspannte sie. Kein Asphalt mehr, Bäume zu beiden Seiten. Sie öffnete das Fenster. Ihre Anspannung machte langsam einer gewissen gespannten Erwartung Platz. Aber da war noch etwas anderes: Das Ziehen in ihrer Brust war stärker geworden. Denn statt alles, was sie sah, während sie durch die Landschaft fuhr, für später aufzunehmen, zu verarbeiten und es später auf die Leinwand zu projizieren, wie sie es früher konnte, tat sich in ihr schlicht … gar nichts. Sie atmete tief und schmerzhaft durch, dann kehrte das Gefühl des Nichts zurück, und sie war wieder dort, wo sie angefangen hatte.

Ani rührte sich in ihrem Sitz. «Mama?», sagte sie.

«Wir sind bald da», sagte Ilsa. «Ganz bald.» Sie schaute in den Rückspiegel und lächelte ihre Tochter an. «Pst. Bitte noch nicht deinen kleinen Bruder aufwecken.»

Bevor er nach Kopenhagen gefahren war, hatte Michael vorgeschlagen, die Kinder für das ganze Wochenende bei Sylvie zu lassen, statt sie mit nach Muskoka zu nehmen. «Vielleicht brauchst du mal eine Pause», hatte er bemerkt, und sie begriff, dass das seine Art war, die Distanz zwischen ihnen anzusprechen. «Helen wäre untröstlich», hatte Ilsa entgegnet, konnte ihm aber nicht in die Augen sehen. Und das war vor der Party gewesen, bevor sie ihn offiziell betrogen hatte, statt nur davon zu träumen, ihn zu betrügen. Jetzt war sie froh darüber, die Kinder mitgenommen zu haben. Wenn sie Ani und Xavier ansah, spürte sie wenigstens etwas. Die Bilder, die sie von ihnen gemalt hatte, waren die einzigen, die noch gut waren. Aber niemand wollte Bilder ausstellen, auf denen nur ein kleiner Junge und ein kleines Mädchen zu sehen waren.

«Wie läuft es denn?», hatte Michael sie erst neulich gefragt. «Ich habe das Gefühl, dass du mir schon lange keine Bilder mehr gezeigt hast.»

Allerdings. Fast ein Jahr lang. Das einzige, was ich habe, ist eine Leinwand voller dunkelvioletter Striche, einer für jeden Tag, der vergangen ist, ohne dass ich gemalt habe, und jetzt ist die ganze Leinwand dunkelviolett, es gibt keinen einzigen weißen Fleck mehr. Aber das hatte sie ihrem Mann nicht gesagt. Sie hatte ihn angesehen und war wütend auf ihn geworden. *Dass du es erst jetzt gemerkt hast!* Und dann hatte sie gelogen und behauptet, sie habe bald wieder eine Ausstellung.

Aber das Datum war gekommen und vergangen, und er

hatte es nicht mehr erwähnt. Sie war erleichtert gewesen, nicht mehr lügen zu müssen, aber etwas in ihr wusste, dass er es wusste und es nur nicht aussprach. Darin lag eine Grausamkeit, die er einfach nicht in der Lage war zu begreifen, aber sie spürte sie nur allzu gut.

Jetzt bog Ilsa auf den Parkplatz am Hafen ein. Wie üblich kam einer der unzähligen Söhne von Johnny auf sie zu, dem Besitzer des Yachthafens und des Restaurants auf dem Gelände – außen wirkte es heruntergekommen, die weiße und blaue Farbe blätterte von der Holzfassade, über der Tür hing ein Schild, auf dem DELFIN-SEAFOOD in ungleichmäßiger Schrift stand; aber nichts davon (nicht einmal die Tatsache, dass es in den Muskoka-Seen gar keine Delfine gab) minderte den Kultstatus seiner Gerichte aus frisch gefischten Seefischen.

«Wie lange bleiben Sie?», fragte er, als sie ihr Fenster heruntergelassen hatte. Sie versuchte sich an seinen Namen zu erinnern. War dieser hier Benjamin oder Conrad oder Tom? Sie sahen alle fast gleich aus. Sonnengebleichtes Haar, das im Winter vermutlich dunkelblond wurde, gebräunte Haut, blaue Augen. Und dann gab es da noch einen, einen jüngeren, aber sie konnte sich beim besten Willen nicht mehr an seinen Namen erinnern, außer, dass er mit J begann. Sie sah sich den Jungen genauer an. Vielleicht war der hier der jüngste. Es lag etwas in der Art, wie er sprach, in dem gewissen Stolz auf das, was er tat, was die anderen nicht hatten, nicht aus Respektlosigkeit, sondern weil sie es vermutlich schon zu lange gemacht hatten, um es noch gern zu tun.

«Dienstagmorgen … tut mir leid, ich weiß deinen Namen nicht mehr.»

«Jesse», antwortete er.

«Genau, Jesse.» Sie versuchte immer, nett zu den Jungen zu sein, weil sie keine Mutter mehr hatten – zumindest waren ihre Mütter nicht mehr da. Im Laufe der Jahre waren immer wieder Frauen da gewesen, nichtssagende Blondinen, die in Ilsas Augen alle gleich aussahen. Unweigerlich wurden Johnnys Freundinnen schwanger, und ebenso unweigerlich verließen sie ihn und das Baby und gingen dorthin zurück, von wo sie gekommen waren. «Man muss schon sehr unglücklich sein, um sein eigenes Baby zurückzulassen», hatte Helen einmal gesagt, war dann ganz nachdenklich und still geworden, bis sich ihre Miene wieder aufhellte und sie sagte: «Verstehe ich nicht. Johnny ist so ein Schatz. Eines Tages müssen wir ihm eine ordentliche Frau suchen. Wenigstens für eine gewisse Zeit.» Länger als eine gewisse Zeit hatten auch Helens Beziehungen nicht gehalten, aber sie schien das nicht zu bedauern.

«Könntest du mich bald zur Insel rüberfahren?», fragte Ilsa. Helen hatte sich immer dagegen gewehrt, ein Motorboot anzuschaffen, deshalb waren sie auf Johnny und die Jungen angewiesen, wenn sie auf die Insel und wieder zurück wollten, gegen Geld. Der Junge namens Jesse nickte. «Wahrscheinlich in ungefähr zehn Minuten. Ich trage Ihr Zeug zum Pier und muss dann noch kurz im Restaurant Bescheid sagen. Wenn Sie runter in den Laden gehen, ruft Myra Sie an.»

«Danke.» *Myra.* Vielleicht hatte Johnny nach all den Jahren beschlossen, noch einen weiteren Sohn haben zu wollen. Sie kam sich ein wenig gemein vor, so zu denken. Aber sie war trotzdem neugierig, diese Myra zu sehen, die Nächste in der Reihe. War sie vielleicht schon schwanger? Ilsa öffnete den Kofferraum für Jesse, schnallte dann Ani ab, hob sie aus dem Kindersitz und stellte sie auf den Kies – «Schau mal nach, ob deine Sandalen auch festsitzen» –, um sich dann wieder ins Auto zu beugen und Xavier sanft zu wecken.

«Wach auf, *mon chou*», murmelte sie in sein Haar. «Wir fahren jetzt mit dem Boot, und dann sind wir bald bei Nanny.»

Er öffnete die Augen und lächelte. Er war immer fröhlich, wenn er erwachte. Nicht wie Ani, die immer ein wenig Zeit brauchte, um wieder in der Welt anzukommen. Xavier wachte oft frühmorgens mit seinem Vater auf, aber Ani schlief lange aus, bei zugezogenen Vorhängen, wie ein Teenager. An den Wochenenden kam sie oft zu Ilsa ins Zimmer, und dann schliefen sie den ganzen Morgen lang. «Nanny! Und schwimmen?» Seine Stimme war hoffnungsvoll.

«Ja, schwimmen. Natürlich schwimmen wir.» Sie hob ihn aus dem Auto und setzte ihn sich auf die Hüfte. «Die ganze Zeit sogar, wenn du möchtest.»

«Kekse?», fragte Ani.

Ilsa nahm sie bei der Hand. «Ganz bestimmt gibt es auch Kekse. Und Erdbeeren. Und Brombeeren.» Sie küsste Xavier auf den Scheitel, stellte ihn dann auf den Boden und nahm ihn an ihre andere Hand. Zu dritt gingen sie zusammen zum Gemischtwarenladen im Gebäude.

Darin roch es wie immer nach Fisch. «Was ist das für ein Geruch?», fragte Ani mit gerümpfter Nase. «Frisch geschuppter und ausgenommener Fisch», erwiderte Ilsa. *«Ausgenommen?»*, wiederholte Ani. «Das bedeutet … sauber gemacht», erklärte Ilsa. «Riecht aber gar nicht sauber», stellte Ani fest.

Die Frau hinter dem Tresen hatte fast schwarzes Haar, das sie zu einem strengen Dutt aufgesteckt hatte, und trug ein dunkelblaues DELFIN-T-Shirt über engen Jeans. Sie trug eine Lesebrille, die sie jetzt abnahm und auf den Tresen legte. Sie lächelte Ani an. Sie sah überhaupt nicht wie eine von Johnnys Frauen aus. Erstens war sie nicht blond. Außerdem trug sie Perlenohrstecker, die Ilsa hier fehl am Platz vorkamen. Die Frau sah jetzt immer noch lächelnd Ilsa an, und Ilsa erkannte etwas in ihren Augen wieder. Eine gewisse Traurigkeit. Ilsa lächelte zurück.

Johnny, der ebenfalls hinter dem Tresen stand und telefonierte, einen Stapel Kassenzettel vor sich, nannte diese Frau «Babe» und bat sie, ihm den Taschenrechner zu geben.

Einen Augenblick später legte er auf. «Hey, Ilsa, wie geht's dir denn so?»

«Sehr gut, danke, Johnny. Und selbst?»

«Gar nicht schlecht. Also, das Restaurant ist gerade proppenvoll mit Frühstücksgästen. Es könnte schon halb elf werden, bis Jesse euch mitnehmen kann. Ist das in Ordnung? Er muss beim Bedienen helfen. Willst du mit deinen süßen Kindern vielleicht noch einen Happen essen?» Ilsa fand die Vorstellung von Essen nicht besonders verlockend. «Habt ihr beide denn Appetit auf Frühstück?», fragte sie die Kinder. Xavier antwortete nicht, und Ani schüttelte heftig den Kopf, vermutlich nahm sie an, dass sie Fisch essen sollte. Stattdessen zeigte sie auf einen Schokoriegel neben der Kasse. Ilsa zögerte – das war industriell verarbeitetes Essen, voller Mist –, nahm dann aber zwei Riegel heraus und sagte: «Wir nehmen die hier und machen einen kleinen Spaziergang.»

«Ich setze sie auf die Rechnung», sagte Johnny und widmete sich wieder seinen Quittungen.

Myra, die Frau, räusperte sich. «Ich könnte sie bringen», bot sie an.

«Nee. Jess tut das gern. Er muss ja auch irgendwie seinen

Lebensunterhalt verdienen.» Johnny sah nicht einmal von seinen Kassenzetteln auf.

«Ist schon gut. Es macht uns nichts aus zu warten.» Ilsa ging mit Ani und Xavier hinaus auf den Parkplatz. Sie hielten sich am Rand der unbefestigten Straße, so nah an den Bäumen wie möglich.

«Vielleicht sehen wir einen Hirsch», sagte Ilsa. «Oder einen Hasen.»

«Oder einen Tiger!» Ani hatte bereits ein schokoladenverschmiertes Gesicht.

Die einzigen Geräusche außer ihren Schritten auf dem Kies waren das Summen der Insekten und das Krächzen der Krähen, das hin und wieder zu hören war.

Aber bald hörte Ilsa ein Motorengeräusch und zog sie beide von der Straße weg und in eine Einfahrt, um einen Pick-up vorbeizulassen. Der Fahrer winkte Ilsa zu, und Ilsa winkte zurück, weil man das hier im Norden so tat, ob man sich kannte oder nicht.

Jetzt traten sie wieder auf die Straße. Ilsa begriff einen Moment lang nicht, was sie da vor sich sah.

Eine große Gestalt. Fell. Bewegte sich aus den Bäumen heraus und auf die Straße.

Ein Wolf? Die Gestalt war nur knapp zehn Meter entfernt. Nein, zu groß für einen Wolf.

Bär. Sie packte Anis und Xaviers Hände ganz fest und riss sie zurück. «Scheiße», sagte sie laut, sah dann auf die Kinder hinunter. «Pst.»

«Tiger?», flüsterte Ani.

«Bär. Seid still.»

Wenn wir doch nur nicht spazieren gegangen wären, dachte Ilsa. Der Bär hatte die Straße überquert und hielt nun inne, als spürte er, dass sie da waren. *Natürlich spürt er uns. Er wittert uns vermutlich. Scheiße.* Ilsa überlegte, ob es gut wäre zu rennen. Aber man sollte doch vor Bären nicht wegrennen, oder? *Groß.* Man musste sich groß machen. Sie nahm erst Xavier und dann Ani auf den Arm. Sie schubsten sich gegenseitig, und ihre Beine baumelten an ihr herab. Xavier kicherte. *Pst*, machte Ilsa wieder.

Jetzt sah der Bär direkt in ihre Richtung. Er blieb mitten auf der Straße stehen. Sie – plötzlich hatte Ilsa das Gefühl, dass es ein Weibchen war – hob die Schnauze. Was, wenn sie Junge hatte? Wurden Bärinnen nicht ganz besonders gefährlich, wenn sie Junge hatten? Ilsa drückte ihre Kinder an sich, bis Ani «Au» flüsterte und versuchte, sich von ihr zu lösen. Ilsa drückte fester. Xavier ließ seinen Schokoriegel fallen. Die Bärin blinzelte bei der Bewegung und dem Geräusch.

Die Bärin und Ilsa sahen sich jetzt direkt in die Augen. *Darf man Bären in die Augen sehen?* Ilsa war sich nicht sicher, aber sie hätte ohnehin nicht wegschauen können, selbst wenn die Bärin auf sie zugekommen wäre. Kurz kam ihr der panische Gedanke, dass sie jetzt bekam, was sie verdiente. Und sie wünschte sich Fiona herbei, es war ein plötzlicher, kleinmädchenhafter Drang, bei ihr zu sein. «Wusstest du, dass du als kleines Mädchen immer nach Fiona gerufen hast, wenn du Angst hattest?», hatte Helen ihr einmal erzählt. «Glaub ich nicht», hatte Ilsa entgegnet. «Doch, es stimmt. Daher wusste ich, wie lieb du sie hast», hatte Helen gesagt.

Fiona wüsste genau, was wir jetzt tun müssen.

Die Bärin schnaubte, schnaubte noch einmal, beugte sich in ihre Richtung – und schüttelte dann den Kopf, um ihren Weg über die Straße fortzusetzen.

Ilsa stand noch einen Augenblick lang wie erstarrt da und lauschte auf das Krachen der Zweige unter den Tatzen der Bärin. Dann setzte sie Ani und Xavier wieder auf den Boden und sagte: «Kommt, wir gehen zurück.»

«War das ein Tiger?», fragte Ani.

«Bär. Mama-Bär», antwortete Ilsa.

Xavier: «Mamas Bär?»

«Nein, nur … nur eine Bärin. Glaube ich jedenfalls. Ich weiß aber auch nicht, warum ich das glaube.» Ilsa neigte dazu, mit Kindern zu sprechen, als wären sie Erwachsene. Sie hätte auch gar nicht gewusst, wie sie sonst mit ihnen hätte umgehen sollen. «Tut mir leid mit deinem Schokoriegel, Xavier. Wir kaufen dir einen neuen.»

Endlich beruhigte sich ihr Herzschlag ein wenig. Das Restaurant war wieder in Sicht. Die Frau, Myra, stand draußen in der Nähe der Anlegestelle und schaute dabei zu, wie Jesse das Boot für die kurze Fahrt zur Insel fertig machte.

«Wir haben einen Bären auf dem Weg gesehen», sagte sie zu Myra.

«Oh ja, da gibt es in diesem Jahr einige. Die meisten haben Junge, es gibt aber auch eine einsame Bärin, die immer auf der Straße herumwandert. Hoffentlich macht sie keinen Ärger. Ein paar von den Jägern hier oben …» Myra schüttelte den Kopf und ließ den Satz unvollendet.

«Woher wissen Sie, dass es eine Bärin ist?», fragte Ilsa.

Myra zuckte die Achseln. «Ich weiß es einfach. Sie hat so etwas an sich.»

«Ich habe dasselbe gedacht.» Ilsa schaute der Frau erneut in die Augen. Es waren intelligente Augen, hellblau. Die Traurigkeit lag noch immer darin.

Jesse bedeutete ihnen, ins Boot zu steigen. Myra hob eine

kleine Rettungsweste empor, eine Rettungsweste für ein Kind. Sie sah ganz neu aus. «Braucht ihr die?»

«Nein, wir haben eigene, danke schön.»

Als das Boot losfuhr, schaute Ilsa in Richtung Bäume und suchte nach der Bärin. Sie sah einen Schatten, der sich bewegte, und blinzelte: Es war Myra, die allein in den Wald ging.

Liane saß am Anleger, als Ilsa, Ani und Xavier ankamen. Sie legte ihr Buch beiseite und stand auf, um zu winken. Ilsa war überrascht, ein Kajak – *das* Kajak – am Anleger vertäut zu sehen. Dann stieß das Boot gegen die andere Seite des Anlegers, und Jesse sprang heraus, um es zu sichern und sofort ihr Gepäck auszuladen. Ilsa bedankte sich bei ihm und gab ihm Trinkgeld, dann hob sie die beiden Kinder auf den Steg, bevor sie selbst hinaufstieg. Sie umarmte Liane. Sie hatte das Gefühl, dass es sehr lange her war, seit sie ihre Schwester zum letzten Mal gesehen hatte. Ilsa war in diesem Jahr nicht nach Toronto gekommen, und Liane war nur ein Mal in Rye gewesen, zu Weihnachten. Ilsa betrachtete ihre Schwester und überlegte, was an ihr so anders war. Sie trug einen alten Bikini von Ilsa, und er sah toll an ihr aus, das Schwarz des Stoffes hob ihre blasse und mit zarten Sommersprossen übersäte Haut hervor. «Du siehst gut aus», sagte Ilsa.

«Oh. Ich … habe meinen eigenen Bikini vergessen», sagte Liane, und Ilsa winkte ab.

«Du kannst ihn behalten.»

Liane beugte sich hinunter und küsste Ani auf die Nase, die Ani geschmeichelt runzelte. «Hallo, Krümel», sagte sie und kniff sie sanft in die Wange. In diesem Moment sah Ilsa ihn, wie er in der Sonne funkelte. Einen Brillantring.

Sie bückte sich, um an einer Tasche herumzuhantieren, dann richtete sie sich wieder auf und reckte sich. Liane küsste jetzt Xavier und streichelte ihm übers Haar. *Glitzer, glitzer, glitzer* machte der Ring.

«Was für ein großartiger Tag», sagte Ilsa. «Ich freue mich so, dass wir es endlich hierhergeschafft haben und nicht auf dem Weg von einem Bären gefressen worden sind.» Sie erzählte Liane von dem Bären, statt sie nach dem Ring zu fragen, was eine Schwester wohl normalerweise getan hätte. Dass Ilsa nicht sofort aus dem Häuschen war, weil ihre Schwester offenbar Adam heiraten wollte, den Ilsa aus verschiedenen Gründen verachtete, war keine Überraschung. Aber das, was sie wirklich gefühlt hatte, als sie den Verlobungsring am Finger ihrer Schwester sah, war eher etwas wie Eifersucht. *Auf wen?* Auf Adam, vielleicht. Oder auf irgendeine namenlose Freundin von Liane, der sie diese Nachricht zuerst überbracht hatte, die sie vielleicht um Rat gefragt hatte – «Was soll ich sagen?», hatte Liane vielleicht gefragt, weil die Entscheidung zu schwerwiegend für sie war. Andererseits, wer tat so was? Ilsa hatte genügend Heiratsanträge bekommen, um zu wissen, dass man normalerweise keine Zeit dazu hatte, jemanden anzurufen.

Selbst im Gefängnis darf man telefonieren.

Ilsa erzählte die Geschichte mit dem Bären zu Ende, und Ani stand neben ihr und nickte ernsthaft. «Ich dachte, es wäre ein Tiger», sagte sie.

Liane lachte. Dann wandte sie sich mit ernsthaftem Gesichtsausdruck an Ilsa. *Jetzt kommt's, jetzt wird sie es verkünden.* Aber Liane sagte nichts vom Ring. Stattdessen sagte sie: «Und Fiona kommt *wirklich* nicht? Was zum Teufel ist denn da los?» Und Ilsa wurde zu ihrer eigenen Überraschung rot und sagte: «Wir müssen später in Ruhe darüber reden», wobei sie den Kopf in Richtung Ani und Xavier neigte, um anzudeuten, dass sie diese Unterhaltung lieber nicht vor den Kindern führen sollten.

Liane zog eine Augenbraue hoch. «O-kay», sagte sie.

«Ich ziehe mir jetzt den Badeanzug an, sage Hallo zu Mom und mache den Kindern ein bisschen was zu essen. Bin gleich wieder da.»

Ilsa zog ihre Schuhe aus und ging den Pfad zum Haus hinauf. Sie hatte ihre kleine Reisetasche dabei und jeweils eine für die Kinder. Außerdem hatte sie noch zwei Stofftaschen mit Wein und Essen mitgebracht – hauptsächlich Essen für Ani und Xavier: Obst, Frühstücksflocken, Nudeln. Sonst hatte sie noch Syrah, Champagner, ein Baguette und Käse gekauft. Plötzlich ging ihr auf, dass sie so gepackt hatte wie immer, davon ausgehend, das Fiona schon für die Lebensmittel sorgen würde, dass sie auf dem Weg hierher anhalten würden und Fiona für alle einkaufen würde, wie sie es immer tat. Selbst als sie am Bauernmarkt vorbeigefahren war, war sie nicht auf die Idee gekommen, etwas anderes zu tun, als anzuhalten und ein kleines Nickerchen am Straßenrand zu halten. Einen Augenblick lang kam sie sich dumm vor, aber dann schüttelte sie das Gefühl ab. Sie würden schon zurechtkommen. *Und es wird dich überraschen, Fiona, dass wir dich alle gar nicht so brauchen, wie du glaubst.*

Aber es war merkwürdig. Ilsa hatte gar nicht gewusst, dass sie Fiona überhaupt brauchte, bis der Bär auftauchte.

An der Tür achtete Ilsa gar nicht auf Lianes Fußeimer – «Ach komm schon, das Wasser ist ganz frisch!», rief Liane vom Steg her – und ging barfuß hinein, wobei sie Schmutz und Sand erst auf den Fliesen im Flur, dann auf den Dielen im Wohnzimmer und in der Küche verteilte. Als sie das Essen verstaut hatte, trug sie ihre Reisetasche nach oben und stellte sie auf das Bett in ihrem Zimmer.

Ilsas Zimmer lag hinten im Haus, mit Blick auf die Bäume und den Bach. Es hatte ein Giebelfenster und ein Bett, das in die Wand gebaut und viel zu klein für sie war, aber sie schlief gern darin, weil sie sich dann wie ein Kind fühlte, ohne jede Verantwortung. Wenn sie mitkamen, schlief Ani im kleinen Bett, Xavier in einem großen Laufstall, und sie schlief auf einer Luftmatratze neben ihnen. Michael war nur selten mitgekommen – seine Familie hatte ein eigenes Ferienhaus auf einem Grundstück in Nantucket. Ilsa gefiel es dort gar nicht, vor allem, weil es so perfekt war und es in jedem Zimmer jede Menge Ablenkung in Form von Fernsehern und Telefonen und Computern gab. Weil fast alle Mitglieder seiner Familie das Wasser zu meiden schienen. Weil sie sich fürs Abendessen umzogen. Und weil seine Schwester Bemerkungen über ihren Mut machte, nur weil sie vom Bootshaus ins Wasser sprang.

«Es wäre mutig, wenn das Wasser voller Haie wäre», hatte sie entgegnet. Aber niemand hatte gelacht. «Hier gibt es tatsächlich manchmal Haie», hatte eine der Schwägerinnen gemurmelt. «Jedenfalls habe ich das mal gehört.» Das war an dem Wochenende gewesen, an dem sie mitgehört hatte, wie eine von Michaels Schwestern zu einer Schwägerin gesagt hatte: «Glaubst du, sie hat es auf sein Geld abgesehen?» Und die Schwägerin hatte müde geantwortet: «Oh, wahrscheinlich schon. Aber sie bekommt ja nichts davon.» Fast alle von Michaels Brüdern waren Rechtsanwälte, und es stimmte, dass Ilsa einen Ehevertrag unterschrieben hatte. *Ich habe es* nicht *auf sein Geld abgesehen*, hatte sie sagen wollen und wäre am liebsten in die Küche marschiert, um die beiden mit ihrem Erscheinen zu beschämen. *Ich habe ihn geheiratet … na ja, ich habe ihn geheiratet, weil er so seriös und* bieder *ist. Und das war ein riesiger Fehler. Und ich bin diejenige, die dafür bezahlt, nicht er.* Aber das hatte sie nicht getan. Stattdessen hatte sie Michael gebeten, ob sie einen Tag früher abreisen könnten, und er hatte gefragt: «Warum? Bist du krank?», und sie hatte geantwortet, ja, das sei sie, und dann waren sie gefahren.

Jetzt ging sie durchs Zimmer. Leinwände standen gegen eine Wand gelehnt. Sie erinnerte sich, dass sie sie im Sommer zuvor gemalt hatte. Auf den Dielen waren kleine Farbflecken an den Stellen zu sehen, wo sie sie noch feucht abgestellt hatte. Farbe auf dem Fußboden kümmerte Helen nicht, das wusste Ilsa, aber dennoch schaute sie jetzt auf die Farbflecken und fühlte sich schuldig. Sie besah sich eine der Leinwände und ließ sie dann gegen die andere zurückfallen. Das Bild war nicht großartig, aber im Vergleich zu dem, was sie in letzter Zeit zustande gebracht hatte – *überhaupt nichts, verdammt noch mal* –, war es brillant.

Sie zog ihr T-Shirt aus, den Rock und die Unterwäsche und schaute sich im Spiegel auf der Kommode an, um zu sehen, was Lincoln in ihr sah. Brüste, die vielleicht nicht mehr so straff waren wie früher, aber gleichzeitig nicht groß genug, um zu hängen, mit kleinen Nippeln, von denen Eric, ihr erster Mann – den sie mit zweiundzwanzig auf einer Reise nach Paris zu ihrem Vater kennengelernt hatte; er hatte sich ihr auf einem langen Spaziergang die Seine entlang angeschlossen und ihr einen Blumenstrauß geschenkt; sie war naiv genug gewesen zu glauben, dass er dasselbe nicht mit allen Mädchen machte –, von denen Eric gesagt hatte, dass sie die Farbe von

Schwarzkirschen hätten. Ihr Bauch war flach, ihre Haut glatt und bereits leicht gebräunt.

Sie hob die Hände zu den Brüsten und dachte an das Rückenteil ihres Kleides von gestern Nacht. Als sie zu Hause ungeschickt den Reißverschluss geöffnet hatte, hatte sie gesehen, dass es ruiniert war. Der zarte Stoff war abgeschabt und zerschunden von den Mauerziegeln des halbfertigen Hauses, an das Lincoln sie auf dem Weg nach Hause gedrückt hatte. In dem Moment hatte sie es noch nicht gemerkt. Sie hatte eigentlich gar nichts gemerkt, außer wie es sich anfühlte, geküsst zu werden.

Schließlich waren sie zwischen den Häusern herausgetreten und waren weitergegangen, dabei allerdings alle paar Meter wieder stehen geblieben. Ilsa hatte gewusst, dass die Absätze ihrer Stilettos nicht mehr zu retten waren, voller Schlamm und schmutzig. Aber das mit dem Kleid wusste sie da noch nicht. *Wie leicht es doch ist, die Dinge zu ruinieren.* Ein paar Häuser vor ihrem hatte er sie ein letztes Mal geküsst und sie gefragt, wie er sie am besten kontaktieren könnte. Sie hatte ihm ihre Mobilnummer gegeben. «Es war reizend, dich kennenzulernen. Bis bald», hatte er gesagt.

Jetzt löste sie ihren Blick vom Spiegel und öffnete eine Schublade, in der sie nach ihrem schwarzen Bandeaubikini suchte, sich dann erinnerte, dass Liane ihn trug, und sich stattdessen für einen weinroten Badeanzug entschied.

Sie holte die Badesachen für Ani und Xavier aus ihren Taschen, dazu die Sonnencreme, Handtücher und die Schwimmflügel für Xavier. Und dann hatte sie wieder das Gefühl, das sie manchmal überkam, wenn sie sich einen Augenblick lang daran erinnerte, wie es war, als sie noch keine Kinder hatte, als ein Badeanzug und ein Handtuch für sie selbst genug war, als sie sich noch nicht um andere kümmern musste. Und sie spürte diese leere Trauer, dass sie überhaupt daran dachte, und konzentrierte sich wieder darauf, wie sehr sie ihre Kinder liebte.

Sie hörte das Knarren einer Diele. Helen stand in der Tür, das lange blonde Haar mit den grauen Strähnen ganz zerzaust. «Liebling.»

«Mom! Habe ich dich geweckt?»

«Ich habe gar nicht geschlafen, sondern meditiert.» Helen ging durchs Zimmer und umarmte und küsste Ilsa. «Wie schön, dich zu sehen», sagte sie und musterte das Gesicht ihrer Tochter, wie sie es immer tat, wenn zwischen ihren Besuchen viel Zeit vergangen war. Ilsa fühlte sich sofort ganz befangen, aber Helen sagte nichts weiter als «Du siehst wunderschön aus», was sie immer sagte. «Ich ziehe auch schnell meinen Badeanzug an.» Helen ging zurück in ihr eigenes Zimmer und zog noch beim Gehen ihr zerknittertes Sommerkleid aus.

Ilsa wandte sich ab. Helen war nie die Sorte Mutter gewesen, die ihre Nacktheit verbarg, und Ilsa konnte sich nicht daran erinnern, wann sie damit begonnen hatte, den Blick vom nackten Körper ihrer Mutter abzuwenden. Sie fragte sich, wann Ani wohl damit anfangen würde, ihren Blick von ihr abzuwenden.

Ilsa sprang kopfüber vom Steg und schwamm unter Wasser weiter nach unten. Sie hatte den Grund des Sees noch nicht erreicht, als sie Atem holen musste. Als sie wieder oben war, fühlte sie sich sauberer, irgendwie bestätigt. Sie schwamm weiter hinaus und dachte an ihren Vater Claude und an die katholischen Kirchen, die sie sich bei ihren Besuchen bei ihm in Paris angesehen hatte, von klein auf. Im Sommer zuvor war Ilsa allein mit Xavier nach Paris geflogen, damit Claude seinen Enkel kennenlernen konnte. Sie erinnerte sich daran, wie er den kleinen Jungen in die Luft gehoben hatte, um ihn seinen Freunden zu zeigen, die alle schon am Nachmittag weinselig waren. (Er hatte es mit Ani auch so gemacht, sie hochgehalten, als wäre sie das Löwenjunge in dem Zeichentrickfilm und gesagt: «Hier ist sie, meine kleine Anaïs!» Er war der Einzige, der sie so nannte.) An jenem Nachmittag mit Xavier hatten seine Freunde alle gejubelt: Künstler, Musiker, Dichter, die sich alle selbst, aber gegenseitig kein bisschen faszinierend fanden.

Später an jenem Wochenende hatte er Ilsa in eine Kirche geschleppt. «Warum willst du ständig beichten?», hatte sie gefragt. «Absolution», hatte er erwidert. «Ich glaube, das funktioniert wirklich.» «Wie denn?» «Wenn du tust, was der Pfarrer sagt, ist alles vergeben. So einfach! Und nächste Woche kommst du einfach wieder.» Und dann hatte er gelacht, seinen Hut abgenommen und war in den Beichtstuhl getreten, während Ilsa Xavier auf dem Arm hatte und sich fragte, ob ihr Sohn, der fast zwei Jahre alt war und ganz nach oben zu den Buntglasfenstern schaute, zu den goldenen Orgelpfeifen, zu Jesus am Kreuz mit den blutenden Händen und dem leidenden, aber immer noch frommen Gesicht, wohl etwas davon verstand. Diese Art von Mann würde er nicht werden. Aber sie – sie war schon, wer sie eben war, und in diesem Moment hatte sie Claude dafür gehasst.

Seitdem hatte sie ihn nicht mehr besucht. Sie hatte darüber nachgedacht, wieder einmal Helen zu fragen, was genau sie eigentlich an Claude angezogen hatte. Aber das wäre nicht direkt und geradlinig gewesen, nicht so, wie es vermutlich für die Menschen war, deren Eltern sich hatten scheiden lassen und die ihren Kindern vorher erklärt hatten, warum sie auseinandergingen. *Wir werden uns immer lieben*, sagten diese Leute vielleicht. *Aber wir sind nicht mehr ineinander verliebt.* Während Helen einmal zu Ilsa gesagt hatte: «Ich war in ihn verliebt, aber es hatte einfach keine Zukunft. Aber ist er nicht ein schöner Mann? Und du bist ebenso schön, genau wie er. Also habe ich wohl doch eine gute Wahl getroffen.» Das war Ilsa immer überraschend oberflächlich vorgekommen. *Du hast ihn gewählt, damit ich gut aussehe? Und was ist mit all dem anderen Mist, mit dem man sich herumschlagen muss, wenn man die Tochter von so einem Mann ist?*

Ilsa schauderte, als sie sich an das eine Mal erinnerte, als Claude sie zu Madame La Boussière mitgenommen hatte, der Frau, die seine Miete und noch mehr bezahlte. Es war wie in einem Theaterstück gewesen, das man, wenn der Vorhang fiel, lieber nicht gesehen haben wollte. Die alte Frau lag auf einer Couch, ihr blauer Lidschatten und der Puder in ihrem Gesicht ganz bröselig, und die Asche ihrer Zigarette fiel auf den Boden. Sie hatte zu Ilsa hochgeblinzelt und gefragt: *«Est-elle ta maitresse?»* (Ist das deine Geliebte?) *«Non»*, hatte Claude geantwortet und ihr die von dem lockeren Kimono notdürftig bedeckte Schulter getätschelt, den Umschlag aus ihrer reich mit Ringen geschmückten Hand genommen und ihr gesagt, dass er nächste Woche wiederkommen und dann mehr Zeit haben würde. «Die will ich nie wiedersehen», hatte Ilsa ihm hinterher gesagt, und er hatte nicht geantwortet.

«Pass bloß auf», sagte Liane vom Steg aus. «Die Schnappschildkröte ist wieder da, und dieses Jahr ist sie noch viel fieser als sonst.»

«Na komm schon rein. Vielleicht schaffst du es ja diesmal endlich, mich beim Wettschwimmen zu besiegen.»

Ani, Xavier und Helen planschten und lachten im flachen Wasser am Ufer. Liane stand auf dem Steg, zog sich ihr Vampire-Weekend-Konzert-Shirt über den Kopf, sodass der Bandeaubikini zum Vorschein kam. Ilsa bemerkte, dass da jetzt ein Mann auf dem Steg nebenan stand, der weit näher zu liegen schien als früher – sie würde Helen fragen müssen, ob die Castersens ihr Haus verkauft hatten. Er hatte ein Buch vor sich liegen, beobachtete aber Liane, die, statt kopfüber ins Wasser zu springen, sich die Nase zuhielt, das Bandeauoberteil mit der anderen Hand festhielt und ungeschickt ins Wasser sprang. Der Mann lächelte und schaute wieder in sein Buch.

Ilsa schwamm diesmal langsamer und ließ Liane gewinnen.

Später brachte Ilsa die Kinder ins Bett, und dann saßen Liane, Helen und sie am Bistrotischchen auf der Veranda und aßen ein spätes Abendessen. Helen hatte einen Haufen Gemüse von einem Mann namens Iain zubereitet, dann gab es noch Kamut mit Pilzen aus der Dose und Tempeh-Steaks, die ein bisschen nach Gefrierbrand schmeckten. Ilsa versuchte nicht daran zu denken, was sie essen würden, wenn Fiona da gewesen wäre. Außerdem gab es auch Wein. Der gab ihr ein angenehm benommenes Gefühl, und wenn sie direkt nach einem Bissen Tempeh einen Schluck davon nahm, schmeckte es auch nicht mehr so schlimm.

Später stand Helen auf, um die Teller abzuräumen und das Dessert zu holen.

«Erzähl mal, warum Fiona so sauer auf dich war, dass sie nicht kommen wollte», sagte Liane, als Helen fort war.

Ilsa schluckte. «Sie nimmt an, dass ich ein schlimmes Flittchen bin.»

«Sie *nimmt es an*?» Liane lachte, sah dann aber Ilsas Gesichtsausdruck und hörte damit auf. «Was hast du denn getan?»

Ilsa zögerte. Aber sie konnte Liane alles erzählen, oder? Und die Tatsache, dass Fiona mit ihren vorgefertigten Meinungen nicht da war, machte es ihr leichter, frei zu sprechen. «Sie hat gestern Abend eine Party gegeben, und es hat sich herausgestellt, dass ihr Nachbar Lincoln Porter ist, der wiederum … na ja, ein wirklich großer Künstler ist.»

«*Du* bist eine wirklich große Künstlerin», entgegnete Liane.

«Ha. Danke. Aber ich habe seit Ewigkeiten nichts mehr gemalt, was es sich lohnt zu behalten, weißt du.» Es laut auszusprechen gab Ilsa das Gefühl, in eine Grube zu fallen.

«Ach komm schon, wirklich? Wann ist denn deine nächste Ausstellung?»

«Keine Ausstellungen in nächster Zeit. Ich leide gerade unter einer Trockenperiode, sozusagen. Weshalb ich vielleicht auch …» Ilsa streckte ihre Beine aus und legte die Ellenbogen auf den Tisch. «Ich habe Lincoln auf dem Heimweg geküsst», flüsterte sie. Sie fühlte sich wieder wie in der Pubertät, angenehm warm und mit einem Geheimnis, das sie mit ihrer Schwester teilen konnte. «Wir haben sehr heftig geknutscht.»

«Du hast *was*?»

Ilsa schaute auf, überrascht von Lianes Reaktion. *Oh. Klar. Sie hat sich ja verlobt. Vermutlich fühlt sie sich ziemlich anständig gerade.* «Tut mir leid. Egal.»

«Nein. Erzähl mir das jetzt. Ilsa!»

«Was? Vergiss es einfach, okay?»

«Willst du, dass Michael es herausfindet?»

«Natürlich nicht.»

«Und warum gehst du dann mit einem anderen Mann nach Hause? Tim ist Michaels bester Freund. Und sein Geschäftspartner. Was, wenn er euch gesehen hat? Er würde es Michael erzählen, weißt du. Er würde es für dich nicht geheim halten. Und Fiona ist so wütend, dass sie noch nicht einmal gekommen ist. Das ist nicht gut, Ilsa.»

«Was ist nicht gut?» Helen war zurück und trug ein Tablett mit Weintrauben und drei Tellerchen mit ihrer Sojaeiscreme.

Ilsa und Liane schwiegen. Dann sagte Liane: «Ilsa hat mit einem Typen herumgemacht», und Helen setzte sich und griff nach Ilsas Arm und sagte: «Ilsa?», und Ilsa hätte am liebsten losgelacht, so lächerlich war das alles. *Warum können wir nicht einfach normale Menschen sein, eine normale Familie? Warum haben wir keine Mutter, mit der wir nicht über solche Dinge reden können?*

Merkwürdigerweise schien sich aber auch Helen unbehaglich zu fühlen. Sie hatte den Blick gesenkt, statt Ilsa in die Augen zu sehen und sie dazu zu bringen, alles zu erzählen.

«Können wir bitte einfach vergessen, dass ich etwas gesagt habe? Bitte?» Ilsa zog ihren Arm weg und nahm stattdessen Lianes rechte Hand, hielt sie hoch und schwenkte sie hin und her. Liane leistete keinen Widerstand. «Gibt es denn nichts anderes, worüber wir sprechen können? Zum Beispiel dieser Verlobungsring. Warum hat den noch keiner erwähnt? Was sind wir nur für ein Haufen Verrückter. Lasst uns doch lieber *darüber* sprechen.» Ilsa war in diesem Moment sogar Adam dankbar, dass er ihr etwas gegeben hatte, womit sie von sich ablenken konnte.

Helen begann, die Weintrauben auf dem Teller zu arrangieren. Sie schwiegen betreten. «Ja, erzähl uns doch etwas über diesen Ring», sagte Helen dann, und Liane warf ihnen beiden einen merkwürdig trotzigen Blick zu.

«Adam und ich haben uns verlobt», sagte sie dann.

«Tolle Neuigkeiten!» Ilsa schrie es fast.

«Ich weiß, dass ihr das nicht toll findet. Ihr habt mir schon gesagt, dass ihr ihn nicht mögt.»

«Das habe ich nie gesagt. Ich habe nur gesagt …»

«Du hast gesagt, dass er spießig sei, und wenn ich bei ihm bliebe, würde ich eines Tages nicht mehr von ihm wegkommen. Und dass ich es eines Tages bereuen würde.»

Ilsa schloss die Augen. *Spießig.*

«Tut mir leid», sagte sie. «Ich habe es nicht so gemeint.» *Eigentlich habe ich doch von mir selbst gesprochen.* Sie öffnete die Augen.

Noch mehr betretenes Schweigen. Dann: «Kommt, wir spulen noch mal alles zurück», verkündete Helen. Das hatte sie immer gesagt, als sie noch klein waren. Dann machte sie lustige Geräusche mit den Lippen oder ging rückwärts durch das Zimmer, und die Mädchen mussten noch mal von vorn anfangen. Aber diesmal machte sie keine lustigen Geräusche oder ging rückwärts. Sie hob nur ihr leeres Glas und sagte: «Ein Toast. Auf Liane und auf die Ehe und auf die Möglichkeit, dass die Liebe vielleicht doch, wenn man daran arbeitet, ewig währen kann. Das ist jetzt nötig.»

Die drei stießen an, und dann schaute Helen in ihr Glas, merkte, dass es noch leer war, und tat dennoch so, als tränke sie mit.

4

DIE WEISSWEDELHIRSCHKUH (ODOCOILEUS VIRGINIANUS) Die Weißwedelhirschkuh lässt ihr Kalb stundenlang allein, kommt zum Säugen zu ihm zurück und verlässt es dann wieder. Wenn das Kalb seine Mutter braucht, blökt es nach ihr. Diejenigen Hirschkühe, die keine Kälber haben, weil sie entweder unfruchtbar sind, ein Kalb an ein Raubtier verloren haben oder zu alt sind, nennt man auch «Gelttiere».

✦

Manchmal meinte Myra, nur wegen des Rufs des Seetauchers geblieben zu sein, wegen des Heulens des Kojoten und wegen der Hirschkuh und ihres Kalbs, die im taufeuchten Garten frühmorgens vor ihrem Haus standen. Es war wunderschön hier – zumindest im Sommer.

Die Wahrheit war nicht ganz so einfach. Es war so: Sie blieb, weil sie Johnny liebte. Sie blieb, weil sie die Hoffnung nicht aufgab. Sie versuchte sich davon zu überzeugen, dass es ihr nicht wichtig war, ob er sie jemals zurücklieben würde, weil er nun mal die Art Mann war, die innerlich steif war, selbst wenn er nach außen gesellig wirkte. Sie hatte einmal ein Gedicht von Leonard Cohen gelesen und dabei an ihn denken müssen: «Ich bin nur ein Schneemann, der in Regen und Schnee steht, der dich mit gefrorener Liebe geliebt hat, mit seiner Gestalt aus zweiter Hand.» Außer dass er sie natürlich gar nicht liebte, nicht einmal auf gefrorene Art und Weise. *Wirklich?*, fragte eine hartnäckige innere Stimme manchmal. *Bist du dir wirklich sicher, dass er unfähig ist zu lieben, oder willst du einfach nur rechtfertigen, dass er dich nicht liebt? Und abgesehen davon: Ist er der Richtige, um ein Kind zu bekommen?* Sie versuchte, diese Stimme zu überhören.

Die unendliche Reihe an Söhnen war ein wenig zu einer Legende hier auf dem Land geworden; Johnny hatte außerdem noch Neffen, die im Hafen arbeiteten, und sie sahen alle gleich aus. Vielleicht wenn die vier Jungen sie irgendwie gebraucht hätten, dann hätte sie wenigstens das als Rechtfertigung gehabt. Aber die Wahrheit war, dass die Jungen mit ihren siebzehn, neunzehn, zwanzig und zweiundzwanzig Jahren schon keine Mutter mehr brauchten, als sie kam. Nur wenn sie ihre schmutzigen Socken aufsammelte, fühlte sie sich wie ihre Mutter. Sie folgte den Sockenspuren durch das Haus und murmelte frustriert vor sich hin. Sie steckte die Socken in die Waschmaschine und versuchte, nicht allzu gereizt deswegen zu sein und sich vorzustellen, dass sie in diesem Moment vermutlich etwas fühlte, was andere Mütter ständig fühlten: den Schmutzige-Socken-Groll. Sie dachte daran, was eines der Selbsthilfebüchlein, die sie jedes Mal kaufte, wenn sie in die Stadt ging, dazu zu sagen hätte: dass sie versuchen sollte, einen Weg zu finden, dankbar für all das zu sein, im Augenblick zu bleiben und das Gute darin zu sehen. *Aber wie kann man dankbar für schmutzige Socken und einen Mann sein, der einen nicht liebt?*

Es gab Tage, an denen sie überlegte, ihn zu verlassen, genau wie die anderen Frauen vor ihr, die gegangen waren. Und dann gab es Tage, an denen sie voller Hoffnung war, dass sich die Dinge ändern und sie doch noch bekommen würde, was sie wollte. (Die Liebe, das Baby.) Aber besonders im Winter gab es Tage, in denen sie sich so unfruchtbar fühlte, dass sie wusste, es würde für immer so bleiben. Sie brauchte dafür keinen Arzt. Sie war eine gelte Hirschkuh, ein Begriff, den sie einen der Jäger an diesem Morgen bei einem frühen Frühstück hatte sagen hören.

Die Jäger hatten über das Schießen von Hirschkühen mit Kälbern diskutiert. Aus dem, was Myra verstand, die nicht viel über das Jagen wusste, außer, dass ihr davon schlecht wurde, wurde es nicht gern gesehen, wenn man eine Hirschkuh mit Kalb schoss, denn das führte unweigerlich zum Verlust des Kalbs. (Myra verwirrte das: War das Leben eines Kalbs also wertvoller für den Jäger als das Leben einer Hirschkuh oder eines Bocks? Lag es daran, dass Kälber Babys waren und eine Art Mitgefühl in den Jägern weckten, oder daran, dass die Jäger das Kalb später nicht mehr würden schießen können, wenn es vor der Zeit starb?)

Offenbar war es einigen Jägern aber egal, ob sie eine Hirschkuh mit oder ohne Kalb schossen. Aber die meisten, das hörte Myra aus ihren Gesprächen, schossen ausschließlich Hirsche, wenn es während der Jagdsaison möglich war. Wenn sie sich aber sicher waren, dass sie kein Kalb bei sich hatte, schossen sie auch «gelte Hirschkühe».

Als sie den Jägern ihr Frühstück servierte, fragte sie sie leise: «Verzeihung, ich habe euer Gespräch mitgehört und bin neugierig. Was ist eine gelte Hirschkuh?» Sie schauten sie überrascht an, vielleicht weil Myra sonst nicht mehr mit den Kunden sprach als absolut nötig – sie war nicht unfreundlich, nur professionell, wenigstens hoffte sie, dass die Leute es so sahen. (*Ich habe einen Abschluss in Betriebswirtschaft*, hatte sie manchmal den Drang zu sagen, wenn ein Frühstück wieder zurückgeschickt wurde oder jemand mit ihr sprach, als sei sie irgendwie weniger wert. Aber, das begriff sie schnell, die

Hälfte der Leute hier hatten vermutlich keine Ahnung, was ein Abschluss in Betriebswirtschaft überhaupt bedeutete – und die andere Hälfte würde vermutlich kontern: *Was zum Teufel tust du dann an einem Ort wie diesem?*) Der Jäger mit der rot-schwarz karierten Jacke und der Truckermütze hatte geantwortet: «Eine gelte Hirschkuh ist eine Hirschkuh ohne Baby.» «Warum hat sie denn kein Baby?», hatte Myra gefragt. «Entweder ist sie zu alt, oder ihr Baby ist gestorben, oder sie konnte sich in der Saison nicht paaren. Also erschießen wir sie, wenn wir sie sehen und sicher sind, dass sie ohne Kalb ist, denn auf diese Weise gefährden wir ja kein Kalb.»

Myra hatte die Frühstücksteller auf dem Tisch abgestellt und dabei darauf geachtet, das richtige Frühstück vor den richtigen Mann zu stellen, gefragt, ob sie noch etwas wünschten, um dann ins Badezimmer zu gehen und die Tür hinter sich zu verschließen. Dort hatte sie sich erlaubt, drei Minuten lang zu weinen, und dabei an die Holzwand gestarrt, die eigentlich nur eine Tapete mit Holzdesign war. Dann war sie wieder in den Speisesaal gegangen und hatte weiter Frühstücke serviert und Kaffee gekocht.

Jetzt stand sie am Fenster des Hauses neben dem Hafen, in dem sie mit Johnny und den Jungs wohnte, und versuchte, keine dunklen Gedanken zu haben. Es war Ende Juni. Der erste offizielle Sommertag war gerade vergangen. Und doch musste sie sich zwingen, nicht an den nächsten Winter zu denken, der kommen würde, ob man wollte oder nicht, wie immer. «Ich weiß gar nicht, warum du dich so dagegen wehrst», hatte Johnny einmal zu ihr gesagt. «Der Winter kommt immer wieder, und du kannst gar nichts dagegen tun, schon gar nicht hier oben.» In dem Winter, der gerade vorbei war, hatte er ihr zugestimmt, dass es keine schlechte

Idee wäre, wenn sie beide irgendwann einmal für eine Woche in die Wärme fahren würden. Aber das war nicht passiert. Als sie das Thema im März wieder aufgebracht hatte, hatte er ihr vorgeschlagen, allein zu fahren. «Du hast es dir verdient, My», hatte er gesagt. «Du arbeitest hart. Ich weiß, dass du die Kälte hasst. Fahr irgendwohin. Ich kaufe dir das Ticket. Ich buche dir ein schickes Hotel.» Aber sie fuhr nicht, obwohl sie es hätte tun sollen. Sie fand zu viel Trost und Aufmunterung darin, dass er sie «My» nannte. Vielleicht meinte er es endlich auch so, vielleicht hatte er endlich das Gefühl, dass sie zu ihm gehörte.

Außerdem stand sie kurz vor dem Eisprung.

Eigentlich kümmerte sie sich nicht mehr wirklich um ihren Zyklus, wahrscheinlich seit damals nicht mehr. Sie war sich noch nicht sicher, ob sie die Hoffnung aufgegeben hatte oder nicht, und wollte nicht entscheiden müssen. Zuzugeben, dass sie aufgegeben hatte, würde sicher eine Trauerzeit nach sich ziehen. Das konnte sie sich auch für den Winter aufsparen.

Sie sah, wie das Boot näher kam. Es war Jesse, und er hatte die junge Frau mit dem roten Haar bei sich, die Myra die Woche zuvor mit dem Boot zur Insel gebracht hatte. Myra hätte nicht gedacht, dass die Frau vor Dienstag zurückkommen würde, und wusste, dass ihr Auto von einem von Johnnys Trucks zugeparkt war. Sie ging hinaus zur Anlegestelle.

«Hallo», sagte sie. «Schon wieder auf dem Weg zurück in die Stadt?» Sie bemerkte, dass das Gesicht der Frau an einigen Stellen ganz fleckig und gerötet war.

«Ja. Ich würde gern zu meinem Auto und nach Hause fahren», antwortete die Frau in einem Ton, als wolle sie jemandem etwas beweisen, der gar nicht da war.

Myra sagte: «Dann muss ich nur Johnnys Truck umparken.

Ich hole schnell die Schlüssel.» Johnny war nicht da. Er war in die Stadt gefahren, um ein paar Besorgungen zu machen. Myra überlegte, der Frau ein wenig von der Parkgebühr zu erlassen, die sie im Voraus bezahlt hatte, weil das Johnnys Regel war. Immerhin hatte diese Frau für mehr Tage bezahlt, als sie geblieben war. (Johnny berechnete fünf Dollar pro Tag und bestand darauf, keine Rückerstattungen zu leisten. Wenn sie dieser Frau dennoch die Parkgebühr für die überzahlten Tage erließ, würde er sicher ärgerlich sein. «Der Sommer ist die einzige Zeit, in der wir wirklich Geld verdienen», sagte er oft. «Und die meisten Urlauber hier haben Geld zum Ausgeben.» Als ob sie, Myra, keine Ahnung von Geld oder dem Geschäft oder dem Leben hätte. Als ob sie, Myra, kein Leben und keinen Job und nicht verdammt viel mehr Ahnung von so viel mehr Dingen hätte als er, bevor sie hierhergekommen war und ihre Träume vor seine Hafenwand gefahren hatte.)

Jetzt hielt ihr die Frau Geld hin.

«Wofür ist das denn?»

«Dafür, dass er mich hierhergefahren hat. Ich wollte es ihm geben.» Aber Jesse war bereits auf dem Weg zum Restaurant. «Nehmen Sie es einfach. Geben Sie es ihm. Er kann es wahrscheinlich brauchen.»

Myra biss sich auf die Unterlippe, irgendwie fühlte sie sich dadurch ein wenig beleidigt. Warum glaubte die Frau, dass Jesse das Geld *brauchte*? Und wenn das gar nicht so war?

«Oh nein, das ist schon in Ordnung, die Rückfahrt geht aufs Haus.»

«Ich bestehe darauf.» Die junge Frau drückte ihr den Fünfzig-Dollar-Schein in die Hand, einen von den neuen aus Plastik, die Myra das Gefühl gaben, dass die Welt an ihr vorbeizog, und von denen Johnny mürrisch sagte, dass sie schmelzen konnten. «Nehmen Sie es einfach.» Myra wollte nochmals protestieren, nahm aber stattdessen den Geldschein und steckte ihn in die Tasche ihrer Jeans, um ihn später Jesse zu geben.

«Danke», sagte sie. Dann: «Ich helfe Ihnen mit dem Gepäck.» Da war sie, diese Unterwürfigkeit, die Myra manchmal ärgerte. Sie versuchte, sich ihre Dankbarkeit zu bewahren, die sie an guten Tagen spürte, wenn sie sich den anderen Menschen überlegen fühlte, die sich von irgendwelchen elektronischen Geräten in ihren Hosentaschen versklaven ließen, die radioaktive Wellen durch ihren Körper jagten, und sie hektisch fragten, ob es hier irgendwo einen Sendemast in der Nähe gäbe. *Nein*, sagte Myra dann. *Aber es gibt ein Münztelefon.* Und dann verspürte sie den Drang hinzuzufügen: *Ich habe früher in der Bay Street in Toronto gearbeitet. Und jetzt schlafe ich zum Ruf des Seetauchers ein und wache von den Sonnenstrahlen auf, die auf einen See scheinen, der so ruhig daliegt wie Glas.* Aber irgendetwas hielt sie immer davon ab, so arrogant zu reagieren. Weil sie genau wusste, dass es auch Nächte gab, in denen sie vom Knacken des Eises aufwachte, das so laut war wie Gewehrschüsse, und der nächste Morgen so dunkel war, dass sie am liebsten tagelang nur im Haus geblieben wäre.

Sie wuchtete die Reisetasche der Frau aus dem Boot, bückte sich dann und zog den Knoten zurecht, mit dem das Boot an der Anlegestelle festgemacht war.

Später, als Myra den Truck aus dem Weg gefahren hatte und den Rücklichtern des Wagens nachsah, spürte sie unerwartet so etwas wie Neid.

Aber du könntest auch einfach fortfahren. Wenn du es wirklich wolltest.

Myra war zum ersten Mal in den *Delfin* gekommen, als sie ein Mädelswochenende in einem nahen Ferienhaus mit ein paar Frauen verbrachte, die sie jetzt nicht mehr traf und die vermutlich fanden, dass sie verrückt war. Vermutlich diente sie ihnen als abschreckendes Beispiel. Es kam ihr vor, als sei das alles eine Ewigkeit her – und in gewisser Weise, nahm sie an, war es das auch. Eine halbe Ewigkeit, eigentlich. *Hör endlich auf mit dem Selbstmitleid.*

In Wirklichkeit waren es drei Jahre.

Johnny hatte in jener Nacht an der Bar gearbeitet und ihnen Margaritas gemixt oder Cosmopolitans oder irgendetwas Vorhersehbares für eine Gruppe Frauen in einem gewissen Alter, die sie ja auch waren. Er hatte eine Rezeptesammlung für Cocktails hinter der Bar liegen gehabt, war großzügig gewesen und hatte ihnen serviert, was sie wollten, obwohl sie auf ihn vermutlich wie ein Haufen gackernder Hennen wirkten. Jetzt wusste sie, dass er es wegen des Geldes getan hatte, aber damals dachte sie, dass er seinen Job vielleicht wirklich gern machte, dass er gern Leute bediente und auch, wenigstens vielleicht, gern in ihrer Nähe oder sogar an ihr interessiert war. Als sie ihn ansah, die Ärmel seines Flanellhemdes hochgekrempelt, die Arme tief gebräunt, die Härchen darauf golden, hatte sie so sehr gewollt, dass er *sie* nicht für eine gackernde Henne hielt. Als sie ihn ansah, hatte sie so sehr mit ihm irgendwo hingehen und ihn küssen wollen. Und das gehörte wirklich nicht zu den Dingen, die sich die vernünftige und schüchterne Myra sonst wünschte oder zu tun versucht fühlte.

«Wer ist er?», hatte sie ihre Freundin Wendy gefragt, deren Familie das Ferienhaus besaß, in dem die Frauengruppe über das Wochenende wohnte.

«Johnny Hicks. Netter Name, was? Passt auch, obwohl er auf eine derbe Art ziemlich schick ist. Sehr handfest. Es heißt, dass er alle paar Sommer eine andere Frau hat. Die meisten von ihnen werden schwanger, sie bekommen Jungen, und dann verlassen sie ihn alle wieder.»

Myra hatte sich interessiert vorgebeugt. «Im Ernst? Ach komm. Das kann doch nicht stimmen.»

«Doch, ehrlich. Ich weiß nicht einmal, wie viele Söhne er hat, aber es sind wirklich viele, und sie sehen alle gleich aus. Die Frauen auch: hübsch und blond.»

«Wie viele Frauen? Wie viele Söhne?»

«Keine Ahnung, hab ich doch gesagt. Aber ich glaube, die erste Frau hat zwei Kinder bekommen, bevor sie ihn verließ.»

«Aber *warum* verlassen sie ihn alle?»

«Vielleicht weil sie sich zu Tode langweilen?»

Myra sah Johnny an und konnte sich nicht vorstellen, von ihm gelangweilt zu sein. Sie starrte ihn so sehr an, dass sie kaum hörte, wie Wendy fortfuhr: «Die Winter hier sind tödlich. Deprimierend. Man kann nichts tun außer Skilanglauf und zuzuhören, wie das Eis knackt. Und mal ehrlich, man kann ja nicht die ganze Zeit nur Sex haben, selbst mit so einem Typen nicht.»

Myra trank noch einige Cocktails, und später, auf der Veranda, küsste sie Johnny Hicks, die Arme um seinen Hals geschlungen. Danach ging sie wieder hinein, überzeugt davon, dass keine ihrer Freundinnen etwas bemerkt hatte – aber natürlich wussten sie alle Bescheid und sprachen hinter ihrem Rücken darüber, voller Grausamkeit, die sich aus Eifersucht speiste. *(Ist die nicht offiziell noch verheiratet? Was denkt die sich eigentlich?)* Später schlichen Johnny und sie wieder nach draußen und küssten sich, und sie fuhr mit ihrer Hand über seine Brust, über sein weiches Hemd, und Wendy kam mit zwei ihrer Freundinnen zu ihnen heraus und räusperte sich.

Irgendwann gingen die Frauen, und Myra und Johnny gingen zu ihm nach Hause. Die Jungen schliefen schon, daher sagte er, dass sie leise sein müssten. Sie flüsterte ihm Dinge ins Ohr, so wie: «Was wolltest du werden, als du klein warst?», und er antwortete: «Genau das, was ich jetzt bin», und sie fand das ganz besonders toll an ihm, dass er, im Gegensatz zu allen anderen, die sie kannte, ganz genau war, *wer* er war. In Wirklichkeit bedeutete es nur, dass Johnny alles wörtlich nahm.

Sie hatte Johnny mit einem Hunger begehrt, den sie nie wirklich hatte stillen können – wenigstens das hatten sie noch. Ihre Körper passten auf eine Art zueinander, die sie nicht für möglich gehalten hätte, aber an die *er* eindeutig gewöhnt war. Er hatte nicht zu ihr – so wie sie zu ihm – gesagt: *Das ist das Beste, was ich je hatte*, oder: *Ich muss ständig an Sex mit dir denken.* Stattdessen hatte er nur gelächelt und etwas wie «Jepp, es ist ziemlich gut, was?» gesagt. Wenn es etwas gab, was Johnny wusste, dann, wie man mit dem Körper einer Frau umgehen musste. Die Seele einer Frau allerdings: Das war eine ganz andere Geschichte. Besonders einer Frau wie Myra, wie sich herausstellte. «Die anderen waren ganz anders», sagte er einmal zu ihr. Sie war nicht sicher, ob es als Kompliment gemeint war, aber sie war doch ein wenig getröstet und fühlte sich besser und sicher davor, mit diesen anderen Frauen in dieselbe Schublade gesteckt zu werden. *Hübsch, blond, dumm, fort.*

Sie beschloss, die Tatsache, dass er sie für anders als die anderen hielt, als Zeichen zu werten, dass er nichts dagegen hatte, wenn sie ihn ermutigte, sich fortzubilden. Also begann sie: «Willst du nicht vielleicht noch einmal zur Schule gehen?» «Nein. Ich bin vierundvierzig. Das wäre dumm.» Er war vom Tisch aufgestanden, ohne sein Abendessen aufzuessen. Und das war's dann. Sie hatte es noch einmal versucht, aber er hatte sie angefahren, das Thema gefälligst nicht mehr anzusprechen. Später erfuhr sie, dass er kaum die zehnte Klasse geschafft hatte, aber auch dass es Gründe dafür gab.

Sie hatte Johnny nie gesagt, was sie wirklich wollte. Sie hatte ihm nie gestanden, dass sie mit der irrigen Klarheit einer Betrunkenen gedacht hatte, vielleicht ihre Antwort gefunden zu haben, als ihre ehemalige Freundin Wendy ihr erzählte, dass die Frauen, die bei Johnny lebten, allesamt schwanger wurden. In jener Nacht hatte sie durch die von zu vielen Margaritas oder Cosmopolitans oder was auch immer verzerrte Wahrnehmung einen Weg gesehen, alles hinter sich zu lassen: die Enttäuschungen der Stadt, die Tristesse der Fruchtbarkeitskliniken, die Scham, ja, die *Scham*, die sie gespürt hatte, wenn die Ärzte ihr sagten, dass sie kein Problem bei ihr finden konnten, aber auch nicht bei Colin, und dass sie keine Erklärung dafür hatten, warum sie nicht schwanger wurde. In Johnny und dem Yachthafen und den Jungen hatte sie außerdem die Möglichkeit gesehen, der unvermeidlichen Zerrüttung der Ehe mit Colin auszuweichen. (Oh, offiziell waren sie tatsächlich noch verheiratet. Offiziell waren sie mitten in einer Trennung auf Probe gewesen, als sie, wie er es ausdrückte, in den Wald gerannt war. Aber es war eine so lauwarme Trennung, dass keiner von ihnen auch nur den Finger gerührt hätte, um etwas daran zu ändern. Drei Jahre hatte sie nichts mehr von ihm gehört. Sie hatte immer vorgehabt, ihn um die Scheidung zu bitten, sobald sie schwanger wäre. Und angenommen, dass er dasselbe tun würde, wenn er jemand kennenlernte oder die Sache endgültig abschließen wollte. Aber beides war nicht passiert. Und sie hatte Johnny gar nichts von Colin erzählt. Zuerst hatte sie sich ein wenig davor gefürchtet, es zu tun, später hatte sie begriffen, wie sinnlos es war. Es wäre Johnny ohnehin egal. Er würde sie sowieso niemals bitten, ihn zu heiraten. Dass sie also offiziell noch mit jemandem verheiratet war, war daher völlig bedeutungslos.)

Einmal hatte Myra zu Johnny gesagt: «Wir sollten in die Stadt gehen.» Es war Herbst, noch nicht Winter, und das gelbe, rote und goldene Laub ließ sie an einen Neuanfang denken, obwohl das gar nicht stimmte, obwohl die Verfärbung der Blätter in Wirklichkeit ein letzter verzweifelter Versucht war, etwas zu sein, bevor der endgültige Zerfall in nichts einsetzte.

«Du meinst, übers Wochenende?»

«Nein. Wir sollten einfach gehen. Wir sollten dieses Haus verkaufen und gehen. Du bist Gastwirt, das liegt dir im Blut, und ich könnte jemanden finden, der dich finanziert. Wir könnten ein Restaurant eröffnen und in meinem Haus wohnen und …»

Er sah sie mit merkwürdigem Blick an und sagte schließlich: «*Wir* sollten dieses Haus verkaufen?»

«Na ja, ich meine, ich *meinte* …ich weiß ja, dass es dir gehört, und …»

«Und du hast dein Haus. Wenn du in die Stadt zurückwillst, kannst du gehen. Aber ich gehe nirgendwohin.» Und dann hatte er den Kopf geschüttelt, als wäre sie verrückt, und ging zum Haupthaus hinüber, mit offenen Arbeitsstiefeln, die Schnürsenkel schleiften hinterher. Sie fragte sich wie immer, wie es sein konnte, dass er niemals darüber stolperte. («Hat dir deine Mutter nicht beigebracht, wie man seine Stiefel schnürt?», hatte sie ihn einmal gefragt. «Meine Mutter ist tot», hatte er erwidert, und sie hatte nachfragen wollen, aber gleichzeitig gewusst, dass er das nicht mochte, also tat sie es nicht.) *Ich sollte wirklich gehen*, sagte sie sich nach diesem Gespräch. *Er hat recht. Ich habe mein Haus. Ich sollte gehen.*

Aber obwohl sie immer angenommen hatte, dass der Drang wegzugehen eines Tages übermächtig werden würde, hatte sie gleichzeitig immer geglaubt, dass es im Winter passieren würde – wahrscheinlich sogar in diesem Winter, wenn sie endlich ihre Unfruchtbarkeit akzeptiert und betrauert hätte und es nicht mehr aushalten würde. Und so war sie überrascht, dass sie sogar im Sommer ans Gehen dachte, als sie diese rothaarige Frau wegfahren sah. Sie schaute den Rücklichtern nach und dachte: *Ich könnte das auch. Ich könnte in ein Auto steigen und einfach wegfahren. Niemand und nichts zwingt mich dazu hierzubleiben.* Würden die Jungen traurig sein? Jesse vielleicht. War das Grund genug, um zu bleiben?

Myra ging zum Laden. Johnny war zurück und stand in der Tür, offenbar wartete er auf sie. Er lächelte bedächtig und entspannt. «Walt Anderson hat sein Boot gebracht, um den Motor überprüfen zu lassen, und jetzt fährt er zurück in die Stadt. Wir sollen es zurück zum südwestlichen Teil der Insel an seinen Ankerplatz bringen. Aber Amos kommt gleich, um sich den Herd anzusehen, und die Jungs haben alle was zu tun, außer Jess. Kannst du mit ihm dorthin fahren? Du kannst unser Boot fahren, und er fährt Walts, dann könnt ihr zusammen zurückfahren.»

«Klar», sagte sie. «Ich hole mir nur schnell ein Wasser.»

Als sie sich an ihm vorbei durch die Tür zwängte, gab er

ihr einen Klaps auf den Hintern. «Du siehst heute gut aus, weißt du», sagte er, und es fühlte sich in ihrer Brust an wie Pop Rocks, diese knisternde Süßigkeit, die sie in kleinen Tütchen im Laden verkauften, ein hoffnungsvolles Sprudeln. Ihr Körper und ihr Geist reagierten sofort mit Begehren. Die Anziehungskraft von Johnnys Körper auf ihren war schwer zu ignorieren. Und vielleicht würde es ja dieses Mal passieren. Vielleicht, ganz vielleicht, weil sie kurz davor war, aufzugeben. Sie wäre schließlich nicht die erste Siebenunddreißigjährige auf der Welt, die schwanger würde. Also zwinkerte sie ihm zu. «Sieh zu, dass du dir ein wenig Zeit für mich freischaufelst», sagte sie, und er küsste sie schnell und sagte: «Darauf kannst du wetten, Babe», und ging den Hügel hinauf zum Restaurant, während sie in der Tür stehen blieb und ihm hinterherschaute. Das Wasser hatte sie vergessen. *Und wenn es jetzt passiert? Was, wenn ich schwanger werde? Würde ich bleiben, wenn ich ein Kind von ihm hätte? Würde ich das Kind wirklich hier großziehen wollen?*

Myra kannte die Antwort nicht. Aber eines wusste sie genau: Sie würde ihr Kind niemals bei ihm zurücklassen. Sie würde auch in dieser Hinsicht anders sein als die anderen Frauen: Wenn sie ging, würde sie ihr Kind mitnehmen.

Vielleicht liebst du ihn gar nicht so sehr, wie du glaubst.

Auf dem Weg zurück zum Yachthafen, als sie Walts Boot zurückgebracht hatten, war das Wasser rau, und Jesse fuhr langsam. Das gefiel Myra. Sie war sich sicher, dass er weit schneller fahren würde, wäre sie nicht dabei, weil er nun mal ein Teenager war und Teenager, besonders Jungen, so etwas nun mal taten. (Jesse hatte sogar eine Narbe auf der Oberlippe, die seinen Leichtsinn bewies, wo ihn einer der älteren Jungen – Myra konnte sich nicht erinnern, welcher von ihnen, weil es vor ihrer Zeit passiert war – mit einem Angelhaken erwischt hatte. Natürlich war es ein Unfall gewesen. Es hieß, Jesse habe im Weg gestanden. So lief es im Haushalt der Hicks: Sei nicht dumm, dann wirst du auch nicht verletzt. Und doch wurden die Leute verletzt.)

Jetzt drosselte Jesse den Motor und lenkte das Boot in den Kanal, wo das Wasser ruhiger war, er aber noch langsamer fahren musste.

«Dein Vater braucht dich im Restaurant», sagte Myra leise und wunderte sich selbst, dass sie es gesagt hatte. Sie war müde. Sie wollte nicht sofort wieder ins Restaurant. Vielleicht wollte er es auch nicht.

Er fuhr schweigend weiter und warf ihr immer wieder einen Blick zu. Schließlich beschlich sie das Gefühl, dass er ihr etwas sagen wollte. Das beunruhigte sie ein wenig, vor allem, weil sie sich nicht sicher war, wie sie ihn dazu ermuntern sollte zu sagen, was er sagen wollte. Wie immer in solchen Situationen mit den Jungen erstaunte es sie, wie wenig sie wusste. Sollte sie mit ihm sprechen und es ihm aus der Nase ziehen, oder sollte sie schweigen und darauf warten, dass er von selbst damit anfing? Plötzlich wünschte sie sich, seine Mutter zu sein. Dann wüsste sie genau, was sie tun musste.

Sie öffnete den Mund und schloss ihn wieder, saß da und überlegte, wählte verschiedene Taktiken und verwarf sie wieder, bis sie den Kanal hinter sich gelassen hatten und er das Boot wieder beschleunigte.

«Jesse … warte. Fahr mal langsamer.» Er tat es. «Geht es dir gut?», fragte sie schließlich. Das war auch kein schlechterer Gesprächsbeginn als jeder andere, fand sie.

Er warf ihr einen Blick von der Seite zu. «Klar. Ja, na ja.

Ähm. Mir geht's eigentlich gut. Weil ich, äh …» Er schaltete den Motor aus. «Also, die Sache ist die: Ich habe einen Platz in der Schule.»

«Wirklich? In der …»

«Genau. An der Uni. University of Toronto. Für das Forstbiomasse-Wissenschaftsprogramm, über das wir geredet haben. Späte Zulassung, daher, äh, na ja, also, ich hätte nicht gedacht, dass es noch klappt.»

Myra hätte das auch nicht gedacht. Sie hatte genau gewusst, wann er Rückmeldung von den Universitäten hätte bekommen müssen. Sie war hin- und hergerissen gewesen, weil sie nicht sicher gewesen war, ob sie das Thema anschneiden sollte oder lieber nicht, ob sie ihre Unterstützung und ihr Mitgefühl anbieten oder ihn ermutigen sollte, es im nächsten Jahr wieder zu versuchen, einstweilen auf ein Community College zu gehen oder Nachhilfestunden zu nehmen.

«Das ist ja toll! Ich wollte – ich wollte dich nicht damit nerven, aber ich habe gehofft … und dann … ich hätte nicht gedacht …» Sie merkte, dass sie genauso redete wie er, in abgehackten Halbsätzen.

«Na ja. Ich dachte nur, ich sag's dir. Ist ja nicht so, dass ich wirklich gehen kann oder so, aber es ist schon irgendwie schön, angenommen worden zu sein.»

Myra musste daran denken, was Johnny gesagt hatte, als sie das Thema angeschnitten hatte. «Ich habe kein Geld, um irgendwen zur Uni zu schicken», hatte er ihr gesagt, und sie hatte nicht gewusst, was sie sagen sollte, aber genau gewusst, was sie sagen *wollte*. Seitdem wünschte sie sich immer wieder, es gesagt zu haben. *Ich bezahle das.* Aber wenn sie es gesagt hätte, wer weiß, was dann passiert wäre. Johnny wäre vielleicht böse geworden oder überrascht zu erfahren, dass sie

Geld hatte, dass sie mehr besaß als nur ihr Haus in der Stadt, das sie im Moment an zwei Mieter vermietete, Keller und Erdgeschoss. «Hast du es Johnny denn schon gesagt?»

Jesses Gesicht verdunkelte sich. «Nein. Weil er einfach … na ja, ich weiß schon, was er sagen wird. Und ich habe kein Vollstipendium, deshalb kann er es nicht bezahlen, und selbst wenn, wo sollte ich dann wohnen? Das ist alles nur ein Hirngespinst, weißt du? Aber ich wollte es dir trotzdem erzählen. Weil ich dir nicht geglaubt habe, als du gesagt hast, dass ich schlau genug wäre, um einen Platz zu bekommen. Du hattest aber recht. Ich meine, klar, ich war auf der Nachrückerliste und so, aber ich bin trotzdem drin, und ich dachte, das würde dich vielleicht beeindrucken, und ich wollte dir auch noch danke sagen, weil, na ja, das hat mir ein echt gutes Gefühl gegeben … obwohl ich ja nicht hingehen kann.» Die Worte kamen hastig. Es fiel ihm sichtlich schwer, sie auszusprechen.

Myra atmete tief durch. Sie legte ihre Hand auf seine, die auf dem Lenkrad lag, und sprach laut und fest, damit er sie auch hörte, damit er sie auch verstand, damit er wusste, dass sie meinte, was sie sagte. «Doch, du *kannst* gehen. *Ich* habe das Geld, und ich *will* es dafür ausgeben, und ich akzeptiere kein Nein.» Sein Mund öffnete sich, aber er sagte nichts. «Und ich habe ein Haus in der Stadt», fuhr Myra fort. «Wir wohnen dort.» Dann schluckte sie und nahm ihre Hand fort. «Ich meine, ich würde nämlich nicht wollen, dass du allein in dem Haus wohnst, und außerdem … außerdem wollte ich Ende des Sommers sowieso zurück in die Stadt. Also passt es perfekt.»

Sie dachte an Johnny und wie er sie kurz zuvor geküsst hatte und daran, wie sie später in seinem Bett im Haus am

Yachthafen miteinander schlafen wollten. *Sein* Bett. *Sein* Haus. *Sein* Yachthafen. *Sein* Leben.

Lustig. Statt einen Sohn hierzulassen, nehme ich einen mit.

5

DER KANADAREIHER (ARDEA HERODIAS) Diese großen Schreitvögel brüten normalerweise in Kolonien, in Bäumen in der Nähe von Seen oder Feuchtgebieten. Kanadareiher gelten als monogam, nicht weil sie ihr ganzes Leben nur mit einem Partner verbringen, sondern weil sie nur einen Partner pro Paarungszeit haben.

✦

Iain war derjenige, der Helen sagte, dass Liane ihren Verlobungsring trug. Er war verärgert, das merkte sie sofort. Oder verletzt. Oder vielleicht beides. «Du hast mir nicht einmal gesagt, dass du ihn verloren hattest», sagte er. «Du hast behauptet, du würdest ihn reinigen lassen. Wie lächerlich, jetzt, wo ich darüber nachdenke. So etwas würdest du nie tun.»

«Ich wusste aber, dass ich ihn irgendwann wiederfinden würde.»

«Wenn wir heiraten, dürfen wir solche Dinge nicht voreinander verschweigen.»

«Manche Dinge sagt man lieber nicht.»

«Das ist aber keine gute Philosophie.»

«Vielleicht ist das einer der Gründe, weshalb ich nie geheiratet habe. Ich kenne mich in Ehephilosophie nicht so gut aus.»

«Es ist keine Ehephilosophie, dem anderen die Wahrheit zu sagen. Das ist eine allgemeine Philosophie. Eine Lebensphilosophie.»

Und einfach so, am Telefon, obwohl die Mädchen noch da waren, stritten sie sich. Oder vielleicht stritten sie sich nicht, aber so etwas Ähnliches. War es eine Kabbelei? Helen war es leid, diese Meinungsverschiedenheiten einzuordnen. *Warum müssen wir das hier tun?*, wollte sie sagen. *Wir haben uns nie gestritten, nicht ein Mal – bis du beschlossen hast, dass wir uns mit einem Ring und einem Dokument aneinander ketten sollten.*

«Willst du sie nicht wenigstens fragen, warum sie den Ring trägt und behauptet, verlobt zu sein? Ich mache mir ein bisschen Sorgen um sie, um ehrlich zu sein.»

«Du kennst sie doch gar nicht.»

«Sie ist deine Tochter. Ich möchte sie kennen.»

Helen spürte, wie sie weich wurde. Deshalb liebte sie Iain so sehr. Er kümmerte sich jetzt schon um Liane, weil er Helen liebte. Und sie schätzte das. Aber sie wollte die Sache immer noch nicht richtigstellen.

«Sie wird es mir erklären. Ich will nicht, dass es ihr peinlich ist. Und außerdem hat sie das Kajak herausgeholt. Habe ich dir das schon erzählt? Ich glaube, sie hat Wesleys Tod jetzt doch verarbeitet, und ich möchte ihr dabei nicht im Wege stehen.»

«Und wenn sie vielleicht reden *möchte*?»

«Dann kommt sie zu mir. Du weißt nicht, wie es mit Töchtern ist.»

«Ich habe auch eine Tochter.»

«Okay, dann weißt du nicht, wie es mit *meinen* Töchtern ist. Ich bin nicht neugierig. Das ist einfach nicht meine Art. Es macht alles immer nur schlimmer. Sie wird mir irgendwann erzählen, was los ist.»

«Und wenn sie es nicht tut, nach Hause fährt und immer noch den Ring trägt? Was machst du dann?»

«Das tut Liane nicht. Sie weiß, dass er ihr nicht gehört. Es ist nur eine Frage der Zeit, dann erklärt sie es.»

Zum Zeitpunkt ihres Gespräches war ihr Wochenende mit den Mädchen noch im vollen Gange, trotz der Tatsache, dass Fiona nicht aufgetaucht war, was das Gleichgewicht auf eine Weise aus dem Lot gebracht hatte, die Helen überraschte. Helen hatte Iain dann gesagt, dass sie auflegen müsste. Sie hatte gesagt: «Ich liebe dich, ich liebe dich wirklich», und er hatte erwidert: «Ich liebe dich auch wirklich», aber es hatte verärgert geklungen.

Dann, am Morgen vor zwei Tagen, war Helen aufgewacht, nach unten gegangen und hatte Kaffee gekocht. In der Küche hatte sie die Butterdose offen gefunden, mit Furchen von Fingern darin, und den Ring in einem Saftglas, das mit Seifenwasser gefüllt war. *Mit etwas Pech hätte ich es einfach in den Ausguss gekippt*, dachte Helen. *Dann hätte Iain wirklich einen Grund gehabt, sich zu ärgern.* Aber sie hatte das Wasser nicht ausgegossen. Sie hatte den Ring aus dem Glas genommen und ihn vorsichtig gesäubert, und als Ilsa später am Morgen nach unten kam, erzählte Helen ihr, er gehöre einer Freundin, die im Haus Urlaub gemacht hätte.

«Und warum hat Liane ihn dann getragen?», hatte Ilsa gefragt. «Ist sie gar nicht verlobt?»

«Ich weiß es nicht, ich hatte noch nicht die Gelegenheit, sie zu fragen. Sie ist fort.» *Ohne mir irgendetwas davon zu sagen.*

Ilsa hatte sich die Schläfen massiert, als ob sie Kopfweh hätte. «Es ist meine Schuld, dass sie gegangen ist. Sie war gestern richtig sauer auf mich, weil ich mit den Nachbarn geredet und sie zum Abendessen heute eingeladen habe. Wir hatten Streit, als du schon im Bett warst.»

Helen war nicht blind. Sie hatte gesehen, wie der Mann nebenan Liane beobachtet hatte. Aber wie immer hatte sie nichts dazu gesagt. «Ilsa …»

«Ich war nur freundlich», hatte Ilsa gesagt, um sich schon im Voraus gegen die Dinge zu wehren, die Helen noch gar nicht gesagt hatte. «Sie sind unsere neuen Nachbarn. Wir sollten sie kennenlernen.»

«Sie haben das Haus nur gemietet.»

«Und Mieter zählen nicht?» Ilsa marschierte jetzt durch die Küche, wie sie es zuletzt in ihren wilden Teenagerjahren getan hatte. Das Morgenlicht schien durch das große Küchenfenster, und Helen wusste, dass es sie vermutlich alt aussehen ließ, besonders früh am Morgen. *Und ausgerechnet ich bin diejenige, die heiraten soll.*

«Und warum hat sich Liane dann so aufgeregt?»

«Weil sie dachte, dass ich mich einmische, dass ich versuche, sie und diesen Nachbarsmann zusammenzubringen, um ihr zu beweisen, dass sie Adam gar nicht heiraten muss.»

«Und? Stimmt das?»

«Nein! Ich dachte nur, dass es ihr vielleicht Spaß machen würde. Ich meine, all diese lüsternen Blicke, die sie einander zugeworfen haben, Herrgott! Ich dachte, es könnte ihr helfen zu erkennen, dass nicht alle Ehen unantastbar sind, dass vielleicht keine Ehe heilig ist.»

«Und inwiefern soll ihr das helfen?»

Oben hatte Xavier «Mama?» gerufen. Am Tag zuvor hatte seine Nase zu laufen begonnen, und er war mit erhöhter Temperatur ins Bett gegangen.

Ilsa hörte auf, so hektisch durch den Raum zu gehen, von der Stimme ihres Sohnes sichtlich auf den Boden der Tatsachen zurückgeholt. «Weißt du, vielleicht fahren wir auch früher wieder nach Hause», sagte sie. Sie stand ganz ruhig da und schaute auf die Butterdose. «Es tut mir leid. Wir haben irgendwie ein schlechtes Jahr, aber es gibt ja ein nächstes Mal. Das gibt es immer.»

«Ein schlechtes Jahr», hatte Helen wiederholt.

«Vielleicht komme ich später im Sommer noch einmal», hatte Ilsa angeboten.

«Du bist hier immer willkommen», hatte Helen gesagt, überrascht von der Heftigkeit ihres Wunsches, dass Ilsa wiederkommen beziehungsweise gar nicht erst fahren möge. Aber statt Ilsa davon zu überzeugen, lieber zu bleiben, war sie mit ihrem Kaffee zum Steg gegangen, um den Sonnenaufgang zu beobachten. Sie fühlte sich einsam. Obwohl sie Iain hatte, der nur ein paar Häuser weiter wohnte, und eine Tochter und zwei Enkel, die noch in ihrem Ferienhaus waren, fühlte sie sich zutiefst einsam. Was sie wollte, das begriff sie jetzt, war jemand, mit dem sie reden konnte. Einen Freund.

Sie musste an etwas denken, was Liane am Tag zuvor gesagt hatte. Sie hatte erwähnt, dass sie das Gästebuch durchgeblättert hatte. «Und dabei bin ich auf einen Eintrag von Edie gestoßen. Was ist eigentlich mit euch passiert?»

Helen hatte gerade die aufgetauten Fischfilets gesalzen und gepfeffert und dabei innegehalten, um nachdenklich zu Liane aufzuschauen. *Tja, was ist eigentlich passiert? Sie ist mit Fionas Vater durchgebrannt, das ist passiert. Sie war offenbar noch neidischer auf mich als alle anderen.* «Ich erinnere mich nicht mehr daran», hatte Helen schließlich geantwortet. «Irgendetwas Albernes. Ich glaube, sie wohnt jetzt in Kalifornien. Oder vielleicht in New York City. Ich weiß es nicht. Sie hat geheiratet.»

Helen hatte Zitrone auf den Fisch geträufelt und sich dann damit die Hände abgerieben, bevor sie sie wusch.

«Ich bin mit dem Kajak rausgefahren», sagte Liane als Nächstes. «Hast du das gemerkt?»

«Habe ich», versetzte Helen vorsichtig. «Ich bin sehr stolz auf dich.» Sie bedeckte den Fisch mit einem Topfdeckel. Sie räusperte sich und wartete. Vielleicht würde Liane jetzt die Sache mit dem Ring erklären. Aber das tat sie nicht. Die Unterhaltung schien vorbei zu sein.

Und dann waren die beiden Mädchen abgereist, und Helen war wieder allein auf der Insel. Sie konnte nichts anderes tun, als zu Iain hinüberzugehen und zuzugeben, dass ihre Mission gescheitert war. Sie hatte den Tag und auch die Nacht mit ihm verbracht, musste jetzt aber zurück zu ihrem Haus, um ihre Sachen zu holen. Er las die Zeitung, die Lesebrille auf der Nasenspitze. Sie stellte sich mit den Sandalen in der Hand vor ihn hin.

«Ich gehe spazieren», sagte sie. «Ich brauche außerdem ein paar Sachen von zu Hause.»

«Mmm-hmm», antwortete er, ohne aufzusehen. Er ärgerte sich immer noch über sie, das merkte sie. Vielleicht hatte er auch recht. Es war bestimmt nicht schön gewesen, zu ihrem Haus zu kommen und zu sehen, dass ihre Tochter den Ring trug, als spielte sie mit irgendwelchen wertlosen Kinkerlitzchen Verkleiden.

Helen zog die Sandalen an, ging aus der Tür und musste unweigerlich an die alte Helen denken – oder genauer: an die *junge* Helen –, die einfach fortgegangen und nie mehr wiedergekommen wäre. Und obwohl sie immer noch derselbe Mensch war (manchmal war das wirklich unfair, hauptsächlich wegen der Krähenfüße), war Helen mit ihren vierundsechzig endlich erwachsen genug zu wissen, dass sie es ewig bereuen würde, einen Mann wie Iain, einen starken, soliden, intelligenten, leidenschaftlichen und ja, auch *traditionellen* Mann zu verlassen.

Sie hatte Iain aus einer ganzen Reihe von Gründen und auf ziemlich umständliche Weise kennengelernt. Das, was die Ereignisse aber letztlich ins Rollen gebracht hatte, war die Tatsache, dass Helen irgendwann keine Lust mehr hatte, ihr Abendessen allein einzunehmen.

Nach ihrem morgendlichen Yogakurs in dem Dorf, in dem sie während des Jahres lebte, nach ihrem täglichen Spaziergang, der Arbeit in ihrem großen Kräutergarten, dessen Düfte so viele unterschiedliche Erinnerungen zurückbrachten, die es ihr wiederum schwermachten, das Haus über den Sommer einem Housesitter zu überlassen (fast immer einem Schauspieler oder Maler oder einem anderen Künstlerfreund, der einen Platz für seine Kunst brauchte) und die meiste Zeit auf der Insel zu verbringen, nach dem Besuch der Stadtbibliothek, wo sie sich literarische Thriller auslieh, nach dem Mittagessen mit ihrer Freundin Nina (Weizenkeimburger im Carrot Top Café), nach einem Nickerchen im Wintergarten, aus dem sie etwas verwirrt erwachte, weil sie geträumt hatte, in der Massey Hall in Toronto aufzutreten, nachdem sie begriffen hatte, dass es nicht mehr 1975 war und sie vermutlich nur zu lange geschlafen hatte (das stimmte, und in der Nacht darauf konnte sie deshalb nicht einschlafen), nachdem sie den Sonnenuntergang von ihrem Sofa aus beobachtet hatte und plötzlich spürte, dass sie hungrig war und deshalb in die Küche ging – eigentlich hatte sie Kamut-Pasta, frische Tomaten, Basilikum und Olivenöl machen und dazu ein

Glas Wein trinken wollen, aber stattdessen hatte sie Toast mit Tomaten und Pfeffer in den Ofen gelegt, weil sie keine Lust hatte, nur für sich selbst zu kochen –, nachdem sie das Essen also mit hinaus auf die Veranda genommen und dabei das Radio angeschaltet hatte, damit es nicht allzu still um sie herum war – nach alldem kam ihr folgender Gedanke: *Ich habe es satt, allein zu essen. Ich will nicht zu einer Frau werden, die ihr Müsli über dem Ausguss isst, der ihre Mahlzeiten egal sind. Ich will auch keine Frau werden, die ständig Freunde zum Abendessen einlädt, in der Küche hantiert und dabei die ganze Zeit denkt:* Wenn ihr nicht gekommen wärt, würde ich vor Einsamkeit durchdrehen. *Früher war ich weit davon entfernt, eine solche Frau zu sein. Aber jetzt werde ich einsam. Ich kann meine Tage gut füllen. Aber die Nacht, der Abend … Ich möchte jemanden haben, mit dem ich essen kann. Ich will jemanden haben, für den ich kochen kann und der keine Freundin ist. Und, um ehrlich zu sein, ich hätte auch nichts gegen ein bisschen guten Sex hin und wieder, und keiner der Männer hier in der Stadt scheint dieser Aufgabe gewachsen zu sein.*

Und so stand sie auf, nahm ihren Laptop, ließ ihr überbackenes Tomatensandwich liegen und trank stattdessen den Rotwein aus – ein Glas, dann noch eins –, um dann ein Profil auf MatchedSilver.com zu erstellen, einer Website, die Nina beim Mittagessen erwähnt hatte. Beim Namen der Website war sie ein wenig zusammengezuckt, aber sie machte trotzdem weiter. *Würdevoll gealtertes Blumenkind sucht Gesellschaft fürs Abendessen*, schrieb sie, und sofort war es ihr peinlich. Aber sie beschrieb sich dennoch mit einem Durcheinander aus Worten, das sie am besten traf und wahrscheinlich die meisten Männer abschrecken würde.

Sie zögerte einen Augenblick lang – sicher würde man sie

erkennen, oder vielleicht auch nicht; 1975 war ja nun schon lange her – und lud dann ein Foto hoch, das ein Freund von ihr auf einer Party geschossen hatte. Auf dem Foto lachte Helen, ohne direkt in die Kamera zu schauen. Im sanften Licht des Fotos wirkten die weißen Strähnen in ihrem Haar blond, ihre Lachfalten waren zwar sichtbar, aber weichgezeichnet.

Sie bekam eine Menge Nachrichten. Einige blieben ihr in Erinnerung, weil sie so bizarr waren, andere, weil sie so erbärmlich waren, wieder andere, weil man sie tatsächlich erkannte (die «Folkgöttin meiner nicht besonders glorreichen Jugend», wie es ein Mann ausdrückte), aber keine von ihnen, weil sie wirklich *erinnerungswürdig* gewesen wäre. Langsam war sie frustriert. *So funktioniert das nicht. Wenn ich jemanden kennenlerne, wird es nicht auf diese Weise geschehen. Früher ist es doch auch passiert, oder?*

Wobei es in dem Leben, das sie früher geführt hatte, ein wenig leichter gewesen war, Männer kennenzulernen.

Helen hatte ihre Heimatstadt Mulmur, Ontario, mit siebzehn verlassen. Wenn sie in Interviews gefragt wurde, warum, fragte sie immer zurück: «Waren Sie schon einmal in Mulmur?», und beließ es dabei. Aber in Wahrheit war sie in einem hübschen kleinen Bauerndorf aufgewachsen, über das sie nur zu gern idyllische kleine Geschichten erzählt hätte. Geschichten, die anders waren als: «*Meine Mutter Abigail tat alles in ihrem Leben nur, weil sie es musste, nicht weil sie es gewollt hätte, und manchmal beobachtete ich sie dabei, wie sie mit solcher Sehnsucht über unsere Kartoffelfelder schaute, dass ich sie am liebsten bei der Hand genommen und mit ihr fortgelaufen wäre. Aber ich wusste, dass ihr Blick sofort wieder normal werden würde, sobald ich so etwas auch nur andeutete. Sie würde dann lächeln und sagen: ‹Warum um alles in der Welt sollte ich das tun wollen?›»* Geschichten, die anders waren als: *«Mein Bruder Ellis war ‹nicht ganz richtig im Kopf›. So drückten es die Dorfbewohner aus, aber niemand kümmerte sich darum, worin eigentlich das Problem lag. Eines Nachts kam er zu mir ins Zimmer, legte seine Hand auf meinen Mund und legte sich auf mich, aber ich biss ihn, und er schrie, bis mein Vater herbeigerannt kam.»*

Helens Vater Angus sprach nie mehr davon, was er in jener Nacht gesehen hatte, auch deshalb, weil er ohnehin so gut wie nie sprach. Aber er widersprach Helen auch nicht, als sie zwei Tage später verkündete, dass sie fortgehen würde, er sagte nichts dazu, als Abigail weinte und sagte: «Aber sie sollte doch Beacan Wilson heiraten.» (Später allerdings, als das Ferienhaus auf ihren Namen eingetragen wurde, begriff sie, dass das kleine Stückchen Eigentum, auf dem sie jeden Sommer Urlaub gemacht hatten, stille Ferientage, an denen Helen einmal ganz um die Insel herumgeschwommen war und geglaubt hatte, sie müsste vor Erschöpfung sterben, eine Art Wiedergutmachung war. Daher kämpfte sie vor Gericht mit allen Mitteln gegen Ellis, der zu beweisen versucht hatte, dass ihr Vater senil und nicht mehr bei Verstand war, als er ihr das Grundstück vermachte, um ihn dann auszuzahlen, damit er niemals wiederkäme. Ihre Hälfte der Farm überließ sie ihm ebenfalls.)

1968 floh Helen nach Toronto und landete in einer Wohnung mit einer Gruppe Vietnamkriegsverweigerer. Nachts sang sie die irischen Volkslieder, die ihre Mutter immer gesungen hatte, wenn sie putzte, flickte oder kochte, und einer aus der Gruppe der Vietnamkriegsverweigerer sagte ihr, sie müsse Gitarre spielen lernen. «Ich kann das schon», sagte sie.

«Ich habe nur keine Gitarre.» Also legten sie ihr Geld zusammen und kauften ihr eine.

Später zog sie in eine Wohnung in Yorkville mit drei anderen Mädchen, die alle auch Folksängerinnen werden wollten. Sie begannen, auf den Straßen Musik zu machen, und überlegten, welchen Namen sie sich als Gruppe geben wollten. Dann wurde Helen von dem Besitzer einer Bar angesprochen. «Was ist mit meinen Freundinnen?», hatte Helen gefragt. «Können sie auch auftreten?» Aber der Mann hatte geantwortet, nein, nur sie. Die Bar hieß *The Purple Onion.* Es war dieselbe Bar, in der Buffy Sainte-Marie *Universal Soldier* geschrieben hatte. Helen ging zurück in die Wohnung und packte ihre Sachen, bevor ihre Freundinnen sie rauswerfen konnten.

Der Plattenboss, der sie entdeckte, war ungeheuer erfolgreich und außerdem ihr erster Liebhaber, und die Journalisten fragten ständig nach ihm, aber sie wollte seinen Namen nicht nennen. «Er war der Erste und der Letzte, der mir das Herz gebrochen hat», antwortete sie und versuchte, es lässig klingen zu lassen. Etwas wie *The first cut is the deepest* wäre der Wahrheit vermutlich näher gekommen, aber diese Liedzeile gab es schon. Aber bald wurde es gewissermaßen zu ihrem Markenzeichen, Lieder gegen die Liebe zu singen, mit ihrer Musik zu predigen, dass Frauen keinen Mann brauchten. Sie war von einer Frau erzogen worden, die geglaubt hatte, das Größte, was Helen würde erreichen können, wäre, Beacan Wilson zu heiraten. Sie hatte nie gesehen, dass ihr Vater ihre Mutter küsste. Ihr Bruder hatte versucht, sie zu vergewaltigen. «Ich bin kein großer Fan von Männern», sagte sie in Interviews. Natürlich gab es Gerüchte, die behaupteten, sie sei lesbisch, aber das war Helen egal. (Abigail dagegen war es gar nicht egal. Und das war offenbar der Tropfen, der das Fass zum Überlaufen brachte. Sie stand eines Tages in der Kirche auf und sagte sich öffentlich von ihrer Tochter los. Eine Freundin aus der Kindheit schrieb Helen einen Brief, in dem sie ihr das erzählte.)

«Nieder mit der Liebe, sagt Helen Sear» stand neben ihrem Gesicht auf dem Cover des *Rolling Stone*.

Durch den Erfolg nahm sie ihr Leben nur noch undeutlich wahr, bis sie fünfundzwanzig wurde, auf eine Party ging und einen Mann namens Nate kennenlernte, den Gitarristen einer der erfolgreichsten Rockbands dieser Zeit. Er verschüttete seinen Rotwein über ihr Kleid und gab ihr sein Hemd, damit sie es überziehen konnte. Sie lief auf der Party herum und roch nach ihm, bis sie am nächsten Morgen glaubte, ihn zu kennen. (Aber sie kannte ihn niemals wirklich.) Sie ging mit ihm auf sein Hotelzimmer.

Wochen später, als er wieder auf Tournee war, entdeckte sie, dass sie schwanger war. Sie schrieb ihm einen Brief. Er antwortete nicht. Sie dachte darüber nach, was sie machen sollte, und beschloss, dass sie, obwohl sie die Möglichkeit hatte, das Kind abzutreiben, lieber die Möglichkeit nutzen wollte, es zu bekommen. Sie konnte ihn oder sie auch ohne Vater erziehen – vielleicht wäre das sogar noch kontroverser als alles, was sie bis dahin getan hatte.

Zu jener Zeit hatte sie sich mit Edie angefreundet, einem Trust-Fund-Kind schwerreicher Eltern (Helen hatte erst neulich das Wort «Trustafarian» gehört und mit einer gewissen Bitterkeit an ihre alte Freundin gedacht), die keinerlei musikalisches Talent besaß, aber intelligent und spontan und die perfekte Komplizin war, mit ihren langen dunklen Locken und dem aristokratischen Aussehen, das in Kontrast zu

Helens blondem Haar und ihren weit auseinanderstehenden blauen Augen stand. «*Wir* können das Baby zusammen aufziehen», hatte Edie gesagt. «Wer braucht schon einen Mann?» Und so hatte es begonnen.

Fiona wurde geboren, und sie wuchs heran, und dann war es bereits Ende der siebziger Jahre, Helen wurde dreißig und versuchte, ihr Alter zu ignorieren. Die Lieder, die sie schrieb, waren jetzt anders, unkonventioneller und jazziger und nicht mehr so populär in Nordamerika, aber die Europäer liebten sie, deshalb beschloss sie, dort auf eine ausgedehnte Tournee zu gehen. In der Nacht, in der sie Claude kennenlernte, hatte sie beschlossen, sich ein Fahrrad zu besorgen, durch die Stadt zu radeln und so zu tun, als wäre sie eine Pariserin ohne jede Sorge im Leben. Sie trug einen Hut und eine Sonnenbrille, damit niemand sie erkannte, aber damit konnte sie nur noch schlecht sehen, sodass sie vom Fahrrad fiel. Claude hatte an der Straßenecke gestanden, das Baguette und den Käse aufgehoben, die aus ihrem Korb gefallen waren, und gesagt: «Das reicht aber nicht, oder?» Dann hatte er sie erst zum Abendessen ausgeführt und sie dann seinen begeisterten Künstlerfreunden vorgestellt.

Ihre Schwangerschaft war geplant, wobei sie Claude das nicht *ganz* deutlich sagte. Dennoch wirkte er erfreut darüber, auf seine eigene vage Art und Weise. Er versuchte sogar, mit ihnen in Toronto zusammenzuleben, als Ilsa noch klein war. Aber er konnte es nicht. Er vermisste Paris. Er fand Toronto trostlos im Winter und verklemmt im Sommer. Aber er liebte Ilsa, und Helen versprach ihm, sie niemals von ihm fernzuhalten. Als Claude und sie zusammenlebten, entwickelten sich Edie und sie auseinander, ganz langsam. Der Mann in ihrem Leben änderte die Dinge.

Die Achtziger waren nicht gut zu Helens Karriere. Man hatte sie gewarnt, aber dennoch verletzte es sie. Ihre Plattenverkäufe fielen ins Bodenlose, sowohl zu Hause als auch im Ausland, und niemand schien zu verstehen, dass sie sich entwickeln musste, dass sie nicht mehr dasselbe Mädchen sein konnte, das dieselben Songs sang. Sie wurde unruhig und ließ die Mädchen bei Edie. Sie reiste einen Monat lang durch Indien, weil man das eben so tat. Sie lernte Wes in einem Ashram kennen, wo sie auf dem kalten Boden saß und zu meditieren versuchte. Sie hatte sich nicht konzentrieren können und deswegen die Augen geöffnet. Er hatte sie mit seinen hellen grünen Augen (die gleichen wie Lianes) beobachtet. *Ich will dich*, hatte sie in Gedanken gesagt, immer und immer wieder. *Ich will dich, ich will dich.* Und als sie so dasaßen und sich wortlos anstarrten, war sie sich immer sicherer, dass er in Gedanken dasselbe sagte. Nicht im körperlichen Sinne, nicht *Ich will dich* wie in *Ich will mit dir schlafen* (das natürlich auch), sondern wie in *Ich will alles von dir, innen, außen, alles.*

Sie dachte, dass sie ihn am meisten geliebt hatte, wenn sie sich erlaubte, an ihn zu denken. Und sie fragte sich, warum es ihn nicht daran gehindert hatte, sich in den Tod zu stürzen. «Wir können uns nicht aussuchen, wen wir lieben», hatte sie gesagt, als er gestorben war. «Ich hätte ihn trotzdem lieben wollen, obwohl ich weiß, dass es keine Heilung für ihn gab.»

Genau diesen Satz – «Wir können uns nicht aussuchen, wen wir lieben» – hatte Edie ihr entgegengeschleudert, als sie ihr endlich gebeichtet hatte, dass sie Nate auf einer Party getroffen und ihn angeblich nur deshalb angesprochen hatte, um ihn wegen Fiona zur Rede zu stellen, um sich dann Hals über Kopf in ihn zu verlieben und eine Affäre mit ihm anzufangen, die sich irgendwie zu einer Hochzeit im Standesamt auswuchs. «Bist du schwanger?», hatte Helen ungläubig gefragt. Edie war ein paar Jahre jünger als sie, aber trotzdem. Es kam ihr komisch vor. «Wir lassen es darauf ankommen», hatte Edie leise geantwortet, und Helen hatte gedacht: *Das ist womöglich alles meine Schuld.* Sie hatte Edie in ihrem Schatten leben lassen, sie oft wie ihr Kindermädchen behandelt – und dann hatte Edie, ob nun absichtlich oder nicht, genau das bekommen, was Helen versagt blieb. «Ich will dich nie wiedersehen», hatte Helen gesagt. Edie zu verbannen hatte ihr den schlimmsten Kummer gebracht, weil ihre Beziehung die längste von allen gewesen war, selbst wenn sie nicht sexuell war.

Und nach alldem findest du garantiert keine große Liebe auf einer schmierigen Website, hatte Helen gedacht. *Vielleicht findest du sie ja nie. Dieser Teil deines Lebens ist vorbei. Schau nach vorn.* Es war Juni und an der Zeit, die Sachen zu packen und ins Ferienhaus zu ziehen, also löschte sie ihr Profil und verließ die Stadt.

Aber dann: An ihrem ersten Tag im Haus, am Tag, bevor die Mädchen kamen, war Helen spazieren gegangen. Sie war stehen geblieben, als sie Iain in seinem Garten sah, und hatte ihm zugeschaut, hauptsächlich deshalb, weil er einen so merkwürdigen Anblick bot. All das Grünzeug in den Körben neben ihm. Er trug eine Schürze und hielt einen der Körbe in der Hand, und dennoch war nichts Unmännliches an ihm. Er richtete sich auf und sah sie, und sie lächelte und sagte «Hallo» und wollte sich schon dafür entschuldigen, einfach so dagestanden und ihn angestarrt zu haben, als er ebenfalls lächelte und mit einer Stimme, von der ihr die Knie weich wurden (buchstäblich, sie knickten ein wenig ein, und sie musste sich festhalten; sie fand seinen schottischen Akzent einfach *so* sexy) sagte: «Möchten Sie ein wenig Gemüse? Ich habe tonnenweise davon. Und das ist nicht übertrieben, glaube ich.» Gemüse. Ehrlich. Iain und sein Gemüse. Aber das war eine der Kleinigkeiten, die sie an ihm so liebte und die sich summierten: dass er so unerbittlich er selbst war. (Außer natürlich, wenn dieses unerbittlich Er-selbst-Sein bedeutete, dass er unerbittlich auf einer Hochzeit bestand.)

Er war zu ihr getreten, und sie hatten sich unterhalten. Über das Gemüse zuerst: Löwenzahn und Mangold, Spinat und Chicorée, Rübenkraut, Steckrüben, Rote Bete. «Sie sind das Geheimnis eines langen Lebens», hatte er gesagt. «Oh, gut», hatte sie erwidert. «Ich habe all diese Goji-Beeren, den Kurkuma und die gemahlenen Knochen missratener Kinder langsam satt.» Zu ihrer Erleichterung hatte er gelacht, aber dann hatten sie beide geschwiegen. Sie zermarterte sich das Hirn nach etwas, womit sie die Unterhaltung hätte fortsetzen können, und fragte ihn schließlich, ob er die beiden Kanadareiher gesehen habe, die morgens über den See flogen. «Oh ja», sagte er, «die sehe ich oft. Ist das nicht ein wunderschönes Paar?» Helen nickte und überlegte, was sie jetzt sagen sollte, aber dann sagte er zum Glück: «Möchten Sie vielleicht mit mir zu Abend essen?» Und sie hatte geantwortet: «Ja, kommen Sie doch einfach mit zu mir und bringen mir etwas von Ihrem Gemüse, das ewig jung hält, und ich mache den Rest?» Und er hatte erwidert: «Sicher? Ich kann nämlich auch kochen», aber sie hatte den Kopf geschüttelt. Sie wollte, dass er zu ihr kam, obwohl sie nicht sicher war, warum.

Iain kam zum Abendessen – zu ihrer Erleichterung brachte er keine Wildblumen oder etwas ähnlich Fades mit, sondern zwei Flaschen Wein, rot und weiß. «Ich wusste nicht, welchen Sie mögen», sagte er. «Und wenn ich gar keinen Alkohol trinke?», hatte sie geantwortet. «Dann muss ich wohl beide trinken», sagte er. «Und übrigens, sind Sie nicht Helen Sear?» Sie hatte genickt, und aus irgendeinem Grund war es ihr peinlich, das zugeben zu müssen. «Tut mir leid», sagte er, weil er ihr Unbehagen spürte. «Ich wollte nicht …» «Andeuten, dass ich Alkoholikerin bin, weil ich mal eine Folksängerin war? Das stimmt sogar teilweise.»

Sie nahm ihm die beiden Flaschen ab, sah ihn an und spürte, dass sie seine Brust streicheln, ihm die Brille abnehmen und ihn küssen wollte. Vielleicht hätte sie das vor vielen Jahren einfach getan – tatsächlich war es genau das, was die junge Helen getan hätte: Sie hätte die Flaschen abgestellt und ihn hinter sich her ins Schlafzimmer gezogen, dabei ihre Bluse von den Schultern gleiten lassen, sich den Rock von den Hüften geschüttelt, keine Unterwäsche natürlich. Aber eine der traurigen Wahrheiten des Alters war, dass man diese Dinge nicht mehr einfach so tun konnte, als Frau konnte man sich nicht mehr darauf verlassen, dass der Mann sprachlos sein würde, sobald man die Bluse auszog – jedenfalls nicht sprachlos auf die richtige Art und Weise. Und dass man mindestens ein paar Gläser Wein, wenn nicht noch mehr, brauchte, um überhaupt den Mut aufzubringen, sich auszuziehen.

«Eine Folksängerin *war*?», fragte er. «Meinen Sie damit, dass Sie keine mehr sind?»

«Na ja, es ist schon eine Weile her, seit ich aufgetreten bin, aber vermutlich trage ich den Stempel für immer auf der Stirn.» So fühlte sie sich manchmal, abgestempelt von ihren eigenen Songs, von den Dingen, die sie früher einmal gesagt hatte.

Später, als ihr der Wein half, die Hemmungen abzubauen und sie tatsächlich ihre Bluse auszog, war er süß, sagte nur die richtigen Dinge, gab ihr ein gutes, vielleicht sogar großartiges Gefühl. Und mit der Zeit spürte sie, dass die Orte, die Menschen oder die Fehler ihrer Vergangenheit – von denen sie viele in den Songs verarbeitet hatte, die sich nicht mehr abschütteln ließen –, dass all das keine Bedeutung mehr hatte. Schließlich hatte sie sogar das Gefühl, ihm alles sagen zu können.

Wobei sich das nicht in allen Fällen als wahr herausstellte.

Die Nacht, in der er sie bat, ihn zu heiraten, war gleichzeitig die Nacht, in der sie sich zum ersten Mal stritten.

Sie hatte zuerst gelacht und dann erst begriffen, dass er es ernst meinte, als er sagte: «Heirate mich.» Dann hatte sie gefragt: «Aber *warum*?» Der zweite Fehler.

«Weil ich dich liebe», hatte er geantwortet. «Weil ich für den Rest meines Lebens jeden Morgen neben dir aufwachen will.»

«Jeden Morgen? Und wenn du verreist? Oder wenn *ich* verreise?»

«Ach komm schon, Helen, jetzt sei mal nicht so sachlich.»

«Das können wir doch auch tun, wenn wir nicht verheiratet sind. Und wenn du morgens neben mir aufwachst, ist es dann nicht schöner zu wissen, dass ich da bin, weil ich bei dir sein will – und nicht weil ich muss, nicht wegen eines Stücks Papier?»

Er hatte geseufzt und seine Brille abgenommen, und sie hatte zum ersten Mal so etwas wie Angst gespürt. *Vielleicht verlierst du ihn, wenn du das nicht tust.* «Vermutlich stimmt das. Aber … ich will, dass ich dir mehr bedeute als alle vor mir. Ich weiß, dass ich jetzt unglaublich unsicher klinge, aber das bin ich gar nicht. Es ist keine Unsicherheit. Ich versuche nicht, meinen Claim abzustecken. Ich will nur … ich kann nichts dagegen tun. Ich will, dass du *meine* Frau bist. Ich will, dass du *mich* heiratest. Tief in meinem Herzen bin ich immer noch ein katholischer Junge. So habe ich auch meine eigenen Kinder erzogen. Ich bin mir nicht sicher, ob ich mich dabei wohl fühle, unverheiratet mit dir zusammenzuleben.»

«Damit ich das recht verstehe: Du glaubst also wirklich, dass du nicht in die Hölle kommst, wenn du mich heiratest?» Helen bemühte sich sehr, ein ernsthaftes Gesicht aufzusetzen, aber dann sah sie ihn an und begriff, dass er das überhaupt nicht lustig fand.

Daher hatte sie sich zusammengerissen und ja gesagt, denn was hätte sie sonst tun sollen? Iain war ein Mann, der ihr den Stuhl zurechtrückte, ihr die Tür aufhielt und in Bussen und U-Bahnen für Frauen aufstand. (Ja, manchmal hatte sie den Verdacht, dass das womöglich daran lag, dass er Frauen für das schwächere Geschlecht hielt, aber trotzdem war es reizend.) Iain hielt immer, immer Wort, und das nicht nur ihr gegenüber, sondern auch bei anderen, bei seiner Familie, Freunden, sogar bei Fremden. Er war wirklich ihr bester Freund, er war der Mensch, mit dem sie ständig zusammen sein wollte, der Mensch, an den sie dachte und dabei lächelte, wenn er nicht da war. Sie hatte das Gefühl, ein besserer Mensch zu sein durch ihn, und das war eine echte Leistung. Er fühlte sich nie bedroht oder war frustriert, wenn sie laut wurde, und wurde nie wütend, wenn sie große Reden schwang. «Sie ist ganz schön anstrengend, oder?», hatte ein

Freund einmal bemerkt, und er hatte gelächelt und Helen an sich gezogen, sie auf den Scheitel geküsst und gesagt: «Furchtbar anstrengend.»

Sie mochte an ihm, dass er sein eigenes Leben hatte, und sie wusste, dass er vor ihr zufrieden damit gewesen war. Obwohl er seit langem verwitwet war, hatte er keine Frau gebraucht, um das Loch in seinem Leben zu stopfen. Vor seinem Ruhestand war er Kurator eines Landwirtschaftsmuseums gewesen. Manchmal schien es ihr, als käme er aus einer anderen Ära, bei ihm hatte sie das Gefühl, dass die Zeit ihr nicht durch die Finger rann, sondern stattdessen langsamer verging. Er war bescheiden. Er war sich seiner selbst bewusst. Er konnte lustig und albern sein, aber auch genial. Und vor allem liebte er sie. «Er betet dich wohl eher an», hatte Nina gesagt. «Ich weiß nicht, wie du das geschafft hast, aber offenbar hast du dir den letzten guten Mann auf diesem Planeten gesichert.»

Der größte Fehler, den sie an ihm finden konnte, war, dass er sie unbedingt heiraten wollte.

«Erst muss ich es den Mädchen sagen, noch bevor wir ein Datum festlegen», hatte sie an dem Abend gesagt, an dem er um ihre Hand angehalten hatte. «Ich kann sie ja nicht mit den Einladungen zu meiner Hochzeit überfallen. Sie kennen dich ja noch nicht mal.»

«Und wann willst du es ihnen dann sagen?»

«An unserem jährlichen Ferienhaus-Wochenende.»

«Aber das ist noch Monate hin!»

«Sechs Wochen, nicht Monate.»

«Und warum können sie nicht früher kommen?»

«Weil wir es immer um diese Zeit machen.»

«Aber vielleicht könntet ihr eine neue Tradition beginnen. Ein Ferienwochenende im Mai.»

«Im Mai kann man nicht auf der Insel sein. Die ganzen Insekten.»

Er hatte nach ihrer Hand gegriffen, und sie war erleichtert, dass er sie berührte.

«Tut mir leid. Das läuft jetzt nicht so, wie ich es geplant hatte», sagte er.

«Du hast das geplant?» Das machte sie nervös. «Es hat so spontan gewirkt.»

«Na ja, das war es auch. Es *war* spontan, aber ich habe natürlich auch darüber nachgedacht. Und ich wollte … na ja, ich dachte, es wäre vielleicht nicht angemessen, auf die Knie zu gehen, aber ich wollte dir einen Ring schenken.»

«Du hast einen Ring?»

«Ich habe einen Ring.»

«Oh, bitte, nein.» Es war Helen zufällig herausgerutscht. «Oh, nein. Das tut mir leid. Das klingt ganz falsch. Es ist nur, dass ich …»

«Dass du keinen Schmuck trägst, außer, er gehört zu einer Verkleidung. Aber ich dachte, dieser hier gefällt dir vielleicht. Er ist ganz schlicht.» Er zog ihn aus seiner Tasche. Und es war wirklich ein hübscher Ring. Ein quadratischer Diamant – das Wort *Princess-Schliff* kam ihr in den Sinn, obwohl sie keine Ahnung hatte, woher sie diesen Begriff kannte – mit einem verzierten Band. Wenn sie sich je einen Verlobungsring gewünscht hätte, wäre es dieser gewesen. Wobei sie inzwischen an einem Punkt angelangt war, an dem sie ihn selbst dann gelobt hätte, wenn sie ihn grässlich gefunden hätte.

Als sie ihn über ihren Finger streifte, hob sich ihre Stimmung ein wenig. Sie prosteten sich zu, auf ihre Zukunft.

Aber dann verging die Zeit, und ihr fielen immer mehr Gründe ein, ihn nicht zu heiraten. Deshalb hatte sie den Ring verlegt. Sie hatte ihn abgelegt und auf das Regal gelegt und ihn vergessen, weil sie in Martha Gellhorns Buch gelesen hatte, dass man niemals einen Mann heiraten sollte, der seine Mutter nicht mochte. *Er spricht kaum von seiner Mutter*, fiel ihr plötzlich auf. *Und wenn, ist es respektlos und abschätzig.* Später fühlte sie sich deswegen schuldig, sie wusste, er hatte seine Gründe – und zwar sehr triftige: Seine Mutter war Alkoholikerin gewesen, die ihn und seine Schwestern regelmäßig geschlagen hatte, bis sie an Leberversagen starb. Aber natürlich steckte der Ring bis dahin schon an Lianes Finger.

Helen kam vom Spaziergang zurück. Iain saß mit einem Notizblock am Tisch. Sie spürte, dass sein Ärger noch nicht verflogen war.

«Wen willst du zur Hochzeit einladen?», fragte er.

«Wen lädst du denn ein?»

«Meine Kinder. Freunde. Vierzig Leute vermutlich. Und du?»

«Warum willst du das denn wissen?» Sie hatte auf ihn zugehen wollen, als sie von ihrem Spaziergang zurückkam, aber jetzt nahm sie wieder ihre Abwehrhaltung ein.

«Ich würde nur gern wissen, wie viele Gäste wir erwarten. Welches Budget wir dafür einplanen müssen.»

«Ich dachte, wir hätten uns darauf geeinigt, dass es eine schlichte Feier wird. Und ein Budget ist nicht nötig. Ich bezahle alles. Soviel du willst.»

«Ich lasse es nicht zu, dass du für unsere Hochzeit bezahlst.» Jetzt wirkte er ernsthaft beleidigt. «Und es würde trotzdem helfen zu wissen, wie viele Gäste kommen.»

Sie setzte den Kessel auf, maß Matcha-Pulver ab, rührte es in heißes Wasser und schob ihm mit ein wenig zu viel Nachdruck einen Becher davon hin. (Grüne Flüssigkeit, die aussah wie Entengrütze, spritzte über den Tisch, ein wenig davon landete auch auf seiner Hand.)

«Aua», sagte er.

«Ich weiß noch nicht, wen ich einlade», sagte sie. Er schwieg. Sie saß da, beobachtete ihn und spürte, wie Zorn in ihr aufwallte.

«Du tust dir mit diesem Hochzeitskram nur selbst weh. Warum?»

«Entschuldige, was?»

«*Warum?*, habe ich gefragt. Nur damit du ein Stück Papier mit unseren Namen darauf haben kannst?»

«Für mich ist es mehr als nur ein Stück Papier. Warum sabotierst du die Sache?»

«Ich sabotiere gar nichts. Ich will mit dir zusammen sein. Ich will den Rest meines Lebens mit dir verbringen. Aber ...» Sie suchte nach ihren Gründen. «Weißt du, wenn man sich in unserem Alter an jemanden bindet, dann meint man es ernst. Man meint es ernst, dass man den Rest seines Lebens mit dem anderen verbringen will. Dieser ‹In Krankheit und Gesundheit›-Teil des Eheversprechens klingt nicht mehr wie etwas, das noch in ganz ferner Zukunft liegt. Ich will das einfach nicht laut aussprechen und dabei an meine eigene Sterblichkeit denken müssen.»

«Das ist doch nur wieder eine von deinen Ausreden. Und wir sagen diesen Teil einfach nicht. Hast du wirklich geglaubt, dass ich einen traditionellen Eheschwur will?»

«Vielleicht. Immerhin willst du ja, dass wir ganz traditionell heiraten.»

«Ich kann nicht aus meiner Haut, Helen.»

«Aber ich schon?» Wobei sie schon verstand, warum er sie für flexibler, für veränderbarer hielt. Denn das war sie. Wie oft hatte sie sich in all den Jahren neu erfunden? Aber was die meisten Leute nicht verstanden, war, dass sie innerlich dennoch immer dieselbe geblieben war. «*Heiraten*, Iain. Genau das wollte ich aus so vielen Gründen niemals tun, teilweise auch weil ich … na ja, weil ich so lange dagegen war!»

«Meinst du nicht, dass es an der Zeit ist, endlich erwachsen zu werden? Die Ära ist vorbei. Frauen wissen heute, dass sie wählen können. Und du hast doch nun wirklich bewiesen, dass du es geschafft hast, Helen. Niemand wird dich deswegen kritisieren. Vielleicht merkt es sogar niemand.»

Sie versuchte die Tatsache zu ignorieren, dass er damit ihre Bedeutungslosigkeit angedeutet hatte. «Du glaubst, dass man durch die Ehe erwachsen wird? *Ach bitte!* Ich war schon lange erwachsen, bevor ich entschieden habe, dass ich keinen Mann brauche, um vollständig zu sein.»

Er ließ seinen Tee stehen und ging hinaus in seinen Garten.

«Dein verdammtes Grünzeug!», schrie sie ihm hinterher und wünschte sich sofort, sie hätte es nicht getan. Zumal er sich dann umdrehte und schrie: «Gut, Helen, gut! Wenn du mich nicht heiraten willst, dann eben nicht!»

Und dann ließ sie den Ring auf der Arbeitsplatte liegen. Wie oft wünschte sie sich später, ihn behalten zu haben. Sie ging zurück zu ihrem Haus und wanderte durch die Zimmer. Schließlich öffnete sie das Gästebuch und riss die Seite mit Edies Eintrag heraus, die Liane erwähnt hatte. Sie zerknüllte die Seite und warf sie in den Müll. Sie versuchte, sich zu beruhigen. Es gelang ihr nicht. Also rief sie Johnny an, damit er sie abholte. Sie ging, ohne ihr Haus ordentlich abzuschließen, und gab stattdessen einem seiner Söhne Geld, damit er es für sie tat. Wer wusste schon, wann sie wiederkommen würde? Ganz sicher würde sie den Sommer nicht auf der Insel verbringen. Vielleicht war dieser Ort jetzt für immer verdorben für sie. *Und alles nur wegen eines Mannes*, dachte sie aufmüpfig.

6

DER ROTFUCHS (VULPES VULPES) Obwohl sich Rotfüchse einen Bau graben, scheinen sie Höhlen zu bevorzugen, die andere Tiere gegraben haben. Mulden unter Gebäuden werden ebenfalls gern angenommen. Man vermutet, dass sich der Rotfuchs lebenslang paart, allerdings trennen sich die Paare für mehrere Monate und vereinigen sich dann zur Paarungszeit wieder. Einige Paare jedoch kommen danach nicht wieder zusammen.

✦

Als der Fuchs, der, wie sich herausstellte, unter dem Ferienhaus wohnte, Rolf das Meerschweinchen fraß und die Mädchen dabei zusehen mussten, begriff Gillian, dass sie die Kinder nicht vor allem beschützen konnte.

Später, als Isabels und Beatrice' Schluchzer leiser wurden, als sie unter ihren Decken auf der Couch lagen, aneinandergeschmiegt, und einen Disney-Film schauten – obwohl Isabel schon dreizehn war und ihnen verkündet hatte, viel zu alt für Disney-Filme zu sein, was vermutlich sogar stimmte –, überlegte Gillian, vielleicht doch zu Laurence zu gehen und mit ihm zu sprechen. Daran hatte sie schon lange nicht mehr gedacht. Den größten Teil des Sommers hatte sie bisher damit verbracht, sich Strategien zu überlegen, um nicht mit ihm reden zu müssen. Aber nein. Es war an der Zeit. So konnte es nicht weitergehen. Irgendwie hatte dieser brutale Fuchs sie zu dieser Einsicht gebracht.

Sie verließ das Wohnzimmer und ging in die Küche. Ihr «Ehemann» – im Geiste setzte sie das Wort inzwischen in Anführungszeichen – stand vor dem Fenster, eine Bierflasche in der Hand. Dass sein Laptop bei ihm auf der Arbeitsfläche stand, bedeutete, dass er vermutlich gleich schreiben gehen wollte, und das ärgerte sie. Immer diese *Schreiberei*. Seine Zweitfrau. Seine Geliebte. Und jedes Mal, wenn sie auf diese Weise an sein Schreiben dachte, als wäre es eine Art Fremdgehen, spürte sie willkommene Selbstgerechtigkeit in sich. Sie hatte getan, was sie getan hatte, weil er sie von Anfang an nicht richtig geliebt hatte. War es da von Bedeutung, dass Daniel ganz allgemein sein Leben nicht so leidenschaftlich lebte wie Laurence? Dass er nicht ganz so gut aussehend und sicher lange nicht so intelligent war? Nein, das war es nicht. Weil Laurence' Intelligenz nutzlos für sie war. Wie eine Anekdote, die jemand auf einer Cocktailparty erzählte. «Das sind Gillian und ihr Mann. Er ist Schriftsteller.» Jetzt zog der Zuhörer interessiert die Augenbrauen hoch. «Sein letztes Buch war auf der Shortlist für den Tamworth.» Die Augenbrauen hoben sich noch höher, gleichzeitig wandte sich der Zuhörer leicht von ihr ab und Laurence zu. «Es geht darin darum, was wir tun würden, wenn wir ganz genau wüssten, wann die Welt untergeht – aber erst in hundert Jahren.» Manchmal drehten die Leute Gillian an dieser Stelle einfach den Rücken zu. *Was ist mit mir?*, hatte sie oft gedacht. *Ich erforsche Genetik. Eines Tages rette ich vielleicht das Leben deiner Tochter.* Aber nein. Das interessierte die Leute nicht. Bis sie ihre Arbeit irgendwann dringend brauchten.

«Ich glaube, es ist an der Zeit für uns, die Insel zu verlassen», sagte Gillian. Laurence nickte abwesend und schaute weiter aus dem Fenster. Sie spürte, wie sie wütend wurde. «Mit *uns* meine ich, dass ich mit den Mädchen zurück in die Stadt fahre. Wir, also *nicht du*. Ich glaube, wir sollten uns alle unterhalten, und dann sollten die Mädchen und ich wohl lieber fahren.»

Jetzt hatte sie seine Aufmerksamkeit. «Ich will aber nicht, dass du das tust.»

«Ich glaube nicht, dass sie bleiben wollen. Und ganz sicher glaube ich nicht, dass sie bleiben wollen, sobald sie Bescheid wissen.»

«Hast du schon mal daran gedacht, sie selbst zu fragen, was sie wollen?»

«Nein. Aber ich kenne sie. Außerdem ist es das, was *ich* will.»

Er überhörte das. Natürlich überhörte er das. Wann hatte es ihn je gekümmert, was sie wollte? «Vielleicht sollten wir sie gemeinsam fragen, nachdem wir, wie du vorschlägst, miteinander geredet haben.»

«Sie sollen zwischen uns wählen? Laurence, das ist abscheulich.»

Er biss die Zähne zusammen und schaute wieder aus dem Fenster, und diese offensichtliche Wut, wie harmlos sie auch aussah, überraschte sie. Er hatte seinen Ärger nie mehr gezeigt, seit alles begonnen hatte. Die meiste Zeit hatte er damit verbracht, am Steg zu sitzen und zu lesen oder oben im Dachzimmer aufs Wasser hinauszusehen (das war es, was sie gesehen hatte) und zu schreiben (das war es, was er behauptete zu tun). Oh, und natürlich spielte er mit den Mädchen, ging mit Isabel spazieren oder fuhr mit ihr Kanu, kitzelte Bea, bis sie vor Lachen kreischte, las ihnen statt Gillian die Gutenachtgeschichten vor, weil, wie Bea sagte, «Daddy die

Stimmen besser nachmachen kann und immer länger kuschelt als du».

Wenn die Mädchen anderweitig beschäftigt waren (mit Laurence, mit Fernsehgucken oder, in Isabels Fall, mit ihrem Computer oder Handy), lief Gillian die Grundstücksgrenze auf und ab, um ein Handysignal zu bekommen, um Daniels zahlreiche SMS zu beantworten.

«So sollte dieser Sommer eigentlich nicht werden», sagte Gillian.

«Und wie *sollte* er werden?», fragte er durch die zusammengebissenen Zähne hindurch.

Sie verdrehte die Augen. «Sag *du's* mir! Es war deine Idee, dieses Haus zu mieten!»

Jetzt sprach er leise, immer mit Rücksicht auf die Kinder, was ihr ganz besonders selbstgerecht vorkam. Noch ein Grund, wütend auf ihn zu sein statt auf sich selbst. «Ich habe es gemietet, bevor ich wusste … bevor ich von …» Aber er schaffte es einfach nicht, es auszusprechen. «Und *du* wolltest nur an den Wochenenden mit den Mädchen zu Besuch kommen. Hör mal, Gill, ich will ja gar nicht, dass sich die Mädchen zwischen uns entscheiden müssen, aber ja, es ist an der Zeit, es ihnen zu sagen, und wir müssen es zusammen tun, und sie müssen das Gefühl bekommen, dass sie zumindest ein wenig Kontrolle darüber haben, was als Nächstes mit ihnen passiert – zumindest Isabel. Bea versteht es vermutlich noch nicht.» Er seufzte und trat einen Schritt zurück. Sie hatte gar nicht gemerkt, dass er auf sie zugekommen war. «Nach dem, was dieser verdammte Fuchs getan hat, kannst du mit ihnen zurück in die Stadt, wenn du willst, aber sie werden auf jeden Fall nächstes Wochenende und das Wochenende danach wiederkommen. Ich kann sie auch holen, wenn du willst.»

«Also hast du schon darüber nachgedacht. Dass ich dich verlasse.» Es klang wie eine Anklage, und sie merkte, dass es das auch war. *Wir haben uns darauf geeinigt.*

«Ja. Ich habe darüber nachgedacht. Eigentlich denke ich die ganze Zeit darüber nach. Was glaubst du denn eigentlich, Gill, dass ich es toll finde, von Montag bis Freitag eine Lüge zu leben, dass mir alles egal ist?»

«Du benimmst dich aber so, als ob dir alles egal wäre. Die meiste Zeit tust du so, als ob es gar nicht wahr wäre. Zum Beispiel, als du diese Einladung zum Abendessen von dieser Nachbarin, von dieser Ilsa, angenommen hast, als ob es uns überhaupt möglich oder auch nur wahrscheinlich wäre, in das Haus von Fremden zu gehen und so zu tun, als ob alles normal wäre!»

«Ich habe dir doch gesagt, ich wusste nicht, was ich sagen sollte, und ich wollte einer Fremden nicht alles erklären müssen, deshalb habe ich einfach … ja gesagt.» Aber sein Gesicht wurde rot. «Außerdem ist es ja gar nicht dazu gekommen, erinnerst du dich? Sie hat abgesagt, sie hat gesagt, dass etwas dazwischengekommen wäre und sie und ihre Schwester die Insel verlassen müssten.»

«*Sie* haben abgesagt. *Du* hättest das durchgezogen.»

«Wenn du hierherkommst, tust du die ganze Zeit so verletzt und fromm. Glaubst du denn wirklich, dass ich nicht weiß, was du da tust, dass du die ganze Zeit da draußen herumläufst und versuchst, ein Handysignal zu kriegen, um *ihm* eine SMS zu schicken und ihm zu sagen, wie sehr du dich langweilst? Wie grauenvoll ist es denn, hier auf der Insel mit deinem ‹Ehemann› festzusitzen?» Sie zuckte zusammen. Er trank seine Bierflasche aus, öffnete den Kühlschrank und nahm noch eine heraus.

Das war neu. Früher hatte er so gut wie gar nicht getrunken, noch nicht einmal ein Glas Wein mit ihr zum Abendessen. Sie hatte geglaubt, dass es daran lag, dass er nichts mit ihr teilen wollte, was auch nur entfernt an Festlichkeit erinnerte. Aber vielleicht hatte er auch nur auf keinen Fall so werden wollen, wie er jetzt war: außer Kontrolle. Sie wusste, dass er sich nicht ihretwegen, sondern wegen der Kinder so sehr zusammengenommen hatte. Erst jetzt, da die Mädchen verstört waren nach dem Erlebnis mit dem Fuchs und diesem blöden und lächerlichen Meerschweinchen, das übrigens allein ihre Idee gewesen war und von dem sie nicht einmal sicher wusste, ob die Mädchen es überhaupt mochten, erlaubte er es sich, ein wenig außer Fassung zu geraten.

Er trank noch mehr Bier. «Ich will die Mädchen auch nicht aufregen, aber irgendwann muss es ja sein.»

Das weiß ich auch!, wollte sie schreien. *Genau das habe ich auch gedacht!* Aber stattdessen öffnete sie den Kühlschrank, nahm eine Flasche Weißwein heraus und schenkte sich ein Glas ein.

Er wandte sich von ihr ab und ging zur Schiebetür, vermutlich um sich wieder auf den Steg zu setzen und sich voll auf ein Buch oder den Laptop zu konzentrieren.

«Es ist auch deine Schuld!», schrie sie ihm hinterher. Es war ihr jetzt egal, was die Mädchen hörten oder nicht. Aber er drehte sich nicht um, er zuckte nicht einmal zusammen. Er ging einfach weiter.

Laurence und Gill lernten sich kennen, als sie mitten in ihrer Doktorarbeit in medizinischer Genetik in Oxford steckte. Ihre Zimmergenossin Louise ging mit einem Englischabsolventen aus Toronto aus, der mit einem Freund zu Besuch gekommen war. «Er ist Schriftsteller», hatte Louise gesagt. «Offenbar will er nichts mehr, als den Lesesaal im großen Innenhof des British Museum zu besuchen. Gehst du mit ihm hin?»

Sie erinnerte sich, dass er ein blaues Button-Down-Hemd und Khakihosen trug, als sie ihn zum ersten Mal sah – wie hätte sie damals wissen sollen, dass das zu seiner Uniform werden würde, dass all das, was sie zu Beginn an ihm anziehend gefunden hatte (seine lässige Art, sich anzuziehen, sein ständiger Bartschatten, die abgekauten Fingernägel, wenn eine Geschichte sich nicht so leicht schrieb), sie später abstoßen würde?

Damals jedenfalls, als er beschloss, eine Weile bei ihr in London zu bleiben und zu schreiben, nahm sie seine wunden Fingerspitzen, küsste sie und sagte: «Es wird schon werden, das tut es doch immer. Diese Schreibkrise wird nicht lange andauern», und er lächelte und fing an, sie auszuziehen und nannte sie seine Muse.

Während der ersten berauschenden Tage geschah das recht oft. Ob er wirklich eine Muse brauchte oder nicht, auf jeden Fall zog er sie oft aus. Sie waren erst fünf Monate zusammen, als sie merkte, dass sie schwanger war. Ihr Geheimnis: Ein winziger Teil von ihr, ein sehr stiller Teil, hatte ihr das Folgende zu verstehen gegeben: *Das hier sollte nicht für immer sein. Du wolltest doch keinen* Schriftsteller *heiraten.*

Als sie ihm von ihrer Schwangerschaft erzählte, reagierte er nicht (später sollte auch diese Angewohnheit ihr auf die Nerven gehen), sondern beobachtete stattdessen nur ihr Gesicht und wartete darauf, was sie als Nächstes sagen würde. «Ich will das Baby behalten», sagte sie und hatte eigentlich erwartet, dass ihre Stimme zögerlicher klingen würde. Stattdessen klang sie sehr sicher und sehr erwachsen – und erst da begriff sie, dass sie tatsächlich inzwischen erwachsen war. Diese Erkenntnis gefiel ihr zunächst überhaupt nicht, trotz der Tatsache, dass man sie eigentlich schon immer «reif für ihr Alter» genannt hatte. «Ich glaube aber nicht, dass ich es kann …», fuhr sie fort, aber er legte ihr die Hand auf den Unterarm und sagte: «Du musst das nicht erklären.»

Danach war es anders zwischen ihnen. Sie hatte nicht mehr das Gefühl, seine Muse zu sein. Ihr Bauch dehnte sich, und sie hasste das. Er sagte, dass sie umwerfend aussähe. Ein Vollweib. Später: *arabesk*. Sie fing an, merkwürdig von einem anderen Leben zu träumen, davon, in einem dieser 1000-Gefahren-Romane zu sein, bei denen man den Verlauf der Geschichte selbst bestimmen konnte. (Als Kind hatte sie sich dabei unwohl gefühlt. War es wirklich in Ordnung, sich ein Ende der Geschichte auszusuchen? Vielleicht hatte sie Laurence' Bedürfnis, Bücher zu schreiben, deshalb nie verstanden.) Sie träumte davon, in einer dieser Geschichten zu sein und einfach einen anderen Pfad einzuschlagen, in dem Laurence nicht vorkam. Dann wachte sie auf und begriff, dass sie keine Wahl mehr hatte.

Isabel kam. Laurence war der perfekte Vater, aber Gillian litt unter einem Zustand, von dem sie jetzt wusste, dass man ihn Postpartale Depression nannte. Sie brauchte Monate, um eine Beziehung zu ihrer Tochter aufzubauen. Sie sagte, dass das Stillen weh täte, aber das stimmte nicht. Es war nur so, dass ihr der enge Kontakt unangenehm war, ebenso wie sie keine Massagen oder Gesichtsbehandlungen in Spas mochte. Als sie Laurence das zu erklären versuchte, hatte er es nicht glauben können. «Aber das ist dein *Kind*», sagte er. «Du solltest auf meiner Seite sein!», schrie sie, und er legte ihr die

Hand auf den Arm. «Bitte. Nicht schreien. Es gibt hier keine unterschiedlichen Lager. Wir sitzen alle im selben Boot. Ich, du und Iz.» Sein kleiner Privatname für sie.

Schließlich war sie aus ihrer Depression wieder aufgetaucht, aber das Gefühl, die «andere» in der Familie zu sein, war nie ganz verschwunden, nicht einmal Jahre später, als sie beschloss, Beatrice zu bekommen – ein Versuch, ihre Familie so zu vergrößern, dass auch sie noch darin Platz finden würde. Das hatte natürlich nicht geklappt. Ein Kind kann keine Ehe retten. Gillian hätte das wissen müssen. Und die arme Beatrice. Sie hatte als Baby Koliken gehabt, und auch jetzt als Kleinkind weinte sie immer noch häufiger, als dass sie ruhig war, als wüsste sie genau, dass sie die ganze Verantwortung für das Gelingen der Ehe ihrer Eltern auf Schultern trug, die viel zu schmal dafür waren.

Daniel war Wissenschaftler. Sie trafen sich in einem Beirat. Sie hatte ihn gar nicht sofort gemocht. Aber als er sie später fragte, ob er ihr sofort gefallen habe, erwiderte sie: «Natürlich. Ich musste dich ständig anschauen.»

Jasmine, die Scheidungsanwältin, hatte Gill erklärt, dass es fast ein Jahr dauerte, bis eine Scheidung rechtskräftig war. Sie hatte kein Problem damit zu warten, aber Daniel wurde unleidlich. Er hatte seine Frau bereits verlassen, als ihre Affäre ernster wurde.

Es fiel ihr schwer, Daniel zu erklären, warum sie ihn wollte – und sie mochte ihm nicht sagen, dass die Gründe dafür in diametralem Gegensatz zu den Gründen standen, aus denen sie Laurence gewollt hatte (oder vielleicht wollte sie ihn überhaupt nur, weil er in allem das Gegenteil von Laurence war). Also sagte sie ihm nur, dass es schwierig war, sie aber daran arbeitete, dass sie sich alle Mühe gab, dass sie ihn liebte, natürlich tat sie das, aus Gründen, die sie nur deshalb so schwer erklären konnte, weil sie so logisch war. Das beruhigte ihn. Er mochte es, wenn sie die Logik erwähnte, besonders in Bezug auf ihren eigenen Verstand. (Da: ein Grund. Weil er die Logik schätzte, besonders ihre. Und auch weil seine Leistungen niemals die ihren übertreffen würden, aber das sprach sie nicht aus.)

Sie verdrängte den Gedanken an Daniel und warf einen Blick ins Wohnzimmer, wo die Mädchen saßen. Beatrice schaute noch immer den Film, Isabell tippte auf ihrem Handy herum und hielt es in der Luft auf der Suche nach einem Signal, ganz genau so, wie es ihre fehlgeleitete Mutter so oft tat. Gill zwang sich zu einem Lächeln. Dann ging sie zurück in die Küche, um einen Salat zu machen und den Fisch herauszunehmen, den sie zum Abendessen in Folie grillen wollte. Später sagte sie zu Isabel: «Hol mal deinen Vater zum Abendessen.» Und Isabel tat es, und Laurence, ihr «Ehemann», trat ins Haus, trank kein Bier mehr, lehnte ihr Angebot ab, zum Abendessen Wein zu trinken, plauderte und lachte mit den Mädchen und bot an, am nächsten Tag eine spezielle Gedenkfeier für Rolf zu halten. Das Gespräch fand nicht statt. Sie vermied es, Laurence anzusehen, und merkte, dass er es ebenso vermied, sie anzusehen.

Später gingen alle ins Bett, Gill ins große Schlafzimmer, Laurence schlief auf einem Futon oben in seinem Arbeitszimmer. Als sie zwischen die Laken kroch, hatte sie das plötzliche Gefühl, dass alles so war, wie es sein sollte, aber dieses Gefühl hielt nicht lange an. Das tat es nie.

Am nächsten Morgen wachte Gill früh auf, noch vor Laurence – obwohl das ja eigentlich egal war, jetzt, da sie nicht mehr im selben Bett schliefen –, und machte sich auf ihre tägliche Joggingrunde. Was sie taten, kam Gill vor wie das sehr langsame Abziehen eines Pflasters. *Und der schmutzige Umriss wird bleiben, wenn das Pflaster abgezogen ist. Wenn man versucht, ihn abzuschrubben, fängt die Haut an, sich zu röten und zu jucken.* Sie versuchte, diesem Gedanken davonzulaufen, aber das regelmäßige Traben schien die Metapher nur zu verstärken. *Ich bin schon viel zu lange mit einem Schriftsteller verheiratet.*

Gill hatte diesmal nicht wie sonst ihr Handy zum Laufen mitgenommen. Sie hatte an diesem Morgen nicht mit Daniel oder sonst wem reden wollen. Wenn sie das nächste Mal mit Daniel sprach, würde sie etwas Definitives zu sagen haben. *Keine Geheimnistuerei mehr. Wir haben es den Mädchen gesagt. Ich werde dich ihnen bald vorstellen, aber jetzt noch nicht.*

Beim Laufen dachte sie darüber nach, dass es in dem einzigen Streit, den sie hatten, bevor das mit Rolf passierte, darum gegangen war, dass Laurence eine Paartherapie wollte. Noch in der Stadt, bevor alles herauskam, hatte er zu ihr gesagt: «Wenn wir eine Paartherapie machen, wissen wir immerhin, dass wir alles versucht haben.»

«Hörst du dir eigentlich zu? *Dann wissen wir immerhin, dass wir alles versucht haben.* Die Vergangenheitsform, als ob unsere Ehe schon tot wäre. Weil du weißt, dass es nicht funktionieren wird, und dann müssen wir vorher noch die peinliche Qual ertragen, jemandem gegenüberzusitzen, den wir gar nicht kennen, und vor ihm unsere schmutzige Wäsche zu waschen, wobei jeder heimlich nur darauf wartet, dass er oder sie sagt, dass er recht hat und der andere nicht. Und außerdem *haben* wir bereits alles versucht: Wir haben Bea bekommen. Wir haben dabei alles gegeben, *das* war wirklich ein Versuch. Wenn ein Kind uns nicht wieder zusammenbringen konnte ...» Da war es: die Logik. Laurence mochte sie allerdings nicht so sehr wie Daniel.

Aber da gab es doch noch einen Streit, oder? Das war, als sie ihm von Daniel erzählt hatte. Sie hatte es nur eine «emotionale» Affäre genannt. Bei der Lüge war ihr ein wenig übel gewesen, aber sie hatte nichts riskieren wollen. Sie erinnerte sich daran, dass sie wütend gewesen war, weil er so gar nicht reagierte. Sie erinnerte sich daran, dass sie angefangen hatte, mit ihm zu streiten. «*Du* hattest zahllose emotionale Affären, weißt du», hatte sie gesagt.

«Wovon redest du eigentlich?»

«Über deine Romanfiguren. Die vollkommenen Frauen, die du erschaffst, weil du nicht mit der vollkommenen Frau zusammen bist.»

«Gill. Du kannst mir doch nicht ernsthaft vorwerfen, eine Affäre mit einer fiktionalen Figur zu haben.»

Sie erinnerte sich, dass sie in diesem Moment ihre heißgeliebte Logik nicht mehr im Griff hatte. «Ach ja!? Aber genau das tue ich!», hatte sie geschrien, um dann aus dem Zimmer zu stürmen.

Jahrelang hatte sie über seinen Manuskripten gebrütet oder über den getippten, aber verworfenen Seiten, die sie an den merkwürdigsten Orten fand, aber nichts darin ähnelte jemals auch nur im Entferntesten ihr, nicht einmal ein einziger Charakterzug. Selbst in diesem Sommer hatte sie es nicht geschafft, nicht in seiner Arbeit herumzuschnüffeln. Eines Nachmittags, als er mit den Mädchen zum Schwimmen gegangen war, begann sie eine Kurzgeschichte über eine rothaarige Frau zu lesen. Sie wirkte noch lebendiger als all die anderen und weckte eine solche Eifersucht in ihr, dass sie schon glaubte zu träumen. Sie fühlte einen solchen Rachedurst in diesem Dachzimmer des alten Hauses, dass sie die Kurzgeschichte beinahe von seiner Festplatte gelöscht hätte. Aber dann hatte sie es doch nicht getan.

Gill wurde langsamer, weil sie spürte, dass sie keuchte. Sie drehte um und joggte langsam zurück zum Ferienhaus.

Als sie bei der Einfahrt angekommen war, blieb sie stehen. Laurence, Beatrice und Isabel standen am Wasser. Gill fiel wieder ein, dass sie die Gedenkfeier für Rolf abhielten. Es versetzte ihr einen Stich, dass Laurence nicht auf sie gewartet hatte.

Laurence hielt ein Stück Papier in der Hand, das er Isabel gab, die mit ihrer klaren, jungen Stimme vorzulesen begann. Es war ein Gedicht. Emily Dickinson.

Nach Qual – befällt ein förmliches Gefühl –
Die Nerven sitzen Grabgleich, steif und still –
Das Herz fragt starr: war Ichs, der dies erfuhr,
Wars Gestern, ist es Hundert Jahre her?

Die Füße gehn, mechanisch, ihre Runde –
Auf Grund, auf Luft, auf Irgendwas –
Hölzernes Gehn
Achtlos im Sein,
Ein Quartz-Genügen, gleich dem Stein –

Dies ist die Stunde Blei –
Erinnert, wenn durchlebt,
So wie Erfrierende – den Schnee erfassen –
Erst – Fösteln – Lähmung dann – dann Gehenlassen –

Gill sah auf den Ehering hinunter, den sie immer noch an der linken Hand trug. Er fühlte sich sehr schwer an. Sie hatte durch den ganzen Stress Gewicht verloren, und der Ring glitt leicht herunter und landete in ihrer anderen Handfläche. Jetzt hob sie den Blick und schaute zu Isabel hinüber. Sollte sie ihr den Ring schenken? Würde sie ihn überhaupt wollen? Sie schloss die Finger um den Ring und ging auf ihren «Ehemann» und ihre Töchter zu. «Wir sollten hineingehen und uns unterhalten», sagte sie, als sie nahe genug heran war, dass sie sie hören konnten.

Sie hasste die Vorstellung, dass sich Isabel an diesen Augenblick vermutlich immer erinnern würde, dass er sich auch in Beatrice' Bewusstsein verankern würde, wie verschwommen auch immer. Sie presste den Ring noch fester, bis sie sicher war, dass er einen Abdruck hinterlassen würde.

7

DAS GRAUHÖRNCHEN (SCIURUS CAROLINENSIS) Das Grauhörnchen hat zwei Paarungszeiten im Jahr, eine im Winter und die zweite im Sommer. Beide dauern etwa drei Wochen an. Normalerweise bekommen nur Weibchen, die über zwei Jahre alt sind, Junge. Das Balzen beginnt, wenn ein empfängnisbereites Weibchen von einem Baum aus entenähnliche Laute ausstößt. Bald versammeln sich mehrere Männchen und kämpfen miteinander, um das dominante Männchen zu bestimmen. Das Weibchen rennt aufgeregt durch die Bäume, gefolgt von allen Männchen. Wenn es bereit ist, bleibt es stehen und lässt die Paarung mit dem dominanten Männchen zu.

✦

Liane hätte die Kurzgeschichte, die ihr Leben veränderte, beinahe nicht gesehen. Sie hatte ihr Abonnement der *Malahat Review* eigentlich kündigen wollen, es sich dann aber in letzter Minute noch einmal anders überlegt. Aber als die Herbstausgabe mit der Post kam, hatte sie sie zugunsten anderer Dinge liegenlassen, die sie in letzter Zeit las, Artikel in Magazinen, von denen sie niemals gedacht hätte, dass sie sie kaufen würde, es aber jetzt in dem Versuch tat, ihr Leben fröhlicher zu machen. Ihr neues Leben, das, das sie jetzt alleine führte.

Liane hatte vorher mit Adam in einer Eigentumswohnung in High Park gewohnt. Sie waren regelmäßig mit ihrem Hund Atticus in den Hundepark gegangen, wo der Labradoodle (Adam hatte darauf bestanden, genau diese Rasse zu kaufen, weil sie keine Allergene bildeten oder abgaben; als er den Namen der Rasse zum ersten Mal aussprach, hatte sie gedacht, dass das ein Witz sei, aber sie hatte ja keine Ahnung gehabt – im Park lernte sie die Herrchen und Frauchen von Schnoodels, Whoodles, Jack-a-Bees und Pekapoos kennen) fröhlich hinter Eichhörnchen oder anderen Hunden herjagte, aber vor allem hinter Eichhörnchen.

Die Nähe seiner Wohnung zum Hundepark war der Hauptgrund, aus dem Adam das alleinige Sorgerecht für den Hund erhielt, als Liane ihn verließ, oder zumindest hatte sie es vor sich so gerechtfertigt. Die Wahrheit war, dass Liane Atticus zwar gemocht, aber nie wirklich geliebt hatte. Vielleicht bewies das schon die Tatsache, dass sie sich so leicht von ihm trennen konnte, aber sie hoffte, dass Adam das nicht merkte. Es kam ihr vor wie eine weitere Niederlage zusätzlich zu der Tatsache, dass sie es nicht bei ihm ausgehalten hatte.

Jedenfalls wohnte sie jetzt in einer Wohnung in der Queen Street, über einem Wollladen. Als sie sich die Wohnung angesehen hatte, war sie auf der Straße stehen geblieben und hatte hoch zum Blumenkasten mit den Geranien geschaut und war sich sicher gewesen, dass das genau der richtige Ort war, um ihr brandneues, glücklicheres Leben zu beginnen. Der Wollladen, die Blumen und wie sie da auf dem Bürgersteig stand. Sie hatte einen Augenblick lang die Augen geschlossen und durch die Nase geatmet. *Ja. Das ist das Richtige.*

Sie hatte kurz überlegt, ihre Mutter oder eine ihrer Schwestern anzurufen, nur um sicherzugehen. Aber dann hatte sie es nicht getan. Vielleicht war es die erste Entscheidung in ihrem Leben, die sie traf, ohne jemand anderen um Rat zu fragen. Ihr Leben war bisher immer von ihren Rollen definiert gewesen: Tochter, kleine Schwester, Freundin, Studentin. Jetzt war sie weder Freundin noch Studentin. Und obwohl sie immer noch eine Schwester und Tochter war, zog sie sich zurück. Nicht für immer, nur für jetzt. *Du musst Liane sein. Du musst herausfinden, was das überhaupt bedeutet.*

Aber nur zwei Monate später, Ende September, hatte der Altweibersommer in der Stadt die Geranien braun und unansehnlich werden lassen. Und Liane fühlte sich einsam und befürchtete, dass *sie* vielleicht ebenfalls ein wenig unansehnlich geworden war.

Es war Morgen, und sie war auf dem Weg zur Arbeit. Sie war früh dran, weil sie erst kürzlich einen Artikel über das Zuspätkommen gelesen hatte, in einem dieser Magazine, die sie früher nie gebraucht hatte, weil es immer so viele Frauen in ihrem Leben gegeben hatte, die ihr gute Ratschläge gaben. Einer der Vorschläge im Artikel war gewesen, jeweils eine halbe Stunde Zeit auf jede Wegzeit aufzuschlagen. Also begann Liane damit, was bedeutete, dass sie, statt pünktlich zu kommen, oft früher da war. Aus irgendeinem Grund fühlte sie sich noch einsamer, wenn sie zu früh kam. Etwas in der Eile, dem Gehetze von Ort zu Ort, das merkte sie jetzt, ließ sie sich lebendig, gebraucht, als Teil von etwas, nicht allein fühlen. Daher trödelte sie jetzt an ihrer Haustür, statt einfach hinauszugehen.

Sie schaute zum Fenster und beschloss, die traurigen braunen Geranien ein letztes Mal zu gießen. Vielleicht geschah ja ein Wunder, und sie erwachten erneut zu ihrer früheren blutroten Pracht, wenn sie von der Arbeit nach Hause kam, und sie würde wieder so glücklich sein, wie sie glaubte zu werden, als sie den Mietvertrag für die Wohnung unterschrieb.

Nachdem sie das Fenster geöffnet und die Blumen gegossen hatte, schloss sie es wieder, verriegelte es, nahm die Tasche, in der sich ihr Laptop, ein Roman und ihr Mittagessen befanden, überlegte kurz, die *Malahat Review* mitzunehmen, entschied sich dagegen und verließ die Wohnung. Sie ging die Treppe mit den verwitterten schwarzen Stufen hinab und trat auf den Bürgersteig hinaus. Wie üblich ging sie in den Coffee Shop an der Ecke, um ihren Porzellankaffeebecher mit einer leichten Röstung füllen zu lassen. Ein Spritzer Agavensirup, ein wenig Zimt, weil in einem der Artikel gestanden hatte, Zimt sei *das* Heilmittel für alle Leiden.

Sie schaute auf ihre Armbanduhr. Sie war noch immer zwanzig Minuten zu früh. Aber sie sah, dass eine Straßenbahn kam, also rannte sie aus alter Gewohnheit darauf zu, und ein plötzlicher und unerklärlicher Drang erwachte in ihr: *Ich muss diese Straßenbahn unbedingt kriegen.*

Sie war außer Atem, als sie einstieg, und suchte nach ihrer Fahrkarte, wobei sie mit ihrem Kaffee und ihrer Tasche kämpfte. Der Roman fiel ihr vor die Füße, eine zerfledderte Ausgabe von *Katzenwiege*, die sie in einem Antiquariat um die Ecke gefunden hatte. Für 1,75 Dollar, warum nicht?, hatte sie gedacht. Die Straßenbahn war überfüllt, und sie hielt sich an einer Stange fest und dachte: *Warum habe ich das getan? Ich bin nicht einmal spät dran.* Sie überlegte, den jetzt noch zerfledderteren Vonnegut-Roman weiterzulesen, aber sie mochte es gar nicht, im Stehen zu lesen. Also betrachtete sie ihr Spiegelbild im Fenster, als die Straßenbahn durch einen Tunnel hoher Gebäude fuhr, und bald war sie beinahe an der U-Bahn-Station.

Sie drängte sich durch die Menge, um zur Tür zu gelangen, als sie einen lesenden Mann ein paar Stangen weiter stehen sah. Und sie war sich sofort sicher. Er war es. Sein Haar hatte dieselbe Farbe, die Nase dieselbe Form, die Lippen beschrieben denselben Bogen.

Ein Hochgefühl überkam sie. Das Gießen der toten Geranien, das Rennen nach der Straßenbahn, all das hatte einen *Sinn.*

In den Wochen, seit sie damit begonnen hatte, täglich vor den Studenten zu stehen und so zu tun, als sei sie verantwortlich für die Lehre, war sie selbstbewusster geworden. Sie mochte es inzwischen sogar, viel mehr, als sie geglaubt hatte, und das sogar ohne einen Adam, der sie in die Richtung drängte, in die er sie haben wollte. Also trat sie mutig auf den Mann in der Straßenbahn zu, entschlossen, sich ihm vorzustellen. Er schaute von seinem Buch auf und wandte den Kopf. Sie las den Titel. *How Do We Fix This Mess?* Es ging darin um den Crash der Finanzmärkte. *So etwas würde er niemals lesen.* Sie kannte Büchermann nicht gut, eigentlich gar nicht, aber so viel wusste sie.

Sie kam sich dumm vor. *Das lag bestimmt an dem Traum.* Ihre Haltestelle kam, und sie stieg aus und dachte darüber nach, während sie die Stufen zur U-Bahn hinunterstieg. Es war einer dieser Träume gewesen, die man auch nach dem Aufwachen am liebsten weiterträumen würde. Aber wenn man die Augen schloss und versuchte, ihn noch einmal zu träumen, war es nicht mehr dasselbe. Der Traum war ganz einfach gewesen – ganz anders als andere, die sie vollkommen verwirrt aufwachen ließen. Sie war in einer Straßenbahn, in genau so einer, in der sie bis vor ein paar Augenblicken gesessen hatte, aber sie war beinahe leer. Und dann sah sie ihn. Er stand, obwohl überall um ihn herum leere Sitze waren, und las in einem Buch. Er schaute auf und sah sie, und sie war in drei Schritten bei ihm. Er legte sein Buch auf einen

Sitz, breitete seine Arme aus und sagte: «Komm her», und genau das tat sie, sie lehnte sich an ihn, ihre Brust an seine, ihr Herz an seins geschmiegt, sodass ihre Herzen dicht beieinander schlugen, während die Straßenbahn Kilometer um Kilometer um Kilometer durch die Stadt zurücklegte. Als sie aufwachte, hatte sie die Augen sofort wieder geschlossen, aber das Gefühl hatte sich bereits verflüchtigt. Welches Gefühl war das gewesen? *Absolute Ruhe. Vollkommene Richtigkeit.* Und ein wenig Traurigkeit, das auch, aber vielleicht kam die nur daher, dass sie aufgewacht war und erkennen musste, dass es nur ein Traum war.

Da sehnst du dich nach einem Mann, den du gar nicht richtig kennengelernt hast. Tränen ließen ihren Blick verschwimmen. Sie schaute zu Boden. *Was ist bloß mit mir los?* Wegen der Tränen und weil sie blinzelte, schien der Boden des U-Bahn-Bahnsteiges unter ihr zu schwanken und sich zu wölben. Der Boden wirkte so unwirklich, dass sie bestimmt verschwinden würde, sobald sie die verschwommene und gewellte Stelle betrat. Vielleicht hatte sie endlich ihre Tür im Baum gefunden, ihr Portal in eine andere Welt. Was sie wohl fühlen würde, überlegte sie, wenn sie *tatsächlich* plötzlich in einer anderen Welt stünde, einer, die unter dem Bahnsteig existierte, von der nur ganz wenige Menschen wussten?

Erleichterung, begriff sie. *Erleichterung, dass das hier nicht alles ist.* Und in diesem Moment verstand Liane, warum die Menschen Religion so sehr brauchten: Mystik, das Konzept eines anderen Reiches, außerhalb der Reichweite der Menschheit, war sehr beruhigend. Natürlich war Liane Akademikerin und Realistin (sie hatte versucht, an die Zauberworte zu glauben, die ihr Vater ihr beigebracht hatte, es aber nie wirklich gekonnt), und sie war nicht religiös. Es war nur schön, es endlich zu verstehen. Sie blinzelte die Tränen fort, und der Boden wurde wieder fest.

«Liane, warum bist *du* eigentlich nicht verheiratet? Du bist intelligent und attraktiv …?» Es war Grace Arnold, die *Ehe, Fortpflanzung und Verwandtschaft 302* unterrichtete, und sie sagte es in dem bestimmten Ton, in dem sie stets ihre Argumente vorbrachte. Aber Liane hatte der Unterhaltung zwischen Grace und Tansy, der Professorin, deren Assistentin sie war, gar nicht richtig zugehört (Letztere wusste, dass Liane abgelenkt war, und warf ihr einen mitfühlenden Blick zu). Stattdessen hatte sie einen Apfel gefrühstückt und in einer Ausgabe von *The Walrus* gelesen, die sie auf einem der Tische gefunden hatte (heimlich und schuldbewusst hatte sie gehofft, es möge die *Women's Health* sein), weil sie natürlich wieder zu früh bei der Arbeit erschienen war, aber nicht früh genug, um wirklich etwas erledigen zu können.

Jetzt verschluckte sie sich an einem Stückchen Apfel und begann zu husten.

«Entschuldige, was hat dich daran gehindert zu heiraten?», fragte Grace nach.

Liane fragte sich, ob sie wohl sterben würde, genau hier und jetzt im Aufenthaltsraum der Anthropologischen Fakultät. Jemand würde schreien: *Gibt es hier einen Doktor?* Und alle ihre Kollegen würden antworten: *Ja!* Aber keiner von ihnen würde sie retten können, und sie müssten alle zugeben, dass sie keine echten Doktoren waren, sondern nur Akademiker. Das unvermeidliche Streitgespräch würde folgen. Die Leichenstarre würde einsetzen.

«Vielleicht lässt der biologische Drang nach, über die Generationen hin?», fuhr Grace fort.

Noch ein Husten. Liane schluckte das kratzige Stück hinunter, räusperte sich und sagte, vielleicht weil ihr vom Husten noch ein wenig schwindelig war: «Ich war eigentlich verlobt, aber …» *Aber was? Warum hast du das überhaupt gesagt?* «Es hat nicht funktioniert.»

Als Liane sprach, schauten ein paar andere im Aufenthaltsraum auf, um sich dann wieder ihren Büchern oder Berichten oder Forschungsmaterialien oder Vorlesungsnotizen oder anderen Gesprächen zu widmen. *Das stimmt. Ich war einmal mit dem Sohn des Dekans verlobt. So habe ich diesen Job bekommen. Und ich habe ihn immer noch. Denn heutzutage kann man niemanden dafür feuern, dass er eine Verlobung gelöst hat.*

«Wie lange?», fragte Grace.

«Wie lange was?»

«Wie lange warst du verlobt?»

«Oh. Ich … das weiß ich gar nicht so genau.» *Vielleicht eine Minute? Es war nie offiziell? Ich habe einen Ring aus dem Ferienhaus meiner Mutter gestohlen und so getan, als wäre es meiner?*

«Und würdest du es noch einmal tun?»

Liane dachte darüber nach. «Nein», antwortete sie dann und wusste, dass es die ehrliche Antwort war. *Nein, ich würde nie mehr einen falschen Verlobungsring tragen und so tun, als ob alles in Ordnung wäre, und mich so von meiner Schwester entfremden.*

Grace nickte und wandte sich dann wieder Tansy zu.

Liane saß einen Augenblick da und wusste nicht, was sie tun sollte, dann schaute sie wieder in ihr Magazin und tat so, als läse sie. Tatsächlich lauschte sie Grace, die laut darüber nachdachte, ob die Ehe in ein paar tausend Jahren (vorausgesetzt, die Menschen würden es überhaupt so weit bringen; Liane dachte das nur, sagte es aber nicht, weil die vorherrschende Stimmung im Raum eher optimistisch war) als uraltes Ritual angesehen oder immer noch einer der essenziellen Stützpfeiler der Gesellschaft sein würde, egal wie unerreichbar und unrealistisch sie inzwischen für fast jeden war. Tansy dagegen argumentierte, wenn auch weniger lautstark, für die Ehe.

«Wir haben uns weiterentwickelt», sagte sie gerade. «Wir sind vielleicht nicht von Natur aus monogam, aber die Menschen brauchen einen Gefährten, besonders, wenn sie älter werden. Es ist einfach sinnvoll.»

«Wirklich? Mehr und mehr Menschen entscheiden sich aber gegen die Ehe», erklärte Grace. «Das wissen wir alle. Wir haben doch ein gutes Beispiel hier in unserem eigenen Aufenthaltsraum direkt vor uns.» *Wen, mich?* Liane schaute sich um. Alle sahen sie jetzt an. Sie begriff, dass es so geklungen hatte, als sei sie gegen die Ehe, dabei hatte sie es gar nicht so gemeint.

«Also ist es vielleicht doch Evolution. Ja?»

Das war eine Angewohnheit von Grace. Sie sagte *Ja?*, und die Leute nickten dann (zumindest Liane nickte, weil sie die Angewohnheit hatte zu nicken, wenn die Leute *Ja?* sagten) und merkten erst hinterher, dass sie unwillkürlich ihr Argument unterstützt hatten. «Wir entwickeln uns womöglich von der Monogamie *fort* statt auf sie zu. Sich einfach nur einen Gefährten zu wünschen, wenn man alt ist, ist noch kein Zeichen von Evolution, Tansy. Außerdem gehen die Zahlen derjenigen stetig nach unten, die sich nach einer Scheidung wiederverheiraten. Ja?» Jetzt merkte Liane, dass sie unwillkürlich nickte, obwohl sie eigentlich gar nicht an der Unterhaltung teilnahm, sondern eher als Hintergrund diente. «Manche Leute probieren sie einmal aus, merken, dass sie nichts für sie ist, und machen weiter, dann aber mit Absolution. Denk nur an deine Mutter, Liane!» Jetzt klatschte Grace in die Hände, und Liane wurde rot. «War sie nicht die Pionierin von allem?»

«Ähm. Von allem?»

«Du weißt schon, dass man sich von der Vorstellung gelöst hat, dass eine Frau einen Mann braucht. Die ganze Eine-Frau-ohne-Mann-ist-wie-ein-Fisch-ohne-Fahrrad-Bewegung?»

«Es gab eine Eine-Frau-ohne-Mann-ist-wie-ein-Fisch-ohne-Fahrrad-Bewegung?»

«Aber ihr redet doch nur über Männer und Frauen», warf Tansy ein, die ihre Chance ergriff. «Was ist mit gleichgeschlechtlicher Ehe? Warum war es so schwer, sie durchzusetzen, wenn allen die Ehe egal wäre? Warum kämpfen schwule Männer und lesbische Frauen dafür, verheiratet sein zu können?»

«Weil es finanzielle Vorteile bringt», versetzte Grace wegwerfend. «Und vielleicht wollen sie auch noch eine Party feiern und Geschenke und Geld bekommen, so wie die heterosexuellen Leute die ganzen Jahre.» Jetzt warf Grace Liane einen Blick zu, und Liane hatte das Gefühl, bei etwas erwischt worden zu sein. «Wie alt bist du, Liane? Fünfunddreißig?»

«Ich bin dreißig.» Liane mochte ihren Job, wünschte sich aber plötzlich, in einem normalen Büro zu arbeiten, wo sich die Belegschaft im Pausenraum traf und über *Let's Dance* oder eine andere Sendung diskutierte, die sie nie geschaut, aber oft im Fernsehprogramm gesehen hatte, das sie regelmäßig nach Dokusendungen durchsuchte. Liane wusste es nicht aus Erfahrung; sie hatte niemals irgendwo anders als an der Uni gearbeitet, aber sie stellte sich vor, dass die Leute an anderen Arbeitsstellen, an denen man sich nicht ausschließlich auf die geistige Weiterentwicklung konzentrierte, verstanden, dass man das Alter der anderen *niemals* höher schätzte, sondern *immer* extrem vorsichtig war, wenn man raten musste. Vielleicht lasen diese imaginären Kollegen nicht so viele Bücher, aber sie besäßen vielleicht eine andere Art von Intelligenz. Sie würden bemerken, wenn man neue Cowboystiefel trug, zum Beispiel. Oder sie würden sich bemühen, mehr Salat zu essen, weil sie irgendwo gelesen hatten, dass der Konsum von zu vielen Kohlehydraten zu eingelagertem Bauchfett führte – denn obwohl man zugegebenermaßen noch nicht uralt war (jedenfalls nicht verglichen mit den meisten Professoren, aber definitiv im Vergleich zu den Studenten), hatte man vielleicht doch schon ein paar Veränderungen bemerkt, eine Verlangsamung des Stoffwechsels, die einen darüber nachdenken ließ, ob man womöglich nicht nur für den Rest seines Lebens allein bleiben würde, sondern am Ende auch noch mit einem dieser Bäuche herumlaufen müsste, die man nur als Wampe bezeichnen konnte.

Das war allerdings nicht die Art von Unterhaltung, die man im Aufenthaltsraum der Anthropologischen Fakultät führen konnte.

«Tut mir leid», sagte Grace, die maskuline Hemden trug (vielleicht genau deshalb, um eine Wampe zu verbergen, dachte Liane und fühlte sich sofort deswegen schuldig) und sich vermutlich überhaupt nicht darum scherte, für wie alt sie die anderen schätzten (wenn Liane laut hätte raten müssen, hätte sie fünfundvierzig gesagt, aber in Wirklichkeit wirkte Grace wie mindestens fünfzig). «Ich vergesse immer, wie jung du bist. Unser Fakultätswunderkind, das schon lehrt und bald die erste Veröffentlichung haben wird.» Sie sagte es mit Wärme in der Stimme; einige der anderen Professoren waren nicht so freundlich, tatsächlich sogar ziemlich unfreundlich auf eine subtile, etwas hinterhältige Art. Aber Grace schien nicht neidisch zu sein. Immer wenn Liane jemanden zum ersten Mal traf, versuchte sie abzuschätzen, wie neidisch derjenige wohl sein konnte.

«Kein Problem», sagte Liane und achtete darauf, dabei zu lächeln und ihr direkt in die Augen zu schauen. Sie hatte in diesem Aufenthaltsraum eine Menge über menschliche Interaktion gelernt. Dann senkte sie wieder den Blick und hoffte, dass Grace irgendwie ihre Frage vergessen hätte – warum wollte sie überhaupt wissen, wie alt Liane war? –, und blätterte eine Seite des Magazins um, damit es so aussah, als ob sie ganz gefangen von dem Artikel war, an dessen Thema sie sich nicht einmal mehr erinnern konnte. Sie las die ersten paar Sätze eines Absatzes in der Mitte der Seite: *Im Prinzip ist die Entstehung einer hochkompetenten künstlichen Intelligenz, die uns die kognitive Last abnehmen kann, die Welt zu verwalten, eine angenehme Vorstellung. Wie der britische Mathematiker I. J. Good in seinem einflussreichen Aufsatz 1965 schrieb: ‹Die erste ultraintelligente Maschine [ist] die letzte Erfindung, die der Mensch machen muss.›*

Der Satz machte Liane Angst, nicht nur wegen seines Inhalts – die Vorstellung einer künstlichen Intelligenz empfand sie natürlich als bedrohlich –, sondern weil sie offenbar einen Artikel halb durchgelesen hatte, ohne irgendetwas von seinem Inhalt behalten zu haben. Sie hatte geglaubt, einen Artikel über die Kreuzung von Eisbären mit Grizzlies zu lesen. *Das war letzte Woche. Den Artikel hast du letzte Woche gelesen.* Das erinnerte sie an einen anderen Artikel, den sie vor gar nicht so langer Zeit gelesen hatte, in dem es darum ging, wie wichtig es war, Zahnseide zu benutzen. Offenbar erhöhte das Nichtbenutzen von Zahnseide das Risiko von Demenz und frühem Alzheimer. *Na toll. Vielleicht habe ich ja schon Alzheimer.*

Sie blätterte zurück, weg von der Vorstellung von Robotern, die die Welt regierten und der Angst vor vorzeitiger Demenz, konnte sich aber nicht auf etwas anderes konzentrieren. Dann bemerkte sie, dass Grace etwas zu ihr sagte. «Wie bitte?»

«Ich habe darüber nachgedacht, eine Podiumsdiskussion über die Ehe für meine Doktoranden abzuhalten, und ich habe gedacht, dass du vielleicht auch auf dem Podium sitzen möchtest. Die Studenten können sich sicher mit dir identifizieren. Und vielleicht finden sie deine Situation interessant. Einmal verlobt gewesen und jetzt sicher, dass die Ehe nichts für dich ist.» Grace verstummte kurz und fuhr dann fort: «Wir werden natürlich nichts Privates diskutieren. Nur einen kleinen Überblick über deine Situation, gefolgt von einer wissenschaftlichen Diskussion. Ja?»

«Na ja, ich meine, das habe ich eigentlich gar nicht gesagt, dass die Ehe nichts für mich ist. Ich habe nur gesagt … du weißt schon … dass ich nicht noch mal …» Einen Augenblick lang wünschte sie fast, das Apfelstückchen hätte seine Arbeit getan. Sie stand auf. «Ich habe jetzt ein Seminar, zu dem ich nicht zu spät kommen will.» Ihre Stimme klang merkwürdig, viel zu heiter. Sie raffte ihre Sachen zusammen und durchquerte dann den Raum, um in ihrem Postfach nachzusehen.

Tansy und Grace verharrten einen kurzen, befangenen

Moment lang, um dann über Fortpflanzung zu diskutieren und darüber, was sich an der Praxis («Praxis» nannten sie es, als ob es, *Sex*, besonders der, der zur Fortpflanzung führte, nicht etwas wäre, was sie selbst taten) ohne das Dogma Ehe ändern würde, die es heiligte. Würde es dann wie im *Report der Magd* sein, nur ohne die merkwürdigen Sexszenen? *Ja? Nein? Vielleicht?* Liane stand mit gesenktem Kopf vor dem Postfach und lauschte weiter, wobei sie im Kopf bis zehn zählte. Bei zehn würde sie gehen.

«Werden Männer dann überflüssig, werden wir Sex nur noch zum Spaß haben, *ist* Sex bereits nur zum Spaß da, jedenfalls für fast alle, außer für die Katholiken und Mormonen und die unglücklichen Menschen, die verzweifelt versuchen, ein Baby zu bekommen?» (Grace war wahrhaftig voll in Fahrt.)

Was, wenn Liane nicht aufgestanden wäre? Was, wenn sie einfach weiter dagesessen und Grace sie gefragt hätte: *Willst du eigentlich Kinder haben, Liane? Du brauchst dafür ja keinen Ehemann mehr. Also? Ja?*

Vielleicht. Aber es müsste mit dem richtigen Mann sein. Und ich glaube nicht, dass es den gibt, außer in meiner Phantasie, hätte Liane geantwortet, ohne sich zurückhalten zu können. Und dann hätten alle absolut alles gewusst, was es über sie zu wissen gab.

Die Zeit ist um.

Draußen bog Liane von der St. George Street ab und ging auf das King's College zu, eines ihrer Lieblingsgebäude auf dem Campus. Sie ging jetzt langsamer. Sie hatte übertrieben, als sie sagte, dass sie womöglich zu spät zu ihrem Seminar kommen würde, und jetzt war sie stattdessen schon wieder zu früh dran. Sie schaute über den freien Platz vor dem Gebäude mit seinem riesigen Turm, und ihr fiel wieder ein, dass sie einmal gehört hatte, dass sich darunter ein Teich befand. Während der Choleraepidemie im 19. Jahrhundert hatte man herausgefunden, dass es in dem Teich vor Choleraerregern nur so wimmelte, daher hatte man ihn zugeschüttet. Liane hatte sich immer gefragt, wie es möglich war, einen ganzen Teich zuzuschütten. Es war merkwürdig, über diesen Teil des Campus zu gehen, besonders, wenn das Wetter feucht war und der Boden unter ihr leicht nachgab, sodass sie das Gefühl hatte, ihre Füße sänken ein in das uralte und immer noch verseuchte Wasser. Normalerweise ging sie um den zugeschütteten Teich herum, obwohl es ein Umweg war.

Jetzt sah sie, dass ein junger Mann über den freien Platz ging, und ging selbst noch langsamer. Eine Frau rannte ihm hinterher und rief etwas. Beide kamen ihr irgendwie bekannt vor. «Jesse!», rief die Frau, und der Junge blieb stehen und drehte sich um. Sie streckte ihm ein Buch entgegen. «Du hast es vergessen, und ich weiß doch, dass du es brauchst», hörte Liane die Frau sagen. Der Junge war Jesse, der Sohn von Johnny vom Yachthafen. Und die Frau war die, die im Sommer dort gewesen war. Beide passten so überhaupt nicht in diese Umgebung, dass Liane stehen blieb und sie anstarrte. «Ich musste sowieso hier entlang, und ich wusste, wo du Vorlesung hast, also … wie gut, dass ich dich erwischt habe», sagte die Frau. «Dein Handy war aus.» Der Junge lächelte. «Danke», sagte er. «Ich stelle es während der Vorlesungen eigentlich immer aus. Tut mir leid. Bis später.» «Bis später.» Die Frau drehte sich um und ging davon, ohne Liane zu sehen.

Liane hatte angenommen, dass sie nicht seine Mutter war,

dass die Mutter dieses Jungen eine dieser Blondinen war, mit denen Johnny jeweils eine gewisse Zeit verbracht hatte, aber jetzt begriff sie, dass sie damit falschgelegen hatte. Sie dachte kurz darüber nach, dem Jungen hinterherzulaufen und Hallo zu sagen, ihn auf dem Campus willkommen zu heißen, aber eigentlich kannte sie ihn gar nicht richtig. Also ging sie stattdessen weiter um das Feld herum und hielt sich dabei genau am Rand des zugeschütteten Teichs.

Im Seminarraum rückte sie ihre Notizen zurecht. Sie würden über die Norweger sprechen, die glaubten, dass Neid der Feind des Glücks sei. Der norwegische Begriff *skadefryd* (auch bekannt unter *Schadenfreude*) bildete eine Brücke zu der modernen Überzeugung, dass Gedanken Schaden anrichten konnten, zumal das Wort wörtlich übersetzt «der Freude schaden» bedeutete.

Sie spürte das nervöse Flattern in ihrem Magen, aber es war lange nicht so lähmend wie damals, als sie ihr erstes Seminar gab, als ihre Wangen peinlich fleckig waren und sie leises Gekicher im Raum hörte, weil sie sich immer wieder räuspern musste. Sie hatte sich danach in ihr Büro zurückgezogen und bei einem Online-Kurs für Rhetorik angemeldet und abends vor ihrem Spiegel das Redenhalten geübt, wobei sie fand, dass das ein Vorteil des Alleinlebens war. Ihr Unterricht wurde langsam besser. (Später, ebenfalls online, hatte sie ihre Bewertung auf einer Website namens *RateMy Professor.com* gesucht und mit heimlichem Vergnügen festgestellt, dass sie nicht nur für ihre Lehre gute Bewertungen von ihren Studenten bekommen hatte, sondern zusätzlich noch eine Chilischote in der Spalte für «heißes Aussehen».)

Jetzt stand Liane vor den Studenten, die sich zu ihrem Seminar versammelt hatten, und begann zu reden. Die Studenten beugten ihre Köpfe über ihre Mini-Laptops oder iPads. Wenn Liane an ihre eigenen Jahre in der Universität dachte, fielen ihr sofort die Geräusche von kratzenden Füllfederhaltern, raschelndem Papier und leisem Flüstern ein, wenn sich jemand von seinem Mitstudenten die Aufzeichnungen lieh, sie abschrieb und sie dann ehrfurchtsvoll zurückgab. Die Erinnerung daran machte sie ganz wehmütig.

Schließlich wurde es elf Uhr. Wie üblich wartete ein Grüppchen Studenten auf Liane, um ihr Fragen zu ihrem Vortrag zu halten, und sie beantwortete sie alle geduldig. Man wusste nicht, ob man ein guter Lehrer sein würde, bis man einer war, und Liane war eine gute Lehrerin. Sie war stolz auf sich. Sie hatte einen Beruf, eine Berufung. Es war nicht alles umsonst gewesen. Als die Studenten gegangen waren, verließ sie den Raum. Sie öffnete die schweren Türen, um hinaus ins Freie zu treten, spürte den Wind auf ihren Wangen und die Andeutung von Kälte darin. Vielleicht war der Sommer jetzt doch an seinem Ende angelangt. Wehmütig dachte sie daran, welche Hoffnungen sie in diesen Sommer gehabt hatte und wie er dann wirklich geworden war. Ein kleines Grüppchen Studenten zog an ihr vorbei, sie plauderten und lachten («Was wollen wir jetzt machen?» «Weiß nicht. Kaffee?» «Frisbee!»), und Liane spürte, wie sich ein Knoten der Eifersucht in ihr bildete. Sie schaute weg.

Später, als Liane wieder zu Hause war, kochte sie sich Tee und entschied, dass Traurigkeit und Einsamkeit die Hoffnung besiegt hatten: Sie warf die Geranien in den Müll. Dann ließ sie sich ein Bad in die Wanne mit den Krallenfüßen ein. Und sie nahm die *Malahat Review* zur Hand.

Das Magazin wurde in ihren Händen ein wenig feucht, und das mit Neroliöl parfümierte Wasser reichte bis fast zu ihrem Kinn. Sie blätterte das Magazin durch, bis eine Überschrift ihre Aufmerksamkeit erregte: «Die Schnappschildkröte». Von Laurence Gibbons.

Es war eine Kurzgeschichte über einen Mann, der ein geheimer Untersuchungsspezialist für das Ministerium für Umwelt und Natürliche Ressourcen war. Er verbrachte einen Sommermonat in einem Ferienhaus, um ein Auge auf eine Gruppe Männer zu haben, von denen man annahm, dass sie illegal Schnappschildkröten jagten, aber statt die Männer auszuspähen, verbrachte er die Zeit damit, eine rothaarige Frau zu beobachten, die jeden Morgen im See schwamm und nachmittags auf dem Steg saß und las. Er begann damit, Bücher für sie am Steg zu hinterlassen, die er mit Steinen beschwerte.

Die Geschichte endete damit, dass der Mann schwere Gewissensbisse bekam – er hatte es nicht geschafft herauszufinden, ob die Männer wirklich illegale Wilderer waren, und zu allem Überfluss kam auch die Frau eines Tages nicht zurück zum Steg. Sehnsucht erfüllte ihn, sowohl nach der Frau mit dem roten Haar (Rotes Haar! Liane ließ das Magazin in die Badewanne fallen, als sie das las, dann holte sie es wieder aus dem Wasser und las die Geschichte von den tropfnassen Seiten weiter) als auch nach dem Leben, das er immer gehofft hatte zu führen und das ihm in jenem Sommer entglitt. «Das Leben ist voller Was-wäre-wenns. Und Man-hätte-dochs. Und Nicht-getans», las sie. «Und er fürchtete sich davor, was es bedeutete, wenn diese Was-wenns in seinem Leben immer weiter auseinanderdrifteten. Irgendwann würde es sie gar nicht mehr geben, wie die Schnappschildkröten, deren Zahl immer weiter sank, weil Menschen wie er eigentlich etwas dagegen unternehmen müssten, es aber nicht taten. Irgendwann würden sie aussterben, und das Einzige, was ihm bliebe, wäre seine Reue und die Erinnerung an die Farbe ihres Haares.»

Sie wickelte sich in ein Handtuch, versuchte ein paar Minuten lang, das Magazin mit ihrem Föhn zu trocknen, und verließ das Badezimmer. Sie schaltete ihren Laptop ein und setzte sich, feucht, wie sie war, auf die Couch, während sie ungeduldig darauf wartete, dass das Gerät hochfuhr. Ihre Hand zitterte, als sie den Namen in das Google-Suchfeld tippte.

Sie las seinen Lebenslauf, aber erst der letzte Satz brachte etwas zum Klingen, und sie wiederholte ihn immer und immer wieder. «Laurence Gibbons lebt mit seiner Frau und seinen zwei Töchtern in Toronto.»

Und doch.

Schließlich warf sie das Magazin – eine der Seiten war vom Föhn angesengt worden, und sie hatte es aufgegeben, es zu trocknen, daher war es noch immer feucht und erinnerte ein wenig an Pappmaché – in den Mülleimer zu den toten Blumen.

Noch später holte sie es wieder heraus und schob es ganz hinten in eine Kommode. Es zerfiel langsam.

Schließlich, Stunden später, traf sie eine Entscheidung. Sie nahm das Magazin aus der Kommode und rief Helen an. «Wie geht es dir?», hatte Helen gefragt, wie sie es immer tat, obwohl Liane wochenlang ihre Anrufe nicht erwidert hatte, obwohl sie ihrer Mutter kaum etwas aus ihrem Leben erzählte. Aber es lag kein Vorwurf in Helens Tonfall. Nur die Erwartung, dass Liane ihr erzählen würde, wie es ihr wirklich ging. Helen erwartete niemals, dass die Leute, und ganz sicher nicht ihre Töchter, einfach nur *Prima* oder *Gut* oder *Ganz okay* antworteten, wenn sie sie nach ihrem Befinden fragte.

«Mir geht es …» Liane brachte es einfach nicht fertig, ausreichend zu erklären, wie es ihr ging, also ließ sie es bleiben. «Ich dachte, du hättest vielleicht Iains Telefonnummer», sagte sie so beiläufig wie möglich. «Du weißt schon, dieser Mann, dem jetzt das Bachman-Haus gehört? Der mit dem Grünzeug.» «Oh, den kenne ich», antwortete Helen. Ihr Ton hatte sich jetzt verändert und klang nicht mehr ganz so aufgeschlossen. «Darf ich fragen, warum du sie brauchst?» «Es ist … ich habe eine Frage zu Pflanzen.» «Eine Frage zu Pflanzen», wiederholte Helen, aber Liane schwieg. «Na ja, ich habe tatsächlich seine Nummer. Das ist seine Mobilnummer, darunter solltest du ihn immer erreichen können.» Liane schrieb die Nummer auf. «Danke, Helen. Tut mir leid, dass wir jetzt nicht länger reden können. Das hier ist ziemlich wichtig. Aber ich ruf dich wieder an, okay?» «Bitte tu das. Ich vermisse dich. Ich mache mir Sorgen um dich. Und … könntest du Iain bitte einen Gruß von mir ausrichten?»

«Klar.»

«Oder lieber doch nicht. Nicht. Nicht ausrichten, okay?»

«Oh-*kay*. Tschüs.»

Iain ging sofort ran. Es war ihr ein wenig unangenehm, und sie merkte, dass sie gar nicht recht wusste, wie sie das Gespräch anfangen sollte. Was genau sollte sie ihn fragen? Wie sollte sie das erklären? «Hallo, Iain, hier ist Liane», sagte sie schließlich, weil sie begriff, dass er auflegen würde, wenn sie weiter schwieg. «Liane, Helens Tochter, wir haben uns im Sommer kennengelernt?»

«Natürlich erinnere ich mich an Sie», sagte er mit warmer Stimme. «Wie geht es Ihnen?»

«Gut. Prima. Ja. Danke schön. Es ist nur … ich dachte, Sie hätten vielleicht Ahnung davon, was auf der Insel so los ist, und ich wollte …» *Was? Ich schwärme für einen verheirateten Mann und habe mich gefragt, ob Sie vielleicht glauben, dass er Eheprobleme hat?*

«Hallo?»

«Hallo. Tut mir leid. Hallo. Okay. Also: Kennen Sie vielleicht das Paar, das in diesem Sommer das Haus der Castersens gemietet hat? Diesen Mann, von dem Sie gesagt haben, dass er Schriftsteller ist?» Sie überlegte schnell und fand endlich einen guten Anfang. «Ich wollte sein Buch kaufen, das, von dem Sie damals gesprochen haben, über das Ende der Welt … und ich hatte gehofft, dass Sie mir seinen Namen noch einmal sagen könnten.»

«Laurence Gibbons.»

«Laurence Gibbons. Und ist er … mieten sie immer noch dieses Haus, oder … sie sind vermutlich längst wieder in der Stadt, oder …?»

«Nein, noch nicht. Es scheint, dass Laurence ganz in das Haus gezogen ist. Ich habe keine Ahnung, wann er wieder gehen will, aber ich sage ihm immer wieder, dass der See bald zufrieren und er ein Schneemobil brauchen wird, wenn er dann noch aufs Festland will.»

«Er ist immer noch dort?»

«Oh ja. Und ganz allein. Wir trinken hin und wieder mal einen Kaffee, da hat sich herausgestellt, dass wir jetzt beide Junggesellen sind. Seine Mädchen besuchen ihn an manchen Wochenenden, und er besucht sie in der Stadt, aber seine Frau – na ja, offenbar ist sie nicht mehr seine Frau.»

Lianes Mund war jetzt vollkommen trocken. «Oh», brachte sie schließlich hervor. «Und er ist immer noch dort?»

«Ja. Immer noch dort.»

«Auf der Insel.»

«Ganz genau.»

«Ich muss jetzt los», sagte sie. «Vielen Dank für die Information. Ich … ich freue mich sehr darauf, sein Buch zu kaufen.»

Er räusperte sich. «Könnten Sie … Ihrer Mutter meine Grüße ausrichten?»

«Auf jeden Fall. Sie wollte auch, dass ich Sie grüße», sagte Liane. Sie dachte, es wäre sicher in Ordnung, ihm das jetzt zu sagen, da er sie selbst grüßen ließ. Sie benahmen sich beide ein wenig merkwürdig, aber Liane hatte keine Zeit, darüber nachzudenken.

Sie legte auf und schaute sich in ihrer einsamen Wohnung um, dann blieb ihr Blick an dem angesengten und durchweichten Magazin in ihrer Hand hängen.

Und sie traf eine weitere Entscheidung, ohne jemanden um Rat zu fragen.

Teil zwei

*Die Liebe stirbt nie einen natürlichen Tod. Sie stirbt,
weil wir das Versiegen ihrer Quelle nicht aufhalten,
sie stirbt an Blindheit und Missverständnissen und Verrat.
Sie stirbt an Krankheiten und Wunden,
sie stirbt an Müdigkeit. Sie siecht dahin,
sie wird gebrechlich.*

ANAIS NIN, Das Delta der Venus

8

DIE SCHLEIEREULE (TYTO ALBA) Die Schleiereule hat keine spezifische Paarungszeit; der Beginn der Brutstimmung und der Balz ist vom Nahrungsangebot abhängig. Um das Weibchen anzulocken, verwendet das Männchen einen besonderen Ruf. Es fliegt zudem auf der Stelle vor dem Weibchen, um ihm seine Brust und seinen Bauch zu zeigen. Das bezeichnet man als Rüttelflug. Während der Balz schreien Männchen und Weibchen einander im Flug zu. Während einige Eulenarten monogam sind, kann die Schleiereule mehrere Partner haben, um auch mehrere Male zu brüten.

✦

Er: «Fiona. Das kann so nicht weitergehen. Du sprichst nicht mit mir, außer wenn die Jungen da sind. Und glaubst, dass sie nichts mitbekommen, aber das stimmt nicht. Niemand in diesem Haus ist glücklich. Wir müssen darüber reden.»
Sie: «Du hast mich angelogen. Du hast mich unser ganzes gemeinsames Leben lang angelogen.»
Er: «Ich habe dir gesagt … ich habe gesagt, dass ich Gründe dafür hatte. Ich habe mich bei dir entschuldigt.»
Sie: «Gründe dafür zu haben und sich zu entschuldigen ändert überhaupt nichts. Irgendwie erwartest du offenbar von mir, dass ich damit klarkomme, dass ich dir verzeihe und dir erlaube, dass … diese *Situation* zu einem ganz normalen Teil unseres Lebens wird.»

Er: «Jetzt hör auf, das als ‹Situation› zu bezeichnen. Sie hat einen Namen. Sie ist ein Mensch.»
Sie: «Ich verstehe nicht, warum du nicht einfach dorthin fliegst und auf einem Vaterschaftstest bestehst. Dann könnten wir all das vielleicht endlich hinter uns lassen.»
Er: «Du bist unglaublich grausam.»
Sie *(beginnt zurückzuweichen)*: «Na klar, wozu brauchst du einen Vaterschaftstest? *Du* hast es ja immer gewusst. Du hast nur beschlossen, es mir nicht zu sagen. Bitte, geh einfach. Ich kann nicht mit dir reden. Ich *will* nicht mit dir reden.»
Er: «Du kannst mich nicht für immer ausschließen.»
Sie: *knallt die Tür zu.*

Fiona hatte aufgehört zu zählen, wie oft Tim in den vergangenen fünf Monaten schon gesagt hatte: «Du kannst mich nicht für immer ausschließen.» Und langsam glaubte sie, dass er vollkommen falschlag – sie konnte ihn tatsächlich für immer ausschließen. Manche Dinge wurden eben zur Gewohnheit. Aber dann, erst gestern, hatte er zu ihr gesagt, dass er das nicht länger dulden würde. *Er* hatte das zu *ihr* gesagt. Da begriff sie, was sie eigentlich gleich hätte sagen sollen. Sie hätte sagen sollen: *Du hast mein Leben in etwas verwandelt, was es nie sein sollte. Du hast genau das in mein Leben gebracht, was ich immer gemieden habe. Alles sollte perfekt sein, und jetzt ist es das nicht mehr, und das kann ich dir nicht verzeihen.*

Sie war in ihrem Arbeitszimmer, saß an ihrem Schreibtisch und starrte auf die Liste auf ihrer Schreibtischunterlage. *Buch für den Lesezirkel lesen* stand an erster Stelle.

Heute Abend war wieder ein Treffen, bei Angela Tanner zu Hause. Sieben Jahre war sie schon im Zirkel, und noch nie hatte sie ein Buch nicht gelesen. Aber diesmal hatte sie erst ein paar Kapitel geschafft. Der Protagonist war nichtssagend, und obwohl die Handlung in Marokko spielte, hatte Fiona das Gefühl, dass der Autor noch nie dort gewesen war. Das ärgerte sie ungewöhnlich stark. Die Vorstellung, den Rest des Nachmittags damit verbringen zu müssen, dieses Buch zu lesen, war unvorstellbar. Also strich sie diesen Punkt von ihrer Liste, tippte auf ihr iPad und rief den Titel bei Amazon auf, las die Zusammenfassung und ein paar Rezensionen. Die meisten waren positiv. «Die Menschen sind Herdentiere», sagte sie laut. In letzter Zeit sprach sie oft mit sich selbst. Sie hasste es zuzugeben, dass sie sonst niemanden zum Reden hatte.

Es hatte mal eine Zeit gegeben, in der die Treffen des Lesezirkels zu ihren Lieblingsereignissen des Alltags gehört hatten. Sie hatte sich gefreut, wenn sie an der Reihe war, die Frauen zu bewirten, und sich jedes Mal selbst übertroffen. Im vorigen Jahr war es im Winter gewesen, und sie hatte den Kamin angezündet, Glühwein und Cidre serviert, einen Hasen geschmort und das Fleisch in Blätterteig gebacken, Weintrauben geröstet und sie auf einem Kissen aus ausgewählten Käsesorten und Brot vom berühmtesten Bäcker der Stadt serviert.

«Schmeckt für mich immer noch wie Brot», hatte Tim später gewitzelt, als alle fort waren und er sich wieder aus seinem Versteck im Arbeitszimmer hervorgewagt hatte. Sie erinnerte sich daran, dass sie, obwohl sie ihre Verbindung zu diesen Frauen schätzte, doch erleichtert gewesen war, am Ende des Abends sein vertrautes Gesicht zu sehen. Jetzt konnte sie sich endlich entspannen, mit ihm die Ereignisse des Abends besprechen, dabei den Rest des Weines trinken und seine Lieblingsbutter mit Brot genießen.

Fiona wappnete sich gegen die schönen Erinnerungen an Tim und beschloss, Angela anzurufen, die Gastgeberin des Lesezirkels an diesem Abend. «Ich wollte nur fragen, ob ich etwas mitbringen soll», fragte sie. «Nachtisch vielleicht?»

«Oh nein. Ich habe alles unter Kontrolle.»

«Sehr gut.» Fiona hielt inne und fragte sich, wie es wohl wäre, wenn sie zu Angela sagen würde: *Können wir zusammen einen Kaffee trinken? Ich brauche jemanden zum Reden.* Stattdessen herrschte ein paar Herzschläge lang Stille am Telefon. Im Garten hörte sie die Eule leise heulen. («Sind Eulen nicht nachtaktiv?», hatte Eliot einmal gefragt, als er das Wort gerade in der Schule gelernt hatte. «Unsere offenbar nicht», hatte Fiona geantwortet.) «Bis heute Abend, Angela», sagte sie schließlich und legte auf.

Unsere Eule.

Unser Haus.

Unser Leben.

Alles zerstört.

An jenem Abend saß Fiona auf Angelas Couch in deren Kellergeschoss mit den lachsfarbenen Wänden und dem rehbraunen Teppich und den plüschigen marokkanischen Kissen, die überall herumlagen, den vergoldeten Spiegeln an den Wänden und den ausladenden geometrischen Bildern. *Was wird Tim sich amüsieren, wenn ich ihm erzähle, dass es so wirkt, als hätte sie den Raum passend zum Thema des Buches dekoriert,* dachte sie und spürte sofort wieder den altbekannten Stimmungsdämpfer. Sie nahm an, dass das, was sie gerade erlebte, so etwas Ähnliches wie ein Todesfall war, dass sie sich in etwa so wie der Angehörige eines Verstorbenen fühlte, der seine Nummer wählt, dann begreift, dass er tot ist, und den Verlust erneut durchlebt. Vielleicht waren Tim und sie einander schon lange nicht mehr so nah wie früher gewesen – die ganzen Dienstreisen, die langen Abwesenheiten hatten ihre Spuren hinterlassen –, aber er war immer noch ihr Vertrauter gewesen, der Mensch, dem sie alle Kleinigkeiten ihres Lebens anvertraute, die nicht wirklich wichtig waren, aber dennoch *irgendjemandem* erzählt werden mussten.

Das Essen war auf einem niedrigen Tisch vor den Frauen angerichtet, Datteln und Mandeln und Feigen und Ziegenkäse, der in irgendetwas gewälzt und in Öl eingelegt war, winzige ausgehöhlte Kürbisse, gefüllt mit gerösteten und gewürzten Samen und Körnern, gewürztes Fleisch an Spießen, mit Minzsoße zum Dippen. Später würde Angela noch marokkanische Tajine-Aufläufe servieren, hatte sie gesagt. Lamm und Aprikose und eine scharfe vegetarische Tajine. «Sie macht ihr Essen gar nicht selbst, weißt du», flüsterte Nancy Wells zu Fionas Linken. «Das macht die Nanny, und Angie lässt sich dafür loben.»

«Bezahlt man dafür nicht die Leute? Dinge zu tun, um sich dann später selbst dafür loben zu lassen?», versetzte Fiona, selbst überrascht über den barschen Ton ihrer Stimme. Sie beschloss, nicht mehr auf Nancy und das Essen zu achten, sondern sich stattdessen auf den Wein zu konzentrieren. Aber dann war ihr Glas leer, also schaute sie sich um.

Wer sind diese Frauen eigentlich? Sie fühlte sich isoliert in ihrer Gegenwart, obwohl sie buchstäblich Ellenbogen an Ellenbogen mit Nancy und Johanna Edwards saß. *Ich glaube, ich mag die meisten nicht einmal.* Sie füllte ihr Weinglas nach und dachte, dass sie vielleicht mehr als die zwei Gläser trinken würde, die sie sich sonst erlaubte. Vielleicht würde sie sogar *drei* Gläser trinken. Oder hatte sie schon drei intus? Na, dann würde sie vielleicht vier trinken. Und außerdem …

«Außerdem», sagte sie laut und merkte, dass das jetzt ganz zusammenhanglos wirkte. Sie klang verrückt. Außerdem *was*? «Außerdem habe ich das Buch gehasst.» *Das war es.*

Jane zog die Augenbrauen hoch. «Wirklich? Du hast es *gehasst*?» In ihrer Stimme lag ein Hauch Bewunderung.

«Ja. Gehasst.»

«Das ist jetzt aber keine besonders konstruktive Kritik», sagte Nancy und zog ihren Ellenbogen von Fiona fort.

«Nein, wahrscheinlich nicht», sagte Fiona. «Ich habe auch nicht das ganze Buch gehasst. Nur die paar Kapitel, die ich gelesen habe.»

Stille. Niemand hatte jemals zugegeben, das Buch nicht gelesen zu haben.

«*Ich* mochte, dass sie sich im Laufe der Geschichte immer mehr selbst akzeptiert hat», sagte Carole Huntziger. «Ich mochte es, dass sie nicht versucht hat, jemand anders zu sein. Wenn sie zu unserer Zeit lebte, würde sie nicht herumlaufen und sich so was wie … ihr wisst schon, Botox oder so spritzen lassen. Diese Filler, die einem die Falten wegmachen sollen, einen aber in Wirklichkeit wie einen Clown aussehen lassen.»

«Was ist denn falsch an Botox?», fragte Fiona. *Und tu bloß nicht so, als wüsstest du nicht, wie man diese Filler nennt. Jeder weiß doch, dass du dir letztes Jahr die Lippen hast machen lassen und danach behauptet hast, das läge an einem besonderen neuen Lippenstift.*

«Erstens ist es Gift. Es lähmt deine Gesichtsmuskeln, sodass man nicht mehr lächeln kann», sagte Nancy. Ihr Mann war Arzt, und das machte sie automatisch zur medizinischen

Expertin der Gruppe. «Es gibt potenziell verheerende Nebenwirkungen. Hast du schon mal von diesem Arztehepaar gehört, das sich gegenseitig Botox gespritzt hat und schließlich gelähmt war?»

«Na ja, okay, gut, es ist ein Gift.» Fiona merkte, dass sie lallte, dass sie eigentlich «Giff» gesagt hatte. Drei Gläser, vier? Wie viel hatte sie getrunken? «Aber … ist es denn so schlimm, wenn man sich gut in seiner Haut fühlen will?»

«Du brauchst Botulinumtoxin-Spritzen ins Gesicht, um dich gut zu fühlen?»

«Ich rede ja gar nicht von *mir*. Ich sag's ja nur.» (Es klang wie «Ich schags ja nua.» *Oh, oh. Ich hätte wenigstens eine von diesen blöden Datteln essen sollen.*) «Warum richten wir über Leute, die so etwas tun? Nicht jeder, der sich Botox spritzen lässt, sieht schrecklich aus. Oder?»

Nancy beugte sich interessiert vor. Abgesehen davon, dass sie die medizinische Expertin hier war, war sie auch noch als Tratschtante bekannt. «Warum interessiert dich das so? Hast du denn in letzter Zeit selbst etwas machen lassen?» Aber es klang ziemlich zweifelnd, so als müsste Fiona eigentlich besser aussehen, wenn kosmetische Eingriffe im Spiel wären.

«Ich will doch nur sagen, dass nicht alle Leute, die so etwas tun, wertlos sind. Sind sie denn nicht so gut wie die in diesem beschissenen Buch, nur weil sie nicht herumrennen und Dinge sagen wie: ‹Ich habe mich an mein Gesicht gewöhnt›, und: ‹Ich habe gelernt, mich selbst zu lieben, und das ist die größte Liebe von allen›?»

«Ich glaube nicht, dass sie irgendwo gesagt hat: ‹Ich habe mich an mein Gesicht gewöhnt›», wandte Carole ein.

«Oder den zweiten Teil, den mit der Selbstliebe. Der, glaube ich, aus einem Whitney-Houston-Song stammt», mischte sich Jane in einem Ton ein, aus dem Fiona nur Freundlichkeit und keinen Spott heraushörte, wofür sie dankbar war. «Aber ich glaube, du hast recht. Es war ein bisschen zu viel von allem. Ich habe es auch nicht zu Ende gelesen …»

Fiona schaute zu Jane hinüber. Sie lächelte sie an und schüttelte den Kopf ein wenig, als ob sie sagen wollte: *Du und ich sind hier in Wirklichkeit die einzig normalen Leute.*

Fiona wäre am liebsten gegangen. Sofort. Sie wollte plötzlich überall sonst sein, nur nicht hier bei den Nachbarinnen, deren Gesellschaft sie sich früher so fest und blasiert zugehörig gefühlt hatte, ob sie sie nun mochte oder nicht. Sie erinnerte sich an eine Zeit, da die reine Tatsache, dass diese Frauen in ihrem Leben waren, die Tatsache, dass sie mit ihnen befreundet war, ihr das Gefühl gab, eine Art Wettbewerb gewonnen zu haben. Und als hätte sie es geschafft, ganz anders als ihre Mutter zu sein, die die Wichtigkeit von Frauenfreundschaften in einem weiteren Sinn nie verstanden hatte, wenn sie nichts mit einer Schütte-mir-dein-Herz-aus-, Zeig-dich-nackt-und-hilflos-, Sei-verletzlich-Beziehung zu tun hatten.

Wobei Fiona jetzt gern jemandem ihr Herz ausgeschüttet hätte. Aber obwohl sie inzwischen wirklich aufgebracht war, fragte keine der Frauen, ob es ihr gutging, keine beugte sich vor, streichelte ihr den Rücken, schenkte ihr mehr Wein ein, obwohl sie wirklich genug hatte, und sagte: *Alles okay mit dir, Fiona? Möchtest du darüber reden?*

Stattdessen kam um sie herum die Unterhaltung über das Buch erneut in Gang.

Fiona stand auf. «Ich fahre jetzt nach Hause», sagte sie. «Ich glaube, der Käse war schlecht. Mein Magen ist verstimmt.» Sie reagierten gar nicht. Eine von ihnen flüsterte: «Sie hat doch gar nichts gegessen.»

Auf dem Weg nach draußen sah sie in den Spiegel und versuchte, die Falten zwischen ihren Brauen zu glätten. Sie schaffte es nicht. Sie sah dauerhaft wütend aus. *Aber ich bin gar nicht wütend. Ich bin traurig. Ich habe Angst. Ich bin einsam.*

Sie hörte ein Geräusch hinter sich und erkannte Janes Gesicht und Oberkörper im Spiegel. Fiona bemerkte, dass ihre Stirn vollkommen glatt war. «Hey», sagte Jane. «Vielleicht solltest du lieber nicht fahren …»

«Sind doch nur ein paar Straßen», sagte Fiona, aber sie ließ es zu, dass Jane sie beim Ellenbogen nahm, weil sie wusste, dass sie recht hatte.

Draußen gab sie Jane die Autoschlüssel.

«Es ist mir peinlich», sagte sie.

«Das muss es nicht. Du warst toll. Und ich bin übrigens vollkommen deiner Meinung. Es ist wirklich an der Zeit, dass jemand diesen alten Hennen mal Bescheid sagt.»

Fiona lachte. «Alte Hennen? Aber wir sind doch eigentlich alle gleich alt.»

«Mag sein, aber manchmal sitze ich bei diesen Lesezirkelabenden und fühle mich wie die Jüngste im ganzen Raum, um Jahrzehnte jünger. Du nicht?»

Fiona schwieg. Dann sagte sie: «Nein. Nie. Meistens fühle ich mich wie die Älteste. Außerdem hast du mal gesagt, ich sei Anfang vierzig. Aber ich bin erst achtunddreißig.»

«Du siehst aber nicht aus wie die Älteste. Tut mir leid, dass ich das gesagt habe. Es ist nur, dass du so perfekt wirkst – weise oder so. Ehrlich. Du siehst großartig aus. Aber weißt du, *ich* lasse mir ständig Botox spritzen, und keiner merkt es. Mein Hautarzt ist ein Zauberer.»

Fiona sah sie jetzt an. «Wirklich? Aber dein Gesicht … bewegt sich.»

«Das macht ihn ja so gut. Man sieht es nicht. Minidosierungen. Das ist das Geheimnis. Soll ich einen Termin für dich ausmachen?»

«Glaubst du, er könnte die hier wieder hinkriegen?» Fiona runzelte die Stirn und fuhr mit den Fingerspitzen über die Furche zwischen ihren Brauen. Ihr ging auf, dass sie so etwas noch nie getan hatte, sie hatte noch nie in einem Auto – oder sonst wo – gesessen und über so etwas Albernes wie Falten mit jemand anderem als einer ihrer Schwestern geredet. *Gespräche unter Frauen, so nennt man das. Und du hast so etwas noch nicht einmal mit deinen Schwestern gehabt, wenn du ehrlich bist.*

«Mit links.» Jane suchte in ihrer Tasche, holte ihr Handy heraus und begann, eine SMS zu schreiben. «Ich wette, er kann dich morgen noch einschieben.»

Fiona freute sich. Morgen. Morgen konnte sie endlich etwas gegen etwas tun, was sie ärgerte. «Danke», sagte sie zu Jane. «Sag Bescheid, wenn er sich zurückmeldet.»

«Normalerweise ist er recht schnell.»

Jane startete den Motor und fuhr aus der Parklücke, wobei die Reifen ein wenig quietschten. Sie sah Fiona von der Seite an. «Das habe ich extra gemacht», sagte sie. «Wir sind auf der Flucht. Ich hatte gehofft, dass du vielleicht lächelst. Solange du noch kannst. Ha, kapiert?» Jane fuhr, bis sie kurz vor Fionas Haus waren, und hielt dann an.

«Fiona … ist alles in Ordnung mit dir?»

Fiona antwortete nicht. Dann: «Ich glaube nicht. Nein. Nicht wirklich.»

«Willst du nach Hause oder noch irgendwo reden? Wir könnten dein Auto hierlassen und in eine der Bars am Wasser gehen. Es ist ja nicht allzu kalt.»

«Genau das brauche ich jetzt», sagte Fiona und überraschte sich damit selbst.

«Margaritas? Wirklich?»

«Vertrau mir, du brauchst eine. Wein ist viel zu reif und vernünftig. Wir wollen schließlich Spaß haben.»

Fiona nippte am süßsauren Getränk und schaute durchs Fenster aufs Wasser. Das Mondlicht spiegelte sich darin. Sie musste an die Schwäne denken, die sie vor all den Monaten gesehen hatte.

Jane ließ den Finger an ihrem Glas entlanggleiten und leckte das Salz davon ab. Sie hatte um einen extrasalzigen Rand gebeten, und dabei hatte sie den Kellner so angelächelt, wie Ilsa es getan hätte: sexy und verschwörerisch.

«Seid du und meine Schwester jetzt eigentlich befreundet? Ich habe gesehen, wie ihr auf meiner Party miteinander gesprochen habt. Anfang des Sommers.»

«Oh, genau. Ja. Ich habe mich gern mit ihr unterhalten. Sie ist wirklich … sie ist bemerkenswert, nicht wahr? Aber seitdem habe ich sie nicht mehr gesehen, nein. Obwohl ich schon gedacht habe, sie zu fragen, ob sie bei unserem Lesezirkel mitmachen möchte. Um ein bisschen Bewegung in den Laden zu bringen?»

Fiona schüttelte den Kopf. «Ilsa würde bei keinem Lesezirkel mitmachen», sagte sie. «Nimm's mir nicht übel.»

«Es gab mal eine Zeit, da hätte ich an so etwas auch niemals teilgenommen. Und trotzdem bin ich hier. Wenn wir nicht rausgeschmissen werden, weil wir zugegeben haben, dass wir das Buch nicht gelesen haben. Und dann sind wir auch noch so Hals über Kopf geflohen.»

Fiona spürte, wie das Salz auf ihren Lippen brannte, die

ganz wund waren. Sie sah Jane an und dachte: *Die alte Fiona hätte sich Jane niemals anvertraut, einer Frau, die ich kaum kenne. Aber hier sitze ich und warte nur darauf, dass sie noch einmal fragt, was los ist, damit ich ihr alles erzählen kann.*

Schließlich wartete sie nicht einmal mehr darauf, dass sie fragte.

«Ich glaube, meine Ehe liegt in den letzten Zügen. Ich glaube, sie war schon Ende Juni zu Ende, als ich ans Telefon ging … und ich … ich habe gar nichts getan, außer …» Fiona schloss die Augen und trank von ihrem Cocktail.

Dann erzählte sie Jane, wie sie an jenem Nachmittag in der Küche gewartet hatte, während Tim am Telefon mit der ausländisch klingenden jungen Frau sprach. «Aber er ist danach nicht in die Küche gekommen, und dann bin ich irgendwann hinaus auf die Veranda gegangen. Er hat nur dort gesessen und das Telefon angeschaut. Ich habe ihn gefragt, wer das war, und er hat mir gesagt, ich soll mich setzen. Das habe ich dann getan.»

Fiona erinnerte sich daran, wie zögerlich und leise er seine Erklärung vorgebracht hatte. «Das», hatte er gesagt und den Blick nicht gehoben, «war eine junge Frau namens Samira. Eine junge Frau namens Samira aus Wien, die glaubt, dass ich ihr Vater bin.»

«Aber das bist du natürlich nicht.»

Kein Zögern. «Doch, das bin ich.»

«Was? Wie kannst du … was hast du … ich verstehe das nicht.»

Jetzt schaute er auf. Sie hätte nicht sagen können, was in seinem Blick lag. Schuld, Scham, Angst. Keines dieser Gefühle hatte sie je bei Tim gesehen. «Ich habe ihre Mutter direkt nach dem College kennengelernt, als ich durch Europa reiste. In Wien. Noch bevor ich dich kennengelernt habe. Ich habe dort ein paar Monate verbracht, und wir … Es ist sehr lange her … ich hätte nie gedacht …»

«Was hättest du nie gedacht? Glaubst du wirklich, dass das stimmt, dass diese Frau wirklich deine Tochter ist? Du weißt doch, dass es solche Betrügereien ständig gibt. Du kannst so etwas doch nicht einfach für bare Münze nehmen!»

Tim hatte sie einen endlos scheinenden Augenblick lang angesehen. «Ich wusste es», sagte er. «Ich wusste von ihr. Marta hat mich angerufen, nachdem … als sie wusste, dass sie schwanger war. Ich war da schon fort, hatte kein Geld mehr, deshalb musste ich wieder nach Hause. Sie schickte mir einen Brief, sagte mir, dass ich wissen sollte, dass sie schwanger sei, dass sie sicher wäre, dass es meins sei, dass sie es behalten wolle, dass sie zurück zu ihren Eltern ziehen würde und nichts von mir fordere.» Schweigen. Fiona nahm an, dass er eine Art Entgegnung von ihr erwartete, aber sie fühlte sich ganz taub. Er fing wieder an zu reden: «Ich war damals einundzwanzig. Ich wusste nicht, was ich tun sollte. Also tat ich einfach gar nichts. Aber dann … Monate später habe ich doch versucht, mit ihr in Kontakt zu treten, aber das hat nicht geklappt. Und die Jahre vergingen, und dann lernte ich dich kennen, und …» Er seufzte. «Ein Teil von mir hat immer gewusst, dass dieser Anruf irgendwann kommen würde. Ich habe mich immer gefragt … ich wusste nicht, was ich tun sollte … ich fand es furchtbar, dass du es nicht wusstest. Ich habe geschworen, nie wieder Geheimnisse vor dir zu haben.»

«Mein grundehrlicher Ehemann», sagte Fiona jetzt zu Jane. «Es ging die ganze Zeit immer nur um seine Schuldgefühle.»

Janes Finger, an dem immer noch Salz klebte, schwebte

immer noch vor ihrem Mund. «Selbst nach all den Monaten», fuhr Fiona fort, «denke ich manchmal, dass diese Unterhaltung gar nicht stattgefunden hat, dass es doch nicht sein kann, dass Tim all diese Jahre ein solches Geheimnis vor mir hatte. Mein ganzes Leben lang wollte ich vor allem solchen Dramen aus dem Weg gehen. Es ist so ermüdend. Es liegt an meiner Kindheit. Und dann heirate ich ausgerechnet ihn.»

Jane wischte sich den Finger an einer Cocktailserviette ab und nahm einen Schluck Wasser. «Was hast du denn getan, nachdem er es dir erzählt hat?»

«Gar nichts.» Fiona merkte selbst, wie das klang, als sie es laut aussprach. Grotesk. «Eigentlich stimmt das nicht. Ich habe geduscht. Ich habe mich umgezogen. Ich habe eine Cocktailparty veranstaltet. Du warst ja auch da. Und seitdem habe ich kaum mit ihm geredet. Aber vor ein paar Tagen hat er mir gesagt, dass wir eigentlich gar keine Ehe mehr führen und dass wir es vielleicht einfach beenden, uns von den Qualen erlösen sollten.»

Janes Hautarzt hatte sich zurückgemeldet, als sie schon zwei Margaritas weiter waren. Weshalb sie am nächsten Nachmittag in einem Behandlungsstuhl in Dr. Solways Praxis saß und gegen den Schmerz rote Gummilippen aus Plastik mit dem aufgedruckten Namen einer collagenproduzierenden Firma zwischen den Fingern drückte, während der Arzt ihr das vielgeschmähte (jedenfalls in gewissen Lesezirkeln) Botox in die beiden Zornesfalten zwischen ihren Brauen injizierte.

Als der Arzt die zweite Nadel in ihre Stirn stieß, zuckte sie zusammen.

Er tätschelte ihr die Hand. «Das wird schon», sagte er. «In einer Minute ist alles vorbei.»

«Nein, ist es nicht.»

«Doch, wirklich.»

Noch ein Stich, und sie schloss die Augen. Wie war es möglich, dass so viel Zeit vergangen war seit jenem Nachmittag, der alles in ihrem Leben geändert hatte? Und doch, genau wie sie es Jane am Abend zuvor erzählt hatte, hatte sie nichts unternommen, außer dass sie gespürt hatte, wie sich ihr Inneres mit Hass und Bitterkeit und Verlustgefühlen angefüllt hatte. Jetzt, da der Arzt den giftigen Inhalt der Nadel in ihre Stirn leerte, begriff sie, dass sie jetzt im wahrsten Sinne des Wortes mit Gift gefüllt war. *Wie passend.*

Nach der Party Ende Juni, als sie beide ins Schlafzimmer gegangen waren, hatte Tim sie angefleht.

«Es war ein Fehler, aber das bedeutet doch nicht, dass unser ganzes Leben …» Er setzte sich neben sie aufs Bett. «… eine Lüge war.»

«Geh runter von meinem Bett», hatte sie gesagt.

«Weißt du, warum ich dir nicht gesagt habe, dass ich da draußen irgendwo eine Tochter habe?»

«Wehe, es ist keine gute Erklärung.»

«Weil ich wusste, dass du mich dann nicht heiraten würdest.»

«Versuchst du, mir dafür die Schuld zuzuschieben?»

«Ich sage gar nicht, dass ich richtig gehandelt habe. Es war falsch, und du hast jedes Recht der Welt, böse auf mich zu sein. Vertrau mir, ich habe wirklich oft daran gedacht, es dir zu sagen. Ich wollte mein Geheimnis mit dir teilen, aber ich hatte viel zu viel Angst, du könntest es inakzeptabel finden. Ich wollte dich nicht verlieren, nur wegen etwas, das … etwas, das sich, um ehrlich zu sein, nie wirklich angefühlt hat.

Bis jetzt. Es war ein dummer Fehler, den ich gemacht habe, als ich noch sehr jung war. Ein Fehler, den ich nie wiedergutmachen konnte.» Er stützte den Kopf in die Hände.

«Du unterschätzt mich!», hatte Fiona geschrien. Aber es stimmte. Sie wusste noch genau, wie sie als jüngere Frau gewesen war, und eigentlich hatte sie sich nicht sehr verändert. Sie wusste, dass sie hart mit ihm ins Gericht gegangen wäre und ihn ziemlich sicher nicht geheiratet hätte, wenn sie gewusst hätte, dass er ein uneheliches Kind hatte, das in seinen frühen Zwanzigern aus einem Fehler heraus entstanden war.

«Ich hatte Angst», fuhr er fort. «Ich erinnere mich, dass du damals mal etwas zu mir gesagt hast, über eine Freundin von dir, die einen Mann geheiratet und erst hinterher herausgefunden hat, dass er schon ein Kind mit einer Exfreundin hatte.» Fiona erinnerte sich ebenfalls. Laurie Jackson. Oh, wie hatte sie Laurie Jackson bemitleidet. «Ich wusste doch, wie vollkommen du dein Leben haben wolltest, dass es ganz anders sein sollte als das, was du in deiner Kindheit erlebt hast. Und … ich habe Angst bekommen. Und dann war es zu spät.»

Fiona war von ihm abgerückt, aufgestanden und hatte sich in eine Ecke des Zimmers zurückgezogen.

«Raus», hatte sie gesagt. Tim war zusammengezuckt, als hätte sie ihn geschlagen. Aber er hatte sich erneut bei ihr entschuldigt, die Hände flehend nach ihr ausgestreckt.

«Raus», hatte sie wiederholt. «Geh einfach.»

«Fährst du nicht morgen zum Ferienhaus deiner Mutter? Vielleicht tun uns ein paar Tage Trennung ganz gut, und dann können wir …»

«Ich gehe nirgendwohin. *Du* musst gehen.»

Und er war gegangen. Fiona hatte keine Ahnung, wo er

hingegangen war, weil sie später nie mehr darüber redeten. Sie hatte darüber nachgedacht, ihn erneut rauszuwerfen, aber sie fing an, sich um die Jungs Sorgen zu machen, die sie mehrfach fragten, warum sie ihre Reise abgesagt hatte, und sich nicht mit ihren Ausflüchten abspeisen ließen. «Aber du fährst da doch immer hin», hatte Eliot völlig entgeistert gesagt.

«Dieses Jahr aber nicht», hatte sie barsch entgegnet.

In den folgenden Wochen kroch Tim nicht zu Kreuze, weil Tim kein Kriecher war. Aber er sprach mit ihr. Schließlich lenkte sie ein.

Sie saßen am Wohnzimmertisch, sie am einen Ende, er am anderen.

«Ich weiß nicht, was ich tun soll», fing er an. «Du bist meine beste Freundin, Fiona, wirklich … und diese riesige Sache kommt da auf mich zu, und ich kann nicht mit dir darüber sprechen. Dabei wünsche ich mir das so, weil … na ja, weil du bestimmt ganz genau weißt, was ich jetzt tun sollte.»

«Nein, Michael ist dein bester Freund», hatte sie entgegnet.

Er hatte den Kopf geschüttelt, und sie hatte nichts dagegen tun können zu denken: *Und du bist* mein *bester Freund.* Aber sie wollte nicht nachgeben. Sie *konnte* nicht nachgeben. Sie hatte ihre Gründe, ihr eigenes Geheimnis, und gerade jetzt, obwohl sie wusste, wie heuchlerisch es war, musste sie an ihren Idealen festhalten. *Aber warum? Warum?* Da war eine schwache innere Stimme, die sie zum Schweigen bringen musste. *Denn dies hier ist ein Betrug an* mir. *Wohingegen mein Geheimnis absolut nichts mit ihm zu tun hat.*

«Dabei kann ich dir nicht helfen», hatte sie gesagt und ihn allein sitzenlassen.

Ein paar Tage später war er ein weiteres Mal auf sie zugekommen. Etwas an ihm war anders. Er bat nicht mehr um Verzeihung. «Ich finde, du solltest wissen, dass ich ernsthaft überlege, sie zu besuchen. Oder dass ich sie frage, ob sie hierherkommen möchte. Ich glaube, es wäre an diesem Punkt grausam, nicht …»

«Das kannst du uns nicht antun, Tim. Sie kann nicht hierherkommen. Was sollen die Jungs sagen? Was sollen sie denken?»

«Ich weiß nicht, was sie denken werden, aber ich kann es nicht mehr geheim halten, ob du damit zurechtkommen willst oder nicht. Ich will sie nicht ausschließen. Das ist alles nicht ihre Schuld. Und jetzt, da Marta tot ist» – an dieser Stelle sog Fiona scharf die Luft ein; das hatte sie nicht gewusst, wie hätte sie auch, zumal sie nicht mit Tim hatte sprechen wollen? –, «ist sie ganz allein auf der Welt, und sie ist zweiundzwanzig, und sie will nur … sie will mich kennenlernen. Und ich will nicht ablehnen.»

«Was du brauchst, ist ein Vaterschaftstest.»

«Du bist unglaublich gefühllos. Sie hat gerade ihre Mutter verloren. Das hier ist meine Verantwortung! Ich kann mich nicht wegducken.»

«Wie bequem, dass du dich vor diesem Fehler nicht wegducken willst, jetzt, da du es auch nicht mehr könntest.»

Er kam näher und stellte sich direkt vor sie. «Was soll ich denn tun? Sie nie hierher einladen, sie nie besuchen, nie vorschlagen, dass wir uns kennenlernen? Ihr Selbstbewusstsein komplett zerstören, indem ich sie so zurückweise?»

Fiona schloss die Augen. «Bitte hör auf.»

«Ob es dir gefällt oder nicht, ich bin ihr Vater», sagte er. «Ich kann sie nicht abweisen. Ich könnte nicht mit mir selbst leben, wenn ich es täte. Wenn du das nicht verstehen kannst …»

Sie riss die Augen auf. «Was dann? Wenn ich das nicht verstehen kann, *was* dann?»

Er wirkte ganz erschrocken von ihrer Wut. «Ich weiß es nicht», sagte er.

Der Arzt war fertig mit seinen Injektionen. Er gab Fiona ein paar winzige Kühlpacks und sagte: «Um diese Sommersprossen kümmern wir uns, wenn Sie das nächste Mal kommen. Ich hätte da eine phantastische neue Laserbehandlung praktisch ohne Erholungszeit. Und Sie sehen übrigens wirklich toll aus für Ihr Alter. Es waren nur diese Zornesfalten, und die sind bald weg.»

«Ich fühle gar nichts», sagte Fiona und stand auf.

«Es kann bis zu einer Woche dauern, bis man den Erfolg sieht», sagte der Arzt. «Warten Sie ein wenig ab, und dann rufen Sie in der Praxis an, um einen neuen Termin zu machen, wenn Sie finden, dass Sie noch mehr brauchen.»

Fiona ging auf die Toilette, bevor sie die Praxis verließ. Sie starrte ihr Spiegelbild aufmerksam an, sah aber nur ihr altes, abgespanntes Gesicht. Sie war enttäuscht. Sie hatte geschworen, dass ab heute alles anders werden würde. Sie hatte nicht damit gerechnet, eine volle Woche auf die Folgen ihres neuen Vorsatzes warten zu müssen.

«Die Wahrheit?»

Jane hatte ihr eine SMS geschickt, um zu fragen, wie der Termin gelaufen war, und Fiona schlug vor, einen Kaffee trinken zu gehen, weil sie keine Lust hatte, nach Hause zu fahren.

«Die Wahrheit. Na komm schon. Du musst jemandem die

Wahrheit über dich selbst erzählen, und da du ja nicht zu meiner Therapeutin gehen willst …»

«Es wäre wirklich ein bisschen merkwürdig, wenn wir denselben Hautarzt *und* dieselbe Therapeutin hätten.»

«Ach, wenn kümmert's? Aber egal, du musst reden. An der Sache ist doch noch mehr dran. Ich hoffe, du bekommst das nicht in den falschen Hals, aber du bist ein wenig irrational, und das kommt doch von irgendwoher. Ehemänner haben ihre Geheimnisse. Immerhin hat er dich nicht betrogen.» Die Art, wie Jane das sagte, weckte in Fiona die Vermutung, dass Janes Ehemann, ein Rechtsanwalt mit zurückgehendem Haaransatz, einem Maserati und ausgesprochen anspruchsvoller Attitüde, das womöglich getan hatte.

«Okay. Gut. Die Wahrheit. Es gibt da etwas, was niemand über mich weiß. Niemand auf der Welt, außer meiner Mutter.» Fionas Herz begann zu pochen, schnell, aber es fühlte sich nicht unangenehm an. Sie hatte das Gefühl, mit einem Rennwagen um die Ecke zu rasen. Wenn sie jetzt auf die Bremse trat, würde es sie aus der Kurve schleudern. «Tim, Ilsa und Liane auch – sie haben alle immer geglaubt, dass Helen nicht wusste, wer mein Vater ist. Aber meine Mutter wusste es. Als ich fast zwanzig war und den Highschool-Abschluss machte, überwarf sie sich mit ihrer besten Freundin. Tante Edie.» Fiona verstummte. Es tat immer noch weh. Vermutlich würde es immer weh tun. «Ich hörte mit, wie sie sich stritten. Sie sagten immer wieder den Namen *Nate* und dann meinen Namen, und dabei flüsterten sie. Und so habe ich es mir zusammengereimt. Dieser Mann war mein Vater, und Edie hatte offenbar vor, ihn zu heiraten, und Helen war außer sich vor Wut. Ich war auch wütend, als ich begriff, dass Helen mein ganzes Leben lang meinen Vater vor mir geheim gehalten hatte.» Fiona hörte immer noch ihre eigene Stimme, wie sie Helen anschrie: «Warum hast du mich angelogen? Was ist bloß mit dir los?»

«Weil ich dachte, dass wir ihn nicht brauchen», hatte Helen geantwortet. «Weil ich dich vor dem Gefühl beschützen wollte, zurückgewiesen zu werden, so wie ich mich zurückgewiesen fühle. Immer noch.»

«Wer ist er?», hatte Fiona gefragt.

Und Helen hatte den Namen des Gitarristen einer Band genannt, die in den Siebzigern berühmt geworden und nie an Popularität verloren hatte. Fiona war einen Augenblick lang sprachlos gewesen. «Heilige Scheiße», hauchte Jane, als Fiona ihr den Namen nannte.

«Als Helen mir es gestanden hatte, sagte ich ihr, dass ich Kontakt zu ihm aufnehmen wollte», sagte Fiona zu Jane. «Helen warnte mich davor. Sie sagte, er sei egoistisch, das sei er immer gewesen, und dass ich mich darauf gefasst machen müsste, dass er mich nicht anerkennen würde. Sie sagte … dass sie Angst hätte, dass er mich verletzen würde. Aber Edie war wie eine Mutter zu mir gewesen, sogar mehr als Helen. Ich konnte mir nicht vorstellen, dass sie einen Mann heiraten würde, der mich nicht wollte. Ich stellte mir sogar vor … na ja, ich stellte mir sogar dieses ganz andere Leben mit ihm und Edie vor, und …» Fiona blinzelte hastig. *Nein. Mehr erzähle ich nicht.*

«Aber so war es nicht. Und deine Mutter wusste, dass das passieren würde, und deshalb hat sie dir nichts von ihm erzählt.»

«So siehst du das? Ich nicht. Ich glaube, Helen war einfach zu stolz. *Sie* war doch immer diejenige, die die Männer in die Wüste schickte, nicht andersherum.» Dennoch musste Fiona über Janes Worte nachdenken. Würde Fiona ihre Kinder nicht auch vor dieser Art Schmerz bewahren wollen? *Ich würde meine Kinder gar nicht erst einer solchen Situation aussetzen.*

«Jedenfalls war ich mir sicher, dass er sich freuen würde, mich kennenzulernen. Erst schickte ich ihm einen handgeschriebenen Brief, dann noch einen, und dann übergab ich seiner Assistentin einen Bittbrief.» Fiona kannte die Antwort auswendig, sie konnte nichts dagegen tun. «Die Assistentin schrieb zurück: *Bitte hören Sie auf, ihn zu kontaktieren. Das kommt direkt von ihm selbst.* Also wandte ich mich an Edie. Sie verabredete sich mit mir auf einen Kaffee. Und sie riet mir, einfach loszulassen, mich ihm nicht aufzudrängen, zu verstehen, wer er war. Ich bat sie, mit ihm zu sprechen, und sie – sie lehnte ab. Sie sagte, er sei ein sehr spezieller Mann und dass ich nicht glauben sollte, dass er ein schlechter Mensch sei; ich sollte einfach zu verstehen versuchen, dass ich loslassen müsste. Sie schlug vor, dass wir uns beide heimlich weiter treffen sollten. Danach habe ich sie nie wieder gesehen. Sie schickte ein paar Briefe. Aber ich habe nicht reagiert.»

«Das tut mir leid», sagte Jane. «Es muss grauenvoll gewesen sein. Und die Sache mit Tim hat all die alten Wunden wieder aufgerissen, oder? Und zudem verhält sich Tim auch noch genau so, wie du es dir von deinem eigenen Vater gewünscht hättest.»

«Es ist einfach so beschissen dramatisch.» Fiona war selbst von ihren harschen Worten überrascht. «Verstehst du? Verstehst du jetzt, warum ich das nicht ertragen kann? Warum ich nie wollte, dass mein Leben auch nur im mindesten der Soap-Opera ähnelt, die ich in meiner Jugend erleben musste?»

«Hat deine Mutter ihn denn geliebt?»

«Nein, ich glaube nicht. Helen hatte so viele ‹Lieben ihres Lebens›. Sie hat die Männer gewechselt wie andere die Unterwäsche. Sie hat unsere Väter mal ihre ‹Samenspender› genannt. Als wäre es ihr völlig entgangen, dass sie Menschen sind, die in jedem Fall eine Wirkung auf uns haben, egal, was für eine schöne neue Welt sie sich ausgedacht hat.» Sie schüttelte den Kopf. «Wenn sie doch nur verantwortungsvoller gewesen wäre.»

«Du klingst, als sprächest du von einer Tochter, nicht von einer Mutter.»

«Genau so hat es sich auch angefühlt, als ich ein Kind war. Ich habe es gehasst.»

«Und was willst du jetzt tun? Mit Tim? Du willst dich doch eigentlich gar nicht trennen, oder? Eheleute lügen sich nun mal gegenseitig an, manchmal haben sie auch Geheimnisse voreinander.» Jane warf Fiona einen bedeutungsvollen Blick zu. «Es muss ja nicht gleich das Ende der Welt bedeuten.»

«Mein Geheimnis ist aber anders.»

«Inwiefern?»

«Es ist kein Betrug. Es geht darin nur um mich, meine Vergangenheit, es ist nichts, was wiederkommt und ihn betrifft.»

«Wobei es jetzt dein Verhalten beeinflusst – und er hat keine Ahnung, warum du so reagierst. Fiona, er hat einen Fehler gemacht.»

«Ich wollte nie mit einem Mann verheiratet sein, der Fehler macht.» Fiona schaute auf die Tischplatte, auf ihre immer noch gefüllte Kaffeetasse, auf das Blättermuster, das der Barista in den Schaum gezogen hatte. «Und außerdem glaube ich nicht, dass wir jetzt noch umkehren können. Er hat gesagt, was er gesagt hat, dass es vorbei ist mit uns. Und er hat gesagt, wir sollten uns mit einem Mediator treffen und dann regeln, wie wir auseinandergehen, da wir ja eindeutig nicht mehr miteinander auskommen.»

Später fuhr Fiona nach Hause und sah ein Schild am Straßenrand, das Thanksgiving-Truthähne anbot. ES IST NICHT ZU SPÄT stand darauf. Sie fuhr langsamer. Thanksgiving. Sie hatte das tatsächlich vergessen. So etwas war ihr noch nie passiert. Normalerweise bestellte sie schon Monate im Voraus einen Biotruthahn auf einem Bauernhof in der Nähe und plante ein kompliziertes Dinner mit allem Pipapo.

Aber auf dem Schild stand ES IST NICHT ZU SPÄT. Sie konnte immer noch einen Truthahn kaufen. Sie packte das Steuerrad fester und trat auf das Gaspedal. Sie würde Thanksgiving feiern, wenn nicht für sich selber oder für Tim, dann doch für die Jungs. Ihr Leben war seit Monaten in Aufruhr, und Fiona wusste, dass das nicht zu verbergen war. Der Sommer war besonders schwierig gewesen. Normalerweise liebte sie es, die Sachen zu packen und ins Sommerhaus von Tims Familie in Maine zu fahren, wo sie den ganzen August über blieben. Tim arbeitete dann von dort aus und flog nur zu den Meetings in die Stadt. Sie freute sich jedes Mal sehr auf die Unterbrechung ihres Alltags; sie plante freudig Mahlzeiten und Einladungen und Aktivitäten und Reparaturarbeiten, Ausflüge, kleine Unternehmungen.

Aber so gut wie nichts davon hatte es dieses Jahr gegeben. Sie hatte sich mit so gut wie niemandem getroffen, vor jeder Aufgabe hatte sie sich gefürchtet, selbst vorm Einkaufen und Kochen. Lag es daran, dass die Jungs so distanziert gewirkt hatten, so mit ihrem eigenen Leben beschäftigt, oder war es einfach eine normale Phase der Pubertät? Zum ersten Mal arbeitete keiner der Zwillinge in Stott's Yachthafen. Stattdessen hatten sie Jobs als Aushilfen in einem Restaurant in der Nähe angenommen. «Ihr seid vierzehn», hatte sie protestiert, «ihr könnt doch nicht in einer Bar arbeiten.» Aber es war gar keine Bar, sagten sie. Sondern ein Restaurant. Und sie würden viel mehr Geld dort verdienen als am Yachthafen, weil sie an den gesammelten Trinkgeldern beteiligt wären. Dennoch hatte sie gesagt: «Nein, nein, ihr arbeitet wie immer bei Stott's», aber dann hatte Beck gesagt, dass Tim es bereits erlaubt hätte. Was einen neuen Streit heraufbeschworen hatte, den sie und ihr Ehemann nie beigelegt hatten.

Die Tatsache, dass die Zwillinge im Restaurant arbeiteten, hatte, soweit es Fiona betraf, letztlich den Sommer komplett ruiniert, der im Grunde schon von Anfang an verdorben gewesen war. Eliot war ganz durcheinander gewesen, weil seine Brüder am Abend nicht zu Hause waren und die meiste Zeit woanders schliefen, und Fiona war durcheinander gewesen, weil sie einen anderen Tagesablauf gewohnt war. Außerdem machte sie sich Sorgen um sie, wenn sie spät nach Hause kamen. Sie konnte dann nicht schlafen. Sie kaufte rezeptfreie Schlafmittel in der Drogerie, aber die halfen nicht.

An einer Ampel warf sie einen Blick in den Rückspiegel. Die Zornesfalten waren immer noch da, und sie war sich ziemlich sicher, dass sich dort ein blauer Fleck bildete. Sie stöhnte und war selbst überrascht, wie verzweifelt es klang. War das Stöhnen von ihr gekommen, oder war ein Tier in ihrem Auto gefangen?

«Das ist keine Ehe.» *Er* hatte das zu *ihr* gesagt.

Zu Hause schenkte sie sich ein Glas Pinot grigio ein, obwohl der Arzt gesagt hatte, es sei besser, vierundzwanzig Stunden lang keinen Alkohol zu trinken, weil er das Blut verdünne. Sie ließ einen Eiswürfel ins Glas fallen und dachte kurz daran, dass Tim, dem Weinliebhaber, das immer missfiel. Sie warf einen zweiten Eiswürfel hinein und hielt sich das Glas gegen die Stirn. Dann ging sie hoch und nahm eine ihrer Pillen. Das hatte sie in letzter Zeit so oft getan, dass sie zu ihrem Arzt hatte gehen müssen, um sich ein neues Rezept ausstellen zu lassen. «Wir reisen ziemlich viel», hatte sie erklärt. «Und wissen Sie, meine Flugangst …» In Wahrheit hatte Fiona überhaupt keine Angst vorm Fliegen. Es war das Leben, das ihr Angst machte, ganz besonders jetzt.

Sie ging zurück in die Küche und setzte sich allein an den Tisch. Sie hörte die Jungs oben rumoren, aber sie hatte nicht gerufen, um sie wissenzulassen, dass sie wieder zu Hause war. Stattdessen trank sie ihren Wein und saß nur da, schaute durch die Küche hindurch zum Wohnzimmer und aus den Fenstern hinaus. Irgendwas stimmte mit den Fenstern nicht, dachte sie, stand auf und füllte ihr Glas nach, ohne darauf zu achten, wie schwummrig ihr schon war. Das lag sicher am Botox. *Die Fenster. Sie sind viel zu kahl. Das ist das Problem.*

Genau. Ich muss das Haus schmücken. Thanksgiving, Thanksgiving.

Als die Jungs noch kleiner waren, hatten sie immer Sterne und kleine Figuren aus Papier für die verschiedenen Feste gebastelt, die sie auf alle Fenster im Haus klebten. Es erinnerte sie an ihre Zeit als Erzieherin im Kindergarten, und sie machte dabei mit, obwohl sie wusste, dass sie auch fertige Dekomaterialien hätte kaufen können.

Im Winter schmückten riesige Schneeflocken die dicken Strukturglasscheiben. Im Frühling waren es Blumen und Schmetterlinge und Marienkäfer. Im Sommer große orangefarbene Sonnen und bunte Strandbälle. Im Herbst waren es natürlich Blätter, orange und gelb und manchmal braun.

Sie trank mehr Wein und überlegte, ob die Jungs vielleicht Lust hätten, mit ihr etwas zu basteln. *Es ist so lange her, dass wir so etwas zusammen gemacht haben.*

Sie stand auf und ging in den Keller, um die Materialien dafür zusammenzusuchen. Scheren, Papier, Kleber – alles, was sie brauchte, lag immer noch im lange vernachlässigten Bastelschrank.

«Beck, Cole, Eliot!», rief sie. Sie mussten dort oben etwas erledigen; sie hatte ihnen doch irgendetwas gesagt, oder nicht? *Ja, genau, die Betten zu machen.* Sie sollten ihre Betten machen, und dann, wenn sie damit fertig wären, hatte sie ihnen «Medienzeit» erlauben wollen. Was Videospiele bedeutete, ein Gift, das sie nicht aus ihrem Haus fernhalten konnte. Sie würde die Betteninspektion später durchführen. (Was eigentlich bedeutete, dass sie jedes einzelne Bett noch einmal richtig machen musste. Immerhin bemühten sie sich, und darum ging es Fiona. Sie wollte sie zu jungen Männern erziehen, die sich *wenigstens bemühten*, die in Wohnungen wohnen würden, in denen die Decken über die Kissen gezogen waren, in denen Socken und Unterwäsche vom Boden aufgehoben und sauber in Schubladen verstaut worden waren, vielleicht nicht perfekt gefaltet, aber immerhin verstaut. Es war wahrscheinlicher, dass sie nette Mädchen zum Heiraten finden würden, wenn sie das taten. Sie war sich nicht ganz sicher, warum sie das glaubte, aber sie tat es.)

Jetzt legte sie drei Scheren auf den Tisch.

«Helft mir mal dabei, Blätter für die Fenster auszuschneiden!», rief sie. «Blätter! Herbstblätter! Für die Fenster!» Sie kam sich vor wie ein Bauchladenverkäufer bei einem Baseballspiel. Sie trank noch einen Schluck Wein. Keine Antwort von den Jungen. Fiona legte orangefarbenes, rotes, gelbes und braunes Bastelpapier auf den Tisch und glättete es mit der Hand, um es dann erneut zu versuchen. «Okay! Die offizielle Blätter-Ausschneidezeit hat begonnen!», rief sie.

«Wir spielen!», rief Beckett.

«Wenn ihr mir etwas mitteilen wollt, könnt ihr runterkommen und es mir sagen, statt durchs Haus zu schreien!» Fiona merkte jetzt erst, dass sie gerade ihre eigene Regel brach. *Tja, Pech. Ich bin die Mom. Ich darf mir hier Freiheiten nehmen. Das hier ist keine Demokratie.*

«Ähm, Mom? Wir wollen aber keine Blätter ausschneiden!», rief Eliot.

«Ich hab sowieso gleich Bandprobe!», rief Beck.

Sie öffnete den Kühlschrank und holte eine Flasche Biomilch heraus, eine von den Dutzenden Mehrwegflaschen, die jede Woche ins Haus geliefert wurden und die sie dann leer auf die Veranda stellte, damit sie wieder mitgenommen und neu gefüllt wurden. Sie mochte es, wenn sie in Reih und Glied auf der Veranda standen. Es hatte ihr gefallen, dass eine Nachbarin einmal bemerkte: «Deine Jungs trinken ja so viel Milch!» Draußen war es regnerisch, und die Kälte des kommenden Winters lag bereits in der Luft. Sie hatte gehört, dass es weiter nördlich bereits stark schneite. *Genau der richtige Tag für ein warmes Getränk.* Sie goss Milch in den Stieltopf mit dem Kupferboden und schaltete die Flamme ihres Gasherdes ein. Niedrige Hitze, sonst würde die Milch eine Haut bilden. Als die Milch warm genug war, öffnete sie den Mund, um nach den Jungen zu rufen, dann überlegte sie es sich anders, stellte die Temperatur herunter, holte das Kakaopulver und den Biorohrzucker aus dem Schrank, dazu das Tütchen mit dem Zimt, den die Jungs in ihrer heißen Schokolade so gern mochten, stellte alles auf die Arbeitsfläche und stieg die Treppe hinauf.

Die Jungen waren im oberen Wohnzimmer, fläzten sich auf ihren Sitzsäcken und spielten tatsächlich ein Videospiel. Neben dem Lärm, der aus dem Gerät drang, eine Art Autorennen, bei dem es vor allem um Zusammenstöße zu gehen schien, machten die Jungs auch noch *rrr-* und *wrrrumm-* und *iiiiii-bumm-*Geräusche.

«Jungs, wir müssen jetzt die Fensterdeko für den Winter basteln», sagte Fiona über das Getöse hinweg. «Ihr habt versprochen, mir dabei zu helfen. Ich mache heiße Schokolade.»

«Mom, im Ernst, hallo? Wir haben das doch seit Jahren nicht mehr gemacht. Wir haben auch gar nicht versprochen, dir zu helfen. Du hast das überhaupt nicht erwähnt», sagte Beckett, ohne auch nur aufzuschauen. Eliot hatte sein Spiel immerhin angehalten – ihr Jüngster versuchte ihr immer noch zu gefallen, wenigstens manchmal. Jetzt drückte er wieder auf Play.

«Ich hab auch keine Lust», sagte Eliot, beobachtete aufmerksam seinen älteren Bruder und sagte dann: «Oh, Mann.» Sein Auto hatte einen Unfall gebaut, weil er den Bildschirm aus den Augen gelassen hatte.

Fiona seufzte. «Na gut, Jungs, ich kann dieses Projekt nicht allein machen, die Blätter dann an die Fenster hängen und so tun, als hätte ich die Herbstdeko mit euch dreien gemacht. Das wäre …» *Gelogen. Es wäre gelogen. Dann würde ich so tun, als ob wir immer noch zusammen als Familie Dinge täten. Und es wäre außerdem dumm. Und sinnlos.*

Sie atmete tief durch. «Okay», sagte sie. «Okay. Ihr habt jetzt also mehr Lust, Spiele zu spielen. Verstehe.» Genau so sollte eine Unterhaltung klingen, wenn es nach *So sag ich's meinem Kind* ging. Das gab Fiona wieder ein gutes Gefühl. «Ich höre euch, und ich verstehe. Videospiele machen Spaß, draußen ist es nass, daher ergibt es Sinn, dass ihr euch zusammen entspannen wollt. Gut, das ist in Ordnung, macht weiter mit eurem Spiel, und wenn ihr vielleicht später hungrig oder durstig seid, könnt ihr runterkommen, und ich mache die heiße Schokolade und etwas zu essen – und dann schneiden wir auch ein paar Blätter aus. Danach könnt ihr dann weiterspielen. Abgemacht?»

Eliot lächelte und nickte. «Abgemacht!» Sein Auto krachte schon wieder mit einem anderen zusammen.

«Ich helfe dir aber nicht beim Blumenbasteln!», rief Beck mit einem warnenden Unterton hinter ihr her. «Ich hab dir doch schon gesagt, dass ich Bandprobe habe. Und du bist irgendwie komisch!»

«Wir machen keine Blumen!», schrie sie. «Wir. Machen. *Blätter*!» Dann hielt sie inne und schluckte hart. «Ich höre dich und verstehe», rief sie über ihre Schulter und ging zur Treppe. Sie hörte Eliot sagen: «Was ist los mit ihr? Ist sie betrunken oder so?»

«Mom bestimmt nicht», sagte Cole. «Vielleicht sind es die Wechseljahre.»

Sie ging vorsichtig die Treppe hinunter, und als sie wieder in der Küche war, nahm sie ihr fast leeres Glas und kippte den Rest in den Ausguss. Die Milch goss sie gleich hinterher.

Sie musste raus, das begriff sie jetzt. Allein. *An diesem Wochenende?* Sie saß da und biss sich auf die Unterlippe. Sie überlegte, ihre Esskastaniensuppe zu machen, die Brötchen in Form von Truthahnfedern, ihren mit Wildreis gefüllten Kürbis, ihre Cranberry-Orangen-Soße, die vier verschiedenen Kuchen, für jeden einen: für Tim mit Pekannüssen, für Eliot Kürbiskuchen, für Beck Himbeerkuchen und für Cole Kirschkuchen. Ihre Augen füllten sich mit Tränen.

Sie holte ihr Handy hervor und tippte *Wochenende meines Lebens* in die Suchmaske und fügte *Spa* hinzu, dann fielen ihr der Wein und die Tabletten ein, und sie tippte *Detox* ein. Ihre Schultern fühlten sich verspannt an, also suchte sie auch noch nach *Massage* und *Upstate New York*, weil sie nicht genug Kraft hatte, allzu weit zu fahren. Sie klickte auf den vierten Link von oben. «Top Ten Detox Spas in New York». Sie ging auf die Website des Crystal Springs Body Mind Spirit Retreat and Spa. Offenbar war die Anlage auf einem riesigen Vorkommen an heilenden Quarzkristallen errichtet, von denen man behauptete, dass sie den Geist klärten und die Energie wiederherstellten. Fiona zögerte. Zu esoterisch? Trotzdem klickte sie auf den Link. Sie las über Waldwege, die Tiere und die Meditationsgärten, über das von Kunden sehr gut bewertete Spa. «Wir bieten alles von Zwei-Tages-Paketen bis hin zu dreiwöchigen, lebensverändernden Retreats.» Fiona schloss die Augen. Einundzwanzig Nächte. Und eine Lebensveränderung. Das wäre wirklich schön.

Aber so lange konnte sie nicht fortbleiben. Vielleicht eine Woche. Eine Woche konnte sie hinbekommen, wenn sie gleich am nächsten Morgen fuhr. Sie klickte auf die Buchungsmaske. Ein Zimmer war noch frei. Fiona hatte noch nie etwas so Spontanes getan.

Danach räumte sie die Bastelsachen weg und ging hinauf, um ein Nickerchen zu halten. Sie wachte nicht rechtzeitig auf, um das Abendessen zu machen. Als sie verwirrt nach unten kam, aßen Tim und die Jungen in der Küche Pizza direkt aus der Schachtel.

9

DAS FLORIDA-WALDKANINCHEN (auch: ÖSTLICHES BAUMWOLLSCHWANZKANINCHEN) (SYLVILAGUS FLORIDANUS) Während der Paarungszeit kämpfen die Männchen des Florida-Waldkaninchens oft miteinander. Das Männchen und das Weibchen vollführen eine Art Balztanz: Das Männchen jagt das Weibchen, bis es stehen bleibt, sich zu ihm umdreht und es mit seinen Vorderpfoten schlägt. Dann springt eins von ihnen in die Luft, das andere macht es ihm nach. Florida-Waldkaninchen sind polygam.

✦

Ilsa schloss ihr Buch und fuhr mit dem rechten Arm über die leere Fläche neben ihr im Bett. Michael war noch im Arbeitszimmer, aber langsam wurde es spät. Sie stand auf und ging in Anis Zimmer, um nach ihr zu sehen. Sie sah ihrer Tochter beim Schlafen zu, küsste sie dann und streichelte ihr die Wange. Schließlich zog sie die Hand fort und schloss die Tür leise hinter sich. Dann ging sie in Xaviers Zimmer und stand neben dem Gitterbettchen, in dem er immer noch schlief, weil er noch nie versucht hatte herauszuklettern, und wünschte sich, sie könnte sich hinunterbeugen und ihn auf die Wange küssen. Aber sie wusste, dass sie über das Gitter nicht an ihn herankam, und wenn sie ihn hochhob, riskierte sie, ihn aufzuwecken.

Zurück in ihrem Schlafzimmer zog sie ein schwarz seidenes Negligé an. Sie sah sich im Spiegel an und kniff sich in die Wangen, um sie zu röten. *Du darfst nicht aufhören, dich zu bemühen,* sagte sie sich. In der Küche holte sie eine Flasche Rotwein und ein Glas. *Nein. Du musst zwei Gläser nehmen. Du musst ein Glas Wein mit ihm trinken, sonst denkt er darüber nach, warum du es nicht tust.* Sie ging die Stufen empor. Die Tür von Michaels Arbeitszimmer war geschlossen. Sie klopfte mit dem Fingernagel daran.

«Komm rein.» Sie öffnete die Tür.

«Hallo», sagte sie. Er schaute nicht von seinem Bildschirm auf.

«Hallo.»

«Alles in Ordnung?»

Jetzt schaute er doch auf. «Ich kümmere mich immer noch um die Folgen der Katastrophe in Kopenhagen. Jetzt, da es überall in den Nachrichten läuft, müssen wir den Aktionären Rede und Antwort stehen, und das ist kein Spaß. Noch mehr Kürzungen. Ich versuche nur …» Er schüttelte den Kopf. «Egal. Das interessiert dich ja nicht.»

«Erzähl's mir», sagte sie.

«Es ist nichts. Kompliziert.» *Schon wieder. Er schickt mich wieder weg. Ich bin nicht seine Partnerin. Ich bin nicht einmal seine Freundin. Ich bin nur da.*

«Ich dachte, du könntest vielleicht eine Pause gebrauchen.» Sie hielt die Rotweinflasche hoch und versuchte, nicht daran zu denken, was er alles falsch machte. *Du brauchst ihn, du brauchst ihn wirklich.* «Ich habe Wein mitgebracht. Und …» Sie verstummte und hoffte, er würde das Negligé bemerken.

«Tut mir leid», sagte er. «Ich muss hier mindestens noch ein paar Stunden arbeiten. Trink allein ein Glas Wein. Ich kann hier wirklich nicht unterbrechen.»

Ihr war kalt. Sie wünschte sich einen Morgenmantel

herbei. Sie wünschte sich, nicht mit zwei Gläsern und einer Flasche dazustehen. Und sie wünschte sich außerdem, sich nicht so erleichtert zu fühlen. *Du musst ihn unbedingt dazu bringen, das zu tun. Er muss mit dir schlafen.* «Sicher?»

«Ganz sicher. Sorry.» Er tippte schon wieder.

Sie schloss die Tür hinter sich, ging die Treppe hinunter, legte die Flasche zurück ins Weinregal, goss sich ein Glas Orangensaft ein und schaltete den Fernseher ein, obwohl sie Fernsehen hasste. Sie blieb bei einer Sendung über Lottogewinner hängen. Alle hatten sich letztendlich auf die eine oder andere Weise ruiniert. Sie saß da wie gelähmt und hörte zu, wie die Gewinner sagten, sie wünschten, sie hätten nie gewonnen. Plötzlich hatte sie dasselbe Gefühl, was ihr eigenes Leben anging. Sie hatte im Lotto gewonnen und vergeudete den Gewinn schamlos.

Sie schaltete um und schaute eine dieser Werbesendungen mit trauriger Musik und weinenden Kindern, deren riesige dunkle Augen flehend in die Kamera blickten, während Fliegen über ihre Stirn krabbelten. Als die Kamera ein Kleinkind heranzoomte, das zu schwach war, die Fliegen wegzublinzeln, die auf seinen Augen krabbelten (*buchstäblich auf den Augäpfeln*), tat Ilsa das, was die ernste Prominente ihr empfahl: Sie rief an. «Zwei, bitte», sagte sie. «Ich nehme zwei Patenschaften.» Aber das milderte ihre Gewissensbisse kein bisschen und linderte auch nicht die Angst vor dem, was mit ihr geschehen würde. Was gerade mit ihr geschah. Tatsächlich machte es das nur schlimmer. Sie hatte gesagt: «Ich nehme zwei», als wären es Welpen im Schaufenster zum Mitnehmen, Bonbons, Schuhe. «Ach, doch lieber drei», verbesserte sie sich, aber auch das half nichts, obwohl sich die Dame am Telefon offensichtlich freute.

«Sie sind ein wunderbarer Mensch», sagte die Dame.
«Bin ich nicht. Wirklich nicht.»

Nachdem sie früher als geplant vom Ferienhaus zurückgekehrt war, hatte Ilsa versucht, Lincoln zu widerstehen. So frustriert sie von ihrer Unterhaltung mit Liane auch gewesen war, sie hatte sie doch dazu gezwungen, darüber nachzudenken, was sie da eigentlich tat. Und vielleicht hatte sie auch gehofft, dass der Riss zwischen Liane und ihr, der ihr so fremd war, der sie so einsam sein ließ, so traurig, irgendwie heilen würde, wenn sie damit aufhörte, wenn sie auf die warnenden Worte ihrer kleinen Schwester hörte. So kam es, dass sie es schaffte, die ersten beiden SMS zu ignorieren, die er ihr schickte. Sie sagte sich selbst: *Nein, das tue ich nicht. Ja, ich langweile mich in meiner Ehe. Schlimmer noch: Ich ersticke. Ja, die meiste Zeit habe ich das Gefühl, dass Michael mich gar nicht sieht. Und ja, manchmal glaube ich, dass ich gar nicht will, dass er das tut, sondern lieber gar nicht von ihm wahrgenommen werden würde. Aber ich muss dafür sorgen, dass er mich wieder sieht. Ich muss mich bemühen, eine bessere Ehefrau zu werden. Ein besserer Mensch. Ein besseres alles Mögliche. Ich kann das hier nicht alles einfach wegwerfen. Ich bin eine Verpflichtung eingegangen. Und da sind ja auch noch die Kinder.*

Aber eines Nachmittags saß sie im Zug in die Stadt, um sich mit einer Freundin zu treffen. In der U-Bahn saß ihr ein Mann gegenüber, ein Bauarbeiter, schmutzige Stiefel, farbverschmierte Hände, eine Kühlbox zu seinen Füßen. Er sah gut aus, jung. Er musterte sie von Kopf bis Fuß. Immer, wenn sie von ihrem Buch aufschaute, fing sie seinen Blick auf. Ihre Wangen wurden ganz heiß, und ihr war heiß, und sie dachte bei sich: *Und wenn ich ihm jetzt auf eine der Seiten meines Buches eine Nachricht schreibe und sie ihm gebe? Wenn ich einfach schreibe:* «Wollen wir ficken? Steig beim nächsten Halt mit mir aus.» Die Verdorbenheit ihrer Gedanken überraschte und ekelte sie ein wenig an, aber die Vorstellung faszinierte sie auch. Der Zug wurde langsamer, und sie stieg aus und schaute sich nicht mehr um.

Bei der Eröffnung einer Galerie eine Woche später, zu der sich Ilsa zu gehen zwang, um sich wieder als Teil der Kunstwelt zu fühlen, traf sie auf Lincoln, und das ließ sie an das Schicksal glauben. Sie war langsam durch den Raum spaziert und hatte sich die Bilder angesehen, wobei sie ihm immer näher gekommen war. Schließlich hatte er sich vor einem Bild neben sie gestellt. «Ignorierst du mich absichtlich, Ilsa?», hatte er gefragt. Sie hatte den Blick nicht von dem Bild gelöst. «Nein», hatte sie erwidert. «Ich schiebe das Unausweichliche nur ein wenig hinaus.» Sie hatten sich ein Taxi nach Rye geteilt, aber zu ihrer Überraschung hatte er sie während der Fahrt nicht angerührt, obwohl sie beinahe vierzig Minuten dauerte. Dann: «Halten Sie am Ende von Elm an», hatte er dem Taxifahrer gesagt. Das war nur wenige Blocks von ihrem Haus entfernt.

Kaum waren sie aus dem Taxi gestiegen, hatte er ihre Hand genommen, und sie waren zu Fuß weitergegangen. Bald waren sie wieder an der Stelle, an der sie sich zum ersten Mal geküsst hatten. Es war so dunkel, dass sie gar nichts sah.

Das ist falsch. Er hatte ihr den Rock hochgeschoben, den Slip heruntergezogen, war ihr ganz nah gekommen: *Wie ist das so schnell passiert?* Sie hatte sich gefühlt, als bewegte sie sich durch Wasser, wie jemand in einem Traum, der etwas aufhalten will, es aber nicht kann, weil die Luft plötzlich tausend Kilo wiegt. «Nein, das können wir nicht tun. Nicht hier, nicht jetzt», hatte sie schließlich gesagt.

«Aber wir werden es trotzdem tun», hatte er erwidert. Und dann war er fortgegangen und hatte sie im Dunkeln allein gelassen.

Sofort hatte sie die Orientierung verloren. Sie sah nichts. *Wie kann er es nur wagen? Wie kann er es wagen? Arschloch. Prolet. Lincoln fucking Porter.*

Endlich hatte sie sich den Rock wieder heruntergezogen und war aus den Häusern herausgetreten. Ein Rascheln im trockenen Gebüsch ließ sie innehalten. Panik zog ihre Brust zusammen. Aber es war nur ein Hase. Er sprang aus der Dunkelheit, und sie versuchte, nicht zu schreien, versuchte, das Lustige daran zu sehen, wie er davonhoppelte. Sein Stummelschwanz schien im Stockdunkeln weiß auf.

Er stand in den Schatten und wartete. «Das war nur ein Hase», sagte er. «Hattest du Angst?»

Sie war an ihm vorbeigegangen, schnell, ihre Absätze waren im Gras eingesunken, bis sie endlich wieder den Bürgersteig erreichte.

«Ilsa! Warte!»

«Nein! Das war ein Fehler. Ich wusste nicht, dass du so … Ich habe dich für einen anderen Menschen gehalten.»

Mit zwei Schritten hatte er sie eingeholt.

«Tut mir leid. Ich habe nur ein Spiel mit dir gespielt.»

«Ich spiele keine Spiele.»

«Sicher?»

Er hatte sie beim Arm gepackt, sie an sich gezogen und grob geküsst. Einen Augenblick lang hatte sie seinen Kuss erwidert, sich dann aber von ihm gelöst und zu ihm aufgeschaut. Zu ihrem eigenen Erschrecken hatte sie laut geschluchzt, es war ein harter, fast würgender Laut. Sein Gesichtsausdruck hatte sich sofort verändert.

«Ilsa …»

«Du machst mir Angst», hatte sie gesagt. «Bitte, lass mich einfach gehen. Ich muss nach Hause.»

Er hatte sie nicht losgelassen, aber sein Griff war weicher geworden. «Es tut mir so leid. Ich wollte dir keine Angst machen, wunderbare Ilsa. Wunderschönes Mädchen.» Und er hatte ihr Haar gestreichelt, ihr den Pony aus der Stirn gestrichen, und sie dann noch einmal ganz zärtlich geküsst. «Ich dachte … vergib mir, aber ich habe geglaubt, das wäre es, was du willst. Du hast mir den Eindruck vermittelt, dass du …» Er schüttelte den Kopf. «Ich bringe dich nach Hause.»

Sofort war Ilsa empört. «Ich habe dir den Eindruck vermittelt, dass *was*? Dass ich gerade einen dieser Sado-Maso-Softpornos gelesen habe, die alle Ehefrauen in dieser Nachbarschaft lesen, um sich aufzugeilen, und dann beschlossen habe, dass ich jemanden brauche, der mich mal so richtig hart rannimmt?»

Er lächelte und schüttelte den Kopf. «Nein, du nicht. Du liest solche Bücher nicht, oder?»

«Natürlich nicht!»

Sie waren weitergegangen. Sie hatte mit absoluter Gewissheit begriffen, dass Lincoln eindeutig nicht in derselben Situation war wie sie, dass er nicht mit der Moral rang, dass er es überhaupt nicht schwierig fand, dies hier zu tun, dass er sogar versuchte, *Spielchen* mit ihr zu spielen. Sie kannte ihn nicht gut, und doch hatte sie das Gefühl, ihn zu kennen, zu sehen, wie er durchs Leben ging, als sei es ein Buffet, von dem er frei wählen konnte, von dem er manchmal sogar aß, wenn er gar nicht hungrig war. Und dann war da sie. Das Mädchen auf der Servierplatte. Es wäre ja schließlich schade, sie nicht zu nehmen, wo sie doch so eindeutig bereit war.

Ein paar Häuser vor ihrem hatte sie ihm noch einen weiteren sanften Kuss erlaubt, und dann war er gegangen, und sie hatte leise die Tür geöffnet, war hineingegangen, hatte ein Schluchzen hinuntergeschluckt und gedacht: *Das war's. Ich werde ihn niemals wiedersehen, jedenfalls nicht absichtlich.*

Liane hatte sie später im Sommer angerufen, und Ilsa hatte gesagt: «Es tut mir leid», bevor Liane auch nur Hallo sagen konnte. «Ich weiß nicht, warum ich dich nicht angerufen habe», hatte Ilsa weitergeredet. «So etwas ist uns noch nie passiert, und ich habe mich schrecklich gefühlt und dumm, und ich habe nicht zum Hörer gegriffen, weil ich einfach nicht wusste, was ich sagen sollte.»

«Nein, mir tut es leid. Ich hätte das Ferienhaus nicht einfach so verlassen sollen, und ich hätte anrufen sollen – aber das ist es ja. Ich brauchte Zeit für mich. Ich musste ein paar Entscheidungen treffen, ohne dafür um Hilfe zu bitten. Das habe ich noch nie getan, also …» Liane räusperte sich. «Ich habe Adam verlassen», sagte sie, und Ilsa fühlte sich schuldig, dass sie so erleichtert war, und außerdem war sie froh, dass sie mit ihrer Meinung recht gehabt hatte, dass er nicht der Richtige war für Liane.

«Oh, Li. Geht es dir gut?»

«Ich glaube. Es war ein ziemlich glatter Schnitt. Sehr geordnet. Sehr Adam. Ich habe schon eine neue Wohnung, und ich bin wirklich – *ja*, ich freue mich darüber. Ich habe die richtige Entscheidung getroffen.» Ilsa fand, dass Liane ein wenig so klang, als müsse sie sich selbst überzeugen, und nur der andere Teil von ihr wirklich glücklich war. Aber sie beschloss, dass teilweise glücklich zu sein schon die halbe Miete war und dass sie sich um sie keine Sorgen machen musste. Dann hatte Liane gefragt: «Wie läuft es denn mit Michael?», und Ilsa hatte geantwortet: «Gut. Viel besser.» Und Ilsa hatte beschlossen, diese Antwort wahr werden zu lassen. *Ich kann und werde Lincoln vergessen. Und das Klischee der verzweifelten Hausfrau, das ich geworden bin. Dass ich wie mein Vater bin, was meinen Appetit angeht, dass ich von Sex mit beliebigen Leuten in der U-Bahn träume.*

Also massierte sie ihren Ehemann, wenn er spät von der Arbeit nach Hause kam. Sie hinterließ ihm kleine Zettel, rief ihn zum Abendessen. (Er konnte beide Male nicht, die sie fragte.) An einem Abend kochte sie sein Lieblingsessen, Coq au vin, in dem er herumstocherte, nur um schließlich zu sagen, dass er nach oben gehen und etwas regeln müsse, dass sie nicht auf ihn warten solle, dass es ihm leidtue, aber dass er einfach keinen Hunger habe. Sie hatte neue Spitzenunterwäsche unter ihrem Kleid getragen. Natürlich konnte er das nicht wissen, aber es ärgerte sie doch. Noch ein Schlag. *Wenn er mich wirklich liebte, so wie ich geliebt werden muss, würde er es wissen.*

Als er wieder oben war, hatte sie das Essen in den Müll geworfen, obwohl sie wusste, dass das kleinlich und Verschwendung war, obwohl es eine Hungersnot am Horn von Afrika gab und so viele Menschen nichts zu essen hatten. Und dann hatte sie ihr Handy aus der Handtasche geholt. Sie hatte es angestarrt.

Aber sie war nicht in der Lage gewesen, Lincoln eine SMS zu schicken. In Wahrheit verachtete sie SMS. Liane hatte einmal gesagt, dass das vermutlich daran lag, dass sie Künstlerin und ausgesprochen taktil veranlagt war. Selbst Michael hatte das zuerst verstanden, hatte ihr manchmal handgeschriebene Briefe aus New York geschickt statt E-Mails, als sie noch in Toronto lebte. Es war die Mühe, die er darauf verwendete, um sie zu werben – Michael bekam, was er wollte, oder zumindest damals war das so –, die sie dazu gebracht hatte, sich, wenn auch nur zeitweilig, wirklich in ihn zu verlieben, statt sich nur zu wünschen, nicht in jemand anderen verliebt zu sein. Manchmal kamen diese Briefe mit einem Flugticket im Umschlag an, oder er schickte sie zusammen mit Geschenken, die gleichzeitig schön und aufmerksam waren. (Ihr Lieblingsgeschenk waren mehrere weißgoldene und mit Aquamarinen besetzte Armbänder gewesen; ein anderes Mal schenkte er ihr einen Kunstwälzer, den sie einmal nebenbei erwähnt hatte, mit einem wunderschönen, handgemalten Lesezeichen darin.) Wenn er diese Dinge nicht getan hätte, wäre sie vermutlich nie auf die Idee gekommen, dass es eine gute Idee war, ihn zu heiraten.

Aber das war damals ein anderer Michael gewesen. Ein glücklicher, selbstsicherer Michael. Es war unglaublich für Ilsa, wie viel von Michael an seine Firma gebunden war. Zuerst hatte sie versucht, sich einzureden, dass das völlig normal war: War sie nicht auch an ihre Kunst gebunden, zerstörte es sie nicht auch langsam innerlich, dass sie nicht mehr malen konnte? Aber irgendwie war das, was Michael durchmachte, anders. Er kämpfte verzweifelt darum, seine Firma zu optimieren, aber gleichzeitig ließ er ihre Beziehung buchstäblich verhungern und vernachlässigte sich selbst. Das konnte sie nicht respektieren. Einmal hatte sie zu ihm gesagt: «Ist es das wirklich wert? Wir können auch mit weniger Geld auskommen.» Und er hatte sie über den Rand seines Glases angesehen, bitter gelacht und gesagt: «Vielleicht könnten *wir* das, aber meine Exfrau könnte das nicht und meine Kinder auch nicht.» Er tat ihr leid damals. Aber ihren Groll milderte das nicht.

Zwei Tage nachdem sie den Coq au vin in den Müll geworfen hatte und in ihr Atelier kam, schon mit deprimiert gesenkten Schultern in Erwartung eines erneuten fruchtlosen Morgens, hatte sie eine Postkarte gegen die Tür gelehnt gefunden. Darauf war Gauguins *Nevermore O Tahiti* abgebildet, und auf die Rückseite hatte Lincoln geschrieben: *Ilsa Bisette, ich sehne mich danach, dich wieder zu küssen. Wo bist du hin? – L.*

Wie mutig von ihm, dachte sie. Woher wusste er, dass ihr Mann nicht zusammen mit ihr in ihr Atelier ging, dass ihre Nachbarn nicht neugierig waren, dass das hier nicht auffliegen würde?

Sie hatte die Karte genommen und sie mit hineingenommen, dann hatte sie abwechselnd die Karte angeschaut und ins morgendliche Sonnenlicht geblickt, das durch die Fenster ins Atelier strömte und die Staubkörner tanzen ließ. Dann hatte sie sich hingesetzt und ein Bild begonnen, das nicht schrecklich war und das nicht schwer von Dunkelviolett war – wie die Farbe, die Lincoln am Tag ihres Kennenlernens an ihrem Handgelenk entdeckt hatte und die ein Teil einer Palette dunkler, deprimierender Farben war, mit denen sie gearbeitet hatte, obwohl sie sie eigentlich gar nicht mochte –, sondern leicht und verführerisch.

Ihr Hochgefühl hielt nicht lange an. Sie wusste nicht, wie sie auf die Postkarte antworten sollte. Sie konnte es immer noch nicht über sich bringen, eine SMS zu schicken, sie war sich nicht sicher, ob sie anrufen sollte, und schließlich konnte sie ja nicht einfach zu seinem Haus gehen. Und doch erhellte die Postkarte eine Woche lang ihr Leben mit allem, was sie vermisst hatte.

Bis Michael sie beiläufig fragte, ob sie in nächster Zeit irgendwelche Vernissagen hätte oder Bilder, die sie verkaufen könnte. Sie fühlte, wie es ihr das Licht ausknipste. «Nein», hatte sie geantwortet und sich gewünscht, eine Erklärung dafür zu haben.

«Ich überlege, ob es überhaupt noch sinnvoll ist, dass du das Atelier mietest», hatte er erklärt, und in diesem Moment hatte sie ihn gehasst, obwohl sie wusste, dass es stimmte. «Vielleicht könnten wir das Gästezimmer zum Atelier umfunktionieren? Oder vielleicht den Keller?» Den Keller. Den *Keller*. Er musste doch wissen, dass sie Licht brauchte. Und doch wusste sie, dass er recht hatte. War es noch sinnvoll, jeden Monat Miete für einen Raum zu bezahlen, in dem sie absolut nichts tat? Nein, das war es nicht. Aber sie brauchte diesen Raum, brauchte ihn verzweifelt, hatte ihn immer gebraucht und erst recht, seit die Kinder da waren, die sie sehr liebte, von denen sie sich aber auch oft überfordert fühlte. Wenn sie zu Hause war, war es schwierig, nicht an sie zu denken oder daran, was sie gerade taten oder was sie tun würden, wenn sie wieder zu Hause wären, oder was sie zuletzt zu ihnen gesagt hatte. Sie brauchte einen Ort, der nur ihr gehörte, damit sie ansonsten diejenige sein konnte, die sie brauchten. Sie war wütend auf Michael, weil er vorschlug, ihr das zu streichen, und wütend auf sich selbst, dass sie nicht genug produzierte, um es zu halten. «*Du* hast doch mal gesagt, dass wir versuchen sollten, mit weniger auszukommen», sagte er später, weil sie schmollte. Dann war sie zu ihrem Atelier aufgebrochen und hatte die Haustür hinter sich zugeschlagen, ganz fest. Ani und Xavier waren gerade mit Sylvie im Park, sonst hätte sie es natürlich nicht getan.

In ihrem Atelier schnitt sie ein kleines, postkartengroßes Stück steifes Papier aus und tat etwas Gewagtes, etwas, das sie zuletzt getan hatte, als sie noch mit Michael ausging – und nicht nur für ihn, sondern auch für Eric, ihren ersten Mann. Jetzt kam es ihr sogar noch gewagter vor. Es stand so viel auf dem Spiel.

Das kleine Bild zeigte die Kurve ihrer Taille, die Wölbung ihrer Hüften und den Ansatz ihrer Schenkel. Und dabei beließ sie es. Sie ließ das Bild einen Tag lang trocknen und schrieb dann auf die Rückseite der selbstgemachten Postkarte: *Klopf das nächste Mal. Meistens bin ich im Atelier, zumindest bis drei Uhr.*

Sie überlegte, in die Stadt zu fahren, zu seinem Atelier, aber sie wusste, dass das ein Fehler wäre. Er war nicht wie sie, eigentlich kannte sie ihn gar nicht. Sie konnte nicht einfach dorthin gehen und eine verführerische Postkarte an die Tür kleben. Er hatte vermutlich eine Assistentin, die eingreifen und dieses Stück Fanpost in den Müll werfen würde. Also suchte sie im Internet nach der Adresse seines Ateliers, steckte das Bild in einen Umschlag und schickte es ab, bevor sie es sich anders überlegen konnte. Ihr war übel vor gespannter Erwartung.

Vier Tage später, am Vormittag, klopfte es an die Tür ihres Ateliers. Ilsa erstarrte vor der Leinwand, die sie gerade wahllos zu betupfen begonnen hatte. Sie stand auf, warf ein Abdecktuch darüber, wischte sich die klammen Hände an einem der farbfleckigen Handtücher am Haken neben dem

Waschbecken ab und nahm einen Schluck Wasser. Noch ein Klopfen.

«Ich komme!»

Sie öffnete die Tür.

Er lächelte. «Hallo.» Sie wollte seinen Gruß erwidern und ihn hereinbitten, aber er stieß schon die Tür auf. Dann schloss er sie hinter sich, legte Ilsa eine Hand ins Kreuz und eine in den Nacken und küsste sie, mit tief eingetauchter Zunge, keine Zeit für Höflichkeiten. Sie stöhnte leise und akzeptierte, dass sie gar nicht in Stimmung war für Höflichkeiten. *Das weiß er über dich, obwohl du es vor dir selbst nicht zugeben willst. Vielleicht willst du wirklich jemanden, der dich hart rannimmt.*

Küss mich, küss mich, küss mich. Und das tat er, endlos, bis sie nach Luft schnappen musste und den Kopf abwandte. «Guten Morgen», sagte sie und wollte eigentlich, dass es schüchtern oder süß klingen sollte, aber das tat es nicht. Er ließ sie stehen und stolzierte durch ihr Atelier, seine Größe und Breite ließen den Raum mit seinen hohen Decken und freigelegten Ziegelmauern irgendwie kleiner wirken, wie wenn man zu einem Ort der Kindheit zurückkehrt und plötzlich erkennt, dass er gar nicht so groß und beeindruckend ist, wie man geglaubt hatte. Er erinnerte sie erneut an einen Löwen, diesmal in Gefangenschaft. Er wirkte, als könnte er jederzeit und ohne Vorwarnung losbrüllen und die Leinwände zerreißen, die Farbtöpfe auf dem Boden umstoßen, den Raum verwüsten und dann gehen, einfach weil er es musste, weil die Energie in ihm ein Ventil brauchte. *Dieses Genie, dieser Mann ist in meinem Atelier, berührt meine Dinge, in meinem Raum.* Sie fühlte sich besonders. Aber auch machtlos und unzureichend.

Viele ihrer Leinwände waren verhüllt, vor allem deshalb, weil sie selbst sie nicht mehr ansehen wollte. Er hob diese Hüllen wahllos an, und das erinnerte sie daran, wie er in jener Nacht in der Seitengasse so sorglos ihren Rock angehoben hatte. Er schaute darunter, ließ die Hüllen wieder fallen, ging zum nächsten Bild. «Zeig mir mehr», sagte er, und sie gehorchte ihm wortlos und sah zu, wie er durch ihre Bilder blätterte.

«Dir fehlt es an Leidenschaft», sagte er schließlich, und es fühlte sich an wie eine Ohrfeige. *Ich habe dich nicht darum gebeten, herzukommen und meine Arbeit zu kritisieren*, wollte sie sagen. «Aber an Talent fehlt es dir nicht. Da ist etwas. Es ist noch roh, aber es ist da. Eine Seele.» Und jetzt tat es nicht mehr weh, und sie strahlte und summte innerlich. Lincoln Porter hatte ihr nicht gesagt, dass sie talentiert sei, sondern dass es ihr *nicht an Talent fehle*, und er hatte ihre Seele erwähnt.

«Mehr», sagte er, «gibt es noch mehr?»

Sie biss sich auf die Lippe. «Ein paar.» Sie öffnete einen Schrank. Er sah sie sich schnell an.

«Sonst nichts?» Sie zog ein paar viel ältere Leinwände hervor, Leinwände von vor vielen Jahren, und bemerkte zu spät, was ganz zuunterst lag: die Bilder, die sie damals für Michael gemalt hatte. «Die sollten wir in deinem Atelier aufbewahren», hatte er einmal zu ihr gesagt, und sie hatte angenommen, dass er befürchtete, eins seiner Kinder könnte sie finden. «Wofür sollten wir uns schämen?», hatte sie gefragt, aber er hatte nur den Kopf geschüttelt. Sie erinnerte sich daran, dass ihm das Posieren nicht besonders leichtgefallen war, er es aber dennoch zugelassen hatte, dass sie ein paar Fotos von ihm machte. Sie hatte es so erregend gefunden. Sie hatte es geliebt, ihn zu malen. Das hatte sie noch für niemanden sonst getan. Jetzt dachte sie plötzlich, dass sie Lincoln nicht gern malen würde, sosehr sie auch in ihn verliebt war, sie würde sich nicht gern so genau mit seinem gealterten Körper befassen wollen, würde sich viel lieber mit seinem Geist beschäftigen, die Augen schließen und sich von ihm küssen, berühren lassen, ihm zuhören, wenn er sprach.

Aber zum Reden ist er nicht gekommen.

Er schaute noch immer ihren Leinwandstapel durch. «Hey, was ist das denn? Das ist ja ein ganz anderer Stil.»

«Oh.» Sie blinzelte. Sie hatte beinahe vergessen, dass sie immer noch die Bilder besaß, die Eric von ihr gemalt hatte, als sie in Paris lebten. Zwei Jahre. Wie im Nebel. Sex, Kunst, gebrochene Herzen. Sie griff nach den Leinwänden, die er in der Hand hielt. «Nein, die nicht», sagte sie. Sie dachte kaum noch an Eric, aber sie tat es jetzt, sah das Bild an und erinnerte sich daran, wie er sie nackt auf dem Bett gemalt hatte und sich selbst auch beziehungsweise das, was man von ihm im Spiegel sah. Die kurze Ehe war zu Ende gewesen, als sie Eric, einen aufstrebenden abstrakten Künstler, beim Sex mit der Tochter seines Mentors erwischt hatte. Ihre Wut schien ihn zu überraschen. «Aber du kannst doch auch einen Geliebten haben, weißt du», hatte er gesagt. «Ich dachte, du wüsstest, dass …»

«Ich will das nicht!», hatte sie geschrien, und dann hatte sie noch andere Dinge geschrien. («Sie ist verdammt noch mal erst siebzehn!» zum Beispiel. Er war erschrocken, hatte sie angelacht, gesagt: «Du hast vielleicht einen französischen Vater, aber du bist ziemlich amerikanisch, nicht wahr?» «Kanadisch», hatte sie geschnieft. «Ich komme aus Kanada.») Sie verließ ihn, flog zurück nach Toronto, lieh sich Geld von

Helen, das sie nie zurückzahlen musste, und zog ins Annex-Viertel, wo sie in einer Wohnung mit polierten Holzdielen wie in ihrem Atelier wohnte, als sie Michael kennenlernte. In der Wohnung stand ein schmiedeeisernes Bett, und sie hatte ein großes Fenster mit Blick auf Casa Loma. Tagsüber ging sie zur Kunsthochschule und arbeitete an den Wochenenden als Garderobiere in einer Jazzbar. Sie erinnerte sich noch, wie Michael sie gebeten hatte, diesen Job aufzugeben, wie er sagte, er würde ihr Geld schicken, wenn sie es brauchte, und wie sie erwidert hatte: «Ich will aber nicht wie deine Geliebte behandelt werden.» Bei seinem nächsten Besuch hatte er um ihre Hand angehalten.

Lincoln hielt jetzt eines ihrer Bilder hoch, die sie von sich selbst gemalt hatte.

«Das hier ist wie das, das du mir geschickt hast. Und *das* war wirklich gut. Diese hier sind gut. Und nicht nur wegen deines Körpers, deiner Brüste. Diese hier sind gut. So etwas solltest du malen. Bilder wie diese.» Er hielt eins von ihrem Mann hoch. «Und so etwas.» Er nahm ihr das Bild weg, das sie gerade in der Hand hielt.

Sie schluckte hart. «Akte?»

«Keine Akte. Diese Bilder hier sind mehr als Akte. Und ich bin mir sicher, dass du zu einer noch weit intensiveren Erotik fähig bist, oder nicht?» Jetzt hatte er beide Bilder wieder hingelegt und zog sie an sich. *«Oder nicht?»* Sie trug eins von Michaels alten Hemden, und er riss es grob auf, wobei alle Knöpfe absprangen. Dann öffnete er ihren BH und ließ ihn auf den Boden fallen. «Wunderschön», sagte er. «*Besser* als auf dem Bild. Aber nicht viel.»

Jetzt knöpfte sie sein Hemd auf und strich mit den Händen über seine Brust. Und er knöpfte ihre schmale schwarze

Hose auf, öffnete den Reißverschluss und ließ sie an ihren Beinen hinuntergleiten. Bald stand sie mit nichts als ihrem schwarzen Spitzentanga vor ihm. Ihre Münder hatten sich nicht voneinander gelöst. Er drückte sie an die Wand, und sie öffnete seine Hose. Sie atmeten beide schwer, und das Geräusch und ihre Seufzer füllten den Raum. Sie warfen einen Schemel um. Sie zog ihm die Hosen herunter. Er zog ihr den Tanga aus und steckte ihr einen Finger hinein, und sie stöhnte und bog sich ihm entgegen. Zwei Finger, drei. «Ahhh. *Ja.*» Er legte die Hände auf ihre Hüften, und sie schlang die Beine um ihn. Er drang in sie ein. Sie bewegte ihre Hüften, er bewegte seine. Sie spürte, wie ihr Hintern leicht gegen die Wand klatschte, und überlegte kurz, was ihr Nachbar wohl von dem Geräusch halten würde, wenn er dort malte. Das steigerte ihre Erregung nur noch. Schneller jetzt, ihr Stöhnen und seins wurden so rhythmisch wie das Klatschen ihres Körpers gegen den Putz. Sie zog ihn mit jedem Stoß tiefer in sich hinein. Sie hörte sich sagen: *«Fick mich, fick mich»*, und hörte, wie er sagte: *«Ja, ja.»* Er erzitterte und kam und sie auch.

Und dann war es vorbei. Er stellte sie wieder ab, und sie stand vor ihm, nackt und keuchend, mit weichen Knien.

Sie fand das alte Männerhemd und wickelte sich darin ein, und als sie sich umdrehte, knöpfte er gerade sein Hemd zu. Sie überlegte, was sie jetzt tun sollten. Sie hatte Schemel, auf denen sie sitzen konnten, sie konnte Tee kochen. Sie öffnete den Mund, um ihm das Angebot zu machen, aber er verschloss ihr den Mund mit einem schnellen Kuss.

Und dann ging er.

Als Ilsa ihrer Mutter sagte, dass sie Michael heiraten würde, hatte Helen sie gefragt, warum sie schon wieder heiraten wollte.

«Weil ich ihn liebe.»

«Na ja, aber …» Es blieben Dinge ungesagt, die Ilsa damals nicht in der Lage war zu begreifen, die sie jetzt aber verstand. Was ihre Mutter gesagt hatte, war: «Liegt es daran, dass er … Es tut mir leid, aber ich muss es aussprechen: Liegt es daran, dass er wie ein Vater zu dir ist, wie der Vater, den du nie hattest? Ich meine, wir wissen beide, dass du einen Vater *hast*, aber Claude ist eher wie ein …»

«Wie ein flegelhafter Onkel, danke, das weiß ich», hatte Ilsa barsch entgegnet, und sie hatten sich gestritten, was nur selten vorkam. «Hast du jemals daran gedacht, dass ich vielleicht gar nicht so sein will wie du?», hatte Ilsa schließlich geschrien, und Helen war zusammengezuckt und hatte gesagt: «Nein, daran habe ich nie gedacht, weil ich manchmal denke, dass du mir von euch dreien am ähnlichsten bist. Deshalb habe ich geglaubt, ehrlich zu dir sein zu können. Das bedaure ich jetzt.»

Ilsa hatte nichts mehr darauf gesagt, aber sie erinnerte sich daran, wie elend sie sich danach gefühlt hatte. Besonders als sie noch jünger gewesen war, hatte sie sich sehr gewünscht, so zu sein wie Helen. Aber als sie älter wurde, hatte sie begriffen, dass Helen nur so tat, als brauche sie keine Männer. Ihre Stärke war mehr eine Fassade; sie litt und fühlte sich einsam wie jeder andere auch. Vielleicht hatte Ilsa als Reaktion auf diese Erkenntnis eine Sehnsucht nach Männern entwickelt, die sogar stärker war als die nicht eingestandene ihrer Mutter.

Helen hatte noch gesagt: «Tust du das, um es zu beweisen, um zu beweisen, dass du nicht so bist wie ich?»

«Wenn du das sagst, klingt es, als täte ich etwas Falsches. Ich heirate einen Mann, den ich liebe und der mich liebt. Einen guten Mann. Einen verlässlichen Mann!»

Helen hatte genickt. «Ja, all das ist er. Und er hat seine Absichten ganz klargemacht. Aber, Ilsa, vielleicht brauchst du mehr als nur gut, vielleicht brauchst du mehr als nur verlässlich. Vielleicht denkst du das jetzt noch nicht, aber vielleicht kommt einmal der Tag … und er ist nicht der Typ, der … flexibel reagiert.»

«Glaubst du, so jemanden will ich? Denn das hätte ich auch mit Eric haben können, und genau das wollte ich nicht! Wenn ich so leben wollte – warum sollte ich dann überhaupt etwas versprechen? Wenn ich so leben wollte, würde ich erst gar nicht heiraten. Aber ich tue es. Ich treffe diese Entscheidung. Und ich brauche deine Unterstützung.»

«Ich will nur, dass du glücklich bist. Für immer. Tut mir leid, dass ich nicht so auf deine große Neuigkeit reagiert habe, wie du es wolltest. Und ich unterstütze dich auf jeden Fall.»

«Ich werde glücklich sein», hatte Ilsa trotzig hinterhergeschoben. «Und außerdem warst du wohl auch nicht immer so glücklich, obwohl du nie geheiratet hast. Zum Beispiel, als …» Sie wollte gerade sagen: *Zum Beispiel, als Wes sich umgebracht hat*, aber sie konnte sich noch gerade zurückhalten, denn selbst in ihrer Wut wäre das zu grausam gewesen.

Aber Helen hatte gewusst, was Ilsa vorgehabt hatte zu sagen. «Selbst wenn ich gewusst hätte, wie es endet, hätte ich nichts anders gemacht», sagte sie. Ihr Mund lächelte, aber ihr Blick war traurig. «Ich glaube, dass Liebe eine gute Sache ist, in jeder Form. Selbst wenn sie weh tut. Der Schmerz hinterlässt oft eine schöne Erinnerung.» Sie schien etwas zu begreifen, während sie das aussprach. Sie legte ihre Hände auf Ilsas Schultern, drückte sie zärtlich und ließ sie dann wieder los. *Gehe hin und lass dich verletzen*, schien diese Berührung zu sagen. *Ich kann nichts dagegen tun.*

Sie sprachen nie wieder von dieser Unterhaltung. Bei der Hochzeit hatte Helen gelächelt, gelächelt, gelächelt. Ilsa ebenfalls, alle hatten gelächelt. Besonders Michael. Er hatte zuerst keine große Hochzeit gewollt, sondern darauf bestanden, sie klein zu halten. «Es ist immerhin schon meine zweite», hatte er gesagt. «Und deine zweite auch. Lass uns vernünftig sein.» «Aber letztes Mal … letztes Mal bin ich daraus ausgebrochen», hatte Ilsa gesagt. «Dieses Mal will ich unbedingt, dass es eine große Feier wird.» Tatsächlich war es ihr ein Bedürfnis, dass die Hochzeit eine aufwendige Veranstaltung war. Und er hatte nie nein zu ihr gesagt, damals noch nicht, also bekam sie ihre üppige Hochzeit. Und es war ein perfekter Tag.

Aber nur ein Tag. Mehr ist eine Hochzeit nicht. Ilsa wusste das jetzt. Ein Tag und noch ein paar goldene Wochen irgendwo auf Reisen, in denen dein frischgebackener Ehemann vielleicht Telefonkonferenzen abhält und dir vorschlägt, doch shoppen zu gehen, damit du etwas zu tun hast, und du dich selbst vielleicht schon irgendwo in ein Eckchen hineingemalt hast.

Lincoln rief weder an, noch schrieb er SMS, besuchte sie in ihrem Atelier oder hinterließ Zettel. Drei Wochen vergingen. Ilsa konnte nicht mehr essen. Sie dachte immer nur an ihn. Sie war nur glücklich, wenn sie Zeit mit Ani und Xavier verbrachte, und selbst dann hatte sie Schuldgefühle. Sie konnte Michaels Nähe kaum ertragen. Wenn sie neben ihm im Auto saß, dachte sie: *Ich könnte ihm jetzt erzählen, was ich getan habe, und es wäre vermutlich alles vorbei.* Die Tatsache, dass etwas zwischen ihnen stand, das alles beenden konnte, begann an Ilsa zu zehren. Sie wurde still – und Michael war bereits still, ganz vertieft in seine eigenen Angelegenheiten. Wenn sie zusammen waren, sprachen sie also kaum.

Eines Tages hörte Ilsa ein Lied im Radio, und die Textzeile «Das Gegenteil von Liebe ist Gleichgültigkeit» brachte sie zum Weinen, plötzliche Tränen, die in ihren Augen brannten. Sie war gar nicht der Typ, der bei Liebesliedern weinte, und kannte sie diese Zeile nicht schon ihr ganzes Leben? Es war ja schließlich keine außergewöhnliche oder wirklich neue Erkenntnis. Das Problem war nur, dass sie sie jetzt fühlte, und zwar ganz akut. Gleichgültigkeit gegenüber dem Mann oben im ersten Stock, dem Mann in ihrem Bett. Ani malte etwas am Tisch und schaute auf. «Mommy?»

«Tut mir leid. Tut mir so leid, Liebling.»

Wochen vergingen. Ilsa versuchte zu vergessen, versuchte, sich nicht benutzt und gedemütigt zu fühlen. Dann, eines Morgens, klopfte es an ihrer Ateliertür. Sie saß vor der Leinwand und dachte: *Nein, ich werde einfach nicht aufmachen.*

Aber als das Klopfen aufhörte, war ihr ganz übel. War er gegangen? Sie stand auf.

Klopf, klopf. Sie fiel beinahe auf die Knie vor Erleichterung. Sie öffnete die Tür und sagte nicht: *Warum hast du nicht angerufen?* Sie sagte einfach «Hallo» und tat so, als wäre sie froh, ihn zu sehen, tat so, als wäre es ganz normal, dass er einfach so auftauchte, tat so, als hätte sie noch andere Liebhaber, dass sie sich nicht nach ihm gesehnt hätte, nein, absolut nicht.

Diesmal sah er sich ihre Bilder nicht an. Und dieses Mal drückte er sie auch nicht gegen die Wand. Er fragte, ob sie eine Decke habe, und sie legte eine auf den Boden. Sie sagte zu ihm: «Wir sollten wirklich ein Kondom benutzen, letztes Mal haben wir … es war alles so hastig, aber wir sollten das wirklich tun», und sie fummelte damit herum, und er half ihr nicht dabei. Danach tat ihr der Rücken weh. «Ich rufe dich an», sagte er, bevor er ging, und sie hasste sich dafür, dass sie sich an der Hoffnung festklammerte, dass er es wirklich tun würde.

In jener Nacht, in der Ilsa in einem Negligé und mit einer Flasche Wein in der Hand ins Arbeitszimmer ihres Mannes ging, wusste sie seit einer Woche, dass sie schwanger war. Und sie wusste, dass es von Lincoln sein musste, weil sie sich nicht daran erinnern konnte, wann sie und ihr Mann zum letzten Mal Sex gehabt hatten.

Morgen versuche ich es noch einmal, beschloss sie nach der Zurückweisung. Dann wiederholte sie es innerlich wie ein Mantra: *Morgen. Morgen.*

Sie war voller Angst, ihr war übel, buchstäblich und im übertragenen Sinn, aber sie wusste auch, dass sie keine Wahl hatte. Sie würde es nicht abtreiben lassen. Sie hatte darüber nachgedacht, ja, aber gleichzeitig gewusst, dass dieses Geheimnis zu schrecklich wäre, um es für sich zu behalten. Und es war ja nicht die Schuld des Babys. *Baby. Es ist nicht deine Schuld, Baby.*

Die Tage vergingen, und sie versuchte es nicht noch einmal bei Michael. *Was soll ich tun?*

Sie verlor fast völlig das Zeitgefühl, bis Fiona anrief und sagte: «Ich mache dieses Jahr kein Thanksgiving-Dinner.»

Ihre Stimme klang merkwürdig dabei, als wäre sie gerade erst aufgewacht, und Ilsa hatte begriffen, dass die Zeit erschreckend schnell verging. *Wie weit bin ich denn dann?* An diesem Tag war es ihr nicht gutgegangen. Sie hatte unter einem Stechen oder einem Krampf gelitten. Vermutlich begann sich die Gebärmutter zu dehnen. *Ich kann das nicht länger ignorieren.*

«Ich … verreise. Für ein paar Tage. Deshalb kann ich es nicht machen.»

«Du verreist? Allein?», hatte Ilsa nachgefragt. «Wohin?»

«Es ist … nichts. Nur so. Nur etwas, das ich nicht vermeiden kann.»

«Fiona, ist alles in Ordnung mit dir?» Ilsa und Fiona hatten nie darüber geredet, was an jenem Abend auf der Party geschehen war. Wie alles andere schien Fiona auch das weggewischt zu haben und tat so, als gäbe es kein Problem, über das sie hätten reden müssen, aber jedes Mal, wenn sie sich trafen, hatte Ilsa eine Art Verzweiflung in ihr gespürt. Sie hörte sie sogar jetzt in Fionas Stimme, am Telefon.

«Mir geht es gut. Nur viel zu tun. Nichts Neues also, nicht?»

«Ja.» Ilsa presste sich den Hörer ans Ohr. Sie wünschte sich, Fiona alles gestehen zu können. Fiona wusste immer genau, was man tun musste. «Sind Tim und die Jungs dann allein? Soll ich sie bei mir bekochen?» Ilsa hatte Fiona das noch nie angeboten und war sich sicher, dass ihre Schwester ablehnen und erklären würde, dass sie bereits ein siebengängiges Menü vorgekocht hätte, das die Haushälterin in ihrer Abwesenheit servieren würde.

«Würdest du das tun? Deshalb habe ich angerufen.»

«Oh. Auf jeden Fall. Fragst du Tim, wie es am besten passt?»

«Ruf ihn doch einfach selbst an. Er ist im Büro.»

Also hatte Ilsa das getan und nervös seine Nummer eingetippt. Sie hatte ihn noch nie direkt angerufen, daher musste sie in der Telefonliste der Firma nachschauen. Es war merkwürdig, dort anzurufen und nicht mit Michael zu sprechen. Als Tim abnahm, klang er abwesend. «Das wäre gut», sagte er auf ihr Angebot hin. «Sonst würden wir vermutlich doch nur wieder Pizza bestellen.» *Wieder.* Merkwürdig. Ilsa fragte sich einen kurzen Moment, ob Fiona und Tim vielleicht Probleme hatten, und versuchte herauszufinden, wie sie selbst das fand. Nichts. Sie fühlte gar nichts. Sie war erleichtert deswegen, machte sich aber dennoch Sorgen um ihre Schwester und Tim. *Aber nein, das ist unmöglich. Die beiden sind das stabilste Paar der Welt.*

«Um fünf Uhr dann.»

Sie hatte aufgelegt und überlegt, was sie kochen sollte. Sie hatte noch nie ein Thanksgiving-Dinner gekocht, und es war doch etwas spät, um noch einen Truthahn zu besorgen.

Ihr Telefon klingelte, und sie schaute aufs Display. *Lincoln.*

«Wo bist du gewesen?», fragte sie, ohne darüber nachzudenken. Sie hasste den Klang ihrer Worte.

«In einem Retreat im Himalaya. Keine Telefone. Kein Radio. Arme Ilsa. Gefällt es dir nicht, auf deine Erlösung zu warten?»

Sie blieb stumm. Es brannte in ihren Augen. «Hallo?», sagte er. «Bist du noch da? Ich habe ein paar Stunden frei. Ich könnte in zehn Minuten da sein.»

«Ich habe zu tun», antwortete sie. «Ich plane Thanksgiving.» Sie betonte das Wort, als ob es ihr irgendwie Glaubwürdigkeit verleihen würde. *Ich bin eine Frau, die ein Thanksgiving-Dinner für andere Leute plant, für meine Fami-*

lie. Endlich verstand sie, wie es sich anfühlen musste, Fiona zu sein, wie es war, wenn man sich hinter lastender Verantwortung verstecken konnte.

«Wie wär's dann mit einem Drink? Heute Abend? Na komm. Du kannst deinen Truthahn doch bestimmt ein paar Stunden allein lassen?»

Sie hasste sich dafür, dass sie sich so freute. Sie antwortete ihm nicht.

«Ilsa», sagte er, und seine tiefe Stimme verwandelte ihren Namen in ein Schnurren. «Ich kann nicht aufhören, an dich zu denken. An deine Hitze, wie du dich anfühlst, wie du auf mich reagierst, dass du keine Angst vor dem Begehren hast.»

Sie hielt die Luft an.

«Ilsa.»

«Ja?»

«Trinkst du wenigstens was mit mir? Ich muss dich sehen.»

«Ja», antwortete sie.

Sie gingen in einen dunklen, holzvertäfelten Pub. Es kam ihr vor wie ein Fehler, sich in so einer kleinen Stadt in der Öffentlichkeit sehen zu lassen.

«Du hast das Lächeln einer Mona Lisa», sagte er zu ihr. Und sie dachte: *Das ist ja wohl das Abgedroschenste, was je ein Mann zu mir gesagt hat.* Wahrscheinlich benutzte er diesen Satz auch bei anderen Frauen. Sie schob den Gedanken beiseite und zeigte bei ihrem nächsten Lächeln wieder ihre Zähne.

Er war aufmerksam, anders, als sie ihn bisher erlebt hatte. Süß sogar. *Jetzt verliebt er sich in mich*, dachte sie. Sie begann sich zu entspannen und die Erleichterung zuzulassen. Er würde sich in sie verlieben. Vielleicht würde es ganz einfach werden. *Aber selbst wenn er sich in dich verliebt, was tust du dann?* Ilsa wusste es nicht, hielt sich aber dennoch an ihren tröstlichen Gedanken fest.

Als ob er bestätigen wollte, was sie fühlte, sagte er: «Deine Augen sind ganz erstaunlich, welche Farbe haben sie eigentlich, daran kann ich mich nie erinnern.» Worauf sie mit einer Sorglosigkeit entgegnete, die ihr zu einstudiert vorkam: «Grau? Blau? Die Farbe ändert sich ständig.» Er lächelte, als hätte sie etwas ganz besonders Kluges gesagt; er hatte den Schuh ausgezogen und streichelte mit dem Fuß ihre Wade. Sie sprachen über gar nichts, über alles, über Kindheit und Familie und sie, ganz viel über sie. Wie es mit ihrer Kunst lief, was sie in letzter Zeit gemalt hatte. Er sagte, er habe sie vermisst.

Später entschuldigte er sich, um auf die Toilette zu gehen, und es dauerte zwanzig Minuten, bis er wieder zum Tisch zurückkam. Sie beobachtete ihn, wie er an einem Tisch stehen blieb, den Leuten, die ihn erkannt hatten, nicht nur zunickte, sondern tatsächlich mit ihnen sprach, eine Unterhaltung mit ihnen begann, die ihr überflüssig und viel zu lang vorkam. Sie fühlte sich ein wenig gereizt und erhitzt. Das halbe Glas Wein, das sie sich erlaubt hatte, rumorte in ihrem Magen. Sie wartete und versuchte, eine sexy und verführerische Pose beizubehalten, schlug die Beine übereinander, löste sie wieder voneinander, setzte sich so hin und so, hatte keine Lust mehr dazu, sackte ein wenig in sich zusammen und schlug erneut die Beine übereinander, genau im richtigen Moment; ein seltener Fall von gutem Timing.

Sie überlegte, was die Leute, die ihm hinterherschauten und miteinander redeten, wohl glaubten, wer sie war – denn sie war eindeutig nicht seine graublonde, vogelartige Ehefrau, die so oft zusammen mit ihm auf den Klatschseiten abgebildet und die an jenem Abend auch mit ihm auf der Party gewesen war.

Wer auch immer sie glaubten, dass sie war – in diesem Augenblick wusste sie ganz klar, dass sie sie verurteilen würden, nicht ihn, wenn sie annahmen, dass sie seine Geliebte war. Sie ärgerte sich darüber.

Seine Stimmung hatte sich verändert. «Hast du jetzt genug?»

«Was meinst du damit?»

«Sollen wir in dein Atelier gehen?»

Sie schüttelte den Kopf.

«Warum nicht?»

«Ich will … ich will einfach nicht. Heute Abend will ich einfach hier sitzen und mich unterhalten.»

«Wir haben uns doch unterhalten.» Er klang müde. Sie sah ihn an. «Gut. Worüber willst du reden?»

Sie überlegte einen Moment lang. «Glaubst du, dass es uns bestimmt war, uns zu treffen? Glaubst du, dass es vielleicht … etwas mit Schicksal zu tun hat?» Sie begriff, wie dumm das klang, wie kleinmädchenhaft, und wünschte, sie könnte die Worte zurücknehmen, wie ihre Mutter es versucht haben würde.

Sein Gesichtsausdruck zeigte Desinteresse. «Ich weiß nicht, vielleicht», antwortete er vage. «Ich versuche, nicht allzu viel über Schicksal nachzudenken.» Sein Blick schweifte durch den Raum, kehrte jedoch zu ihr zurück, wieder ganz intensiv. «Du hast Geheimnisse, oder? Erzähl mir welche. Wenn wir hier schon sitzen und uns unterhalten, kannst du es für mich auch interessant machen.» Er beugte sich vor.

Sie fühlte sich beinahe schockstarr und schüttelte leicht

den Kopf. Sie spürte, wie der Zorn, den sie zu unterdrücken versucht hatte, an die Oberfläche drang und zu brodeln begann. Sie dachte darüber nach, es auszusprechen, zu sagen: *Ich bin schwanger, und ich weiß, dass es von dir ist, weil mein Mann und ich nie Sex haben.*

Vermutlich würde sich sein Gesichtsausdruck nicht wesentlich verändern. Dann dachte sie daran, wie sie sich an jenem Abend auf Fionas Party gefühlt hatte, als er sie beobachtet hatte, sein unbeirrter Blick wie einen matten Scheinwerfer auf sie gerichtet. Sein Strahl hatte jede ihrer Bewegungen verfolgt.

«Ich habe tatsächlich ein Geheimnis», sagte sie. «Du hattest recht an jenem Abend, damit, dass ich eine gelangweilte Hausfrau bin.»

«Habe ich das gesagt?»

«Ich hätte meinen Mann gar nicht heiraten sollen. Das war ein Fehler.»

«Das glaubt jeder. Das liegt daran, dass die Ehe ein Fehler ist. Aber sie ist ein notwendiges Übel. Kämpf nicht dagegen an, meine Liebe. Du bist, wo du bist.»

Sie achtete nicht auf ihn. «Ich habe ihn nur geheiratet, weil … weil ich mit gebrochenem Herzen aus Frankreich zurückgekommen bin, weil mein erster Ehemann mich betrogen und mir das Gefühl gegeben hat, dass ich es so gewollt habe, und dann … dann habe ich meine Schwester Fiona besucht, um ihre Kinder zu sehen, und ich habe Tim kennengelernt und geglaubt, verliebt in ihn zu sein. Oder vielleicht war ich auch in ihn verliebt. Wer weiß? Verliebt zu sein bedeutet ohnehin nichts. Es ist flüchtig, es sind nur die Hormone.»

«Zu jung, um schon so übersättigt zu sein.»

«Ich habe mich auf ihn konzentriert und beschlossen, ihn

zu wollen. Weil er so gut und so sicher war, und weil Fiona … na ja, sie wirkte so zufrieden, so unberührbar. Ich wollte auch unberührbar sein.»

«Also, jetzt wird es aber interessant», sagte Lincoln, und Ilsa hätte ihm am liebsten eine Ohrfeige verpasst und zugesehen, wie ihr Ehering einen Abdruck auf seiner Wange hinterließ. «Was ist passiert? Tim konnte dir nicht widerstehen, oder? Wer könnte das schon. Besonders vor einigen Jahren. Ich wette, du warst noch verführerischer, als du jung warst.»

Sie hielt sich an der Tischkante fest, um ihre Hände unten zu halten. «Natürlich widerstand er mir. Weil er Tim ist. Er ist gut. Er ist vielleicht der beste Mann auf der Welt. Er hat mir so schöne Dinge gesagt, und natürlich habe ich ihn deswegen nur noch mehr geliebt, zumindest für einige Zeit. Dann lernte ich Michael kennen, und ich dachte, damit eine Lösung zu haben. Nicht Tim, aber so ähnlich. Ähnlich genug. Ich hörte endlich auf, von Tim zu träumen, hörte auf damit, den ganzen Tag nur im Bett herumzuliegen, um mir vorstellen zu können, dass er bei mir liegt. Ich dachte, Michael wäre ein Ersatz, dass ich auch das sichere, perfekte Leben meiner Schwester haben und auch sicher und perfekt sein könnte, befreit davon, wer … wer ich wirklich bin. *Und* von Menschen wie dir.» Sie langte über den Tisch und griff nach Lincolns schlaffer Hand. Sie ließ sie wieder auf die Tischplatte fallen, wo sie mit einem dumpfen Klatscher landete, als wäre er schon eine Leiche und nicht nur ein alternder Mann. «Ich muss jetzt nach Hause», sagte sie.

Er senkte die Brauen. Seine Hand lag immer noch wie ein toter Haufen auf dem Tisch. «Sehr gut. Ich nehme an, du kannst dir ein Taxi heranrufen.»

Und das war es dann.

«Wie war die Vernissage?», hatte Michael Ilsa gefragt, als sie wieder nach Hause kam. Er war gerade auf dem Weg nach oben, drehte sich aber noch einmal um.

«Gut.» Sie sah zu ihm hoch und zwang sich, ihn direkt anzusehen. «Fiona macht dieses Jahr kein Thanksgiving-Dinner, also habe ich Tim gesagt, er soll mit den Jungs zum Abendessen kommen.»

«Okay», antwortete er und machte keine Bemerkung darüber, wie seltsam es war, dass Fiona diesmal nicht die Gastgeberin war. Er ging weiter die Treppe hoch und blieb dann stehen. «Hey. Ich muss dich etwas fragen.» Er ging die Treppe wieder hinunter und nahm vier Umschläge von dem Tischchen an der Wand. «Ist das vielleicht ein Fehler? Hast du vier Patenschaften für notleidende Kinder übernommen? Auf der Kreditkartenrechnung ist eine Menge abgebucht worden.»

«Ich … das muss ein Fehler sein. Ich rufe gleich morgen dort an.»

«Da sind noch ein paar andere Dinge für dich», sagte er, und sie stand da und betrachtete ihn, wie er dastand, mit den Briefen in der Hand.

«Willst du noch ein bisschen mit mir zusammensitzen und … ein Glas Wein trinken?», fragte sie.

«Lieber nicht. Ich habe morgen früh um sieben schon ein Meeting.» Er drehte sich um und ging die Stufen hinauf, die an denselben Stellen knarrten wie immer.

«Michael?», rief sie ihm hinterher. *Ich gehe deinen unbeirrten Weg durch unser Leben nicht mehr mit. Ich bin entgleist und steuere vermutlich auf eine Art Katastrophe zu, und du merkst es nicht einmal.*

Das Knarren hörte auf. «Ja?»

Sie ging zum Treppenabsatz und hielt die Umschläge in die Höhe. «Ich habe gelogen. Tut mir leid.»

«Worüber hast du gelogen?»

«Es war kein Fehler. Ich war neulich abends noch ganz spät wach und konnte nicht schlafen. Ich bin an einer Werbesendung hängengeblieben, und darin haben sie Kinder gezeigt, denen Fliegen über den Kopf gekrabbelt sind, und einem, ungefähr in Anis Alter, sind die Fliegen sogar über die Augen gekrabbelt …» Ilsa atmete tief ein, schnappte gierig nach Luft. Es fühlte sich an wie ein Geständnis. Sie verstand jetzt, wovon ihr Vater gesprochen hatte, warum er immer in den Beichtstuhl gegangen war und ein solches Sakrileg begangen hatte. «Deshalb habe ich drei Patenschaften auf einmal übernommen, und am nächsten Abend habe ich wieder angerufen und noch eine übernommen», fuhr sie fort. *Als Buße,* aber das sprach sie nicht laut aus.

Er sah auf sie herab, seine Augen fast unsichtbar hinter den Brillengläsern, die das Licht der Flurlampe reflektierten. *Mein Silberfuchs,* so hatte sie ihn immer genannt. Jetzt sprach er in einem väterlichen Ton. «Aber, Ilsa, das ist doch ziemlich unvernünftig, oder? Zweihundert Dollar im Monat …»

«Es ist ja nicht so, als könnten wir uns das nicht leisten», versetzte sie.

«Was weißt du denn davon, was wir uns leisten können und was nicht?»

«Ich verkaufe ein paar Bilder.»

«Und so willst du den Erlös davon ausgeben?»

«Es ist ja mein Geld.» Sie fühlte sich wie ein missmutiges Kind. «Ich gebe es aus, wie ich will.»

«Deine Sache», sagte er, drehte sich um und ging weiter die knarrenden Stufen hinauf.

«Michael, bitte. Warte mal.»

Er drehte sich um. Sie zog die Schuhe aus und kam zu ihm die Treppe hoch. Sie küsste ihn, er erwiderte ihren Kuss, aber sie spürte sein Zögern. *Wann ist das mit uns passiert?*

«Es tut mir leid», sagte sie. «Ich vermisse dich. Ich vermisse *uns.*» Aber das stimmte nicht, und sie wusste es. Was sie wirklich vermisste, war sie selbst. Und doch küsste sie ihn erneut.

«Komm, wir gehen ins Bett», sagte sie.

Am nächsten Morgen rollte er sich auf die Seite und legte ein Bein auf ihren Körper.

Sie stand auf, ging ins Badezimmer und stellte die Dusche an, heiß.

Sie war fünf Minuten unter der Dusche, als sie hörte, wie sich die Badezimmertür öffnete. Einen Moment lang dachte sie, dass es Ani wäre, die früh aufgewacht war und aufs Klo musste. Als sie merkte, dass es Michael war, war sie übertrieben gereizt.

Er zog den Vorhang beiseite. «Morgen.» Er quetschte sich zu ihr in die enge Dusche. Sie hatte Conditioner im Haar und peelte gerade ihre Beine. Sie lächelte ihn an, aber mit zusammengebissenen Zähnen, trat zur Seite in die Kälte, während er sich unter dem warmen Wasser die Haare zu waschen begann.

«Muss es noch zum frühen Meeting schaffen», sagte er. «Das hat Spaß gemacht letzte Nacht.» Und ein Zwinkern.

Sie spülte ihre Haare aus und wusch ihre Beine ab. «Ich bin fertig. Viel Spaß.»

«Alles okay mit dir?»

«Nur müde.»

Sie trat aus der Dusche, wickelte sich ein Handtuch um

den Kopf und ein anderes um ihren Körper. Dann schaute sie sich im beschlagenen Badezimmerspiegel an. Sie blinzelte ein paarmal, griff nach der Augencreme im Regal und tupfte das Brennen weg.

10

DER KOJOTE (CANIS LATRANS) Normalerweise sind Kojoten monogam. Ihre Rudel bestehen nur aus engen Familienmitgliedern. Das Bedürfnis nach einem einzelnen Partner entsteht unter anderem aus den hohen Ansprüchen, die die Welpen an ihre Eltern stellen; die meisten Würfe sind recht groß, und jeder einzelne Welpe benötigt viel Pflege und Training, um jagen und überleben zu lernen. Manchmal jedoch leben Kojoten auch polygyn: Zwei Weibchen ziehen die Welpen mit einem Männchen im Bau groß – aber das kommt nur selten vor.

✦

Es kam ihr später vor, als es war, als das Telefon klingelte – das Glas Wein, das Helen auf ihr Zimmer bestellt hatte, hatte sie schläfrig gemacht, sie hatte versucht zu schreiben und es schließlich wieder aufgegeben, einen Tee gemacht und sich plötzlich sehr alt gefühlt. Schließlich war sie ins Bett gekrochen.

«Hallo», sagte eine unbekannte Stimme. «Ich heiße Iris McKellah und rufe wegen Fiona Sherman an. Sie hat Sie als Notfallkontakt angegeben.»

Es waren Erschrecken und Angst, die Helen spürte, sofort und betäubend. Ihre Schläfrigkeit war wie weggewischt. Sie dachte: *Ich habe so lange auf solch einen Anruf wegen eines meiner Kinder gewartet, dass ich schon vergessen hatte, dass ich warte.* «Was ist denn passiert? Ist sie … verletzt?» Undenkbar, die andere Möglichkeit. Nein, das konnte nicht sein. Nicht Fiona. Niemals Fiona. Sie war doch die Starke.

«Na ja, nicht ganz. Ich meine, ja, sie leidet. Aber sie ist nicht verletzt, jedenfalls nicht körperlich.»

«Ich bin verwirrt», sagte Helen.

«Ich leite das Crystal Springs Body Mind Retreat and Spa hier in Neversink, New York, wo Fiona zurzeit zu Gast ist. Sie hat gestern Nachmittag eingecheckt.»

«Sie hat eingecheckt? Ist es … eine Entzugsklinik?» Dann lachte Helen. Natürlich nicht. Fiona war nicht in einer Entzugsklinik. «Du meine Güte», sagte sie zu sich, bevor sie begriff, dass man nicht mit sich selbst sprechen sollte, wenn man gerade jemand anderen am Telefon hatte.

«Oh nein, keine Entzugsklinik. Eher ein Ort, an dem Frauen positive Veränderungen suchen – vielleicht ist es daher doch irgendwie eine Entzugsklinik, von allem Schlechten im Leben. Der Retreat gehört mir, ich mache außerdem noch Chakren- und Auratherapie.» Helen konnte sich Iris gut vorstellen. Vermutlich trug sie mehrere bunte Schals und Ohrringe aus Federn oder recyceltem Material. (Vermutlich ganz ähnlich dem Schmuck, den Helen normalerweise trug.)

«Sind Sie sicher, dass wir über dieselbe Fiona Sherman sprechen?»

«Ich kann mir kaum vorstellen, dass wir sie verwechselt haben könnten.»

«Und was ist mit ihr? Ist sie krank?»

«Heute Morgen habe ich ihre Karten gelesen – Engelkarten –, und die haben mir gesagt, dass sie Hilfe von außen braucht. Eine Freundin, dachte ich, obwohl die Karten alle nur auf Schwestern hingedeutet haben. Sie scheint nicht sehr offen für neue Freundschaften zu sein, und schon gar nicht für sehr enge *Schwester*-Freundinnen, daher dachte ich … na ja, Sie sind ja eine Freundin von ihr, oder? Sonst hätte sie Sie ja nicht als Notfallkontakt angegeben.»

«Na ja», erwiderte Helen und wusste dann nicht mehr, was sie sagen sollte. *Also, ich bin nicht wirklich ihre Freundin. Und ich glaube nicht einmal, dass sie mich immer mag. Ich wollte aber immer ihre Freundin sein. Das war mein Ziel, als ich ihre Mutter wurde – meines ersten Kindes, das so wunderschön, so unerschütterlich, so anders als ich ist. Es war mein Ziel, ihre Freundin zu sein, nicht nur die typische Mutter. Das ist mir nicht gelungen, zumindest nicht bei Fiona, obwohl ich mich wirklich bemüht habe.* «Ich bin ihre Mutter», sagte sie schließlich.

«Verstehe. Glauben Sie, Sie könnten vielleicht für ein paar Nächte hierherkommen? Natürlich übernehme ich die Kosten. Fiona hat ein großes Zimmer. Dort können Sie schlafen. Das scheint mir die einzig richtige Lösung zu sein. Könnten Sie denn kommen?»

Helen schaute sich in ihrem Hotelzimmer um, sah die Papiere und Kleider und das Weinglas und den Teebecher. Sie wohnte im Chelsea, nur ein Hotel von vielen. Im Laufe des Sommers war sie schon in San Diego, Paris, Toronto gewesen und hatte eine alte Freundin in München besucht. Dann kam der Herbst, und sie beschloss, sich zurückzuziehen und endlich ihre Memoiren zu schreiben, weil Edie das auch getan hatte, weil sie all diese Dinge über sie in ihren Memoiren geschrieben hatte, die sich nur verkauften, weil Edie Nates Frau und Helens Freundin war. Vielleicht würde sie eine Woche lang bleiben. Das wäre genug für einen guten Anfang. Und, das beschloss sie jetzt, sie würde alles mit der Hand schreiben, so, wie sie damals auch ihre Songs geschrieben hatte.

Nur dass Memoiren kein Song waren. Und es war wohl doch leichter, auf dem Computer zu schreiben. Weil sie sich keinen gekauft hatte, fühlte sich Helen jetzt eher behindert als inspiriert. «Ja, ich komme.»

«Sind Sie weit von hier entfernt?»

«Im Moment bin ich in New York City.»

«Das ist nur eine halbe Stunde Autofahrt.» Iris sagte es, als wäre es so einfach, wie um die Ecke zu fahren und schnell ein paar Eier zu besorgen. Und vielleicht war es auch so einfach. *Deine Tochter braucht dich, also fährst du.*

Nur dass Helen irgendwie nicht fassen konnte, dass Fiona überhaupt jemanden brauchen könnte. Das machte sie ganz hilflos. «Wie komme ich denn dorthin?», fragte sie.

«Es gibt eine Wegbeschreibung auf unserer Website.»

«Ich habe gar keinen Computer hier bei mir», erwiderte sie. Es war ihr peinlich.

Iris las ihr die Wegbeschreibung vor, und Helen machte sich Notizen. «Bis bald», sagte sie und legte auf.

Den ganzen Sommer hatte Helen das Gefühl gehabt, dass etwas fehlte. Sie hatte befürchtet, dass dieses Etwas Iain sein könnte, den sie auf keinen Fall vermissen wollte. Aber jetzt begriff sie, worin diese Lücke bestand: Sie vermisste die Mädchen. Alle zusammen, mit all ihren Fehlern. Sie hatte sie getroffen, ja, hatte sie alle besucht, aber sie waren nicht alle zusammen gewesen. Sie dachte an das letzte Mal, dass sie Fiona gesehen hatte, bei einem Besuch in Rye im Frühherbst. Sie hatte anders gewirkt als sonst, aber Helen hatte gedacht, dass sie vielleicht nur früh in die Wechseljahre gekommen war. Bei ihr hatten sie auch früh eingesetzt. Das war die wahrscheinlichste Erklärung, damit beruhigte sich Helen jetzt, und diese Iris wusste das einfach nicht.

Aber immerhin war dies eine Gelegenheit, die sie ergreifen musste.

«Ilsa?»

«Hi, Mom.» Geklapper im Hintergrund.

«Du klingst beschäftigt. Soll ich später noch einmal anrufen?»

«Ich koche gerade. Das Thanksgiving-Dinner.» Noch mehr Geklapper, Seufzen. «Es läuft allerdings nicht so gut gerade.»

«Was machst du denn?»

«Ich habe versucht, Fionas Menü nachzukochen. Großer Fehler. Hast du eine Ahnung, wie aufwendig es ist, Esskastanien zu verarbeiten?»

«Ich rufe an, weil ich dich brauche. Nein, Fiona braucht dich.» Sie erzählte von Iris' Anruf. «Ich habe keine Ahnung, ob sie wirklich ein Problem hat, aber ich dachte, wir könnten einfach hinfahren und nachsehen. Das wäre doch eine gute Gelegenheit, uns mal alle zu treffen, zumal unser Wochenende am See dieses Jahr so ein Reinfall war. Als Nächstes rufe ich Liane an. Wenn ich sie von ihrem neuen Märchenprinzen weglocken kann – der übrigens wirklich ein Schatz ist –, dann kann sie meine Meilen haben und damit herfliegen. Und ich habe bei Iris angerufen, um zu fragen, ob wir noch ein Zimmer haben können, und sie hat ja gesagt. Sie findet es toll, wenn wir alle zusammenkommen. Wobei du wohl nicht kannst, wenn du jetzt gerade ein Thanksgiving-Dinner …»

Es klang, als ob ein Löffel und ein Topf in den Ausguss geworfen würden. «Ich habe hiermit offiziell aufgehört zu kochen», verkündete Ilsa entschlossen. «Tim und Michael kommen auch alleine zurecht. Oder sie gehen mit den Kindern zu einem Footballspiel in der Highschool und essen dort ein paar Hot Dogs. Jetzt ist mir schon alles egal. Ich bin einfach keine Frau, die ein Festtagsessen kocht. Also, wie komme ich dorthin? Wollen wir uns vorher irgendwo treffen?»

«Ich glaube, du bist etwa anderthalb Stunden davon entfernt und ich eine halbe.»

«Dann fahren wir einfach los und schauen, wer zuerst ankommt.»

«Road Trip!», sagte Helen, aber Ilsa lachte nicht.

Es war schon dunkel, als Helen in die Einfahrt zum Spa einbog. Sie hatte länger gebraucht, weil sie das Navi ausgeschaltet hatte, das Iain ihr geschenkt hatte, weil sie sich ständig verfuhr. Es kam ihr schon ein bisschen albern vor, sich jemandem zu widersetzen, den sie seit Monaten weder gesehen noch gesprochen hatte, genauer: seit jenem Nachmittag im Ferienhaus, als sie ihn wegen seines Salats angeschrien und er erwidert hatte: «Du solltest gehen.»

Ich wollte das Navi gar nicht. Ich habe ihm gesagt, dass man mir nicht ständig sagen muss, wo ich hinfahren soll, dass ich einen sehr guten Orientierungssinn habe. Und dann hatte er gesagt: «Ich möchte nur, dass du immer den Weg zu mir zurückfindest.»

Plötzlich war sie tieftraurig. Im selben Moment geriet sie auf eine vereiste Stelle, das Auto rutschte, und sie dachte: *Und wenn ich jetzt hier sterbe, was, wenn es das jetzt gewesen ist?*, aber sie fühlte dabei gar nichts.

Sie schaltete das Navi wieder ein.

Auf das Beharren der körperlosen Stimme bog sie schließlich auf den Parkplatz des Spas ein, hielt an und schaltete den Motor aus. Das Gebäude war aus gebeizten Holzplanken errichtet und hatte riesige Kirchenfenster. Ein efeuberankter Steinturm mit einem spitzen Dach stand in der Mitte. In der Ferne erkannte sie einen See. Sie schaute sich um und sah Ilsas Auto. Die Fenster waren beschlagen. Vermutlich saß sie darin und wartete.

Helen stieg aus, nahm ihre kleine Reisetasche und ging zu Ilsas Wagen. Ilsa wischte die Feuchtigkeit vom Fenster, spähte hinaus, erkannte ihre Mutter, griff nach ihrem Koffer auf dem Rücksitz und stieg ebenfalls aus. Helen umarmte sie und sagte ihr, wie schön sie aussah, obwohl sie müde wirkte. *Dieses Spa-Wochenende tut ihr bestimmt auch gut.*

«Wir können Fiona überraschen, und danach kannst du vielleicht ein Bad nehmen und ins Bett gehen», schlug Helen vor.

«Sie überraschen», wiederholte Ilsa. «Meinst du wirklich, dass sie sich freut, uns zu sehen?»

«Sie hat immer so viel zu tun. Vielleicht ist sie nur gestresst. Vielleicht können wir sie davon überzeugen, sich zu freuen, dass wir gekommen sind.»

«Helen. Wir sprechen hier von Fiona.»

Helen verzog das Gesicht. «Vielleicht sollten wir warten, bis Liane da ist?» Liane war immer ihr Puffer gewesen. Und sie wollte einen frühen Flug nehmen. Sie würde mit dem Taxi noch rechtzeitig für ein spätes Frühstück da sein.

«Wir können ja morgen früh zu dritt an ihre Tür klopfen», sagte Ilsa.

«Das ist eine gute Idee.»

Sie gingen über den Parkplatz, drückten die schwere Tür auf und traten in eine Lobby mit Steinwänden und hohen Decken. Sie war leer, aber auf dem Tresen standen eine Klingel und ein Schild mit der Aufschrift *Bitte klingeln.*

Ilsa setzte sich in einen Sessel. Helen wollte nicht ungeduldig erscheinen; sie merkte schon, dass das hier kein Ort für Ungeduld war – neben der Klingel stand ein Schild mit der Aufschrift *Engel geben uns das Vertrauen, darauf zu warten, dass die Geheimnisse enthüllt werden* –, also stand sie einfach da und wartete. Aber schließlich beugte sie sich doch vor und tippte leicht auf die Klingel. Dann widmete sie sich wieder der Broschüre, in der stand, dass das Gebäude auf einer Quarzkristallader errichtet worden war, die angeblich heilende Eigenschaften hatte. Es gab ein Meditationslabyrinth, einen Seewasserpool, einen Whirlpool mit grünem Tee, Infrarotsaunen, ein Spa, Yoga, geführte Meditationen, einen Kurs, in dem Visualisierungscollagen erstellt werden konnten und natürlich die Räume für die Chakren- und Farbtherapiesitzungen.

Einen Moment später kam eine Frau mit schulterlangem dunklem Haar um die Ecke. Sie war vermutlich im selben Alter wie Helen, aber ihre Haut war ganz glatt und die Augen klar. Helen verspürte ein wenig Neid, zumal sie erst heute Morgen beim Blick in den Spiegel gefunden hatte, dass ihr Gesicht aussah wie ein altes Stück Flanell. Die Frau trug eine weiße Bluse, verschiedene bunte Schals und lange Ohrringe (genau wie Helen es angenommen hatte), dazu schwarze Yogahosen. Sie war barfuß.

«Du musst Helen sein. Ich bin Iris. Vielen Dank, dass du gekommen bist. Und ist das eine der Schwestern?»

«Ja, ich bin Ilsa.» Ilsa stand auf. Sie streckte die Hand zur Begrüßung aus, aber Iris nahm sie stattdessen in den Arm, wandte sich dann um und umarmte Helen. Sie roch nach Patschuli.

«Und deine andere Tochter kommt morgen ganz früh?»

Helen nickte.

«Das ist ja so wunderbar. Ich habe wirklich das Gefühl, dass wir mit vereinten Kräften Fiona helfen können, das zu überleben.»

«Um was zu überleben?», fragte Helen.

«Was sie gerade durchmacht», antwortete Iris.

«Aber was *genau* macht sie denn durch?»

«Lass uns nach oben gehen», sagte Iris. «Ich bringe euch zuerst zu Fionas Zimmer, dann könnt ihr euch später in eurem Zimmer einrichten.»

«Ähm, also …», fing Ilsa an. Helen öffnete ebenfalls den Mund, aber was hätte sie sagen sollen? *Eigentlich wollten wir uns in unserem Zimmer verstecken, bis Liane, unser Puffer, hier ankommt. Fiona mag uns beide nicht besonders.*

Iris stand mit zur Seite geneigtem Kopf da und wartete darauf, dass eine von ihnen sagte, was sie sagen wollten. Aber keine von ihnen brachte etwas heraus.

«Hat eine von euch jemals den Eindruck gehabt, dass Fiona ein Alkoholproblem haben könnte?», fragte Iris.

«Nie.»

«Darauf antworte ich gar nicht», sagte Ilsa.

«Und was ist mit Medikamentenmissbrauch?»

«Machst du Witze?», fragte Helen.

«Natürlich nicht.» Iris schüttelte den Kopf. «Das ist nun wirklich kein lustiges Thema, gar nicht.» Sie sagte die letzten beiden Worte in einem Wort: *garnicht*. Helen fühlte sich getadelt. «Fiona befindet sich an einem sehr dunklen Ort. Ich versuche nur herauszufinden, woher die Dunkelheit in ihr stammt. Sie hat eine der traurigsten, verzweifeltsten Auren, die ich je gesehen habe. Ihre Chakren … sie sind vollkommen chaotisch.»

Als ob sie damit alles erklärt hätte, wandte sich Iris um und ging weiter. Helen und Ilsa folgten ihr, eine Treppe hinauf und einen blassgelb gestrichenen Flur entlang, an dessen Wänden Wandleuchten hingen, bis Iris schließlich an eine Tür mit der Nummer 212 klopfte. Keine Antwort. Sie klopfte erneut. «Fiona? Hier ist Iris.» Immer noch keine Antwort. Iris runzelte die Stirn, und Helen wurde ganz flau, sie hatte Angst. Bevor sie darüber nachdenken konnte, hämmerte sie mit der Faust gegen die Tür. Iris sah sie erschrocken an.

«Fiona!», rief Helen.

«Mom!», sagte Ilsa. «Vielleicht schläft sie nur. Vielleicht hat sie eine Schlaftablette genommen.»

«Ich habe den Generalschlüssel», flüsterte Iris. «Wir gehen hinein, dann schauen wir, ob es ihr gutgeht.»

Erst als Helen neben dem Bett stand, in dem ihre Tochter schlief, beruhigte sich ihre Atmung wieder. Sie legte ihr die Hand sanft auf den Brustkorb, um sicherzugehen, dass sie auch wirklich schlief, wie sie es oft getan hatte, als ihre Töchter noch Babys waren. Sie hatte ein Freundin gehabt, deren Kind am plötzlichen Kindstod gestorben war. Die Erinnerung an deren gequälten Blick hatte Helen nie mehr losgelassen.

Trotz des Lichts aus dem Flur und der Geräusche der drei Frauen rührte Fiona sich nicht. Und tatsächlich stand ein Fläschchen mit einem Schmerz- und Schlafmittel neben ihr auf dem Nachttischchen. Nur wenige Tabletten fehlten – Iris untersuchte das Fläschchen wie eine Gerichtsmedizinerin, und Helen wartete mit angehaltenem Atem auf das Ergebnis. Aber nein. Sie hatte nichts Schlimmes getan. *Natürlich nicht. Fiona doch nicht.*

«Wir sollten sie lieber schlafen lassen», sagte Iris. «Ihr werdet sie erst morgen früh sehen können.»

«Das finde ich gut», flüsterte Helen erleichtert. Sie verließen das Zimmer.

«Ich kann immer noch nicht glauben, dass diese Verrückte meinen Notfallkontakt angerufen hat», sagte Fiona am nächsten Morgen beim Frühstück. Sie rieb sich den Kopf, als hätte sie einen Kater. Sie sah, dass Helen sie anschaute.

«Koffeinentzug», sagte sie.

«Du musst schon zugeben, dass es ziemlich lustig ist», sagte Liane und goss sich noch etwas Chai-Tee aus der Karaffe in ihre Tasse. Sie fügte etwas Mandelmilch hinzu und schaute auf. «Ernsthaft, hier gibt es keinen Kaffee? Überhaupt keinen?»

«Überhaupt keinen», sagte Fiona. «Ich habe den Fehler gemacht, darum zu bitten, und habe sofort eine Predigt über die Schädlichkeit von Koffein bekommen. Ich bin hier eindeutig das schwarze Schaf.»

«Ausgerechnet», bemerkte Ilsa.

«Alkohol gibt es hier auch nicht. Offenbar kommen eine Menge Leute hierher, um zu entgiften.»

«Verstehe.» Helen versuchte, sich die Enttäuschung darüber nicht anmerken zu lassen, dass sie weder Kaffee zum Frühstück noch Wein zum Abendessen bekommen würde.

Fiona dagegen wirkte merkwürdig heiter. Sie hatte sich gefreut, zumindest Liane zu sehen, und schien die Tatsache zu tolerieren, dass auch Helen und Ilsa gekommen waren. Aber Helen war beunruhigt. Fiona schien es gutzugehen – was war das also für ein dunkles Problem, von dem Iris gesprochen hatte?

Helen räusperte sich. Es fiel ihr nicht leicht, aber sie musste fragen. «Fiona, warum hast du mich und nicht Tim als Notfallkontakt angegeben?»

«Er ist nicht in der Stadt», antwortete Fiona, ohne zu zögern.

«Das stimmt nicht», versetzte Ilsa. «Du hast mich doch selbst gebeten, morgen Abend das Essen für ihn und die Kinder zu machen. Er ist ganz sicher in der Stadt.»

«Stimmt, ich habe dich gebeten, für ihn und die Jungs zu kochen», sagte Fiona, und ihre Stimme klang jetzt gereizt. «Was ist übrigens daraus geworden? Sie bestellen sich bestimmt wieder eine Pizza?»

«Hot Dogs, um genau zu sein. Und du hast Helen gehört. Diese Frau hat gesagt, es handele sich um einen Notfall, und ich bin eine gute Schwester, also bin ich sofort gekommen. Abgesehen davon brauchte ich nach einer Stunde in der Küche, in der ich verzweifelt versucht habe, dir nachzueifern, auch dringend ein Wellness-Wochenende.»

«Wellness-Wochenende», wiederholte Fiona. «Ist es das, Helen? Hältst du das hier für einen großen Spaß?»

«Ich habe es nicht Wellness-Wochenende genannt, das war Ilsa. Und egal, was es ist, wir sind hier, weil wir uns um dich Sorgen machen und dich lieben. Wenn also etwas mit dir ist, dann solltest du uns das sagen, finde ich.»

«Seid ihr sicher, dass ihr nicht nur wegen der Farbtherapie und des Meditationslabyrinths hier seid?»

Helen runzelte die Stirn. Warum machte es Fiona ihr immer so schwer, sie zu lieben? Und warum musste sie immer recht haben?

Iris war jetzt in den Speisesaal gekommen und ging von Tisch zu Tisch, um mit den Gästen zu plaudern. Sie war wieder barfuß. Jetzt kam sie an ihren Tisch. «Ladys! Guten Morgen. Was habt ihr denn heute vor?»

Fiona sagte nichts.

«Ich brauche dringend eine Pediküre», meldete sich Liane. «Und, ähm, habt ihr hier vielleicht auch so eine Art Familienberatung?» Aber niemand lachte, und Iris lächelte mitfühlend.

«Meldet euch an der Rezeption nach dem Frühstück, vielleicht können sie euch dazwischenschieben. Es gibt auch Yoga direkt nach dem Frühstück, vor dem Mittagessen könnt ihr das Erstellen von Visualisierungscollagen üben, und um zwei Uhr gibt es eine Achtsamkeitsmeditation. Und heute Abend …» Iris lächelte und klatschte leicht in die Hände. «Das ist genau das, was ihr braucht. Heute ist Neumond, und wir halten unsere traditionelle Feuerzeremonie am See ab. Alle Gäste machen mit. Und ihr werdet dabei sein, Ladys.» Sie legte jeder von ihnen die Hand auf die Schulter und ging fort.

«Für jemanden, der es so mit Esoterik hat, ist sie ziemlich herrisch», bemerkte Ilsa.

Am Abend standen sie nebeneinander am Feuer, in Jacken und Schals und Mützen gehüllt: Helens waren aus Wolle handgestrickt, ihren Schal hatte sie mehrfach um den Hals geschlungen; Liane trug mehrere Pullis übereinander, einer davon hatte eine Kapuze, und darüber hatte sie ihre Jeansjacke gezogen; Fiona hatte ein dunkelblaues Barett aufgesetzt, trug keinen Schal, hatte aber den Kragen ihres zinngrauen Mantels hochgeschlagen; Ilsa hatte ihren glockenförmigen roten Mantel an. Sie hatte ihre Mütze vergessen, daher hatte Iris ihr eine bunte Wollmütze geliehen, die überhaupt nicht zu ihrem restlichen Outfit passte, aber sie sah trotzdem hinreißend aus.

Iris hielt einen kupfernen Eimer. Er war mit rosa- und

bernsteinfarbenen Steinen gefüllt. «Ich füge der traditionellen Feuerzeremonie mit diesen Steinen ein gewisses Extra hinzu», sagte sie und lächelte jede einzelne der etwa zwei Dutzend Frauen an, die sich vor ihr versammelt hatten. «Weil es hier so viele Kristalle und Steine gibt und sie alle heilende Kräfte besitzen, möchte ich sie auch nutzen. Ich möchte jetzt, dass ihr alle in den Eimer greift und den Stein herausnehmt, der euch passend erscheint. Denkt nicht zu lange nach, nehmt euch einfach den, der sich gut anfühlt, nach dem eure Finger greifen. Dann haltet ihn in der Hand oder steckt ihn in eure Tasche. Ihr werdet ihn bis zum Ende der Zeremonie bei euch behalten.»

Das taten sie. Fiona trat als Letzte vor, wie Helen bemerkte, aber immerhin nahm auch sie einen Stein.

Jetzt gab Iris jeder Frau einen Papierstreifen und einen Stift. «Schreibt auf diesen Streifen euren tiefsten, sehnlichsten Wunsch für euch und euer Leben. Einen langfristigen, einen sofortigen Wunsch, ganz egal, was euch am wichtigsten ist. Wir werden die Kraft des Neumondes nutzen, um eure Ziele, eure Wünsche zu erreichen.» Helen hörte ein leises Schnauben. Sie war sich sicher, dass es von Fiona kam. Sie wollte sie nicht ansehen. Iris gab allen außerdem noch ein kleines Stückchen Pappe, damit sie eine Schreibunterlage hatten.

Helen schaute auf ihren leeren Papierschnipsel. *Was euch am wichtigsten ist.*

Meine Mädchen, dachte sie. *Meine Mädchen sind mir am wichtigsten.* Als sie Mutter wurde, war sie sich sicher gewesen, niemals eine von diesen Frauen zu werden, die sich durch nichts anderes definierten als durch ihre Mutterschaft. Vielleicht lehnte Fiona sie deshalb so sehr ab, weil Helen so sehr gegen den mütterlichen Instinkt angekämpft hatte, als sie schwanger war und auch noch später, als Fiona ein Kleinkind war. In gewisser Weise hatte sie versucht, etwas zu beweisen, statt Mutter zu werden.

Sie schrieb auf: *Ich wünsche mir, dass meine Mädchen glücklich werden. Mehr will ich nicht im Leben.* Es machte sie ein wenig traurig, das aufzuschreiben. Ihre eigene Mutter hatte sich immer als Märtyrerin gesehen, und das hatte schließlich dazu geführt, dass Helen sich von ihr abgewandt hatte. Es war nicht leicht, wenn es auf der Welt jemanden gab, der sich für das eigene Glück aufgeopfert hatte. Wenn man dann doch nicht glücklich wurde, fühlte man sich wie ein Versager. Helen hatte oft gedacht, dass Fiona, obwohl sie Abigail nie kennengelernt hatte, in vielerlei Hinsicht derselbe Typ Mutter war.

Helen sah sich um. Alle schienen entweder nachzudenken oder zu schreiben – außer Ilsa, die nur ins Feuer starrte. Helen unterstrich, was sie geschrieben hatte. Sie machte sich jetzt mehr Sorgen um ihre Mädchen als jemals zuvor.

«Sind alle fertig?», fragte Iris. Sie hielt einen Bund Salbei und ein Feuerzeug in die Höhe. Helen atmete den erinnerungsträchtigen Geruch des Feuers ein. Sie schaute auf den See hinaus, dann hoch zum Himmel. Die Luft war kalt. Der Winter kam.

«Ich will nur, dass ihr alle wisst, dass ich heute Nachmittag Kojotenspuren entdeckt habe, als ich herkam, um die Zeremonie vorzubereiten», sagte Iris, zündete den Salbei an und wedelte damit. Helen fand, dass es jetzt ein wenig wie gebratener Truthahn roch. «Ich fand das interessant. Er muss heute hier in der Nähe gewesen sein. Also heißen wir die Energie seines Geistes willkommen. Möge er uns helfen, uns an die Gegebenheiten anzupassen, statt dass wir gegen sie ankämpfen oder uns sinnloserweise wünschen, dass sie anders wären.»

Jetzt bat Iris die Frauen, einen engen Kreis um das Feuer zu bilden. «Kommt näher, habt keine Angst, euch gegenseitig zu berühren. Die Berührung durch einen anderen Menschen ist ein Segen. Sie sollte gefeiert werden.» Fiona stand neben Helen. Auf ihrer anderen Seite stand Ilsa, Liane wiederum neben Ilsa. Iris sprach weiter. «Die traditionelle Feuerzeremonie ist eine indianische Tradition, in der es um vielerlei Dinge gehen kann: darum, die Vergangenheit loszulassen, die Zukunft einzuladen oder den Gottheiten einfach zu danken. Ich tue das gern in der Neumondnacht und konzentriere mich auf meine Vorsätze: das Gute einzuladen, sich von dem zu verabschieden, was wir nicht benötigen, uns auf das zu konzentrieren, was wir brauchen, um weiterzukommen. Dann lässt man etwas im Feuer verbrennen, und genau das tun wir mit den Papierstreifen, auf die ihr eure Wünsche geschrieben habt. Bevor wir all diese Dinge in unserem Leben willkommen heißen können, müssen wir das loswerden, was wir nicht mehr brauchen.» Sie legte den Salbei in einen mit Wasser gefüllten Eimer und hielt einen kleinen Stein in die Höhe. «Ich möchte jetzt, dass ihr den Stein in die Hand nehmt.»

Helen tat es. Sie spürte die Gegenwart ihrer Töchter, die allesamt in ihre Taschen griffen.

«Jetzt möchte ich, dass ihr an etwas denkt, was euch beschwert. An ein Gefühl, ein Denkmuster, irgendwas. Etwas, das ihr dringend loswerden müsst. Es hilft, es in ein einzelnes Wort zu fassen. Sagt dieses Wort in Gedanken, während ihr euren Stein in der Hand haltet. Wenn ihr damit fertig seid, geht ans Ufer des Sees und werft den Stein hinein.»

Helen war überrascht, dass Fiona als Erste ans Ufer trat und ihren Stein hineinschleuderte. Dann kehrte sie ans Feuer zurück. Das Stückchen Papier in ihrer Hand war ganz klein gefaltet. Sie hielt es bereits in Richtung Feuer. «Warte noch», flüsterte Iris ihr zu.

Helen betrachtete ihren Stein, einen kleinen rosafarbenen Quartz. *Reue*, dachte sie. Wegen Iain, wegen all der Fehler, die sie gemacht hatte, wegen allem. *Und ich muss endlich damit aufhören zu versuchen, meine albernen Memoiren zu schreiben. Es ist alles gesagt, und ich muss es nicht alles noch einmal schreiben.* Sie ging ans Ufer des Sees und warf ihren Stein, soweit sie konnte, wandte sich dann ab und stellte sich vor, wie er zu Boden sank. Dann sah sie Liane, wie sie etwa drei Meter entfernt am See stand. Sie bemerkte, dass die Schultern ihrer Tochter zuckten und ging sofort zu ihr. «Liane?»

Ihre Tochter schaute zu ihr auf und wischte sich eine Träne aus dem Gesicht. «Ich war so skeptisch ihr gegenüber, und dann habe ich diesen Stein genommen, und das Wort *Trauer* kam mir in den Sinn, und ich musste an meinen Dad denken und … und jetzt stehe ich hier und traue mich nicht loszulassen. Aber ich will es doch, weil alles in meinem Leben gerade so gut ist … und doch bin ich manchmal so traurig. Und das liegt vielleicht daran, dass ich ihn nicht loslassen kann.»

Helen streckte ihre Hand aus. «Kann ich ihn mal kurz halten?», fragte sie, und Liane nickte. Helen nahm den Stein und drückte ihn.

«Wir waren es nicht, weißt du», sagte sie. «Es war nicht unsere Schuld.»

«Ich weiß», flüsterte Liane.

«Er hatte Depressionen, das ist eine Krankheit, aber du

hast sie nicht geerbt. Deshalb wirst du sie auch nicht bekommen. Okay?»

Liane nickte erneut, aber sie weinte immer noch.

«Und nur weil du all das loslässt, die Trauer und die Reue über das, was du vielleicht hättest tun können, um ihm zu helfen – oder auch nicht –, bedeutet das nicht, dass du *ihn* loslässt. Er wird immer in dir sein. Seine guten Eigenschaften. Und davon hatte er viele. Er war ein unglaublicher Mensch. Er hat dich so sehr geliebt.» Helen öffnete die Hand und sah sich den Stein an. Er war matt und flach, hatte aber kleine helle Flecken. «Ich behalte ein wenig von deiner Trauer, okay? Ich halte sie fest, und immer, wenn du darüber sprechen willst, bin ich für dich da.» Sie drückte den Stein erneut, schaute dann auf und legte ihn zurück in Lianes Hand. *Oh, Wes. Ich wünschte so sehr, dass es anders gekommen wäre.*

Als sich Helen zum Gehen wandte, hörte sie ein kleines Klatschen. Sie sah Ilsa am Ufer stehen, aber sie war es nicht, die ihren Stein geworfen hatte. Stattdessen steckte sie ihn in ihre Tasche und ging schnell zurück zum Kreis am Feuer, bevor Helen sie einholen konnte.

Zurück am Feuer, sagte Iris: «Bitte gebt mir eure Papierstreifen.» Dann räusperte sie sich und hielt die Zettel vor sich. «Jetzt ist es an der Zeit, dass wir einander vertrauen. Das hier gehört nicht zur traditionellen Zeremonie, aber im Geiste des schwesterlichen Zusammenhalts, den ich hier gern pflegen will, halte ich es für wichtig. Ich werde diese Zettel verteilen. Jeder von euch bekommt den Papierstreifen einer anderen. Ich möchte, dass ihr ihn lest, und ich will, dass ihr euch auf den Wunsch der anderen konzentriert, dieser anderen, die ihr womöglich gar nicht kennt, und zwar so stark, als sei es euer eigener Wunsch.»

Iris gab Helen einen Zettel. Er war doppelt gefaltet. Helen öffnete ihn.

Ich wünsche mir, dass all das nicht passiert wäre. Ich wünsche mir, dass Tim und ich die Zeit zurückdrehen könnten, dass es Samira nicht gäbe, dass mein Leben wieder so wird wie vorher. Ich wünsche mir, wieder glücklich zu sein. Sie sah zu Fiona hinüber. Ihre Augen waren angstvoll aufgerissen. *Genau das habe ich mir für dich gewünscht*, sagte sie in Gedanken, *dass du glücklich bist. Mehr wünsche ich mir nicht. Und diese anderen Dinge … du kannst mit mir reden.* Sie versuchte, ihre Tochter mit der Kraft ihrer Gedanken dazu zu bringen, sie zu hören, aber sie wusste, dass das nicht klappen würde. *Wenn du willst, dass sie diese Dinge weiß, musst du es ihr sagen.* Fiona sah weg, ins Feuer, und Helen bemühte sich, ihre Aufgabe zu erfüllen: sich all das für ihre Tochter zu wünschen, obwohl sie es nicht ganz verstand. Es war nicht mehr schwierig, als sie sich endlich konzentrierte. Iris hatte sie gebeten, sich etwas für einen anderen Menschen so sehr zu wünschen, wie sie es sich für sich selbst wünschen würden. Aber Helen wusste, dass sie sich ohnehin für sich selbst niemals etwas so sehr würde wünschen können, wie sie es sich für ihre Mädchen wünschte.

«Jetzt werft die Zettel ins Feuer», sagte Iris. Helen und Fiona traten im selben Moment ans Feuer. Als Fiona ihren Zettel ins Feuer warf, sah Helen noch für den Bruchteil einer Sekunde das Wort *Mädchen*, bevor das Papier in Flammen aufging. Dann drehte sich Fiona um und ging auf das Labyrinth zu. Helen zögerte nicht. Sie folgte ihr.

Nach dem Wochenende beschloss Helen, zurück nach New York zu fahren und Edie zum Mittagessen einzuladen. Sie erwartete, dass sie ablehnen würde, aber sie nahm an.

In der Nacht davor konnte Helen nicht schlafen.

«Komm, wir bestellen die Antipasti für zwei Personen», sagte Edie, und in diesem Augenblick, und nur in diesem Augenblick, standen die Jahre nicht zwischen ihnen, saßen all die Geschehnisse nicht wie ungebetene Gäste mit am Tisch. Aber dann schaute Helen von der Speisekarte auf und sah, wie sehr Edie sich verändert hatte, wie glatt sie wirkte, wie wenig vertraut. Die Jahre waren vergangen, und alles, was geschehen war, war wirklich geschehen.

Helen trank von ihrem Weißwein. (Das war etwas, was sich bei ihr verändert hatte: Früher hatte sie nur Rotwein getrunken, weil sie geglaubt hatte, dass Weißwein nur etwas für Frauen in einem gewissen Alter sei. Jetzt war sie in einem gewissen Alter und wusste, dass sie nach einem Glas Rotwein zum Mittagessen ab drei Uhr nachmittags Kopfschmerzen und einen Kater haben würde.) «Genau das wollte ich auch», sagte sie zu Edie, obwohl sie in Wirklichkeit über den Salmone Dijon nachgedacht hatte. Sie war nach einem Wochenende Wellness-Essen vollkommen ausgehungert.

«Und einen gemischten Salat», sagte Edie zum Kellner.

«Und ganz viel von diesem phantastischen Brot», fügte Helen hinzu.

In das Restaurant *Volare* an der West Fourth waren Helen und Edie alle paar Wochen gegangen, als sie noch jünger gewesen waren. (Viel jünger. All die Jahre waren tatsächlich vergangen!) Es war «ihr» Lokal, das war es zumindest gewesen. Sie hatten niemals Männer mit an diesen Zufluchtsort genommen, obwohl es gepasst hätte – mit all den Kerzen und der romantischen Atmosphäre.

«Ich genieße deine Gesellschaft bei einem romantischen Dinner mehr als die von irgendwem sonst», hatte Edie einmal zu Helen gesagt. «Wenn du doch nur ein Mann wärst.» Und dann hatten sie gelacht. «Gott sei Dank bin ich es nicht», hatte Helen geantwortet.

«Wir sollten einen Prosecco dazu bestellen», flüsterte Edie mit dem verschwörerischen Flüstern, das Helen so gut kannte, das aber jetzt fehl am Platze wirkte. Edie hatte ihr Haar schick hochgeschlungen und trug einen Anzug mit einem Schal um den Hals. Diamantohrstecker. Eine teuer wirkende Uhr. Helen fühlte sich in ihrem langen Rock, den Armreifen und dem gewebten Top schäbig und schlecht angezogen. Sie verstand, warum Nate mit Edie zusammen sein wollte. Sie war die Art Frau, mit der man ein Leben lang zusammen sein konnte. Sie hatte eine geheimnisvolle Aura. Vielleicht kannte er sie immer noch nicht richtig, nicht einmal nach all den Jahren. Helen jedenfalls hatte sie nie wirklich gekannt.

«Geht es dir gut?», fragte Edie. Ihr Tonfall war beinahe ein wenig melodiös, als hätte sie Nates Sprechweise übernommen. Helen hatte noch nicht nach ihm gefragt. Aber das würde sie tun. Sie würde tun, weshalb sie gekommen war. Sie dachte an Fiona im Labyrinth, an die Tränen auf ihren Wangen und den Zorn in ihrer Stimme. *Wie dumm ich war zu glauben, dass diese Männer keine Rolle in unseren Leben spielen, nur weil ich so getan habe, als bräuchte ich sie nicht*, dachte Helen. «Mir geht es prima», sagte sie laut und zwang sich zu einem heiteren Ton. «Ich hatte gerade ein Wellness-Wochenende mit den Mädchen, mit allen dreien.»

«Gut. Wie schön für dich.» Einen Herzschlag lang schwiegen sie beide. «Weißt du», begann Edie dann, «wir haben genau das getan, was wir uns geschworen haben, niemals zu tun. Wir haben es zugelassen, dass sich ein Mann zwischen uns drängt.»

«Es war ja wohl ein bisschen mehr als ein Mann», versetzte Helen. «Und ich war es nicht, *du* warst es.»

«Na ja, es tut mir leid. Wie ich schon vor all den Jahren gesagt habe, wir haben keinen Einfluss darauf, in wen wir uns verlieben. Gerade du solltest das wissen.»

Gerade du. Was sollte das nun wieder heißen? Helen saß stumm da. Dann sagte sie: «Wie geht es Nate eigentlich? Ist er immer noch auf Tournee? Versucht er immer noch so zu tun, als sei er zwanzig?»

«Er tut immer noch, was er liebt», verbesserte Edie sie, und Helen fühlte sich zurechtgewiesen.

«Wir sind diesen Frühling zwanzig Jahre verheiratet, weißt du. Eine Ehe ist nicht leicht. Aber für uns funktioniert sie. Wir sind glücklich. Und ihm geht es gut. Er lässt dich grüßen.» All das kam in einem Schwall aus ihr, als hätte sie es lange geübt, aber mittendrin den Mut verloren. *Mut.* Das hatte Edie. Alle Leute sagten über sie: «Das Mädchen hat wirklich Mut.» Helen hatte sie früher genau deshalb geliebt.

«Ach komm schon. Du hast ihm doch nicht gesagt, dass wir uns treffen.»

«Du unterschätzt mich und ihn. Es ist doch alles schon so lange her. Schnee von gestern.»

Der Kellner war wieder da, und das Geräusch des knallenden Korkens erleichterte Helen.

«Also. Wie geht es den Mädchen denn?», fragte Edie. «Deinen wunderbaren, wunderbaren Mädchen. Ich habe sie vermisst.»

«Ilsa macht hin und wieder eine Ausstellung in der Stadt», sagte Helen. «Sie ist eine sehr begabte Künstlerin. Und Liane ist in Toronto. Sie unterrichtet an der Universität dort. Und sie ist in einen Schriftsteller verliebt und sehr glücklich.»

«Ein Schriftsteller. Und glücklich. Na, wenn das kein Widerspruch in sich ist.»

Gegen ihren Willen musste Helen lachen.

«Wie heißt der Autor denn?», fragte Edie.

«Laurence … Ich habe den Nachnamen vergessen. Er schreibt Science-Fiction oder so etwas. Ein sehr netter Mann.»

Edie lächelte. «Erinnerst du dich noch, wie sehr sie *Betty und ihre Schwestern* mochte und wie Ilsa sie immer damit aufzog, in Laurie verliebt zu sein?» Helen nickte, überrascht, dass Edie sich an solche Einzelheiten erinnern konnte. «Klingt, als hätte Liane jetzt ihren Laurie gefunden.» Edie drehte den Stiel ihres Glases zwischen den Fingern. «Und Fiona?», fragte sie schließlich.

«Wunderbar. Super. Drei Jungs, ein großes Haus in Rye – Ilsa wohnt übrigens bei ihr in der Nähe; ihre Männer sind Freunde …» Helen atmete tief durch. «Wir haben an diesem Wochenende viel geredet. Vermutlich mehr als je zuvor. Und sie …» Aber jetzt kam der Salat. Der Kellner fragte, ob sie auch Pfeffer wollten. Sie lehnten beide ab.

«Drei Jungs», sagte Edie. «Wow, wie schön für sie.»

«Ja.» Jetzt fasste sich Helen ein Herz. «Du solltest es Nate sagen. Sag ihm, dass er drei Enkel hat.»

Edie nahm einen Schluck von ihrem Prosecco und schürzte die Lippen. «Wir haben keine Kinder, weißt du», sagte sie und überging Helens Bitte. «Aber ich habe mir wirklich welche gewünscht.» Helen wollte sie in diesem Moment am liebsten schlagen, wollte über den Tisch langen und ihr eine runterhauen, als wären sie zwei Frauen in einer Vorabendserie. «Ich habe es versucht, vielleicht ein wenig zu verkrampft, als wir gerade geheiratet hatten. Aber es war zu spät. Ich hätte es wissen müssen. Ich fürchte, mein Wunsch hat die ersten paar Jahre unserer Ehe ein wenig schwierig gemacht. Aber er ist bei mir geblieben.»

Helen strich Butter auf ein Stück Brot und biss davon ab, um ein wenig Zeit zu gewinnen. Sie schaute auf Edies Hände, während sie kaute. Sie wirkten viel älter als der Rest von ihr, wie Pergament. Sie trug ein paar Ringe und hatte Nagellack über tiefe Längsrillen aufgetragen. Als Helen fertig gekaut hatte, nahm sie ihr Glas und trank es halb leer. Das hier lief nicht wie geplant. Edie war einfach zu glatt. Sie hatte zu viele Jahre mit Nate verbracht.

Schließlich sagte Helen: «Fiona war am Boden zerstört darüber, dass Nate sie hat abblitzen lassen, als sie versuchte, Kontakt zu ihm aufzunehmen, und dass du es abgelehnt hast – *abgelehnt* –, ihr zu helfen. Darüber ist sie nie hinweggekommen. Es bestimmt ihr Leben, es beeinträchtigt jeden Teil ihres Lebens und trägt das Potenzial in sich, sie zu zerstören. Vielleicht hat sich Nate gar nichts dabei gedacht, als er nicht auf sie reagiert hat, vielleicht hast du dir nichts dabei gedacht, ihre Bitte um Hilfe abzulehnen, aber es hat sie verletzt. Und aus welchem Grund? Damit er damals bei dir blieb, als du dir noch nicht sicher sein konntest, dass es zwischen euch läuft? Und er – ich habe es nie verstanden. Wie viele andere Musiker haben Legionen von außerehelichen Kindern? Warum war es Nate so wichtig, überhaupt keine Bindungen zu haben? Bis du aufgetaucht bist, natürlich. Das muss ich dir lassen, zwanzig Jahre sind beeindruckend lange. Aber warum hat ihn das nicht verändert, nicht einmal ein bisschen? Warum hast du deine Rolle als Ehefrau nicht dazu genutzt, ein wenig Heilung in das Leben von jemandem zu bringen, der noch am ehesten so etwas wie eine Tochter für dich ist? Und jemals sein wird?» Edie zuckte zusammen, und Helen freute sich. Alte Wunden und jetzt eine neue. Sie spürte, wie ihr Herz pochte, und merkte, dass sie vom Reden ganz außer Atem war.

«Wollen wir diesen alten Streit jetzt wirklich wieder aufwärmen?» Edies Stimme war ganz kalt geworden. Kein entspannter Singsang mehr. Sie war wütend. «Ich habe dir vor Jahren schon gesagt, der einzige Grund, aus dem Nate und ich uns überhaupt kennengelernt hatten, war, dass ich ihn wegen Fiona gefragt habe.»

«Ja, aber wie lange hast du darauf beharrt? Fünf Minuten? Und das hier ist nicht derselbe alte Streit. Es geht nicht darum, dass ich auf dich wütend bin, weil du etwas mit einem alten Liebhaber von mir angefangen hast, der eigentlich tabu war. Darüber bin ich hinweg, eigentlich war ich schon darüber hinweg, als die Tinte auf deiner Eheurkunde gerade getrocknet war. Nate gehört noch nicht einmal zu meinen großen Lieben. Er hat mich nur zufällig geschwängert. Worüber ich aber nicht hinweg bin, ist die Tatsache, dass er meine Tochter verletzt hat. Dass ihr beide sie verletzt habt. Als Fiona und ich uns am letzten Wochenende unterhalten haben, sagte sie, dass sie gedacht hatte, dass du und ich unsere Freundschaft beendet hätten, weil ich wegen Nate eifersüchtig gewesen sei. Wahrscheinlich hast du das ebenfalls immer geglaubt. Aber das war es überhaupt nicht.»

«Hast du mich deshalb um dieses Treffen gebeten? Damit du mir die Pistole auf die Brust setzen, mir so lange ein schlechtes Gewissen einreden kannst, bis ich Nate anflehe, doch bitte Vernunft anzunehmen, einen Vaterschaftstest zu machen und seine Enkel anzuerkennen?»

«Einen Vaterschaftstest! Oh bitte. Wir wollen ihn auf keinen Fall in unserem Leben, nein. Ganz bestimmt nicht.»

Die Platte war gekommen, und der Kellner fragte erneut, ob sie Pfeffer wollten.

«Doch nicht auf einer Meeresfrüchteplatte», antwortete Edie barsch. Der Kellner wich zurück.

Helen stand auf. «Ich habe eigentlich gar keinen Appetit mehr», sagte sie.

«Ich verstehe wirklich nicht, was das Ganze hier sollte.»

«Meine Tochter hat mich darum gebeten», sagte Helen. «Und für sie würde ich alles tun.»

«Das hast du ja jetzt getan. Du hast dir ja jetzt einiges wegen Nate von der Seele geredet. Jetzt setz dich wieder.»

Helen schüttelte den Kopf. «Ich habe nie etwas für ihn gefühlt, Edie. *Du* warst es, von der ich mehr wollte.»

Sie bezahlte die Rechnung auf dem Weg zur Tür und hatte endlich das Gefühl, das letzte Wort gehabt zu haben.

Teil drei

Was gibt es Größeres im Leben zweier Menschen als das Gefühl, für das ganze Leben miteinander verbunden zu sein – einander in Zeiten der Mühsal zu stärken, in Zeiten des Kummers zu stützen, in Zeiten des Schmerzes zu trösten und im Augenblick des letzten Abschieds in stummer, unaussprechlicher Erinnerung miteinander eins zu sein?

GEORGE ELIOT, Adam Bede

11

DER WEISSBÜSCHELAFFE (CALLITHRIX JACCHUS)

Das Paarungsmuster wilder Weißbüschelaffen ist ausgesprochen komplex und verändert sich hin und wieder. Auch das Brutpflegeverhalten der Weißbüschelaffen ist nicht immer gleich, vor allem nicht bei den Vätern. Studien haben gezeigt, dass Weißbüschelmännchen, die bereits erfahrene Väter sind, besser auf Junge und das Kindchenschema ansprechen als erwachsene Männchen, die bisher noch keine Jungen gezeugt haben.

✦

Samira saß im Café und wartete. Und wenn er nicht kam? Es kann sein, dass er nicht kommt. Das sagte sie sich immer wieder. Und wenn er nicht kommt, dann werde ich nicht enttäuscht sein. Ich habe ihn schließlich nicht hierherbestellt. Na ja, rein theoretisch hatte sie ihn durchaus hierherbestellt, indem sie ihm die Briefe geschickt hatte, indem sie ihn dann aus einem Impuls aus der Trauer heraus bei ihm zu Hause angerufen hatte – und das trotz der Tatsache, dass ihre Mitbewohnerin und Freundin Romy gesagt hatte, dass all das sich als ein riesiger Fehler herausstellen könne. «Tut mir leid, Sam», hatte Romy gesagt. «Ich gehe nun mal immer vom schlimmstmöglichen Fall aus.» Sie wohnten zusammen in einem kleinen Zimmer mit einer Kochplatte und einer Kaffeemaschine und nahmen am Tanzprogramm des Konservatoriums der Universität Wien teil. «Aber egal was passiert, ich bin für dich da.»

Und was, wenn das alles nun wirklich ein riesiger Fehler war? Wenn meine Mutter gewollt hätte, dass er in meinem Leben ist, hätte sie dann nicht dafür gesorgt?

Was Samira sicher wusste, war, dass ihre Mutter nichts unternommen hatte, um ihr die Identität ihres Vaters vorzuenthalten, und das musste etwas bedeuten. Tatsächlich hatte Marta seinen Namen in einem Brief erwähnt, den sie Samira kurz vor ihrem Tod an Eierstockkrebs im letzten Sommer geschrieben hatte. Zu spät hatte Samira beschlossen, sie zu fragen, ob sie es für eine gute Idee hielte, Kontakt zu ihrem Vater aufzunehmen. Sie hatte ihre Mutter immer um Rat gefragt. Aber als Marta krank wurde, hatte Samira versucht, sich ein wenig zurückzuziehen. Sie hatte beschlossen, dass es an der Zeit war, ihre Mutter nicht wegen jeder Kleinigkeit zu behelligen. Denn es war ganz klar, dass Martas Tage gezählt waren und Samira ohnehin bald auf sich selbst gestellt sein würde, ohne Mutter.

Also hatte Samira den Brief gelesen, ihrer Mutter dafür gedankt und ihn in einer Schublade aufbewahrt. Sie hatte sich auf andere Dinge konzentriert, zum Beispiel, ihre Mutter zu besuchen und nicht vor ihr zusammenzubrechen, Martas Freunde zu trösten, die manchmal vor Samira weinten und Dinge sagten wie: «Du armes kleines Ding, jetzt hast du bald niemanden mehr.» Sie konzentrierte sich darauf, sich eine Welt vorzustellen, in der es ihre Mutter nicht gab, damit sie, wenn der Tag kam, an dem sie wirklich nicht mehr da war, nicht vollkommen erschüttert sein würde. Aber schließlich entschied Samira, dass sie doch noch einmal den Rat ihrer Mutter brauchte.

Sie kam zu spät. Als sie nach der Hand ihrer Mutter im Krankenbett griff, um sie zu fragen, hatte der Sinkflug bereits begonnen, und er wurde immer rasanter. Nur noch ein Mal gelangte Marta zu Bewusstsein, um ihr zu sagen: «Ich liebe dich, Samira, und dir wird es wieder gutgehen. Tanz einfach weiter.» Samira barg zum letzten Mal ihr Gesicht an der Schulter ihrer Mutter und hoffte, ihren vertrauten Duft zu riechen, aber stattdessen nahm sie nur den Geruch nach Krankheit und Chemikalien wahr.

Samira blickte in ihren halb ausgetrunkenen Cappuccino und dachte, dass sie gleich in Tränen ausbrechen würde, weil sie immer weinte, wenn sie daran dachte, wie ihre Mutter «Tanz einfach weiter» gesagt hatte. Sie stand auf und ging hinaus auf die Straße. Draußen verflog das Gefühl. Sie überquerte die Straße und blieb auf der gegenüberliegenden Seite stehen, um den Eingang des Cafés zu beobachten, bis ein Mann, der vielleicht er war, hineinging. Beinahe hätte sie die Straße wieder überquert, aber stattdessen ging sie einfach weiter, bis sie ganz taub von der Kälte war.

Nach ein paar Blocks blieb sie stehen und schaute auf ihr Handy. *Aber ich habe ihm gar nicht meine Handynummer gegeben, nicht wahr?*

Sie ging weiter, bis ihr noch kälter wurde und sie nasse Füße bekam. Schließlich stand sie vor ihrem Wohnhaus. Sie ging hinauf.

Romy saß im Schneidersitz auf dem Boden, las in einem Lehrbuch und streckte zwischen den Absätzen ihre wunderschönen Gliedmaßen. «Was ist passiert?», fragte sie. «Was ist los? Er hat hier angerufen. Na ja, ich glaube wenigstens, dass er es war. Ein Mann mit einer tiefen Stimme. Er sagte, ich soll dir sagen, dass Tim angerufen hat. So heißt er, oder?» Romy sprach den Namen merkwürdig aus, sie dehnte ihn so, als hätte er zwei Silben, um ihm mehr Bedeutung zu verleihen.

Samira nahm den Zettel, auf den Romy die Nachricht gekritzelt hatte – Romy war ausgesprochen gewissenhaft, wenn es darum ging, Anrufe anzunehmen –, und schaute auf den Text. Dann sah sie wieder auf. «Ich konnte einfach nicht», sagte sie. Romy rappelte sich auf und setzte sich neben Samira aufs Bett.

«Du konntest was nicht? Konntest nicht … du meinst, du hast ihn versetzt?»

«Ja. Plötzlich kam mir das alles ganz falsch vor. Es war so … inszeniert. Ihn dort zu treffen, im Café Central. Als wäre er irgendein Onkel, der aus Übersee zu Besuch kommt, und es meine Pflicht wäre, ihm die Sehenswürdigkeiten meiner Stadt zu zeigen. *Café Central.* Bäh!»

«Warum wolltest du mit ihm denn nicht in das Café, in das du normalerweise immer gehst?»

«Ich weiß nicht. Das kam mir irgendwie zu persönlich vor.»

«Und was willst du jetzt tun?»

«Nichts. Wahrscheinlich will er nie wieder mit mir sprechen.»

«Das bezweifle ich. Immerhin ist er extra nach Wien gekommen.»

«Bestimmt ist er jetzt richtig sauer.»

«Er klang überhaupt nicht sauer. Eigentlich eher besorgt. Ziemlich väterlich eigentlich. Als ob er befürchtete, dass dir etwas passiert ist. Ich wette, er sitzt immer noch dort. Ich weiß, dass ich zu Beginn gegen das alles war, aber er klingt wirklich nett. Du solltest ihn doch kennenlernen.»

«Ich kann nicht.» Und das war die Wahrheit. Samira wusste, dass sie es zumindest jetzt nicht konnte. Sie wollte es, sie wollte herausfinden, ob sie mit ihrer Vermutung richtiglag, ob er der war, für den sie ihn hielt, ob er wirklich der Mann mit dem grauen Haar und dem weinroten Schal war, der kurz vor dem Café stehen geblieben und hochgeschaut hatte, als wollte er sichergehen, dass er am richtigen Ort war, bevor er eintrat. Beinahe hätte sie die Straße überquert und zu ihm gesagt: *Komm, nicht da rein. Lass uns woanders hingehen*, und wäre dann dorthin mit ihm gegangen, wo sie normalerweise hinging, ins Kaffee Alt Wien in der Bäckerstraße 9.

Samira dachte einen Moment lang nach. Dann sagte sie: «Ich sollte ihn vielleicht anrufen, oder?» Und sie griff nach dem Telefon und wählte die Nummer, die Romy für sie aufgeschrieben hatte, bevor sie noch darüber nachdenken konnte. Ein Mann ging ran und sagte: «Hallo?» Samira zögerte, aber nicht allzu lange, weil sie nicht wollte, dass er auflegte.

«Hier ist Samira», sagte sie.

«Hallo! Tut mir so leid, bin ich im falschen Café? Ich sitze hier im Café Central, aber ich glaube, ich sehe dich nirgends. Allerdings habe ich peinlicherweise schon ein paar blonde Mädchen gefragt, ob sie vielleicht Samira heißen. Eine hieß tatsächlich so, aber das warst trotzdem nicht du. Ist das nicht lustig? Na ja, vielleicht auch nicht.» Er wirkte sehr nervös. Romy hatte sich diskret zurückgezogen und machte einen Herabschauenden Hund in der Zimmerecke, um sich zu strecken.

«Tut mir leid», sagte Samira. «Mir ist etwas dazwischengekommen, und ich kann nicht … ich kann nicht kommen.»

«Oh.» Er war enttäuscht, das hörte sie. Aber nicht verärgert. Überhaupt nicht.

«Wir könnten uns morgen treffen.» Sie warf Romy, deren Kopf nach unten hing, einen Blick zu. «Morgen gehe ich mit meiner Mitbewohnerin Schlittschuh laufen.» Romy riss die Augen auf und setzte sich in der Kindesposition auf die Fersen. «Vor dem Rathaus. Du könntest mitkommen.»

Romy rollte sich auf die Seite. *Schlittschuh laufen?*, formte sie mit den Lippen.

«Schlittschuh laufen», wiederholte der Mann, der Mann, der ihr Vater war. «Also, ich habe meine Schlittschuhe nicht mitgebracht ...»

«Man kann sie an der Eisbahn ausleihen. Es sei denn, du fährst gar nicht Schlittschuh. In dem Fall könnten wir vielleicht ...» Aber plötzlich wollte sie unbedingt Schlittschuh laufen. Es kam ihr wie die perfekte Lösung vor. *Schlittschuh laufen mit meinem Vater.*

«Nein, ich kann Schlittschuh laufen. Meine Söhne und ich ...» Er hielt einen Moment inne, und sie spürte, wie sie zusammenzuckte. «Wir gehen ziemlich oft Schlittschuh laufen. Sie spielen gern Hockey.»

Meine Söhne und ich. «Ich, äh ...» Da war es. Da war das Problem. Deswegen hatte sie nicht ins Café gehen können, deshalb sagte sie ihm jetzt, dass er sie auf der Eisbahn vor dem Rathaus treffen sollte, wo sie zusammen Schlittschuh laufen würden, sie drei. So würde sie ihn nicht über den Tisch hinweg anstarren müssen. Denn er hatte ein anderes Leben, zu dem sie nicht gehörte. Es gab Söhne, Halbbrüder, die in Wirklichkeit nicht zu ihrer Familie gehörten und es auch niemals tun würden. «Du armes kleines Ding», hatten die Freundinnen ihrer Mutter zu ihr gesagt. «Jetzt hast du niemanden mehr.» Aber vielleicht hatte sie doch noch jemanden, und das war fast noch schmerzhafter.

Samira erinnerte sich immer noch an den Moment in ihrem Leben, als sie begriff, dass sie eigentlich einen Vater hätte haben sollen, dass es nicht ganz normal war, dass Marta und sie alleine waren. Es war an ihrem zweiten Tag im Kindergarten, als sie und ein paar andere Mädchen «Familie» spielten. «Du musst der Papa sein, Samira», bestimmte ein kleines Mädchen namens Pia, die Anführerin der Truppe. «Der Papa?», wiederholte Samira. Es war nicht so, dass sie nicht gewusst hätte, was ein Papa war. Aber in diesem Augenblick wusste sie nicht, was ein Papa tat, wie er sich verhielt, und sie stand da und starrte Pia an und wünschte sich, sofort zu ihrer Mutter zu gehen und sie fragen zu können.

Das tat sie dann auch. «Habe ich einen Papa?», waren die ersten Worte, die sie sagte, als Marta sie vom Kindergarten abholte. Marta runzelte die Stirn und schaute sich um. «Hat jemand etwas Schlimmes zu dir gesagt?», fragte sie. Samira schüttelte den Kopf. Marta nahm sie bei der Hand und ging mit ihr die Straße entlang. Sie schwieg, und Samira wartete, bis sie nach einer Weile sagte: «Du hast keinen Papa, Samira. Du hast nur mich, aber das ist in Ordnung. Ich bin deine Mama *und* dein Papa.»

Dann, als Samira elf war, sagte sie zu Marta: «Du hast mir einmal gesagt, ich hätte keinen Vater, aber das kann doch nicht stimmen?» Inzwischen hatte sie in der Schule gelernt, wie Kinder entstehen. Und sie sagte nicht mehr *Papa*. Schließlich war sie kein Baby mehr. «Jeder hat einen Vater. Es kann nicht sein, dass ich keinen habe.»

«Das stimmt», sagte Marta. «Du hast tatsächlich einen Vater. Aber er lebt weit weg, und du wirst ihn vermutlich nie kennenlernen.» Ein Außenstehender hätte vielleicht glauben können, dass Marta herzlos war, aber sie war nun mal ein ehrlicher und pragmatischer Mensch. Viel später, als Samira schon in der Pubertät war, sagte sie zu ihr: «Ich wollte es nie vor dir verheimlichen. Aber offenbar habe ich nie einen Weg gefunden, es dir zu erklären.»

«Wer war er?», hatte Samira gefragt. Sie war jetzt vierzehneinhalb. Sie erinnerte sich, dass ihr Herz gepocht hatte und ihre Hände schweißnass waren, aber sie gab sich alle Mühe, so zu tun, als sei das alles gar nicht so wichtig.

«Er war ein junger Mann, den ich kennengelernt habe, als ich über den Sommer in der Pension deiner Tante arbeitete.»

«Du hast dort auch gearbeitet?»

Marta nickte. «Ja. Ich habe an der Rezeption gearbeitet und musste zweimal täglich die Küche putzen. Eines Nachmittags kam ich in die Küche, und dort war er mit einem Freund. Sie hatten einen schrecklichen Batzen Fleisch dabei, den sie von einem Schlachter bekommen hatten, der ihnen das Ding eigentlich umsonst hätte geben müssen, und sie versuchten, Tafelspitz daraus zu kochen.» Sie lächelte bei der Erinnerung daran, und Samiras Handflächen fühlten sich nicht mehr ganz so verschwitzt an. «Ich habe mich ihrer erbarmt und ihnen geholfen, vor allem, weil ich keine jungen Männer kannte, die sich an etwas anderem als Käsebroten oder Spaghetti oder vielleicht Hamburgern versucht hätten. Sie luden mich zum Abendessen ein, und ich beendete meine Schicht, und wir saßen auf der Terrasse hinter dem Haus und tranken Wein und …» Sie klemmte sich das dunkelblonde Haar hinter die Ohren. «Und er blieb eine Weile. Den ganzen Sommer lang. Sein Freund reiste weiter, ich glaube, nach Ungarn, aber Tim blieb.»

«Tim?» Sie sprach es genauso aus wie Romy, zog den Namen in die Länge, um ihn wichtiger klingen zu lassen.

Marta nickte.

«Und dann?»

«Und dann hatte er kein Geld mehr und musste nach Hause fahren.»

«Oh.» Samira wusste wirklich nicht, was sie sagen sollte. Schließlich brachte sie heraus: «Wusste er, dass du schwanger warst?»

«Ich selbst wusste es damals nicht. Hör mal, er war wirklich nett. Ich habe ihn wirklich sehr gemocht. Aber ich wusste zwei Dinge ganz sicher: Als ich herausfand, dass ich schwanger war, wollte ich dich unbedingt behalten. Und ich wusste auch, dass ich nicht nur mit ihm zusammen sein wollte, weil ich schwanger war. Also ließ ich ihn los, und das habe ich nie bereut.»

Danach wusste Samira nichts mehr zu sagen. Sie verdrängte den Gedanken an einen Vater, und die meiste Zeit fand sie das auch nicht schwierig. *Ich bin deine Mama* und *dein Papa.* Es stimmte. Das war Marta wirklich.

Als sie fast sechzehn war, zum ersten Mal unter Liebeskummer litt, Martas Tee trank und sich von ihr den Rücken streicheln ließ, fragte Samira Marta, ob sie Tim geliebt hätte. Marta wirkte etwas überrascht. Dann antwortete sie: «Ich habe nie die Gelegenheit gehabt, das herauszufinden. Aber ich werde ihm immer dankbar sein. Das kann ich dir sagen. Ich sehe viel Gutes in dir, was du nicht von mir geerbt haben kannst, zum Beispiel deine Zielstrebigkeit, deinen Ehrgeiz und deine Zuverlässigkeit, und ich bin ihm dafür dankbar – und natürlich für dich.»

«Und wie war es für dich, als er fortging? Als er kein Geld mehr hatte und zurückmusste? Warst du da traurig?»

«Natürlich war ich das. Ich weinte am Bahnhof. Ich erinnere mich noch an sein Gesicht am Zugfenster.»

Aus irgendeinem Grund fühlte sich Samira viel besser, als ihre Mutter ihr das erzählte. Sie wischte sich die Tränen ab und trank ihren Tee aus.

Du hast ihn geliebt, auf deine Weise.

Danach hatte sie sie nicht mehr nach diesem Tim gefragt.

Jetzt verabredeten sich Samira und Tim, und sie gab ihm ihre Handynummer, sodass sie nicht mehr abspringen konnte. Dann legte sie auf.

«Schlittschuh laufen? Vor dem Rathaus? Echt jetzt? Und du sagst, das Café Central ist dir zu touristisch?», fragte Romy.

«Ich weiß. Ich weiß. Aber kannst du mitkommen? Bitte?»

«Natürlich kann ich mitkommen.» Sie schüttelte den Kopf. «Aber ich warne dich, Sam. Solche Dinge machen mich nervös. Kann gut sein, dass ich anfange zu plappern. Wahrscheinlich bin ich dann schlimmer als du.»

«Ist schon okay, wir fahren ja Schlittschuh, da kannst du gar nicht so viel plappern.»

«Doch. Aber weißt du was? Wenn es gut läuft, tue ich so, als ob mir die Schlittschuhe nicht richtig passen oder mir etwas weh tut, und dann setze ich mich an den Rand.»

«Lass uns einfach abwarten, was passiert. Danke, dass du das hier mit mir durchziehst. Du bist wirklich eine gute Freundin.» Und damit streckte sich Samira auf ihrem schmalen Bett aus und schlief bald ein.

Sie beschrieben große Kreise auf dem Eis. Weil sie neben ihm lief und aufpassen musste, wo sie hinfuhr, konnte sie sein Gesicht nicht ansehen. Romy tat tatsächlich so, als hätte sie sich den Fuß verstaucht, setzte sich auf eine Bank und spielte auf ihrem Handy herum, obwohl Samira annahm, dass sie sich bemühte, Gesprächsfetzen zu erhaschen, wenn Tim und sie an ihr vorbeifuhren. Sie sagten allerdings nicht viel. Samira hatte massenweise Fragen – dazu, wie ihre Mutter in jungen Jahren gewesen war, wie es in New York City war, und zu diesen Jungen, die er erwähnt hatte, ihren Halbbrüdern, ob sie gut im Eishockey waren, zum Beispiel. Sie wollte sie sich vorstellen können. Aber wie hätte sie all diese Fragen aussprechen können? Sie war einfach zu nervös. Nervös waren sie beide. Merkwürdigerweise fühlte es sich beinahe an wie ein erstes Date. Als sie sich an der Eisbahn getroffen hatten, hatte er ihr ein kleines Geschenk überreicht. «Weil nächste Woche doch Weihnachten ist», hatte er gesagt. Sie hatte überlegt, ob sie es öffnen sollte. Aber sie tat es nicht. Sie steckte es in ihren Rucksack.

Ihre Zehen wurden langsam taub vor Kälte. Ihre Schlittschuhe waren zu klein. Sie hatten ihrer Mutter gehört. «Deine Füße sind größer als meine», hatte Marta immer gesagt. «Das bedeutet, dass du auch größer wirst als ich.» Aber am Ende war Samira genauso groß geworden wie ihre Mutter, weshalb sie oft die Kleider tauschten. Und trotzdem hatte Samira die meisten Kleider ihrer Mutter weggegeben, selbst diejenigen, die sie gern gehabt hätte, als ihre Mutter noch am Leben war. Das bereute sie inzwischen. Einmal hatte sie eine Frau in einem dunkelgrünen Mantel gesehen, der dem ihrer Mutter ähnlich sah, und sich vorgestellt, dass es vielleicht wirklich der ihrer Mutter war.

«Wie gefällt dir Wien?», fragte sie Tim in dem Versuch, eine Unterhaltung in Gang zu bringen.

«Oh, es ist wunderschön hier. Besonders im Winter. Ich war noch nie im Winter hier.»

«Stimmt, als du hier warst, war es …»

«Sommer», beendete er ihren Satz. «Als ich hier war und deine Mutter kennenlernte, war es Sommer.» Näher kamen sie den eigentlichen Themen nicht. Sie fuhren noch ein weiteres Mal im Kreis. Samira fiel auf, dass der Platz auf der Bank, auf der noch vor kurzem Romy gesessen hatte, leer war, und sie war ein wenig dankbar und ein wenig beunruhigt deswegen. Sie öffnete den Mund, um etwas zu sagen, aber Tim sprach zuerst.

«Ich will dich nicht belügen und dir weismachen, dass deine Mutter die große Liebe meines Lebens war, Samira, aber sie hat mir etwas bedeutet. Ich habe mich immer gern an sie erinnert. Sie war eine wunderschöne junge Frau, und du siehst genauso aus wie sie. Sie war innerlich ebenso schön. Schlau. Freundlich. Pragmatisch. Ich will, dass du weißt, dass es keine Entschuldigung für die Tatsache gibt, dass ich nie nach dir gesucht habe. Ich wusste einfach nicht, was ich tun sollte – das ist jetzt keine Entschuldigung, aber du weißt bestimmt, dass Marta ziemlich stark und geradeaus war, und … wenn ich auch nur irgendeinen Zweifel daran gehabt hätte, dass sie dich allein großziehen kann …»

«Sie hat sich großartig um mich gekümmert», sagte Samira bestimmt. «Wir haben nie jemand anderen gebraucht.»

«Aber trotzdem», sagte Tim. «Trotzdem tut es mir leid, dass ich nicht da war. Ich hoffe, dass du mir das eines Tages verzeihen kannst.»

Sie glitten noch zweimal im Kreis, bis Samira wieder etwas sagte. «Ich bin nicht böse auf dich», sagte sie. «Das war ich nie.»

Sie wurden langsamer und blieben dann nebeneinander stehen.

«Ich glaube, ich möchte jetzt nicht mehr Schlittschuh laufen», sagte Samira.

Er schien ihren Ausflug jedoch noch nicht beenden zu wollen. «Möchtest du vielleicht jetzt dein Geschenk öffnen?» Sie gingen zur Bank, und sie griff in ihren Rucksack und zog das kleine Päckchen hervor. Darin fand sie ein Foto von ihrer Mutter in einem kleinen silbernen Rahmen, der sich schwer und teuer anfühlte. Das Foto war sepiagetönt, ihre Mutter ganz jung. Sie schaute jemand anderen an, mit offenem Mund, offenbar redete sie gerade oder lachte, die verschwommene Hand erhoben. Sie hatte immer viel gestikuliert, wenn sie sprach. Samira fuhr mit ihrem kalten Finger über das Glas. Dann steckte sie das gerahmte Foto in den Rucksack und begann zu weinen.

Tim zögerte. Dann streckte er die Hand aus, um die große Entfernung zwischen ihnen zu überbrücken, die in Wirklichkeit nur ungefähr dreißig Zentimeter betrug, und sie barg ihr Gesicht an seiner Schulter.

Er zog ein Taschentuch aus der Tasche und gab es ihr, und sie dachte: *Mein Vater gehört zu den Menschen, die immer ein Taschentuch dabeihaben.* Dann sagte sie zu ihm: «Ich weine eigentlich nicht leicht», und hoffte, dass das irgendwie erklärte, weshalb sie nun schon so lange an seiner Schulter weinte. Schließlich hob sie den Kopf und sah die Spuren ihrer Tränen auf seiner Jacke und zwang sich aufzuhören. Er warf ebenfalls einen Blick auf seine Schulter und sah sie dann an. *Das ist dein Vater*, dachte sie, während sie ihn ansah. Sie begriff, dass sie gehofft hatte, dass sein Besuch vielleicht das Loch füllen würde, das der Tod ihrer Mutter in ihr Leben gerissen hatte. *Ich bin deine Mama* und *dein Papa*, hatte Marta gesagt.

Aber den verlorenen Papa zu finden schmälerte den Verlust von Marta überhaupt nicht.

«Ich vermisse sie so sehr», sagte sie zu ihm.

«Es tut mir leid», sagte er. «Kann ich irgendetwas tun?»

«Ich glaube nicht», antwortete sie.

«Aber du weißt, dass ich dir helfen würde, oder? Wenn du irgendetwas brauchst, weißt du, dass ich dir helfen würde – zumindest würde ich es versuchen.»

Und plötzlich war es da. Eine ganz kleine Lücke in den dunklen Wolken ihrer Trauer. *Aber du weißt, dass ich dir helfen würde, oder?*

«Danke, Tim», sagte sie.

12

DER ROTSCHWANZBUSSARD (BUTEO JAMAICENSIS)

Der Rotschwanzbussard ist eigentlich ein monogamer Vogel, der sich oft ein Leben lang paart – oder zumindest für viele Jahre. Während der Balz fliegen das Männchen und das Weibchen in weiten Kreisen umeinander herum und geben schrille Schreie von sich. Das Männchen geht in den Sturzflug, steigt dann wieder auf und wiederholt die Prozedur, um sich vor seiner potenziellen Partnerin von seiner besten Seite zu zeigen. Manchmal greift er sogar mit seiner Kralle nach ihrer, als ob er versuchte, ihre Hand zu halten.

✦

Liane lag im Wohnzimmer von Laurence' Stadthaus auf der Couch, schaute zur Decke hoch und zu den Bücherregalen. Die vorherrschenden Farben waren Taupe und Dunkelblau; der Stil war männlich, und doch hatte er einen weiblichen Einschlag: Er hatte hier früher mit seiner Frau und seinen Töchtern gewohnt, und das war für sie in Ordnung. Sie war nicht der eifersüchtige Typ. Zumindest hoffte sie das.

Die Musikanlage war eingeschaltet. Die Musik, ebenso wie sein Literaturgeschmack, stammte größtenteils aus den Sechzigern und Siebzigern: Arlo Guthrie, Neil Young, Bob Dylan. Er hatte sie gefragt, welche Musik sie gern hörte, und sie hatte geantwortet: «Ich höre am liebsten die Musik, die dich glücklich macht.» Einen Augenblick lang schloss sie die

Augen, dann stand er da mit zwei Gläsern Wein in den Händen. «Warum lächelst du?», fragte er.

«Ich habe gelächelt?»

«Ja. Du hast mit geschlossenen Augen dagelegen und gelächelt.»

«Dann muss ich wohl deinetwegen gelächelt haben», sagte sie.

Er lächelte. «Ich lächele auch deinetwegen», sagte er.

«Ich liebe dich», sagte sie.

«Ich dich auch.»

Jetzt spielte die Anlage *Sundown* von Gordon Lightfoot, und er sagte, genau wie sie es vorhergesehen hatte: «Ich liebe diesen Song.» Langsam erspürte sie, über welche Lieder er das sagen würde, begann zu erahnen, wie wichtig Musik für ihn war, und zu schätzen, dass er ihr jedes Mal, jedes Mal, erklärte, warum er einen Song so sehr mochte. Meistens lag es an einer Zeile, einer Strophe, die den Schriftsteller in ihm ansprach. «Diese Stelle, diese Stelle», sagte er jetzt. «*Sometimes I think it's a shame, when I get feeling better, when I'm feeling no pain.* Das ist die Zeile. Dabei muss ich immer daran denken, dass man vermutlich nichts Schönes erschaffen kann, wenn man nicht leidet.» Jetzt stellte er die Weingläser ab und strich mit der Hand über ihren Körper hoch zu ihrem Gesicht. «Wahrscheinlich werde ich nie wieder etwas Gutes schreiben, weil ich so glücklich bin. Aber das ist in Ordnung für mich.»

«Habe ich deine literarische Karriere zerstört?»

«Wärst du auch glücklich, wenn du mit einem Bibliothekar verheiratet wärst?»

Verheiratet. Sie hatten noch nicht ernsthaft über das Thema Hochzeit gesprochen – sie waren erst fünf Monate zusammen –, aber manchmal kam das Thema auf, nebenbei, in Momenten wie diesem. Und Liane freute sich innerlich, versuchte aber, das Gefühl nicht zu sehr auseinanderzunehmen. Das Einzige, was sie interessierte, war, mit ihm zusammen zu sein, und sie war mit ihm zusammen, genau in dieser Sekunde, und sie würde weiter mit ihm zusammen sein, solange sie …

Sie küssten sich, aber dann hörten sie die Haustür zuschlagen, zweimal, und fuhren auseinander. Laurence stieß eines der Gläser um. «Mist.»

In der Unruhe hörten sie, dass Beatrice oben weinte. «Mist», wiederholte er. Und dann stand Isabel in der Küche, hob den Deckel vom Topf mit der Nudelsoße und steckte den Finger hinein. «Autsch. Heiß.»

«Iz, du hast deine Schwester aufgeweckt», sagte Laurence. Liane saß jetzt aufrecht, stand dann auf, unsicher, was sie tun sollte. Laurence kam mit einer Rolle Küchentuch zurück ins Wohnzimmer, und Isabel folgte ihm, umarmte und küsste ihn auf die Wange. «Hallo, Daddy», sagte sie. «Tut mir leid. Ich wollte euch nur nicht überraschen, deshalb habe ich so viel Krach gemacht wie möglich.» Und sie warf Liane einen Blick zu. Vielleicht auch nicht. *Sei nett, sei nett.*

«Hallo», sagte Liane unbehaglich. Beatrice heulte jetzt: «Mooommmmy.» Liane fühlte sich schrecklich, so fehl am Platz. Ereignisse wie dieses waren der Hauptgrund dafür, dass sie Laurence nicht gern in den Wochen besuchte, in denen seine Töchter bei ihm waren – aber natürlich kam sie dann trotzdem. Beide hielten es kaum aus, länger als ein oder zwei Tage getrennt zu sein – und eine Woche war geradezu undenkbar.

Laurence hatte die Hände voll klitschnassem Küchenpapier. «Ich komme, Bea!», rief er. «Daddy ist hier, ich komme!»

«Ich mache schon mal das Abendessen fertig», sagte Liane, die sich gern nützlich machen wollte.

«Ist schon in Ordnung, es ist schon fertig, wir essen, wenn ich wieder unten bin. Ich mach das hier nur schnell sauber.»

«Ich mache das fertig, du gehst nach oben.»

«Wirklich, ich kann das schnell machen.»

«Riecht gut, Daddy», sagte Isabel.

Liane entschuldigte sich und ging auf die Toilette im ersten Stock, wo sie sich kaltes Wasser ins Gesicht spritzte, weil es ganz rot geworden war.

Unten im Wohnzimmer sah sie, dass sich Isabel auf die Couch gesetzt hatte. Sie hatte Gordon Lightfoot ausgeschaltet und zappte ziellos durch die Fernsehkanäle. Sie trug ein enges T-Shirt mit dem Logo der Decemberists darauf, dazu Hüftjeans und hatte die Füße auf dem Sofa, ohne die Schuhe vorher ausgezogen zu haben.

«Hallo», sagte Liane.

«Hallo», antwortete Isabel, ohne den Blick vom Fernseher zu wenden. Ein Werbespot für ein Putztuch lief gerade. «Damit hätte man den Wein gut aufwischen können, den mein Daddy vergossen hat. Guck mal, sie zeigen es sogar mit Wein.»

Liane nickte. «Ja, ganz bestimmt», sagte sie und dachte, wie merkwürdig es doch war, dass sie gar nicht mehr wie eine Lehrassistentin, sondern wie ein einsilbiger Teenager klang, wenn sie mit Isabel sprach. «Also, äh, was hast du denn heute Abend gemacht?»

«Ich habe meinem Dad doch gesagt, wo ich war», sagte sie.

«Ich war mit Mykayla unterwegs. Wir waren bei Starbucks. Und jetzt bin ich wieder da.»

«Ja, super, cool», sagte Liane und versuchte zu zeigen, dass sie sie nicht ausfragen wollte. Sie wusste, dass sie dumm klang. Plötzlich hatte sie das dringende Bedürfnis, nach Hause zu gehen, sich einen Tee und Toast zu machen, danach ins Bett zu gehen und Zeitschriften zu lesen.

Aber dann stand Laurence am Fuß der Treppe, und sie schaute zu ihm hinüber und fühlte wieder dieses wiedererkennende Erschrecken, das sie jedes Mal durchfuhr, wenn er das Zimmer betrat. *Du. Da bist du ja. Der Richtige.*

«So», sagte er. «Sie ist wieder eingeschlafen. Iz, könntest du bitte das nächste Mal etwas leiser sein, wenn du ins Haus kommst, selbst wenn du Angst hast, uns bei irgendetwas zu unterbrechen?»

Mehr brauchte es nicht, um sie ausflippen zu lassen. Sie verdrehte die Augen, schleuderte die Fernbedienung in die Ecke, schrie: «Vielen Dank auch, schieb mir nur die Schuld an allem zu!», und stampfte die Treppen hinauf. Sie warf die Zimmertür hinter sich zu, und natürlich fing Beatrice wieder an zu weinen. Einen Moment lang glaubte Liane, dass Laurence ebenfalls in Tränen ausbrechen würde, so viel Verzweiflung lag in seinem Blick – Zorn aber ebenfalls; er hatte die Kiefer fest aufeinandergepresst, sie merkte, wie sehr er sich zusammenriss. *Aber sie verdient es*, hätte sie am liebsten gesagt. *Du kannst nun mal nicht immer der nette Kerl sein. Damit tust du ihr keinen Gefallen.*

Aber Liane war nicht die Mutter. Was wusste sie schon? Gillian und Laurence hatten in letzter Zeit viel darüber gesprochen, wie sie mit Isabel umgehen sollten, und offenbar gehörten Disziplinierungsmaßnahmen nicht zur Strategie.

«Ich kann doch hochgehen», schlug Liane vor, aber sie wussten beide, dass Beatrice dann nur noch heftiger weinen würde, vielleicht sogar nach ihrer Mutter schreien würde, wenn sie Liane sah. Also setzte sie sich stattdessen wieder auf die Couch und sah Laurence hinterher, der die Treppe hinaufging, um ihre Aufmerksamkeit dann dem Fernseher zuzuwenden, wo der Mann eine Pfütze nach der anderen aufwischte.

Ihr Kennenlernen war jetzt zu einer Geschichte geworden, die sie immer wieder erzählten, wenn die Leute sie fragten. «Ich habe sie jeden Tag vom Steg aus beobachtet», sagte Laurence dann. «Mich hat auf der Fahrt mehrmals der Mut verlassen», sagte Liane. «Einmal habe ich an einer Raststätte angehalten und wäre beinahe wieder umgekehrt …» «Ich dachte wirklich für einen Augenblick, dass ich träume, dass sie es einfach nicht sein kann …» Dann errötete Liane, und sie verstummten beide. Es war wirklich beinahe zu intim. Sie war auf den Steg hinausgetreten und zu ihm gegangen. Er hatte einen Pullover getragen und auf den See hinausgeblickt. Die Sonne ging schnell unter, es war schon Herbst. Er hatte das Knarren der Bohlen gehört und sich umgedreht. Dann hatte er sie gesehen. Sie hatte die zerfledderte Literaturzeitschrift in der Hand, aber natürlich war sie inzwischen kaum noch als solche erkennbar, daher musste sie erklären, was es war. Sie hatte gezögert und gedacht: *Das ist doch verrückt, na gut, die Frau in der Geschichte hat rotes Haar, aber deswegen muss das doch nicht ich sein*, aber er hatte sie unterbrochen und gesagt: «Das warst du. Ich habe das für dich geschrieben. Ich weiß, dass ich dich nicht kenne, aber ich würde dich gern kennenlernen.» Es war der Höhepunkt jeder Phantasievorstellung, jeder Schwärmerei, die sie je gehabt hatte. Aber obwohl ihre

Beziehung so schnell entstand, obwohl sie sich so perfekt anfühlte, hatten sie sich darauf geeinigt zu warten, bis die Mädchen Liane kennenlernten.

«Vielleicht sollten wir sogar ein Jahr damit warten», hatte Liane zu Beginn vorgeschlagen. Damals kam ihr das wie ein vernünftiges Zeitfenster vor, vor allem, weil sie ein wenig eingeschüchtert von der Vorstellung war und auch weil sie ihre Beziehung mit Laurence exklusiv halten wollte, damit sie so wachsen konnte wie andere Beziehungen, ohne den Druck der Familie. Sie fand das nicht ganz fair. Aber das sagte sie ihm nicht.

Aber nach ein paar Monaten war klar, dass es sinnlos war, Liane und die Mädchen in zwei getrennten Bereichen von Laurence' Leben zu halten. Im ersten Schritt hatte Liane Gillian kennengelernt, Laurence' Exfrau, die darauf bestand, jeden kennenzulernen, der mit ihren Mädchen zu tun haben würde. (Andere hatte es allerdings noch nicht gegeben.)

Liane hatte sich davor gefürchtet, aber Gillian war gar nicht so schlimm gewesen, wie sie angenommen hatte. Sie wirkte ziemlich defensiv, ein bisschen schreckhaft und eigentlich so, als wolle sie Liane auf keinen Fall mögen. Liane merkte aber, dass das nicht so war, und fühlte sich erleichtert. Gillian war ziemlich hübsch, beinahe verbissen dünn – Laurence hatte einmal erwähnt, dass sie wie besessen joggte –, aber sie war nicht hinreißend, wie Liane befürchtet hatte. Nicht wie Ilsa, zum Beispiel. Nicht sexy, nicht verführerisch, nicht die Sorte Frau, über die ein Mann niemals hinwegkam. Mit einer Ilsa wäre Liane nicht zurechtgekommen. Gillian erinnerte Liane sogar ein wenig an Fiona, obwohl sie nicht ganz so ausgeglichen, so bodenständig war. Außerdem hatte sie Laurence betrogen. Fiona würde so etwas niemals tun.

In jener Nacht, nachdem sie Gillian kennengelernt hatte, lag Liane neben Laurence im Bett und stellte ihm die Fragen, die sie sich vorher nicht zu fragen getraut hatte, zu seiner Ehe, zu seiner Beziehung zu Gillian und ihrer Trennung. Und er sagte Dinge, die sie nie vergaß. «Hast du sie geliebt?», hatte Liane gefragt und sich sofort dafür gehasst, sobald sie es ausgesprochen hatte. «Natürlich hast du sie geliebt, entschuldige. Sie war ja deine Frau.»

«Zuerst habe ich sie mehr geliebt als später. Später habe ich sie geliebt, weil ich das Gefühl hatte, mich bemühen zu müssen. Aber ich wusste es nicht, Liane. Ich wusste nicht, wie Liebe sein kann. Und das weiß ich jetzt.»

«Vermisst du sie?», hatte sie gefragt. «Ich meine, wenn du dich um die Mädchen kümmerst und müde bist und du dich vielleicht einfach … einsam fühlst. Vermisst du sie dann?»

«Wenn ich mich einsam fühle, dann, weil ich *dich* vermisse.»

«Aber wie war es vor mir, vor uns?»

Er hatte sich auf die Seite gerollt, um sie anzusehen. «Ich habe das Gefühl, dass du immer da warst. Du auf dem Steg und dann du nicht mehr auf dem Steg. An mehr Verlust und Sehnsucht kann ich mich während dieser Zeit nicht erinnern. Immer wenn du fort warst, habe ich dich vermisst. So, wie ich dich vermisst habe, habe ich sie niemals vermisst, und dabei kannte ich dich noch gar nicht. Ich wusste nur, wie ich dich mir vorstellte.»

Sie liebten sich dann, und am nächsten Tag – sie kannten sich da erst vier Monate – hatte Liane Isabel und Beatrice kennengelernt – und leider, an Abenden wie diesem, ertappte sich Liane dabei, wie sie sich wünschte, sie hätten damit noch gewartet.

«Vielleicht sollte ich einfach nach Hause gehen», schlug Liane vor, als er wieder nach unten kam.

«Willst du denn nach Hause gehen?» Er klang verletzt.

«Na ja, nein, aber … Ich kann dir doch gar nicht helfen. Ich meine, ich kann nicht nach oben gehen, wenn sie wieder weint, und Isabel will ganz eindeutig nicht, dass ich hier bin, und …»

«Warum sagst du, dass Isabel nicht will, dass du hier bist?»

Lianes Herz pochte. Sie hatten sich noch nie gestritten. *Ist das hier ein Streit? Oder haben wir gleich einen?* «Na ja, sieh doch, wie sie sich verhält, wenn ich da bin. Es ist ziemlich klar, dass sie nicht gerade davon begeistert ist, dass ich hier bin. Und manchmal denke ich … dass es einfach nicht fair ihr gegenüber ist, dass ich hier bin, dass ich dich auf der Couch küsse, wenn sie nach Hause kommt …»

«Du glaubst, das liegt an dir? Sie ist dreizehn, fast vierzehn. Mädchen in der Pubertät sind immer so. Und ja, die Trennung hat nicht gerade geholfen, aber wir versuchen, die Situation so stabil wie möglich zu halten, und werden damit klarkommen.» Jetzt klang er gereizt. «Wenn du vielleicht einfach mit ihr reden würdest, statt dich so zu benehmen, als hättest du es lieber, dass sie nicht da wäre …»

Liane schnappte nach Luft. «Ich benehme mich nicht so, als hätte ich es lieber, dass sie nicht da wäre!»

Ein Schluchzen von Beatrice über ihnen. Laurence drehte sich um und stampfte die Treppe hinauf, beinahe wie seine dreizehnjährige Tochter vor einigen Augenblicken.

Natürlich wusste er genau, wie sie sich fühlte. Das war einer der Gründe, warum sie ihn so liebte: weil er ihre Gedanken und Gefühle manchmal besser kannte als sie selbst. Liane lauschte seinen schweren Schritten und fragte sich zum ersten Mal: *Wird es zwischen uns funktionieren?* Denn was, wenn ihre Gedanken weiter in diese Richtung gingen? Wie konnte ein Mann eine Frau lieben, die seine Kinder nicht wirklich akzeptierte? Sie hatten eine Verbindung, sie liebten einander tief und innig, das ließ sich nicht von der Hand weisen. Aber dann waren da noch seine Kinder. Das war eine ganz andere Art der Verbindung. Dagegen würde Liane niemals ankommen, und wenn sie das überhaupt wollen würde, wenn sie anfing, neidisch zu werden, dann würde sie wohl keine andere Wahl haben, als das hier zu beenden, zum Wohle aller.

Sie ging nach Hause, aber sobald sie durch die Tür ihrer Wohnung trat, wusste sie, dass sie einen Fehler gemacht hatte. Sie hatte den Streit vermeiden wollen, aber ihr Aufbruch hatte eine Linie in den Sand gezogen, die sie gar nicht hatte ziehen wollen. Sie geriet in Panik. Was, wenn sie jetzt alles zerstört hatte? Sie rief ihn an. «Es tut mir so leid», sagte sie. «Ich hätte nicht gehen sollen. Ich hätte dableiben und mit dir reden sollen.» «Mir tut es auch leid. Es war nicht fair, was ich gesagt habe. Es ist nicht immer leicht, Kinder zu erziehen, und ich hätte das nicht an dir auslassen dürfen.» Er wohnte in Riverdale und sie in der Queen Street West, aber trotzdem sagte sie: «Ich könnte zurückkommen», und er erwiderte: «Ein Teil von mir möchte das auch gern. Aber es ist weit weg, und jetzt ist es schon spät, und Bea ist immer noch ein wenig von der Rolle, und … na ja, Isabel und ich wollten uns einen Film anschauen.» Es klang, als fühlte er sich schuldig, das zuzugeben, und das wiederum machte ihr ein schlechtes Gewissen. «Du sollst dich nicht schuldig fühlen. Es ist in Ordnung. Alles gut. Sie braucht ein bisschen Zeit mit dir. Immerhin seht ihr euch danach eine Woche lang nicht mehr. Vielleicht sollten wir das akzeptieren – dass sie in den Wochen, in denen sie bei dir sind, ein wenig mehr Zeit brauchen. Mit dir.» *Und vielleicht müssen wir auch akzeptieren, dass ich womöglich ein Teil des Problems bin.* «Bitte, mach dir nicht so viele Sorgen», sagte er. «Gillian holt die Kinder morgen von der Schule ab. Soll ich dann zu dir kommen?»

Nach ihrem Gespräch versuchte sie es zu genießen, alleine zu Hause zu sein. Helen hatte ihr immer gesagt, hatte ihnen allen immer gesagt, dass es eine wichtige Fähigkeit im Leben war, allein sein zu können. Aber jetzt klappte es nicht. Sie wollte nicht lesen, sie wollte nicht fernsehen, sie wollte nicht in die Badewanne, und auf keinen Fall würde sie schlafen können. Am liebsten hätte sie die Zeit zurückgedreht und Laurence' Wohnung nicht verlassen. Aber sie wusste, dass sie eigentlich gar nicht hätte dort sein sollen, dass sie recht hatte: Ihre Gegenwart brachte die Mädchen wirklich durcheinander. Und sie wusste nicht, was sie tun sollte, um das zu ändern.

Sie rief Ilsa an.

«Du bist doch auch Stiefmutter», sagte sie, als ihre Schwester ranging. «Wie machst du das?»

«Was meinst du damit? Da gibt es nicht viel zu tun. Sie waren ja schon fast erwachsen, als ich kam, und Michael scheint nur perfekte Kinder zu zeugen. Wir hatten nie irgendwelche Probleme.»

«Stimmt», sagte Liane und fühlte sich elend.

«Gibt es Ärger im Paradies?»

«Ich weiß nicht. Vielleicht nicht. Wahrscheinlich zerbreche ich mir nur zu sehr den Kopf.» Sie erzählte, was am Abend passiert war. «Es ist nicht einfach, weil wir noch in der

Phase unserer Beziehung stecken, in der wir nichts anderes wollen, als zusammen zu sein, und ich will nicht darauf verzichten, weil das vermutlich nicht für immer anhält, nicht wahr?» Ilsa antwortete nicht. «Aber gleichzeitig weiß ich, dass ich seinen Töchtern gegenüber fair sein muss. Es ist nur so schwierig. Ich bin irgendwie neidisch. Vielleicht sogar ein bisschen eifersüchtig. Und ich will das wirklich nicht sein.»

«Du musst dir deswegen keine Vorwürfe machen. Das ist bestimmt vollkommen normal. Damals, als Michael und ich noch in unseren leidenschaftlichen Anfängen steckten, hätte ich mich sicher auch geärgert, wenn da noch eine fast Dreijährige gewesen wäre. Und eine Dreizehnjährige. Herrje. Da hast du wirklich Pech gehabt, weißt du.»

«Ach danke schön.»

«Ich bin nur ehrlich.»

«Das bist du immer.»

«Lustig, dass du angerufen hast, ich habe gerade an dich gedacht. Ich hatte schon überlegt, dich besuchen zu kommen, aber ich wollte dein junges Glück nicht stören. Aber es klingt doch so, als könntest du einen Besuch gebrauchen, oder? Ein Wochenende, das du ohne ihn verbringst und er ohne dich?»

«Das wäre toll.»

«Gut.»

«Bringst du die Kinder mit? Vielleicht könnten sie und Bea eine … wie heißt so was? Eine Playtime haben? Und das löst dann alle Probleme, denn was könnten deine wunderbaren Kinder nicht lösen?»

«Das nennt man Playdate. Aber nein. Ich glaube, ich komme lieber allein.»

Am Tag von Ilsas Ankunft sagte Liane zu Laurence, sie würde sich zum ersten Mal um Beatrice kümmern. Es war Samstagmorgen, und Gillian war mit ihrem Freund übers Wochenende weggefahren. Isabel hatte schlicht abgelehnt und gesagt, sie habe etwas für die Schule zu tun und müsse dafür den ganzen Tag in die Bibliothek – was Liane ihr nicht abkaufte, Laurence aber schon. «Meine Schwester kommt», fing Liane an, verstummte dann aber. Sie bekam Angst – *Ich kann doch nicht allein mit Beatrice bleiben.* Aber sie musste es tun. Laurence brauchte sie. Er hatte niemanden sonst. Und nach den ersten paar Stunden würde ja auch Ilsa da sein.

Sie schrieb ihrer Schwester eine SMS. Tut mir leid, ich kann dich nicht vom Flughafen abholen, ich muss auf Beatrice aufpassen. Nimm dir ein Taxi zu meiner Wohnung, ich bezahle.

Und so saß sie plötzlich mit Beas Buggy und all ihren Sachen in der U-Bahn, einer ungeheuren Menge Sachen für einen so kleinen Menschen. Die U-Bahn war Lianes Idee gewesen. Sie hatte sich vorgestellt, dass Bea die Fahrt lustig finden würde, dass sie eine Ablenkung für sie wäre – und, noch wichtiger, dass sie damit ein wenig Zeit totschlagen könnte. Und tatsächlich war Bea ganz überwältigt von der Geschwindigkeit, den Geräuschen und den Leuten im Zug. Sie plapperte und gab Liane das Gefühl, dass doch alles klappen würde. Aber dann, auf dem Bahnsteig, als der Wind aus dem Tunnel in ihr Gesicht wehte, begann Bea vor Angst zu schreien. Im Aufzug, mit Buggy und Kind, brach Liane vor Erschöpfung beinahe in Tränen aus; wie machten die Leute das nur jeden Tag?

Schließlich schafften sie es nach draußen. Eine Windeltasche hatte Liane über den Lenker des Buggys gehängt.

Laurence hatte sie gepackt, mit Höschenwindeln (Bea lernte gerade, die Toilette zu benutzen) und Feuchttüchern und Kleinigkeiten zum Essen und Spielzeug und Ersatzkleidung und all den Dingen, auf die Liane niemals gekommen wäre. Und so trottete sie die Queen Street entlang und überlegte, wie sie Bea am besten vor dem kalten Februarwind schützen konnte. «Gleich sind wir da. Nur noch fünf Minuten.» In Wahrheit waren es mindestens zehn Minuten zu Fuß von der U-Bahn zu ihrer Wohnung. Sie sehnte sich nach einer Straßenbahn, konnte sich aber nicht vorstellen, wie sie den Buggy die Stufen zum Eingang hinaufmanövrieren sollte.

Sie beugte sich vor, um nachzuprüfen, ob Bea noch immer ihr Mützchen trug und ihre Decke noch immer die Füße bedeckte. Sie kam sich wie eine Mutter vor, und sie sah bestimmt auch wie eine aus – abgesehen natürlich von der Tatsache, dass Bea ihr mit ihrem dunklen Haar und den dunklen Augen überhaupt nicht ähnlich sah, und davon, dass sie gerade angefangen hatte zu schreien: «Ich will meine Mommy!»

Liane schob den Buggy resolut vor sich her, bis Bea ihren Trinkbecher aus dem Buggy warf und Liane anhalten und hinter dem fortrollenden Becher herrennen musste. Ohne nachzudenken, gab sie Bea den Becher zurück. Er war leer, aber Bea hatte seit Tagen darauf bestanden, ihn ständig mit sich herumzutragen, um auf der Tülle herumzukauen. «Das Plastik ist ohne Weichmacher», hatte Laurence gesagt. «Das macht vermutlich nichts.»

Liane schob den Buggy weiter, und Bea weinte und schrie und warf ihren Becher auf die Straße. Liane holte ihn und gab ihn ihr wieder, wobei sie jedes Mal dachte, dass sie damit aufhören musste, zumal er jetzt so oft auf dem Bürgersteig gelandet war, dass er vermutlich vor Bakterien nur so wimmelte. Aber immer, wenn sie ihn in die Seitentasche der Windeltasche zu stecken versuchte, schrie Bea nur noch lauter.

Endlich war sie zu Hause. Ihre Wohnung. Die Treppe. «Mist», sagte sie leise, parkte den Buggy draußen vor der Tür, nahm die Windeltasche – sie fühlte, dass ihre Bluse unter der Jacke schweißnass war, trotz der kalten Temperaturen draußen –, und hob dann Bea aus dem Buggy. Das Kind war für einen kurzen Moment still, schrie dann aber: «Nein! Ich will meine Mommy! Ich will dich nicht!»

Das Taxi kam, als Liane noch immer dort stand. Ilsa stieg aus, sagte kein Wort, stellte nur ihren Koffer an den Kantstein, nahm die Windeltasche und legte den Buggy fachmännisch zusammen, um ihn und alles andere die Stufen hinaufzutragen. Wenn Ilsa so war, überraschte sie Liane immer. Sie war immer noch Ilsa – unvorhersehbar, nachlässig –, aber als Mutter war sie so entspannt, dass es immer ganz einfach aussah.

Ilsa schaute über die Schulter. «Na komm, einfach weitergehen. Sie wird weiterschreien, aber irgendwann hört sie auch wieder damit auf.»

Liane trug die heulende Bea die Stufen hinauf, schaffte es, die Tür aufzuschließen und sie alle hineinzulassen. «Siehst du? Ich bin eine schreckliche Mutter», sagte sie.

«Du bist nicht ihre Mutter.»

«Das weiß ich, aber trotzdem. Ich bin eine schreckliche Was-weiß-ich. Stief-Nichts.»

«Stief-Etwas. Du und Laurence werdet ganz sicher heiraten oder zumindest glücklich bis ans Ende eurer Tage leben.»

«Woher weißt du das? Du kennst ihn doch noch gar nicht.»

«Instinkt. Und ich lerne ihn an diesem Wochenende kennen, und dann wird es das nur bestätigen. Jetzt stell sie hin. Lass sie sich ein wenig beruhigen.» Liane setzte Bea auf die Couch. «Ich heiße Ilsa», sagte Ilsa zu ihr in genau demselben Ton, in dem Helen immer gesprochen hatte – nicht wie mit einem heulenden Kind, sondern eher wie mit einer Erwachsenen. Bea schnappte nach Luft, heulte aber nicht mehr. «Ich bin Lianes große Schwester. Du hast auch eine große Schwester, oder?»

Bea saß ganz still da und beobachtete Ilsa, um dann zu Liane hinüberzuschauen.

«Was sollen wir jetzt tun?», flüsterte Liane.

«Zieh ihr den Mantel aus. Dann schenk uns beiden ein Glas Wein ein. Schnell.»

«Aber es ist noch nicht mal Mittag!»

«Ach hör doch auf! Wir babysitten doch.»

«Ich versuche sie noch einmal hochzunehmen.»

«Ich würde sie ein bisschen in Ruhe lassen», warnte Ilsa. Aber Liane versuchte es erneut, und wieder begann Bea laut zu heulen.

«Ernsthaft. Wein. Hast du welchen?»

«Natürlich.» Liane ging in die Küche und schenkte zwei Gläser Weißwein ein. Dann wusch sie Beas Becher mit heißem Wasser und Spülmittel aus und füllte ihn mit Milch aus der kleinen Packung, die sie immer für Kaffee oder ein gelegentliches Müsli im Kühlschrank hatte. Sie brachte die Getränke ins Wohnzimmer. Sie gab Bea den Becher und holte Spielzeug und ein paar Bücher aus der Windeltasche. Bea beobachtete sie immer noch still, nahm dann ihren Becher und trank. Dann seufzte sie zufrieden, nahm eins der Bücher und studierte konzentriert die einzelnen Seiten.

«Mein Rat für dich wäre, es nicht zu sehr zu versuchen», sagte Ilsa leise.

«Es nicht zu *versuchen*?»

«Ich meine nur, versuche einfach gar nicht erst, ihre Mutter zu sein. Das wirst du nie sein. Dasselbe gilt für die andere, wie heißt sie noch?»

«Isabel.»

«Du bist auch nicht Isabels Mom. Als Michael und ich zusammenkamen, habe ich denselben Fehler gemacht. Ich war mir sicher, dass Alexa und Shane mich hassen würden, weil ich so viel jünger als ihr Vater war. Sie waren schon beinahe Teenager. Ich habe versucht, wie eine zweite Mutter zu sein, Grenzen zu setzen, irgendwie … ich weiß auch nicht, irgendwie streng zu sein. Ich habe versucht, es zu erzwingen, und das hat wirklich überhaupt nicht funktioniert. Ich habe dann schnell damit aufgehört, das kann ich dir sagen. Du musst einfach eine andere Herangehensweise finden.»

«Und … und was für eine? Soll ich versuchen, ihre beste Freundin zu werden?»

«Nein! Die coole Tante. Vertrau mir, das funktioniert.»

«Aber ich bin überhaupt nicht cool. Und außerdem habe ich Artikel darüber gelesen. Ich glaube, ich muss in die Rolle der Elternschaft hineinwachsen. Co-Parenting nennt man das.»

«Will Laurence das von dir? Benutzt er das Wort *Co-Parenting*?»

«Er will gar nichts von mir. Er will nur, dass ich irgendwie dabei bin, glaube ich.»

«Dann ist es ja gut. Es liegt bei dir. Such dir eine Rolle aus. Und nimm bloß nicht diese Co-Parenting, denn das klingt lahm und klinisch.»

Liane seufzte. «Ich darf sie nicht mal hochheben.»

«Eine coole Tante würde es nicht mal versuchen, sie auf den Arm zu nehmen. Eine coole Tante sitzt am Vormittag auf der Couch und trinkt Wein und achtet gar nicht auf sie, was du übrigens gerade tust.»

Lianes Handy klingelte. Es war Laurence.

«Wie läuft es denn so?»

Liane warf Ilsa einen Blick zu. «Oh, es läuft super.»

«Na ja, mein Meeting ist schon vorbei – doch nicht so viele Änderungen an meinem Manuskript, wie ich dachte –, also kann ich sie abholen, wenn du willst. Du möchtest sicher noch etwas Zeit mit deiner Schwester haben.»

Liane musste an die Zeit und Mühe denken, die es sie gekostet hatte, Bea durch die Stadt und in ihre Wohnung zu transportieren, und dann fiel ihr ein, dass sie ja gerade Wein tranken. «Nein. Lass mal», sagte sie. «Wir wollen einen Mädchennachmittag verbringen. Geh nach Hause, übertrage deine Änderungen in den Text und dann hol sie später ab, vielleicht am frühen Abend.» Ilsa nickte und lächelte. *Perfekt*, formte sie mit den Lippen. Liane war ihr dankbar, dass sie ihr nicht das Gefühl gab, dass Bea ihnen die gemeinsame Zeit verdarb.

«Vergiss nicht das Toilettentraining, okay? War sie schon auf dem Klo, seit sie bei dir ist?»

«Ähm, ja. Das war kein Problem.»

Liane legte auf und trat zu Bea. «Ich glaube, es ist jetzt Zeit, aufs Klo zu gehen», sagte sie und versuchte dabei, entschlossen zu klingen, ohne ihr Angst einzujagen. Bea warf ihr einen vorwurfsvollen Blick zu, als wüsste sie, dass Liane ihren Vater gerade angelogen hatte. Liane öffnete die Windeltasche auf der Suche nach dem Toilettenaufsatz, der, wie Laurence behauptete, das einzige Mittel war, sie aufs Klo zu locken. «Ich finde den Toilettenaufsatz gar nicht. Ob er herausgefallen ist?»

«Hey, Bea, Liane hat ein Klo für große Mädchen, nur für Damen», sagte Ilsa. «Das ist was ganz Besonderes. Willst du das mal ausprobieren?»

«Für große Mädchen!», rief Bea aus. «Jaaaaa.»

Sie weinte nicht, als Liane sie hochhob und zur Toilette trug. Natürlich fiel sie sofort ins Wasser, weil ihr Hintern viel zu klein war. Offenbar hatte dieser Aufsatz doch einen Sinn. Aber statt zu weinen, lachte Bea, und Liane ließ ein Bad ein, holte ein paar Plastikbecher und Schüsseln und gab schäumenden Badezusatz hinzu.

Bea blieb fast eine Stunde lang in der Wanne, bis die Haut an den Fingern und Zehen ganz schrumpelig war. Ilsa und Liane saßen derweil mit ihrem Wein auf dem Wannenrand und ließen immer wieder warmes Wasser nachlaufen.

«Ich glaube, das ist bestimmt ihre beste Playtime überhaupt», sagte Liane.

«Playdate», verbesserte sie Liane. «Das heißt Playdate. Und normalerweise wird dazu mindestens noch ein weiteres Kind eingeladen. Aber hör mal zu. Ich muss dir etwas Wichtiges erzählen.»

Und Liane war sich in diesem Moment sicher, dass Ilsa ihr sagen würde, dass sie Michael verlassen wollte. Weshalb sie so schockiert war, als Ilsa sagte: «Fiona und Tim … sie haben ernsthafte Probleme. Es könnte sogar auf eine Scheidung hinauslaufen.»

«*Was?* Woher weißt du das?»

«Helen hat es mir erzählt. Am Telefon. Seit diesem verrückten Wellness-Wochenende und dieser Feuerzeremonie sind Fiona und Helen einander nähergekommen. Offenbar telefonieren sie fast jeden Tag.»

«Sicher? Vielleicht liegt Helen falsch. Fiona und ich … na ja, wir haben auch ein paarmal telefoniert, und sie hat nie etwas davon erwähnt.»

«Sei deswegen nicht gekränkt, Liane. Es fällt ihr bestimmt furchtbar schwer, darüber zu sprechen.»

«Vermutlich. Oder vielleicht habe ich auch nicht richtig nachgefragt. Mein eigenes Leben hat meine Aufmerksamkeit in letzter Zeit so sehr beansprucht, dass ich mich um kaum etwas anderes gekümmert habe.»

Ilsa legte Liane die Hand auf den Unterarm. «Nicht. Alle freuen sich, dass du glücklich bist. Du verdienst es. Und du solltest dich nicht schuldig fühlen, weil Fiona und Tim es nicht sind. Aber ja, es ist wohl wirklich ernst.» Jetzt erzählte Ilsa von Samira. Bea beobachtete sie mit aufgerissenen Augen, und einen Moment lang glaubte Liane, sie würde sie verstehen. «Pst», sagte sie.

«Oh bitte. Willkommen im Leben, Kind.» Ilsa ließ ihre Hand ins Wasser gleiten. «Es ist schon wieder lauwarm. Willst du raus, oder soll ich es noch einmal aufwärmen?»

«Aufwärmen, bitte», antwortete Bea.

«Helen sagt, dass Tim einen Mediator möchte», fuhr Ilsa fort und drehte den Warmwasserhahn auf. «Und ich glaube, es belastet die Jungs sehr. Letzte Woche war ich joggen und habe Beck im Park in der Nähe unseres Hauses gesehen. Er saß da mit ein paar anderen Jugendlichen und hat einen Joint geraucht. Was nun wirklich nicht schlimm ist, verstehe schon, wir haben es auch getan, vielleicht ist es keine große Sache – aber wir reden hier von Fionas Kind, und solche Dinge tun ihre Kinder einfach nicht. Und er hat mich gesehen. Er schien aber überhaupt nicht beunruhigt zu sein. Stattdessen wirkte er fast … angriffslustig. Als wüsste er, dass ich es Fiona nicht sagen würde, weil ich sie in ihrem derzeitigen Zustand nicht aufregen will. Was vollkommen richtig ist. Aber trotzdem, dieser kleine Dreckskerl. Ups, sorry.»

«Was sollen wir denn tun?»

«Ich glaube, im Moment können wir gar nichts tun. Nur für sie da sein, wenn alles auseinanderbricht. Das hat Helen gesagt. Ich weiß gar nicht, ob Fiona unsere Unterstützung überhaupt will, aber was sollen wir ihr sonst anbieten?»

«Das klingt irgendwie trostlos.»

«Ja.» Ilsa schien abgelenkt zu sein. «Alles bricht auseinander … es macht einem Angst, oder? Aber ich habe in letzter Zeit viel nachgedacht … vielleicht kann man versuchen, die Dinge wieder auf eine Weise zu reparieren, die alles etwas mehr …» Sie beendete ihren Satz nicht. Stattdessen sah sie Bea an. «Sie ist wirklich niedlich. Sieht sie aus wie ihr Dad?»

Liane wischte ein wenig Schaum von Beas linker Wange. «Überhaupt nicht. Genau wie ihre Mutter. Aber sie hat sein Lächeln.»

13

DER WASCHBÄR (PROCYON LOTOR) Waschbären leben überwiegend in Wäldern, sind aber Kulturfolger und haben sich der städtischen Umgebung angepasst. Während der Paarungszeit streifen die Männchen auf der Suche nach Weibchen rastlos durch ihre Umgebung. Während ihrer drei- bis viertägigen Fruchtbarkeitsphase balzen die Männchen um sie. Das geschieht oft an Orten, an denen sich viele Waschbären versammeln. Der Geschlechtsverkehr, einschließlich Vorspiel, kann länger als eine Stunde dauern und mehrere Nächte in Folge wiederholt werden. Wissenschaftliche Untersuchungen haben ergeben, dass ein Drittel aller Waschbärenweibchen sich während dieser Zeit mit mehr als einem Männchen paart.

✦

Nachdem Laurence Beatrice abgeholt hatte – er war, genau wie Ilsa erwartet hatte, gutaussehend und süß und freundlich, und Liane und er waren eindeutig sehr verliebt, aber Ilsa war dennoch skeptisch; es machte sie traurig, dass sie offenbar nicht mehr an die Liebe glaubte oder glauben konnte, nicht einmal bei ihrer kleinen Schwester, der sie das Glück mehr als jedem anderen wünschte –, schlug Liane vor, ein Nickerchen zu halten, bevor sie ein wenig einkaufen und dann essen gehen würden. Ilsa sagte, ihr gehe es gut, dass sie lieber einen Spaziergang unternehmen und sich wieder mit der Stadt vertraut machen wollte. Sie verabredeten, sich in einer Stunde vor ihrem Lieblingsladen in der Queen Street zu treffen.

Die Sonne war herausgekommen, und es war ein wenig milder geworden. Ilsa überlegte, sich einen Tee zu kaufen und sich damit in den Park zu setzen, aber sie ging stattdessen am Teeladen und am Park vorbei. Sie merkte, dass sie auf einen Kirchturm zuging, den sie in der Ferne sah. Schließlich stand sie vor der Kirche. An der Tür hing ein Schild: SAMSTAGNACHMITTAG BEICHTE. Sie fragte sich, ob es wohl eine Schlange gab, ob sie mit all den anderen Sündern zusammen stehen und warten musste, wie sie und ihr Vater es damals in der Kirche in Paris hatten tun müssen.

Aber in der Kirche war niemand. Sie ging auf den Beichtstuhl zu und öffnete die Tür. Sie versuchte, so zu tun, als wisse sie, was sie da tat. Merkwürdigerweise kam es ihr wirklich so vor, sie schien es irgendwie instinktiv zu begreifen. «Tritt ein, mein Kind», sagte eine männliche Stimme.

Sie zögerte und trat dann hinein, bekreuzigte sich und dachte, dass sie das Kreuz vermutlich in falscher Reihenfolge geschlagen hatte. Sie stand einen Moment lang da und versuchte, sich an das Dämmerlicht zu gewöhnen. Dann kniete sie sich hin.

«Ähm … Vergib mir, Vater, denn ich habe gesündigt. Es ist … schon sehr viele Jahre her, seit ich zum letzten Mal gebeichtet habe. Es tut mir leid», fügte sie hinzu.

«Aber du bist getauft und gefirmt und in die katholische Kirche aufgenommen worden, mein Kind?» Sie nickte und merkte dann, dass er sie nicht sehen konnte, weil sie kniete.

«Ja», sagte sie. «Ja, das bin ich.» *Jetzt habe ich einen Priester angelogen.*

«Vielleicht solltest du dich hinsetzen. Das ist bequemer.»

Sie setzte sich und sah jetzt seine Augen durch das Gitter. Sie wandte den Blick ab.

«Hast du eine Gewissensprüfung abgelegt?»

«Nein.»

«An der Tür gibt es Zettel. Du kannst dir einen mitnehmen. Das macht es dir das nächste Mal leichter.»

Das nächste Mal. «Ich glaube … ich finde, ich sollte einfach anfangen. Ich bin schuldig … ich habe begehrt, Vater. Ich habe vor allem den Mann meiner Schwester begehrt, und ich hätte ihr Leben zerstört, wenn ich die Gelegenheit dazu bekommen hätte, ich hätte alles ruiniert, nur um es selbst zu besitzen. Und weil ich das weiß, fühle ich mich so ungeheuer schuldig, besonders jetzt, da es ihr so schlechtgeht. Ich … ich hätte ihr das ohne mit der Wimper zu zucken selbst angetan. Ich bin ihre Schwester, und ich wollte ihr das antun, weil ich dachte, dass ich wollte, was sie hat. Aber jetzt habe ich es, und ich will es gar nicht mehr.»

«Mein Kind …»

Sie überging seinen Einwurf und redete einfach weiter. «Und außerdem habe ich Ehebruch begangen, Vater. Ich habe Ehebruch begangen, und … und ich habe gelogen. Ich habe meinen Ehemann angelogen. Alle habe ich angelogen. Und ich …» Ihre Kehle fühlte sich plötzlich an wie zugeschnürt. Ob das wohl eine Panikattacke war? «Ich bin schwanger geworden von einem anderen Mann, und ich habe meinem Mann gesagt, es sei *seins*, und er war so glücklich, *so* glücklich … trotz allem war er glücklich. Er sagte, dass es vielleicht genau das sei, was wir brauchten, aber ich wusste, dass das nicht stimmte. Ich wusste, dass ein Baby unsere Ehe niemals würde retten können, aber trotzdem. Ich habe das Baby geliebt, weil es meins war, das tut man einfach. Man liebt seine Babys. Weil unsere Fehler nicht *ihre* Schuld sind. Nicht wahr?» Sie weinte jetzt. «Mist», sagte sie.

Dann: «Sorry. Oh Gott. Oh *nein*. Scheiße.» Das lief gar nicht gut. Sie schluckte hart.

«Mein Kind …», begann der Priester erneut, und Ilsa wusste, dass sie alles falsch machte, dass das Spiel aus war, dass man wahrscheinlich beim Beichten gar nicht so ins Detail gehen durfte, dass dieser Priester ganz sicher nicht die schäbigen Einzelheiten ihres Lebens wissen wollte und natürlich dass man in einem Beichtstuhl auf keinen Fall fluchen oder den Namen des Herrn missbrauchen durfte. Aber jetzt war sie schon zu weit gegangen, also redete sie einfach weiter. «Ich bin zum Arzt gegangen, es war eine dieser Schwangerschaftsvorsorgeuntersuchungen, und während mein Ehemann direkt neben mir saß, habe ich erfahren, dass das Baby einen genetischen Defekt hatte. Einen schwerwiegenden. Sie sagten, dass es einfach nicht hatte sein sollen und es von selbst abgehen würde.» Abgehen. Genau das hatte der Arzt gesagt. Und Ilsa wusste, dass sie wohl hätte erleichtert sein sollen. Aber sie war nicht erleichtert. Ein paar Tage später kam der «Abgang». Ilsa hatte geglaubt, vor Schmerzen sterben zu müssen. Michael hatte gegen die Badezimmertür gehämmert. «Lass mich rein!», hatte er gebrüllt. «Lass mich rein! Es ist auch mein Baby. Ich muss für dich da sein.» *Nein, es ist nicht deins!*, hatte sie schreien wollen. *Nein, es ist nicht deins, und ich verdiene es, allein zu leiden!* Aber dann war sie aufgestanden, während das Blut auf den Badezimmerfußboden tropfte, hatte die Tür geöffnet und ihn hereingelassen. Später hatte er Sylvie gebeten, über das Wochenende zu bleiben. Er hatte sich um sie gekümmert, ihr Tee und Toast gemacht und sie gehalten, wenn sie weinte, obwohl er keine Ahnung hatte, weshalb sie wirklich weinte.

Lincolns Kind. Weg. Und sie hätte sich gar nicht wundern

müssen, weil Lincoln bereits einen schwerbehinderten Sohn gehabt hatte. Das hatte Jane Ilsa erzählt, in jener Nacht auf der Party. Offenbar kannte eine ihrer Bekannten, aus dem Lesezirkel oder so, Lincolns Ehefrau etwas näher und hatte allen davon erzählt, dass eins der Kinder des Paares mit einem seltenen Gendefekt geboren worden war. Es hatte die meiste Zeit seines Lebens Schmerzen gehabt und war gestorben, bevor es acht Jahre alt war. Das alles war schon vor Jahren passiert. «Traurig», hatte Ilsa gesagt, aber sie war so losgelöst von allem gewesen, abgesehen von ihrem unmittelbaren Begehren, dass sie kaum Interesse dafür hatte aufbringen können. Offenbar hatte Lincolns Ehefrau Rebecca mehr Kinder bekommen wollen, aber Lincoln hatte das abgelehnt, hatte Jane erzählt. Vermutlich hatte er gewusst, dass der genetische Defekt von seiner Seite kam, und wollte ihn nicht weitervererben.

«Ich bin ein mit Fehlern behafteter, grauenvoller Mensch», sagte Ilsa zum Priester.

«Mein Kind, wir haben alle Fehler. Wir sind alle unvollkommen. Wir sind alle in Ungnade gefallen.» Seine Stimme klang sehr müde und sehr mitleidig, und das gefiel ihr nicht.

«Einige von uns aber viel stärker als andere», sagte sie. «Denn selbst nach alldem, selbst nach allem, was ich durchgemacht und anderen Menschen aufgebürdet habe, muss ich immer noch daran denken … Ich denke manchmal immer noch an andere Männer, ich denke immer noch daran, meinen Ehemann zu betrügen, und ich glaube immer noch, wenn ich es nicht tue, werde ich niemals glücklich, als müsste ich hungers sterben, wenn ich bei ihm bleibe.»

Der Priester schwieg. Sie dachte, dass er ihr vielleicht einen Rat geben würde, aber das tat er nicht. Er sagte: «Du solltest jetzt den Akt der Buße vollziehen», und sie erwiderte: «Ich weiß nicht, wie das geht», und er sagte: «Sprich mir nach.»

Mein Gott, aus ganzem Herzen bereue ich all meine Sünden, nicht nur wegen der gerechten Strafen, die ich dafür verdient habe, sondern vor allem, weil ich dich beleidigt habe, das höchste Gut, das würdig ist, über alles geliebt zu werden. Darum nehme ich mir fest vor, mit Hilfe deiner Gnade nicht mehr zu sündigen und die Gelegenheiten zur Sünde zu meiden.

«Hast du das ehebrecherische Verhältnis beendet?»

«Ja.» *Hatte ich denn eine Wahl? War es überhaupt ein Verhältnis?*

«Hast du die Ernsthaftigkeit deiner Sünde geprüft, die Auswirkungen, die sie auf deinen Ehemann und deine Kinder gehabt hat, wenn du welche hast?»

«Ja. Daran denke ich jeden Tag.»

«Um wahrhaftige Absolution zu erhalten, musst du deinem Ehemann deine Sünden gegen dein Ehegelübde beichten. Du musst seine Vergebung erbitten, und dann müsst ihr gemeinsam in die Zukunft schauen. Wenn er Hilfe braucht, um all das akzeptieren zu können, kannst du ihn zu mir schicken. Wir können einen Termin für eine Eheberatung durch die Kirche festsetzen.»

Sie schwieg.

«Bereust du diese und alle anderen Sünden deines Lebens?»

Sie zögerte. *Alle Sünden deines Lebens.* «Ja, Vater.»

Er gab ihr die vorgeschriebene Anzahl an Vaterunser und Ave Maria auf. Er sagte ihr, sie solle die Heilige Messe besuchen. Er sagte: «Gott der barmherzige Vater hat durch den Tod und die Auferstehung seines Sohnes die Welt mit sich versöhnt und den Heiligen Geist gesandt zur Vergebung der Sünden. Durch den Dienst der Kirche schenke er dir Verzeihung und Frieden. So spreche ich dich los von deinen Sünden: Im Namen des Vaters und des Sohnes und des Heiligen Geistes. Amen.»

Sie sagte: «Amen.» Und dann schloss er das Gitter.

«So einfach ist das», hatte ihr Vater damals gesagt.

Es ist überhaupt nicht einfach, Dad.

Aber immerhin hatte sie es jemandem gestanden. Und vielleicht, ganz vielleicht, würde sie diese Geschichte niemals wiederholen müssen.

Ilsa und Liane gingen zum Abendessen in eine Weinbar.

«Läuft es denn jetzt besser?», fragte Liane sie. «Mit dir und Michael? Nach dem Sommer und … alldem?»

«Schon», antwortete Liane. «Ich komme damit jedenfalls irgendwie zurecht. Es wird nicht wieder vorkommen.»

«Du meinst, so etwas, wie mit Lincoln passiert ist?»

«Ja. Das.»

«Und was ist da eigentlich genau passiert? Mir kannst du es sagen, weißt du. Tut mir so leid, dass ich dich im Ferienhaus so verurteilt habe. Ich will nicht, dass du dich nicht traust, mit mir zu reden. Du kannst mir alles sagen.»

«Ich weiß. Ich weiß das. Aber da gibt es nichts zu erzählen. Mit Lincoln war gar nichts. Gefummel. Ein paar schmutzige SMS.» Sie versuchte zu lächeln und schaute dann in ihr Rotweinglas. Sie trank es in einem Zug aus.

«Seit wann verschickst du denn SMS?», fragte Liane.

«Ja. Ich weiß. Seit wann eigentlich? Seit niemals. Es war nicht wert, sich dafür zu verändern, also habe ich es beendet.»

«Und geht es euch gut, Michael und dir?»

«Klar. So gut, wie es uns gehen kann vielleicht, fürs Erste jedenfalls. Aber ja. Es geht uns gut.»

«Stört es dich sehr, wenn ich dir immer davon vorschwärme, wie sehr ich Laurence liebe, während du …»

«Während ich was? Während ich schon sieben Jahre verheiratet und nicht gerade aus dem Häuschen deswegen bin? Das ist normal, Li. Ich komme darüber hinweg. Wir stecken gerade in einer Krise. Wir werden es überleben. Ehen können schlechte Jahre haben, und dann ändert sich alles wieder. So ist das nun mal.»

Liane legte ihre Gabel hin. «Wirklich? Glaubst du, das passiert jedem Paar? Dass sie in Krisen steckenbleiben, die so lange andauern? Ich meine, selbst Fiona und Tim – sieh sie dir nur an. Ist das wirklich nun mal so?»

«Ich weiß es nicht, Liane. Ich kann ja nicht für andere sprechen. Aber unsere Familie scheint sich im Moment mit Beziehungen nicht so leichtzutun. Vielleicht hatte Helen recht.»

«Ich will aber nicht, dass sie recht hatte. Ich glaube, sie hatte recht, als ich noch mit Adam zusammen war, aber dann habe ich Laurence kennengelernt, und jetzt glaube ich, dass man nur den Richtigen finden muss …» Sie verstummte. «Es tut mir leid», sagte sie dann. «Es ist nicht fair, damit anzudeuten, dass Michael vielleicht nicht der Richtige ist.»

«Das ist er nicht», sagte Ilsa. «Die Wahrheit ist, wir sind nicht perfekt füreinander, nicht so wie Laurence und du. Aber wir haben dennoch geheiratet und haben dennoch Kinder bekommen, und daher …» *Wir haben jetzt Verpflichtungen*, hatte sie sagen wollen, aber es hätte zu traurig geklungen.

«Darf ich dich etwas fragen? Glaubst du, dass es überhaupt Hoffnung gibt, dass Laurence und ich für immer so glücklich bleiben? So verliebt und glücklich miteinander, trotz der Komplikationen in seinem Leben, dieser *Wahrheiten*, von denen du sprichst?»

«Soll ich ehrlich sein?»

«Natürlich will ich, dass du ehrlich bist!»

«Nein. Ich glaube nicht, dass man für immer so glücklich sein kann. Ich glaube, dass frische Beziehungen immer glücklich sind, und dann verändern sie sich. Ich glaube, ihr beiden passt toll zusammen, aber ich glaube auch, dass die Verliebtheit hauptsächlich hormongesteuert ist.» Ilsa merkte selbst, wie hart das klang. Sie hätte ihre Schwester nicht fragen sollen, ob sie ehrlich sein sollte, sie hätte einfach lügen und sagen sollen: *Ja, natürlich werdet ihr glücklich bis ans Ende eurer Tage sein.* Sie hätte nicht einmal andeuten sollen, dass es die Möglichkeit gab, dass Lianes Augen in einigen Jahren ihren Glanz verloren, dass sie womöglich eines Tages in einem anderen Restaurant sitzen und sie etwas zu Ilsa sagen würde wie: *Ich dachte, es würde anders werden, ich dachte, er wäre jemand anders, ich wäre jemand anders.*

Du musst aufhören, deine eigenen Probleme auf sie zu projizieren. Das ist nicht fair, sagte sie sich selbst.

«Vielleicht sollten wir nachher noch tanzen gehen», schlug Ilsa vor. «Oder irgendwo Live-Musik hören. Oder beides. Ein bisschen Spaß haben. Mal eine Weile kein Gerede über Liebe, okay?» Liane stimmte zu, und sie sprachen über andere Dinge. Nach dem Abendessen nahmen sie ein Taxi zur *Dakota Tavern* in Ossington, wo eine Folkband spielte. Liane organisierte ihnen einen Stehplatz, und Ilsa holte etwas zu trinken. Sie war ganz angeheitert vom Wein. Als sie durch den Raum ging, hatte sie wieder dieses vertraute Gefühl. Sie spürte, dass jede ihrer Bewegungen von Männerblicken verfolgt wurde. Sie wusste, dass es Möglichkeiten gab, dass alles passieren konnte. Ihr Herz schlug ein wenig schneller. *Ich will nur jemanden küssen,* dachte sie. *Ich will keinen Sex, ich will nicht das tun, was ich mit Lincoln getan habe. Aber vielleicht nur einen kleinen Kuss, sich nur einen Augenblick lang verbunden mit jemandem fühlen, den ich überhaupt nicht kenne.* Das hatte sie immer geliebt, das Gefühl, jemanden zum ersten Mal zu küssen. *Warum?* Weil. Weil es ihr den Raum gab, Kunst zu erschaffen, wenn sie sich in kleinen Dosen öffnete. Weil sie die Beziehung zu Michael langsam schrumpfen ließ.

So solltest du nicht denken. Du solltest an überhaupt nichts anderes denken als an deine Ehe und dein Leben zu Hause. Aber stattdessen erwiderte sie den Blick eines Mannes im Flanellhemd, der an der Bar stand, unangemessen lange. Einen Moment später begriff sie, dass er sie anstarrte, weil sie sich kannten. «Johnny! Was machst du denn hier?» Sie trat zu ihm und umarmte ihn, merkte, dass sie das bisher noch nie getan hatte, und führte ihn dann zu Liane. Liane hatte ihr Handy hervorgeholt. Sie schaute peinlich berührt auf. «Ich schicke Laurence SMS, im betrunkenen Zustand», sagte sie. «Tut mir leid. Ich konnte nicht widerstehen.» Dann erkannte sie Johnny. «Johnny! Schau mal, Ilsa. Das ist Johnny. Vom Yachthafen.»

«Das weiß ich doch, du Depp», sagte Ilsa. «*Ich* habe ihn hierhergebracht.»

«Hi», sagte Johnny. «Hallo.» Er wirkte schüchtern und sehr fehl am Platz.

«Also», sagte Ilsa. «Du hast noch gar nicht auf meine Frage geantwortet. Was machst du hier? Von all den Gin-Bars in allen Städten der Welt bist du ausgerechnet in dieser.» Jetzt wirkte er verwirrt, er hatte den Bezug nicht begriffen. Vielleicht hatte er sie auch nicht richtig gehört. Die Musik war ziemlich laut. *Und warum sagst du überhaupt so etwas? Flirtest du etwa mit ihm? Wenn, dann bist du offenbar ein bisschen eingerostet.*

«Oh, ah, ich bin hier nur zu Besuch. Und ihr beide?»

Liane wippte ein wenig auf ihren hochhackigen Stiefeln. «Ich wohne hier», sagte sie. «Und oh, du meine Güte, was bin ich betrunken. Du auch, Ils? Wie viele Gläser Wein hatten wir zum Abendessen? Fünf? Zwanzig?» Dann leuchtete das Handy in ihrer Hand auf, sie schaute auf das Display und lächelte.

«Hey, vielleicht solltest du einfach zu Laurence fahren», schlug Ilsa vor.

«Aber die Mädchen sind bei ihm.»

«Ist doch egal. Sie merken das doch gar nicht. Du kannst dich hineinschleichen und dann wieder gehen, bevor sie aufwachen. Das kann ja dein kleines Geheimnis bleiben.» Sie flüsterte ihr ins Ohr: «So hält man die Liebe frisch und aufregend. Nervenkitzel. Na los, mach schon. Sei glücklich.»

«Bist du sicher? Nein. Nein, das darf ich wirklich nicht tun. Wir haben einen Schwesternabend.»

«Doch, ich bin mir sicher. Ich bleibe sowieso nicht mehr lange. Gib mir einfach deine Schlüssel, dann kann ich in deine Wohnung. Ich trinke noch mit Johnny aus, dann gehe ich zurück.»

«Und ich komme morgen früh zurück, dann gehen wir zusammen brunchen, wie wir es geplant haben? Sneaky Dee? *Huevos rancheros?*» Sie tippte schon wieder auf ihrem Handy herum.

Als Liane gegangen war, stellte sich Ilsa neben Johnny. Die

Band spielte immer noch. Sie wusste nicht recht, was sie zu ihm sagen sollte, und er schwieg, also schwieg sie ebenfalls.

«Ich gehe jetzt zur Bar und hole mir etwas zu trinken», sagte sie schließlich und wandte sich von der Bühne ab. «Ich habe mir noch gar nichts geholt, weil … weil ich dann dich gesehen habe. Möchtest du noch etwas?»

«Meine Bierflasche ist noch voll.» Aber er ging mit ihr zur Bar.

«Wie wär's mit einem Schnaps?», schlug er dort vor.

Sie zögerte kurz, nickte dann aber. «Aber dazu eine Flasche Wasser, bitte.»

Er beugte sich über den Tresen und bestellte die Getränke für sie beide. Sie betrachtete ihn von der Seite.

Als er ihr den Schnaps reichte, berührte der weiche Flanellstoff seines Hemdes ihren Arm. «Fertig?», fragte er.

«Sollen wir dazu nicht noch irgendwelche … Kleinigkeiten haben? Zitrone, Salz, so etwas?»

«Schau dich um, Ilsa. Diese Bar scheint keine Kleinigkeiten zu haben, was auch immer du damit meinst. Trink einfach aus.» Er schenkte ihr ein weißes, ebenmäßiges Lächeln, und sie dachte: *Er ist so attraktiv.* Vermutlich hatte sie das schon immer gewusst, immerhin hatte sie ihn fast ihr ganzes Leben jeden Sommer gesehen, aber jetzt, in ganz anderer Umgebung, ein wenig betrunken, bemerkte sie es auf andere Weise. *Vergib mir, Vater, denn ich habe gesündigt. Ich habe unkeusche Gedanken.*

Nur einen kleinen Kuss, dachte sie. *Und ich* kenne *ihn ja. Ist es dann so schlimm?*

Sie wandten sich wieder der Band zu.

Es vergingen ein paar Minuten, dann beugte er sich wieder zu ihr.

«Kommst du oft hierher?»

«Nie! Ich habe seit Jahren nicht mehr in Toronto gelebt. Ich lebe in New York, in Rye. Ich besuche Liane nur übers Wochenende.»

«Ich kann mich gar nicht erinnern, wann ich zum letzten Mal in der Stadt war. Ich bin nur … einer meiner Söhne ist hierhergezogen, um hier auf die Uni zu gehen, und ich habe ihn heute besucht.»

«Deine Söhne. Wie viele hast du noch mal? Das habe ich mich immer gefragt.»

Johnny lachte. «Ja, ich kenne die Gerüchte, dass ich nichts anderes tue, als Frauen zu schwängern, sie dann wegzuschicken und die Söhne zu behalten. Aber so ist es nicht gewesen. Meine erste Frau, die Mutter meiner ersten beiden Söhne, hat mich ziemlich plötzlich im Stich gelassen, als sie noch ganz klein waren.» Er schwieg einen Moment. «Aber Bens und Jesses Mom ist länger geblieben. Es hat leider auch nicht funktioniert, aber ich habe sie ganz gut erzogen. Jesse ist der, der jetzt hier zur Uni geht – mein Jüngster.»

«Was studiert er?»

«Forstwissenschaften oder so. Irgendein Programm an der Uni von Toronto. Ziemlich cool, glaube ich.» Er trank einen Schluck. «Aber es ist ein bisschen komisch, dass er nicht mehr zu Hause ist. Also, was machst du in New York, Ilsa?»

«Ich bin … Künstlerin», sagte sie und fühlte sich schuldig dabei. Hätte sie sagen sollen: *Ich bin Ehefrau*? Hätte sie sagen sollen: *Ich bin Mutter*? Er hatte sie mit Ani und Xavier ja nicht gesehen – oder mit Michael, die ein, zwei Male, die er mitgekommen war.

«Eine Künstlerin. Ist das glamourös?»

Sie lachte aus irgendeinem Grund, und er lachte mit, und

dann verstummten sie und lächelten sich nur an. Sie antwortete: «Es ist überhaupt nicht glamourös.»

«Klingt wie ein cooler Job. Selbst wenn er nicht glamourös ist.»

«Es ist noch nicht einmal ein richtiger Job.» Und sie lachte wieder und legte ihm die Hand auf die Brust, um sich abzustützen. Als sie wieder sicher stand, ließ sie ihre Hand einfach liegen und vergrub sie in der Weichheit und Schlichtheit seines Hemdes. Dann zog sie die Hand wieder weg. «Entschuldige», sagte sie.

Er nahm ihre Hand, legte sie zurück auf seine Brust und hielt sie dort fest. Die Band hatte aufgehört zu spielen. Jetzt lief Musik, der Song *Heads Will Roll* von den Yeah Yeah Yeahs. Die Leute begannen zu tanzen.

Er ließ ihre Hand auf seiner Brust nicht los. Dann beugte er sich vor und küsste sie, und sie öffnete den Mund und gab sich ihm ganz hin, so wie sie es besonders gut konnte. Eine Glocke läutete, und einen Augenblick lang glaubte Ilsa, sie hätte sich das eingebildet, dass die Glocke nur in ihrem Kopf läutete, um sie daran zu erinnern, dass sie verheiratet war, um ihr zu befehlen, sofort damit aufzuhören, dass sie erst an diesem Tag zur Beichte gegangen war. Aber es war nur der Barkeeper, der die Glocke für die letzte Bestellung läutete. «Wollen wir raus hier?», fragte Johnny sie und löste sich von ihr.

«Wohin sollen wir denn? Ich kann nicht … ich kann dich wirklich nicht zu meiner Schwester mitnehmen.»

«Ein bisschen mit meinen Hunden abhängen?»

«Was?»

«Sie sind in meinem Truck. Ich habe ihn auf einem Parkplatz um die Ecke geparkt. Ich musste sie mitbringen, weil meine anderen Söhne übers Wochenende weg waren, und sonst war da niemand, der auf sie hätte aufpassen können. Ich wollte nach dem Abendessen mit Jess eigentlich wieder Richtung Norden fahren, aber … ich musste einfach irgendwie raus. Ich wollte nicht gleich wieder so lange auf der Straße sein. Also dachte ich, ich penne einfach im Auto mit den Hunden und fahre morgen früh wieder nach Hause, wenn ich wieder nüchtern bin. Und bevor du jetzt denkst, dass ich Tiere quäle: Mein Truck ist riesig, und sie haben etwas zu fressen und Wasser und Decken. Sie lieben es darin. Ihre eigene kleine Wohnung.»

«Ich habe nie gesagt, dass du Tiere quälst.» Sie lachte erneut.

«Was ist denn die ganze Zeit so lustig, Ilsa?»

«Ich weiß es wirklich nicht. Nur du, glaube ich. Du und deine Hundewohnung auf Rädern.» Er lächelte auch, und sie sagte: «Okay, klar. Ich würde wirklich gern in deinem Truck mit den Hunden abhängen.»

Er war so vertraut. Es war schön, mit ihm zusammen zu sein. Und sie wollte ihn wieder küssen.

Er öffnete den Kofferraum des Trucks. Und tatsächlich saßen darin die beiden Hunde, die sie noch vom Yachthafen kannte, große Tiere, die sie oft mit ihrem Bellen begrüßt hatten, aber nicht unfreundlich wirkten. Er erklärte ihr ihre Abstammung, und sie vergaß sofort, was er gesagt hatte. Sie waren überglücklich, Johnny zu sehen, sprangen ihn an und leckten ihm das Gesicht. «Hallo, Marlin, hallo, Bugsy», sagte er liebevoll. Die Hunde wandten ihre Aufmerksamkeit ihr zu. Der eine drückte seine Schnauze in ihren Schoß. «Weg da», sagte Johnny und schob seinen Kopf weg. «Ich weiß selbst, dass sie hübsch ist, aber sie ist nicht für dich.» *Für dich bin ich auch nicht*, dachte Ilsa. «Los, rein mit euch.» Er schloss den Kofferraum und ging mit ihr zur Beifahrertür, die er für sie öffnete, um dann um den Truck herum zur Fahrerseite zu gehen.

Als er eingestiegen war, griff er in den Fußraum und gab ihr eine ungeöffnete Wasserflasche, schaltete dann die Heizung und die Musikanlage an. Ein ruhiges Folkmusikstück erklang, mit Gitarrengeklimper und einer tiefen Männerstimme.

Ilsa trank die halbe Flasche aus. Johnny hatte einen Joint hervorgezogen. «Willst du auch?»

«Glaub schon.»

Danach legte er den Arm um sie und zog sie über die lange Bank zu sich. Dann nahm er ihr Gesicht zwischen die Hände, fuhr mit den Händen durch ihr Haar, strich ihr die Ponysträhnen aus der Stirn. «Du bist einfach wunderschön, weißt du. Wirklich wunderschön. Ich denke das jeden Sommer, wenn ich dich sehe. Habe ich immer gedacht.»

Küss mich einfach. Aber als er es schließlich tat, schmeckte er irgendwie säuerlich und falsch, das Bier und das Gras hatten sich auf unangenehme Weise vermischt. Vermutlich schmeckte sie auch so. Sie wurde immer befangener. Während sie ihn küsste, dachte sie: *Johnny ist nicht die Antwort, und andere Leute zu küssen ist nicht die Antwort, und kleine Teile von mir über die Jahre abzutrennen und sie anderen zu geben ist auch nicht die Antwort.* Sie löste sich von ihm.

«Ich bin verheiratet», sagte sie.

«Na, das weiß ich», sagte er. «Ich hatte nur den Eindruck, dass es dir nicht …»

«Dass es mir nicht wichtig ist?»

«Das wollte ich nicht sagen.»

«Also, es *ist* mir wichtig. Ich habe zwei Kinder.»

«Hör mal, ich habe mir gar nichts dabei gedacht. Ich habe nur … Ich wollte nur ein bisschen Gesellschaft, das ist alles.» Er wirkte plötzlich ganz traurig. Das überraschte sie ein wenig. Sie wusste, dass es nichts mit ihr zu tun hatte, dass ihn etwas anderes quälte. Sie dachte an die Frau mit den dunklen Haaren und den geheimnisvollen Augen, die bei ihm im Lokal gearbeitet hatte. Wo war sie eigentlich?

Die Musik spielte weiter. Es war Townes Van Zandt, erkannte Ilsa. Helen hatte ihn früher gehört, in stillen Nächten, wenn sie mal wieder Liebeskummer hatte. *In the night forlorn the morning's born, and the morning shines with the lights of love. You will miss sunrise if you close your eyes. That would break my heart in two.*

«Ich muss gehen», sagte Ilsa. «Zurück zu meiner Schwester.»

«Sicher, dass du gehen willst? Es ist spät und dunkel.»

Sie griff nach dem Türgriff. «Ich nehme ein Taxi.» Sie hielt inne, beugte sich dann zu ihm hinüber, küsste ihn auf die Wange und stieg aus dem Truck.

«Nichts passiert, oder? Bis nächsten Sommer.»

«Alles in Ordnung. Bis bald.»

Aber sie winkte sich kein Taxi heran. Sie ging durch Ossington, bis sie nach Queen kam, bog dann nach links ab und ging einfach immer weiter. Als sie schon ganz in der Nähe von Lianes Wohnung war und seit mehreren Häuserblocks niemanden gesehen hatte, hörte sie plötzlich ein Krachen aus einer der Seitenstraßen, an der sie gerade vorbeiging, und erschrak. Sie dachte an jene Nacht in der kleinen Gasse mit Lincoln und an die Angst, die sie hatte, als er sie zurückließ. Aber diesmal hatte sie keine Angst. Die Straßenlaternen waren hell genug. Sie konnte sehen. Daher wusste sie, dass das Krachen von den Waschbären kam, die mit ihren merkwürdigen kleinen Pfoten den Müll durchwühlten. Sie blieb stehen und schaute ihnen zu, und sie wandten ihr für einen kurzen Augenblick die Gesichter mit den kleinen Banditenmasken zu, um dann weiterzumachen, vollkommen schuldlos, mit voller Berechtigung. *Die ultimativen Sünder.*

Sie ging weiter.

Am Morgen, als Liane nach Hause kam, saß Ilsa auf der Couch. Sie hatte nicht geschlafen. Sie trug immer noch den Rock und die Strumpfhose vom Abend. Sie schenkte ihrer Schwester einen Kaffee ein und sagte: «Ich weiß, dass ich gestern beim Abendessen eine Menge Zeug geredet habe. Vielleicht wollte ich mich und meine Taten nur rechtfertigen. Ich will nicht, dass du glaubst, dass ich nicht an die Liebe glaube oder dass sie für dich nicht möglich ist.»

«Oh, Ilsa, es tut mir so leid, dass ich dich gestern Abend allein gelassen habe. Du kommst mir so traurig vor. Du hättest nicht allein bleiben sollen. Und ich habe dich auch noch mit Johnny allein gelassen – oh Mist, ist irgendwas passiert? Hat er versucht, dir an die Wäsche zu gehen? Er wirkte doch ziemlich … hingerissen.»

«Er war nicht hingerissen. Und nein, nichts ist passiert. Nicht wirklich. Aber hör mal zu, einfach nur zuhören. Ich habe die ganze Nacht nachgedacht und muss mit dir darüber reden.» Sie fühlte sich ein wenig benommen, ein wenig überdreht vom Schlafmangel. Aber sie wusste dennoch, dass sie recht hatte und dass sie es Liane erzählen musste. «Die Sache mit der Liebe ist die: Sie *kann* bleiben, aber man muss vorsichtig mit ihr umgehen. Man muss sie behandeln wie das Allerwertvollste, was man hat, man darf sie nie, ebenso wenig wie denjenigen, den man liebt, als selbstverständlich ansehen. Niemals. Selbst wenn man das nur ein einziges Mal tut, kann das der Anfang vom Ende sein. Groll ist der schlimmste Feind der Liebe. Vergiss das nicht, Liane, okay? Vergiss das nie, dann wird das schon.»

«Ist gut», sagte Liane. «Aber, Ilsa …»

«Und hab keine Angst. Helen hat mal zu mir gesagt, dass der Liebesschmerz eine wunderschöne Erinnerung hinterlässt. Selbst wenn eine Beziehung nicht klappt, muss keine Narbe zurückbleiben. Vielleicht wird es zu etwas anderem als einer Narbe, zu etwas, das dich stärker macht.»

Ilsa wusste, dass sie nach Hause gehen und von der Klippe springen musste, auf der sie die ganze Zeit verharrt hatte, selbst wenn sie sich nicht sicher sein konnte, dass sich ihr Fallschirm öffnen und sie fliegen würde. So hatte Helen sie aufziehen wollen, alle drei: als Frauen, die Bedürfnisse und Sehnsüchte hatten, aber die ebenso ein Pflichtgefühl hinter sich lassen konnten, das nicht in etwas wurzelte, was sie wirklich wollten.

Als Ilsa wieder zu Hause ankam, arbeitete Michael in seinem Büro und schaute kaum auf. Er fragte sie beim Abendessen, wie ihr Wochenende gewesen sei, aber als sie ihm gerade davon erzählen wollte, klingelte sein BlackBerry, und er griff danach. Sein Blick löste sich von ihr, und sie verstummte.

Am nächsten Morgen ging sie in ihr Atelier und holte alle Skizzen heraus, die sie in den vergangenen Monaten gemacht hatte, Akte, erotische Bilder, weil sie versucht hatte zu tun, was Lincoln ihr gesagt hatte. Sie hasste diese Skizzen allesamt. Das wusste sie jetzt. Sie schnitt sie mit der Schere in kleine Fetzen.

Schließlich fielen ihr die Akte auf Pappe in die Hände. Einige von ihnen hatte sie erst in letzter Zeit gemacht, andere waren älter als Lincoln – diejenigen, von denen Lincoln gesagt hatte, wie gut sie seien. Sie zögerte, holte dann ein Papiermesser heraus und begann, sie in lange, steife Streifen zu schneiden.

Ganz hinten in einem anderen Schrank fand sie einen Karton. Sie öffnete den Deckel. Er war voller Briefe, die meisten auf Französisch, aus der Zeit, in der sie in Paris gewohnt hatte, Briefe von Eric, in denen er Dinge schrieb wie *Du bist meine Königin* und Paul-Verlaine-Gedichte zitierte *(Deine Seele ist eine auserlesene Landschaft)* und anderen Schwachsinn. Es waren auch zwei Briefe von ihrem Vater darunter, die hauptsächlich aus liebevoll-unzusammenhängendem Zeug bestanden, das er geschrieben hatte, als er betrunken war – nur dann schrieb er Briefe. Sie legte die Briefe von Michael zur Seite. Vielleicht würde sie sie eines Tages Ani zeigen, um ihr zu beweisen, dass sie einst tatsächlich verliebt gewesen waren.

Alles andere zerriss sie.

Aber sie warf die Fetzen nicht weg. Stattdessen steckte sie sie in Müllsäcke und schleppte diese mit nach Hause, stellte sie in ihr Zimmer und begann, ihre Sachen zu packen. Ani war in der Schule und Xavier mit Sylvie im Park. Danach würde Sylvie mit den beiden Kindern essen gehen und vielleicht ins Kino, obwohl Ilsa nicht sicher war, ob Xavier es einen ganzen Film lang aushalten würde stillzusitzen. Aber sie durften nicht zu Hause sein. «Du musst mich unbedingt vorher anrufen, bevor du sie zurückbringst», hatte sie Sylvie eingeschärft.

Dann rief sie Michael an. «Du musst nach Hause kommen. Ich muss mit dir reden.» Sie sprach leise, um nicht den Mut zu verlieren und dann womöglich so tun zu müssen, als riefe sie wegen etwas ganz anderem an.

«Ist es ein Notfall?», fragte er.

«Ja. Komm nach Hause.»

14

DER ROTKARDINAL (CARDINALIS CARDINALIS)

Rotkardinal-Pärchen bleiben das ganze Jahr über und ihr Leben lang zusammen. Manchmal singen sie vor dem Nestbau zusammen. Während der Balz bringt das Männchen dem Weibchen Futter und verfüttert es von Schnabel zu Schnabel an sie, um eine Bindung aufzubauen. Wenn die Paarung erfolgreich ist, setzt sich dieses Paarungsfüttern auch während der Brutzeit fort.

✦

Als Myra am Tag zuvor erfahren hatte, dass Johnny zu Besuch kommen würde, hatte sie versucht, ihre Aufregung vor Jesse zu verbergen. Sie hatte die ganze Zeit gewollt, dass Jesse glaubte, alles sei in Ordnung, dass Johnny nicht wütend auf sie geworden war, als sie ihm verkündet hatte, mit Jesse zurück in die Stadt zu ziehen, dass sie Freunde wären, die sich einst geliebt hatten (natürlich benutzte sie das Wort *geliebt* nicht, wenn sie mit Jesse darüber sprach). Dass sie eben Menschen waren, die sich einst gekannt hatten. «Wir sind durch dich immer noch miteinander verbunden», hatte sie einmal zu ihm gesagt. «Wir sind immer noch Freunde.» Aber das stimmte nicht. Das waren sie nicht. Seit sie fortgegangen war, hatten sie kaum ein Wort miteinander gewechselt, nur wenn sie unbedingt mussten, weil es um Johnnys Sohn ging. Sie waren wie Leute, die eine Scheidung miteinander durchgemacht hatten.

Aber sie vermisste ihn. Der Schmerz war nicht weniger geworden. Als er anrief und seinen Besuch ankündigte, hätte sie ihm beinahe gesagt, dass er nicht ins Haus kommen, sondern Jesse an einem neutralen Ort treffen sollte, damit sie ihn nicht sehen musste. Es war nicht so, dass sie ihn nicht sehen wollte. Sie brauchte nur mehr Zeit. Vielleicht noch ein paar Monate, dann wäre sie über ihn hinweg und in der Lage, in seiner Nähe zu sein, ohne sich um seine magnetische Anziehungskraft Sorgen zu machen, der sie nur unter Qualen widerstehen konnte. Stattdessen hatte sie sich dazu gezwungen zu sagen: «Okay, dann sehen wir uns morgen», und hatte aufgelegt.

«Dein Dad kommt zu Besuch», hatte Myra später wie beiläufig zu Jesse gesagt. «Morgen Nachmittag. Er kommt zum Abendessen.»

«Toll», hatte Jesse erwidert. «Ich muss jetzt los, ich habe ein Seminar.»

«Hast du alle Bücher dabei?»

«Glaub schon.»

Dann war sie auf dem St.-Lawrence-Markt einkaufen gegangen und hatte sich das Hirn zermartert, was sie kaufen und was sie kochen sollte. Sie war mit leeren Händen zurückgekommen und hatte Jesse eine SMS geschickt: Wir laden ihn zum Essen ein. Wollen wir ihm ein bisschen die Stadt zeigen? Was glaubst du, wo er gerne hingehen würde?

Und Jesse hatte geantwortet: Nirgends, jedenfalls nicht in die Restaurants, die du magst.

Aber sie war dennoch mit ihnen ins *Campagnolo* gegangen. Es war ihr ein bisschen peinlich gewesen, als Johnny gesagt hatte: «Verdammt, ist das heiß hier drin», und sein Flanellhemd ausgezogen und es über seinen Stuhl gehängt hatte, um sein Essen dann in seinem weißen T-Shirt zu essen, das eigentlich ein Unterhemd war. Dann hatte er gesagt: «Und das war's schon? Ich habe immer noch Hunger.» Er hatte den Kellner herbeigerufen und ein weiteres Gericht bestellt, die Tagliatelle, und ihr war bewusst geworden, wie fehl am Platz er hier war. Sie hätte Steaks und Kartoffeln und Gemüse auf dem Markt kaufen und ihm das einfache Essen kochen sollen, das er mochte.

Aber warum? Warum sollte ich kochen, was er mag? Was ist mit meinem Geschmack? Myra hatte ihr Essen kaum angerührt. Sie bot es ihm an. «Ich weiß ja nicht mal, was das ist», hatte er gesagt.

«Das ist Entenconfit-Risotto.»

«Nein, danke.» Jesse saß unterdessen schweigend dabei und aß seine Spaghetti all'amatriciana. Einen kurzen Moment hatte Myra Johnny gehasst, dann hatte sich der Hass gegen sie selbst gerichtet. *Wir sollten überhaupt nicht hier sein.*

Sie hatte ihn zum Kaffee nach Hause eingeladen. Die Unterhaltung war schleppend gewesen. Später, an der Tür, hatte Johnny Jesse die Hand geschüttelt und ihn dann ungeschickt an sich gezogen. «Ich bin stolz auf dich, Sohn», hatte er gesagt. Myra hatte Tränen in den Augen gehabt.

«Danke, Dad.» Jesse schien ehrlich glücklich zu sein. Vielleicht hatte er all das vermisst, den Subtext, das Falsche, die unterschwelligen Verletzungen. Vielleicht hatte er im Restaurant wirklich nur seine Spaghetti gegessen. Denn sie war *nicht* seine Mutter, nicht wahr? Also, was scherte es Jesse, ob Myra und Johnny miteinander auskamen, ob sie Gesprächsthemen hatten, ob sie sich gegenseitig in die Augen sehen konnten, ob sie überhaupt irgendeine Verbindung miteinander hatten?

Dann ging Johnny, und Myra ging nach oben ins Bett.

Die letzte Person, die Myra am nächsten Morgen vor ihrer Hintertür erwartete, war Johnny. Aber da stand er. Er sah müde und zerknittert aus, sein Bart war dunkler als am Abend zuvor, kein Fünf-Uhr-Bart mehr, sondern die Stoppeln am Morgen danach.

«Was machst du denn hier?», fragte sie. «Ich dachte, du wolltest gestern Nacht nach Hause fahren.» Hinter ihm rannten die Hunde durch den Garten. «Das Gartentor ist offen.»

«Sie rennen nicht weg.»

«Was ist los?»

«Ich wollte nicht zurück», sagte er. «Aber ich wollte auch nicht hierher.» Sie stand regungslos da, unschlüssig, was sie tun sollte.

«Also habe ich … ich habe in meinem Truck geschlafen.»

«Oh.»

«Darf ich reinkommen?»

Drinnen zog er seine Stiefel aus und setzte sich an ihren Tisch. «Weißt du was?», sagte er, und es klang verärgert. «Letzte Nacht, als ich eigentlich hätte nach Hause fahren müssen, habe ich es ganz plötzlich gesehen. Ich habe es begriffen.»

«Was gesehen? Und was begriffen?»

«Und deshalb wollte ich nicht nach Hause.»

«Wovon redest du eigentlich?»

«Ich habe begriffen, warum du es gehasst hast, besonders im Winter. Warum du nicht gern am Yachthafen warst. Und dann die Vorstellung, dorthin zurückzufahren, ohne dich, ohne Jesse, die anderen Jungs sind weg und vermutlich bald aus dem Haus … das erschien mir plötzlich völlig sinnlos. Und ich habe begriffen … ich habe begriffen, dass ich dich vermisse. Ich vermisse dich wirklich.»

Sie stand da und starrte ihn an. Sie trug immer noch ihren Pyjama, ein langes weißes T-Shirt und lila Shorts. Sie hatte in der Nacht kein Auge zugetan. Wahrscheinlich sah sie schrecklich aus, wahrscheinlich sah sie alt aus. Sie hatte sich die Haare schneiden lassen, als sie zurück in die Stadt gezogen war, einen Bob, der genau mit ihrer Kieferlinie abschloss. Johnny hatte das mit keinem Wort erwähnt. Jetzt wünschte sie sich, ihr Haar wäre noch so lang, dass sie es zu einem Dutt zusammenfassen könnte. Vermutlich stand es nach allen Seiten ab.

Sie wandte sich von ihm ab und setzte den Wasserkessel auf. Sie dachte an ihre Mutter, die vor ein paar Jahren gestorben war. Ihre Mutter setzte immer Teewasser auf, wenn nicht alles gesagt war. Sie ließ das Wasser kochen, goss den Tee auf und wartete. Normalerweise war alles gesagt, was gesagt werden musste, wenn der Tee ausgetrunken war.

Myra stand vor dem Herd und schaute aus dem Fenster. Sie sah einen Rotkardinal, leuchtend rot, der auf dem Zaun zum Nachbargrundstück saß. In der Stadt waren diese Vögel ein ungewöhnlicher Anblick, eine kurze Berührung mit der Natur. Im Yachthafen hätte sie einen einzelnen Rotkardinal überhaupt nicht bemerkt.

Johnny trat hinter sie.

«Mir ist nicht nach Tee», sagte er. Er legte ihr die Hand auf die Taille. «Mach den Herd aus.» Er küsste ihren Nacken. «Ich vermisse dich so sehr, Myra.»

«Nein», erwiderte sie und löste sich von ihm, obwohl sie den Drang hatte, sich an ihn zu schmiegen. «*Ich* will aber Tee. *Ich* will reden. *Ich* will wissen, was du hier wirklich machst.»

«Hab ich dir doch gesagt, ich vermisse dich.»

«Und *ich* habe dir gesagt, dass das nicht genug ist.»

«Hast du das gesagt? Kann mich gar nicht daran erinnern.» Sie merkte, dass sie es wirklich nicht gesagt, sondern nur gedacht hatte, aus Selbstschutz. *Egal, was er zu sagen hat, es ist nicht genug.*

«Ich wollte es aber sagen.»

Er setzte sich wieder an den Tisch. Sie stand da und wartete, dass das Wasser kochte. «Myra, die Wahrheit? Also, gestern Abend bin ich in einer Bar gewesen und einer dieser Frauen über den Weg gelaufen, die jeden Sommer zum Yachthafen kommen, dieser Ilsa, der hübschen. Und ich dachte, sie könnte mich vielleicht ein bisschen trösten, also …» Myra schloss die Augen. «Tut mir leid, ich weiß, dass das vermutlich nicht das ist, was du hören willst, aber ich will ehrlich zu dir sein.» Nein, das war eindeutig nicht das, was Myra hören wollte. Sie wartete darauf, dass er weitersprach, und gleichzeitig hoffte sie, dass er es nicht tun würde. «Jedenfalls ist nicht viel passiert. Wir haben ein bisschen geknutscht. Davon habe ich nur Sehnsucht nach dir bekommen. Ich mag dieses Gefühl überhaupt nicht. Mir gefällt es nicht, dass ich es nicht einfach von mir schieben kann.»

Er schwieg.

Was genau soll ich denn dazu sagen?, überlegte Myra.

Dann sprach er weiter. «Ich war nie besitzergreifend einer Frau gegenüber, ich wollte nie, dass eine zu mir gehört. Und auf keinen Fall habe ich je darunter gelitten, wenn eine von meinen Frauen mich verlassen hat – bis du gegangen bist. Zuerst dachte ich, es liegt daran, weil du einen meiner Jungs mitgenommen hast, aber ich wusste ja, dass du recht damit hattest, dass Jesse zur Uni gehen muss, und es hat es nur noch schlimmer gemacht, dass dir so viel an ihm liegt, dass du darauf gepfiffen hast, was ich denke, und ihn genau dorthin verfrachtet hast, wo er hingehört. Du bist ganz anders als alle Frauen, die ich vorher getroffen habe. Du bist ganz anders als alle, die ich kenne. Du bist so … du bist so klug, du bist so … Ich weiß nicht einmal, wie ich es sagen soll, du bist einfach anders. Und *ich* bin überhaupt nicht schlau, das weißt du ja. Soweit ich mich erinnere, habe ich in meinem Leben nur ein einziges Buch zu Ende gelesen.»

«Das weiß ich, Johnny. Ich weiß. Darüber haben wir schon gesprochen.»

«In der Schule, weil ich musste. Ich weiß nicht einmal mehr, wie es hieß.»

«Es hieß *Land der Bäume* von Alistair MacLeod.»

«Siehst du, du bist so schlau, dass du sogar den Titel des einzigen Buches kennst, das ich je gelesen habe, und ich habe ihn sofort vergessen!»

«Warum reden wir eigentlich darüber?»

Er schwieg erneut. Sie schaltete die Flamme unter dem Kessel ein wenig herunter. «Als du noch bei mir warst, konnte ich mir die meiste Zeit überhaupt nicht vorstellen, was zum Teufel du überhaupt mit mir wolltest, was du machtest, warum du bleiben wolltest», sagte er. «Ehrlich, am Anfang, als du sagtest, dass du bleiben würdest, war mein erster Gedanke: *Was will eine Frau wie sie mit einem Mann wie mir?* Und ich dachte, dass du dann ja doch nicht so toll sein konntest, da du bleiben wolltest, und ich glaube, so habe ich dich dann auch behandelt. Schlechter, als du es verdient hattest. Aber dann habe ich doch begriffen, wie großartig du bist, und dann bist du gegangen. Es hat mich nicht überrascht. Aber es tat weh. *Das* hat mich überrascht.»

Sie stand stumm da und beobachtete ihn, wie er da an ihrem Tisch saß. Es war ein langer Tisch aus Pinienholz, der am Fenster stand. Sein Hemd stand im Kontrast zum Licht, das durch das Fenster fiel, genau wie der Rotkardinal gegen den Schnee. Hinter ihm sah sie, dass die Hunde im Garten spielten.

«Weißt du noch, warum du dich an diese eine Zeile aus dem Buch erinnern kannst, das du in der Schule lesen musstest, obwohl du den Titel vergessen hast? Diese letzte Zeile, von der du mir mal erzählt hast?»

«‹Wir sind alle besser, wenn wir geliebt werden›», sagte er automatisch.

«*Deshalb* bin ich bei dir geblieben.»

«Du verarschst mich doch. Du bist wegen einer Zeile aus einem Buch bei mir geblieben, an das ich mich nicht mal erinnern kann?»

«Ich bin bei dir geblieben, weil ich geglaubt habe, dass du daran geglaubt hast, dass du auch dachtest, dass die Menschen besser sind, wenn sie geliebt werden. Und ich glaubte, dass du mich auch eines Tages lieben würdest und wir dann deshalb beide besser sein würden. Und ich bin auch … ich bin auch bei dir geblieben, weil ich ein Baby wollte.»

«Im Ernst, echt? Das hast du mir nie gesagt.»

«Ja. Immer. Die ganze Zeit. Ich hatte irgendwie geglaubt, dass du dieser männliche Kerl wärst, der die Frauen im Handumdrehen schwängert, und ich dachte, damit wärst du die Lösung all meiner Probleme. Ich bin nicht schwanger geworden, als ich hier zusammen mit meinem … Exmann gelebt habe.» Rein technisch gesehen war das keine Lüge mehr; sie hatten es ganz beendet, als sie zurück in die Stadt gekommen war. «Als ich hier mit ihm gelebt habe, hatte ich kein Glück. Ich glaube, ich bin unfruchtbar. Irgendwas stimmt da nicht.»

«Wir hätten es versuchen können. Vielleicht ist das das Problem. Wir haben es nicht richtig versucht.»

«Glaub mir, *ich* habe es versucht.»

«Dann müssen wir uns eben mehr Mühe geben. Wenn du das willst, also, dann ist mir das recht. Lass es uns einfach weiter versuchen.»

Das Wasser im Kessel kochte endlich. Sie stellte die Flamme aus, goss das Wasser über die Earl-Grey-Teebeutel in zwei Becher und wartete, bis er gezogen hatte.

«Als du mich liebtest, war ich wirklich besser», sagte er. «Ich weiß, dass ich mich nicht so verhalten habe, aber ich war besser. Und letzte Nacht habe ich begriffen, dass ich nur wieder schlechter werde, wenn ich allein nach Hause fahre. Ich habe die ganze Nacht darüber nachgedacht, wie ich dich zurückbekomme, was ich sagen muss. Und jetzt fällt mir nur ein, wie sehr ich dich vermisst habe. Wie sehr ich dich vermisse. Wie sehr ich …»

Sie wartete. Der Tee war vermutlich längst fertig. Vermutlich war er jetzt zu stark. Trotzdem wartete sie.

«Ich liebe dich», sagte er.

Es *war* genug. Natürlich war es das. Sie hatte sich immer gewünscht, ihn das sagen zu hören, mehr als alles andere, und es war mehr als genug.

15

DER PRACHTTAUCHER (GAVIA ARCTICA) Es wird weithin angenommen, dass Prachttaucher-Pärchen ein Leben lang zusammenbleiben, aber das stimmt nicht. Ein typischer ausgewachsener Prachttaucher hat während seines Lebens durch die Übernahme fremder Territorien mehrere Partner. Brütende Pärchen müssen ihr Territorium regelmäßig gegen andere ausgewachsene Prachttaucher verteidigen, die versuchen, mindestens einen von ihnen zu verjagen und das Brutgebiet zu übernehmen. Territorien, in denen bereits Junge geschlüpft sind, sind besonders begehrt. Ein Drittel dieser gewaltsamen Übernahmen enden mit dem Tod eines der Männchen; dagegen überleben die Prachttaucher-Weibchen fast immer.

✦

Isabel hatte zuerst nicht mit in das Ferienhaus gewollt. «Aber wir fahren gar nicht wieder in *das* Haus», hatte ihr Dad gesagt. «Wir wohnen im Haus nebenan.»

«Das ist ja wohl das Gleiche in Grün», hatte Isabel geantwortet. Später war dann Liane in ihr Zimmer gekommen und hatte sich auf ihre Bettkante gesetzt.

«Hey», hatte Liane gesagt, und Isabel musste sich zusammenreißen, um sich nicht allzu sehr über ihre Anwesenheit zu ärgern.

Liane bemühte sich zu sehr, das war es. Isabel und ihre Freundin Mykayla, die ebenfalls eine Stiefmutter hatte (sie nannten sie das Stief*monster*), hatten lange darüber geredet.

Obwohl sie im Prinzip nett war, war dieses angestrengte Sichbemühen einfach nervig. «Wie ein Junge, der dich zu sehr mag und dir quasi alle fünf Minuten eine SMS schickt», hatte Mykayla gesagt. «Igitt.» «Igitt», hatte Isabel erwidert, und dann hatten sie so sehr lachen müssen, dass Mykayla der Pfefferminz-Latte aus dem rechten Nasenloch kam, dann hatten sie noch mehr gelacht und dabei immer wieder Blicke in die Ecke des Coffee Shops geworfen, wo Matt Tillson und seine Clique saßen. Isabel war schon so lange in Matt verknallt, wie sie sich erinnern konnte (in Wahrheit ungefähr ein Jahr lang), und er hatte sie nie beachtet. Aber jetzt beobachtete er Mykayla mit ihrem langen dunklen Haar, die sogar irgendwie süß war, wenn ihr Pfefferminz-Latte aus der Nase quoll, und Isabel war eifersüchtig. Alle Jungs mochten Mykayla. Mykayla wusste genau, wovon sie sprach, wenn sie sagte: «Das ist, wie wenn dich ein Junge zu sehr mag.» Isabel lachte dann mit ihr, aber eigentlich hatte sie noch keine Erfahrung damit. Jetzt wandte sie den Blick absichtlich von Matt und von Mykayla, die jetzt merkte, dass Matt sie ansah, und schaute auf den Tisch mit den Kaffeeflecken.

«Aber weißt du …» Mykayla legte sich das Haar nach vorn über die Schultern, «… sie ist keine dumme Zicke. Nicht wie das Stiefmonster. Das spricht immerhin für sie.»

«Stimmt. Sie ist keine dumme Zicke», erwiderte Isabel.

«Sagen wir, die Jury ist noch zu keiner endgültigen Entscheidung gekommen. Vielleicht geht sie bald mit dir shoppen und kauft dir tolle Klamotten, dann können wir das als Sieg verbuchen.»

«Ich glaube, sie ist arm. Sie ist so was wie eine Lehrassistentin an der Uni.»

«Oh. Was für ein Reinfall. Zu blöd, dass sie keine Zicke ist. Dann könnten wir sie wenigstens hassen.»

Jetzt versuchte Isabel Liane anzulächeln. «Hey», sagte Liane.

«Ich wollte dir nur sagen, dass ich wirklich glaube, dass du im Ferienhaus meiner Mutter eine Menge Spaß haben wirst. Es ist wirklich schön da. Ich meine, den See kennst du ja schon, der ist phantastisch, und meine Mom Helen mietet ein Boot, was für dich vielleicht keine große Sache ist, aber sie ist eigentlich aus Prinzip gegen Motorboote, und meine Schwestern und ich haben immer darum gebettelt, ein Boot zu mieten, damit wir Wasserski fahren können, deshalb … also das wird wirklich ein Spaß.»

«Heutzutage geht doch niemand mehr Wasserski fahren», sagte Isabel.

«Ach. Oh. Niemand?»

«Nein. Die Leute wakeboarden. Ich hab das auch schon gemacht, tausendmal.»

Das stimmte nicht; sie hatte es einmal versucht, im Ferienhaus ihrer Freundin Anna in Kawarthas, und war ganz schlecht darin gewesen. Irgendwann war sie in einen riesigen Flecken Seegras gefallen, und Annas Bruder Chad hatte ihr zugeschrien, dass sie jetzt wahrscheinlich von einem Raubfisch namens Muskellunge aufgefressen würde, und sie war in Panik geraten und zum Boot zurückgeschwommen, wobei sie ständig die Fotos an den Wänden des Hauses vor Augen hatte, auf denen Chad und Annas Vater unglaublich riesige Fische in die Höhe hielten, die alle in genau dem See gefangen worden waren, in dem sie gerade schwamm.

«Na ja, ich bezweifle, dass Helen ein Wakeboard besitzt. Aber ich weiß, dass sie noch ein Paar alte Wasserski hat.

Und vielleicht haben Eliot oder die Zwillinge eins», sagte Liane.

Ach ja, die Zwillinge oder Eliot. Jungs. Es würden *Jungs* in dem Ferienhaus sein. Und das war der einzige Grund, aus dem Isabel es nicht rundheraus ablehnte mitzukommen. «Und was, wenn es die totalen Langweiler sind?», hatte sie zu Mykayla gesagt.

«Sie kommen aus New York, oder?»

«Na ja, aus der Nähe.»

«Hmm. Ich glaube, es gibt immer noch die Möglichkeit, dass sie echt heiß sind. Und wenn nicht, es sind ja nur ein paar Tage.»

«Drei Tage. Ohne Handyempfang.»

«Klar, dann musst du natürlich sterben. Und wenn du Rauchsignale schickst?»

Isabel dachte darüber nach, Liane zu fragen, ob ihre Neffen süß waren. Aber das ging nicht, auf keinen Fall. Dann würde Liane wahrscheinlich glauben, sie seien beste Freundinnen oder so was. Also sagte sie stattdessen: «Ich pack dann mal meine Tasche.» Und Liane lächelte sie so dankbar an, dass Isabel wieder dieses Igitt-Gefühl hatte und sich abwandte. Endlich verließ Liane ihr Zimmer.

«Sie kommt auf jeden Fall mit», hörte sie Liane im Flur zu ihrem Dad sagen, als hätte sie auch nur im mindesten etwas damit zu tun gehabt. Isabel verdrehte die Augen, packte aber weiter, suchte sich ihre Outfits mit aller Umsicht zusammen und packte auch den Bikini ein, von dem sie wusste, dass ihr Dad ihn hasste.

Sie saßen im Auto und fuhren in Richtung Muskoka. Isabel trug ihre Kopfhörer, hauptsächlich um Beatrice' Geräusche auszublenden, die gerade in einer sehr quengeligen Phase war – wobei Isabel alle Phasen in Beas Leben bisher ziemlich quengelig vorkamen, wenn sie ehrlich war.

Ihr Vater langte nach hinten und berührte ihren Arm. Sie machte die Musik leiser. «Das ist zu laut, Iz», sagte er. «Du machst dir dein Trommelfell kaputt, und außerdem kann ich es hören. Wenn jemand die Musik von deinem persönlichen Musikgerät hören kann, ist es kein persönliches Musikgerät mehr.»

«Es ist kein persönliches Musikgerät. Dad, wir haben doch nicht mehr 1982. Das ist ein iPod, Herrgott noch mal.»

«Isabel! Deine Ausdrucksweise.»

«Was? Ist doch nicht so, als ob wir zur Kirche gingen oder so.»

«Aber deine kleine Schwester. Ich will nicht, dass deine Schwester rumläuft und Dinge wie ‹Herrgott noch mal› sagt, okay?»

Wie um ihn zu unterstützen, sagte Bea: «Herrgottnoma, Herrgottnoma», und Isabel versteckte ihr Grinsen hinter der Hand.

«Siehst du!», sagte Laurence. «Schönen Dank auch, Iz.»

«Dad, *du* bist derjenige, der es wiederholt hat, und dann hat sie es erst gesagt. Das war nicht meine Schuld!»

Ihr Dad öffnete den Mund, um etwas zu sagen, aber Liane legte ihm die Hand aufs Bein und drückte es. «Nicht», sagte sie. «Bea vergisst das doch sofort.»

Jetzt quengelte Bea wieder los.

«Ich weiß überhaupt nicht, warum ich hier mit diesem Quengelkind hocken muss und Liane da vorn sitzen darf», beschwerte sich Isabel.

«Wollen wir vielleicht beim nächsten Halt tauschen?»,

schlug Liane vor. «Und … wie wär's mit ein bisschen Musik, die wir alle mögen? Dann musst du deine nicht auf deinem … persönlichen Musikgerät hören.» Sie drehte sich um und lächelte ihr verschwörerisch zu, aber Isabel lächelte nicht zurück.

«Wir mögen aber nicht dieselbe Musik.»

«Ich glaube schon, dass wir da eine Schnittmenge haben. Du magst Jake Bugg. Von ihm habe ich auch ein paar Stücke auf meinem iPod. Und wir mögen beide The Decemberists und Jack White.»

Hör endlich auf zu versuchen, cool zu sein!, wollte Isabel schreien. Stattdessen sagte sie nichts.

«Wir könnten deinen iPod laut abspielen», schlug Liane vor.

«Meinst du mein persönliches Musikgerät? Klar», sagte Isabel, reichte ihn nach vorn und starrte aus dem Fenster in die vertraute Landschaft, die sie traurig machte.

Als sie am Yachthafen ankamen, wartete diese Frau, Helen, schon mit dem Boot, das sie offenbar vom Besitzer gemietet hatte, und ein braun gebrannter blonder Mann namens Johnny versuchte ihr beizubringen, wie man damit fuhr. Er lachte sie aus.

«Sie, Lady, sind ein gutes Beispiel dafür, warum man wirklich keine Bootsführerscheine online ausgeben sollte», hörte Isabel ihn sagen, als sie näher kamen. Die Frau sah aus wie ein alter Hippie. Sie hatte langes blondes Haar mit grauen Strähnen, war ungeschminkt und trug einen langen Bauernrock mit einem nudefarbenen Hemdchen, das sie von weitem nackt aussehen ließ. Die ganze Sache war irgendwie schräg, fand Isabel. Beatrice ging an Isabels Hand.

«Aha! Sie sind da. Laurence, Liebling, bitte sag mir, dass du weißt, wie man ein Boot fährt.» Isabel war sich ziemlich sicher, dass diese Frau ihren Dad bisher vielleicht einmal kurz gesehen hatte. Trotzdem tat sie so, als wären sie alte Freunde.

«Wahrscheinlich kann ich es besser als *du*», erwiderte ihr Vater und ließ es zu, dass sie ihn umarmte und ihn auf beide Wangen küsste. Sie sagte: «Ich freue mich so sehr, dass du da bist.»

«Ich mich auch», sagte Laurence und wandte sich dann an Isabel. «Und das hier sind meine Töchter. Isabel und Beatrice.»

«Hinreißend! So niedlich! Ich freue mich so, euch kennenzulernen. Ihr werdet so viel Spaß haben. Die Jungs sind schon da. Cole und Beckett – übrigens stramme und gut aussehende Jungs, die zweifellos begeistert sein werden, dich kennenzulernen, Isabel – und ihr Bruder Eliot.»

«Helen», murmelte Liane. «Sie ist doch erst vierzehn …»

«Die Jungs doch auch», versetzte Helen und lächelte. «Jetzt kommt, wir laden eure Sachen ein, holen Feuerholz und Eier, und dann geht es los.»

Isabel spürte, dass sie rot geworden war. Sie holte ihr Handy heraus und schickte eine letzte SMS an Mykayla, solange es noch ging. Auf dem Weg ins Land ohne Handyempfang, wünsch mir Glück. So eine verrückte alte Hippie-Tante hat gerade gesagt, die Zwillinge seien «stramme und gut aussehende Jungs». Dann können das nur totale Loser sein. Hilfe!

Dann steckte sie ihr Handy in ihre Schultertasche und holte ihre Reisetasche.

Helen redete laut, um den Motor zu übertönen. Isabels Vater lenkte das Boot auf die Insel zu. Beatrice saß auf Lianes Schoß und nuckelte an ihrem Daumen. Kaum war der erste «Du bist nicht meine Mommy»-Schreck verflogen, war Bea, die kleine Verräterin, sofort ganz zutraulich geworden. Lianes Mom machte sich deswegen schon Sorgen. «Was soll ich denn deiner Meinung nach tun?», hatte Isabel ihren Dad gereizt fragen hören, als er die Mädchen abholte. «Soll ich ihr sagen, sie soll Liane lieber *nicht* mögen?» «Na, immerhin bin ich ihre Mutter, nicht Liane», hatte Gillian gesagt. «Liane versucht gar nicht, ihre Mutter zu sein. Sie versucht nur, nett zu sein», hatte Laurence gesagt, und Isabel war kurz davor gewesen, ihren Kopf durch die Küchentür zu strecken und abfällig zu bemerken: *Genau, und sie macht sich geradezu krumm dafür. Daniel könnte sich davon mal was abgucken.* Aber sie sagte nichts. Daniel: Das war etwas ganz anderes. Er bemühte sich überhaupt nicht, entweder weil er keine Lust hatte oder weil er einfach zu langweilig war. Er redete immer nur über die Forschung, an der er mit ihrer Mom arbeitete, oder darüber, für wie schlau er sie hielt. Isabel hatte keine Ahnung, was ihre Mom an ihm fand. «Sie mag ihn, weil er das Gegenteil von deinem Vater ist», hatte Mykayla, die absolut alles zu wissen schien, einmal erklärt. «Außerdem ist deine Mom eindeutig unempfindlich gegen den Igitt-Faktor.»

«Ilsa kommt nicht», sagte Helen jetzt. «Ich habe ihr gesagt, sie soll kommen, ich finde, sie braucht ein paar Tage hier, aber sie hat gesagt, sie will sich lieber einleben. Vielleicht treffen wir uns eines Tages endlich doch mal wieder alle hier.»

«Ja, wir haben neulich miteinander geredet. Es scheint ihr aber ganz gutzugehen. Sie wirkt … ach, wir sprechen später darüber.» Liane warf Isabel einen Blick zu, und Isabel begriff, dass sie nicht weitersprach, weil sie fand, dass das Thema zu erwachsen für ihre Ohren war. Isabel erinnerte sich daran, wie sie Ilsa vor Monaten kennengelernt hatte, als sie im Winter zu Besuch kam. Sie war ziemlich fasziniert von ihr gewesen. Sie war überhaupt nicht wie Liane. Sie war interessant. Sie war weltgewandt. «Und sie ist so sexy», hatte Mykayla später gesagt, als sie in ihrem Zimmer waren. «Mein Gott. Ich wusste gar nicht, dass Frauen über dreißig so sexy sein können.» Isabel hatte aus den Gesprächen zwischen Liane und ihrem Dad herausgehört, dass Ilsa gerade ihren Mann verlassen hatte und jetzt in ihrem Atelier wohnte. Unterdessen steckte Lianes andere Schwester, die auch nicht kam, offenbar ebenfalls in einer verzweifelten Ehekrise. «In dieser Familie gehen alle Ehen kaputt», hatte sie zu Mykayla gesagt, die nur abgewinkt hatte. «Ja, ja. Wie überall.»

Sie näherten sich der Insel. Isabel griff in ihre Tasche, um das Lipgloss herauszuholen, trug es auf, sah, dass Liane sie beobachtete, und schämte sich. Sie holte ihr Handy hervor, um nachzusehen, ob es hier noch Empfang gab. Tatsächlich: eine SMS von Mykayla. OMG. Matt hat mich gefragt, ob wir zusammen ausgehen wollen. Isabel spürte, wie ihr die Tränen in die Augen stiegen. Sie schaltete das Handy aus und steckte es zurück in ihre Tasche.

«Das ist eine Premiere: Isabel hat ihr Handy ausgeschaltet», verkündete ihr Dad, der jetzt langsamer fuhr und sich nach ihr umsah. Isabel war dankbar für die Sonnenbrille, die sie trug. Sie erkannte eine Gestalt am Anleger. Ein Junge. Aber als sie näher kamen, sah sie, dass es der Kleine sein musste, Eliot. Er war mager und eindeutig ein Trottel, was für seine Brüder nichts Gutes verhieß.

Das Boot schlug gegen den Anleger, und Isabel blieb sitzen.

Liane stand auf und übergab Beatrice Helen, die schon hinausgeklettert war. Laurence stieg ebenfalls aus und begann, das Boot zu vertäuen.

«Kommst du, Iz?», fragte Liane.

Igitt, dachte Isabel. *Bitte nenn mich nicht Iz. Nur mein Dad nennt mich Iz.*

Helen stellte sie dem Jungen vor, der tatsächlich Eliot war, der Kleinste. «Wo sind denn deine Brüder?», fragte Helen.

«Drinnen. Sie spielen Videospiele.»

«Etwas anderes tun sie auch nicht», bemerkte sie. Die kleine Gruppe folgte ihr die Steinstufen hinauf.

«Du und Beatrice schlaft in Ilsas Zimmer», sagte Helen, als sie auf das Ferienhaus zugingen. Isabel krauste die Nase und warf ihrem Vater einen Blick zu, um ihm klarzumachen, dass sie keine Lust hatte, mit Bea in einem Zimmer zu schlafen, aber er ging voran, Hand in Hand mit Liane.

Im Haus war es dunkel und schmuddelig. Alles war alt und schäbig. Isabel hatte keine Ahnung, was daran so toll sein sollte. Liane hatte darüber geredet, als sei es ein Palast. Das älteste Haus auf der Insel. Mit der Betonung auf dem Wörtchen *alt*.

«Immer mir nach», sagte Helen. «Wir bringen unser Gepäck nach oben. Dann setzen wir uns alle zusammen nach draußen.» Sie sagte es laut, vermutlich damit die unsichtbaren Zwillinge es ebenfalls hörten, die irgendwo in einem anderen Zimmer Videospiele spielten.

Oben sagte Isabel: «Ich bin ziemlich müde von der Fahrt. Ich würde mich gern ausruhen.»

«Oh», sagte Helen. «Ist gut, das ist in Ordnung. Komm einfach herunter, wenn du möchtest.» Als Helen fort war, legte sich Isabel auf das Bett, das in die Wand eingebaut war (was zugegebenermaßen doch ziemlich hübsch aussah), schloss die Augen und versuchte, nicht an Mykayla und Matt, die dämlichen Zwillinge oder das Ferienhaus nebenan zu denken, das sie nicht mal ansehen wollte.

Später klopfte Liane an die Tür, und Isabel wünschte sich, es wäre ihr Dad. Sie merkte, dass sie ihn vermisste, dass es besser gewesen war, als er noch mit ihrer Mom zusammen war, vor allem, weil ihre Beziehung damals enger war, zumal er und ihre Mom nicht viel miteinander zu tun hatten. Ihre Eltern hatten geglaubt, sie hätte keine Ahnung (was nicht stimmte), und es hatte eine Phase in diesem schrecklichen Sommer gegeben, in der sie sich ihm näher gefühlt hatte als jemals irgendjemand anderem. Zum Beispiel, als er ihr dieses Gedicht zu lesen gegeben hatte oder wenn sie morgens mit dem Kanu auf den See hinausfuhren und sie lenken durfte. Aber jetzt, da es Liane gab, selbst wenn sie sich bemühte, selbst wenn sie nett war, war sie doch dabei, was bedeutete, dass Isabel ihren Dad teilen musste, und das war eben nicht leicht.

Isabel lag auf dem Bett, dachte über diese Dinge nach und sah Liane entgegen. Hätte sie doch bloß so getan, als schliefe sie.

«Das Abendessen ist fertig», sagte Liane. «Und Helen hat dein Lieblingsessen gemacht. Fondue.»

«Woher weiß Helen, was mein Lieblingsessen ist?»

«Ich hab es ihr gesagt.»

«Es ist peinlich, Fondue vor Leuten zu essen, die man gar nicht kennt. Das ist mehr ein privates Familienlieblingsessen.»

Liane lächelte. «Ein privates Familienlieblingsessen. Tut mir leid, das wusste ich nicht. Wenn du willst, mache ich dir etwas anderes.»

«Warum musst du immer so nett sein?», fuhr Isabel sie an und schwang ihre Beine vom Bett. Liane blinzelte und sah verletzt aus.

«Na ja, weil … Weil ich …»

«Weil du meinen Dad liebst, deshalb. Weil du meinen Dad liebst, musst du nett zu mir sein.»

«Nein, das stimmt nicht. Ich bin nicht nur deshalb nett zu dir, weil ich es muss.»

Isabel quetschte sich an Liane vorbei und ging ins Badezimmer am anderen Ende des Flurs, um sich die Tränen abzuwischen und sich das Haar zu einem unordentlichen Dutt hochzubinden. Das würde reichen müssen. Es war ja sowieso egal.

Aber als sie in die Küche trat, wünschte sie sich, sie hätte sich mehr Mühe mit ihrem Aussehen gegeben. Die Zwillinge saßen schon am Tisch und schauten misstrauisch in den Fonduetopf und in die Schüsseln mit verschiedenen Gemüsesorten und Brotstückchen. Sie hatten beide goldblondes Haar und gebräunte Haut, obwohl es erst Ende Juni war. Der eine von ihnen hatte längeres Haar als der andere. Es war ein wenig zottelig und hing ihm ins Gesicht. Er trug ein Milk-Music-T-Shirt zu seinen Jeans. Der andere hatte ein schlichtes dunkelblaues T-Shirt und Cargo-Shorts an. «Jungs, das ist Isabel», sagte Helen. «Ihr Dad nennt sie Iz.» Isabel wäre am liebsten gestorben, auf der Stelle. *Gestorben.*

«Ich heiße Beck», sagte der mit den längeren Haaren.

«Und ich Cole», sagte der andere, und sie starrten wieder in die Fondueschüsseln.

«Hast du auch Burger, Grandma?», fragte der mit dem Milk-Music-T-Shirt.

«Probier's doch mal, Beck. Probier's einfach.»

Isabel setzte sich auf den freien Stuhl neben ihrem Vater, bis sie merkte, dass es vermutlich Lianes Platz war. Zum Glück sagte er nichts. Tatsächlich lächelte er sie an und sagte: «Hast du dich ausgeruht?»

«Ja», antwortete sie und schaute auf ihren Teller.

Liane kam. Ihr Gesicht war ganz fleckig, wie immer, wenn sie sich aufregte.

«Wein?», fragte Helen, die mit der Flasche hinter Isabel stand.

«Ähm.»

«Helen», sagte Liane. «Laurence will nicht … wir wollen nicht … sie ist doch gerade erst vierzehn geworden.»

«Ach bitte. Ihr habt auch schon Wein zum Abendessen bekommen, als ihr noch ganz klein wart.»

«Das stimmt doch gar nicht.»

«Na ja, nicht ganz, aber fast.»

«Schon okay», sagte Laurence, und Isabel war überrascht. *Wow, der versucht aber wirklich, bei Lianes Mom Eindruck zu schinden.* «Lass sie ruhig ein bisschen trinken.»

Helen schenkte Isabel ein halbes Glas ein. «Danke», sagte sie. «Und … danke fürs Abendessen.»

Laurence lächelte sie an. Sie nahm etwas Salat. Alle schwiegen, und sie schaute sich um. Sie dachte: *Das hier ist bestimmt der peinlichste Moment meines Lebens.* Aber sie zwang sich dazu, als Erste ein Stückchen Brot aufzuspießen und es in den Fonduetopf zu halten. Sie ließ das Brot fallen.

«Du weißt, was das bedeutet?», sagte Helen, und Liane verdrehte die Augen. Einer der Zwillinge fing ihren Blick auf, der mit dem kürzeren Haar, und lächelte sie an. Sie hätte zurückgelächelt, aber genau in diesem Moment bekam sie das Brotstückchen im Käse zu fassen, holte es heraus und stopfte es sich in den Mund. «Hm, köstlich», sagte sie mit vollem Mund.

«Sie ist absolut entzückend», sagte Helen zu Laurence.

Eigentlich ist es hier gar nicht so schrecklich, dachte Isabel am nächsten Nachmittag. Sie lag in ihrem neuen Bikini auf dem Steg, las ein Buch, rieb sich hin und wieder mit Sonnencreme ein und tat so, als interessiere sie sich nicht für die Zwillinge, die abwechselnd das Boot fuhren oder sich auf dem Wakeboard hinterherziehen ließen, das sie aus der Stadt mitgebracht hatten. Sie hatten sie beide gefragt, ob sie es auch einmal versuchen wollte, aber sie hatte abgelehnt. «Ich bin ziemlich müde», hatte sie gesagt, weil sie nicht zugeben wollte, dass sie überhaupt nicht wakeboarden konnte, nicht wirklich.

Isabel legte ihr Buch weg und schloss die Augen. Helen und Liane saßen ein paar Meter entfernt in Liegestühlen, und Laurence war mit Beatrice im Wasser. Sie trug eine Schwimmweste und blies Seifenblasen.

«Sieht aus, als hätten sie Spaß», stellte Liane fest.

«Sie sind die ganze Woche kaum aus dem Boot gekommen. Na ja, außer um Videospiele zu spielen. Und um *sie* anzugaffen.»

Isabel begriff, dass Helen über sie sprach, weil sie glaubte, sie schliefe. Vielleicht auch nicht. Helen gehörte offenbar nicht zu den Erwachsenen, die vor Jüngeren aufpassten, was sie sagten. Sie schien einfach auszusprechen, was ihr durch den Kopf ging.

«Hast du etwas von Fiona gehört?», fragte Liane.

«Nein. Daraus schließe ich, dass es wohl gut läuft. Die Jungs sagen, dass sie jeden Tag SMS schreibt, um nachzufragen, wie es ihnen geht.»

Isabel machte den Fehler, sich zu rühren – eine Fliege war auf ihrem Knie gelandet –, und die Frauen verstummten. *Wie schade. Das ist eigentlich wirklich eine interessante Familie.* Sie verspürte den Impuls, diesen Gedanken einer ihrer Freundinnen zu schreiben, wie schon hundertmal, seit sie angekommen war, aber das ging nicht, also nahm sie wieder ihr Buch zur Hand.

«Süße, diese Jungen werden noch bis zur völligen Erschöpfung so weitermachen, wenn du dich nicht endlich aufsetzt und wenigstens so tust, als ob du zuschaust», sagte Helen zu Isabel. Isabel gehorchte, setzte sich aufrecht hin und schob sich die Sonnenbrille in die Haare. Sie wusste nicht genau, welcher Zwilling auf dem Wakeboard stand und welcher das Boot fuhr, aber der Wakeboarder vollführte einen komplizierten Sprung und fiel dann kopfüber ins Wasser.

«Oh, hey», sagte Liane zu Helen. «Ich wollte dich das schon die ganze Zeit fragen. Ist dieser Mann diesen Sommer wieder da, der mit dem Gemüse? Wie hieß er noch?»

«Iain», antwortete Helen, und es lag etwas Merkwürdiges in ihrer Stimme, sodass Isabel sie ansah. Aber Helen trug eine Sonnenbrille, daher konnte sie ihren Gesichtsausdruck nicht erkennen.

«Ist er hier?»

«Weiß ich nicht.»

«Ich würde gern bei ihm vorbeigehen und ihn besuchen. Ihm für die Salate letztes Jahr danken. Und, na ja, für noch ein paar andere Dinge.»

«Hmm. Okay. Tu das.»

«Ich könnte ein bisschen später bei ihm vorbeigehen. Soll ich ihn zum Abendessen einladen?»

«Ich weiß nicht recht, Liane. Ich habe nicht allzu viel eingekauft.» Isabel kannte Helen nicht allzu gut, hatte sie aber genau genug beobachtet, um zu wissen, dass diese Aussage gar nicht zu ihr passte. Sie war vermutlich eher der Typ Frau, der die gesamte Insel zum Abendessen einladen würde, egal, wie viel Essen da war. *Jeder hier scheint in sein eigenes Drama verwickelt zu sein*, dachte sie.

Nein, es war wirklich gar nicht schrecklich hier.

Später schwamm Isabel zum Ponton und wieder zurück. Sie versuchte, nicht zum anderen Ferienhaus hinüberzuschauen. Sie fühlte sich langsam besser, irgendwie. Sie versuchte, das Es-ist-gar-nicht-so-schrecklich-hier-Gefühl festzuhalten, das sie auf dem Anleger gehabt hatte, als sie ihr Buch in der Sonne gelesen hatte. Sie hörte das Motorengebrumm: Die Jungs flogen um die Ecke. Diesmal erkannte sie, dass Beck fuhr und Cole auf dem Wakeboard stand. Eliot saß hinten im Boot. Er hatte ein paarmal versucht, auf dem Wakeboard zu stehen, mit ziemlich verheerendem Ergebnis.

Sie legten an und vertäuten das Boot. Beck zog sein Hemd aus, sprang ins Wasser und schwamm hin und her. Cole schwamm auf den Steg zu. Isabel saß da, tauchte die Zehen ins Wasser, schaute in die Tiefe und tat, als sei sie nicht nervös, dass er zu ihr kam. Er kletterte die Leiter hinauf und setzte sich neben sie.

«Hey», sagte er.

«Hey», antwortete sie und spürte, wie sie rot wurde. Warum konnte sie nicht mehr wie Mykayla sein, wenn Jungs dabei waren? Sie wusste nicht einmal, ob sie Cole überhaupt mochte, sie kannte ihn ja gar nicht, aber allein seine Gegenwart machte sie schon nervös.

«Was liest du denn da?»

«Oh. Ähm. *Der kleine Hobbit.* Ich …» Sie verstummte. «Mein Dad will, dass wir den Film zusammen schauen, aber ich hasse es, einen Film zu sehen, wenn ich das Buch noch nicht gelesen habe, also, äh.» Sie fühlte sich unbehaglich. Aber Cole sagte: «Ich auch, echt. Beck dagegen guckt Filme und versucht dann, Buchpräsentationen darüber zu schreiben.»

«He, das hab ich gehört», erklang Becks Stimme, und sie sahen, dass er ebenfalls auf den Steg zuschwamm. Schnell hatte er ihn erreicht und kletterte hinauf, wobei er Wasser auf Isabels Buch tropfte. «Und ich finde, *du* bist der Loser, Cole, nicht ich. Warum soll ich Tage meines Lebens damit verschwenden, ein Buch zu lesen, wenn ich den Film in ein paar Stunden schauen kann und dann auch weiß, was darin passiert?»

«Weil die meisten Filme ganz anders sind als die Bücher. Die Lehrer merken doch, wenn du mogelst.»

«Ist doch egal», sagte Beck.

«Außerdem, ähm, der Film *Der Hobbit* hat drei Teile, und … na ja, wie du siehst, ist das Buch total dünn. In diesem Fall würdest du also eher Zeit sparen, wenn du das Buch liest», sagte Isabel.

«Ja, also, ich steh nicht so wirklich auf *Hobbits*», sagte Beck. Und dann schubste er seinen Bruder ins Wasser und sprang hinter ihm her, und Isabel sah zu, wie sie rangelten, und dachte: *Was sind Jungs nur für merkwürdige Wesen.* Ihre Freundin Elise hatte einmal zu ihr gesagt: «Jungs sind überhaupt nicht geheimnisvoll, weißt du. Sie sind schmutzig und eklig und schräg. Ich weiß das, ich habe nämlich zwei Brüder.» Aber Isabel hatte keine Brüder, deshalb verstand sie Jungs überhaupt nicht. Sie beobachtete sie weiter, bis Beck Cole einmal zu viel untergetaucht hatte und er Wasser spuckte und zurück auf den Steg kletterte.

«Ernsthaft, Mann, lass mich in Ruhe. Willst du mich umbringen?»

Isabel begriff, dass sie womöglich wirklich vor ihr angaben, und war sich nicht ganz sicher, wie sie sich dabei fühlte. Gut. Besonders. Aber irgendwie auch komisch. Sie stand auf und sprang vom Steg, wobei sie ihr Buch, ihr Handtuch und die Jungs zurückließ.

Später ging Beck zum Ferienhaus und kratzte sich dabei die ganze Zeit das Bein. Seine Haut war ganz rot.

«Iiiih», sagte Cole, der sich oben umgezogen hatte. «Das sieht ja aus wie Beinakne.»

«Halt den Mund! Das ist doch keine Beinakne.»

«Und was ist es dann?»

«Weiß ich auch nicht. Irgendein komischer Ausschlag.»

Helen kam. «Hm, sieht aus wie Badedermatitis.»

Isabel hörte, dass Cole leise vor sich hin murmelte: «Sieht eher aus wie Krätze.»

«Halt's Maul, Arschloch.»

«Beck», sagte Helen leise. «Bitte. Und Cole, provozier ihn nicht. Also, Beck, oben im Medizinschränkchen ist eine Flasche mit Zinklotion. Damit reibst du dein Bein ein. Versuch, nicht zu kratzen. Außerdem solltest du heute nicht mehr ins Wasser gehen.»

Isabel war ziemlich überrascht, als Beck ein paar Augenblicke später mit pinkfarbener Lotion auf der Haut die Treppe herunterkam. Es war ihm sichtlich peinlich; es musste unglaublich gejuckt haben. Sein Bein sah wirklich ziemlich eklig aus. Er saß am Tisch, palte für Helen Erbsen aus dem Sommergarten und schaute weg, aber sie wusste, dass er gesehen hatte, wie sie sein Bein anstarrte. Er schaute finster drein, verließ die Küche, und bald hörte sie die Geräusche eines Videospiels im Wohnzimmer. Helen seufzte. «Ich nehme an, ihm zu sagen, dass er nicht mehr schwimmen soll, ist eine willkommene Ausrede für ihn, sich sofort wieder vor die Kiste zu setzen. Ich wünschte, er täte das nicht. Ich bin mir sicher, dass so etwas das Gehirn erweicht. Spielst du Videospiele, Isabel?»

Isabel schüttelte den Kopf. «Nein, das interessiert mich nicht.»

«Sehr gut. Ich habe bemerkt, dass du gern liest. Echte Bücher. Das finde ich wunderbar. Weißt du, es gibt im Wohnzimmer ein Bücherregal, das bis unter die Decke reicht, voller Bücher.»

«Habe ich schon gesehen.»

«Du darfst dir gern welche ausleihen oder auch welche mit nach Hause nehmen.»

«Danke schön.»

Helen ging in die Speisekammer, und Cole kam herein.

«Ich dachte, ich mache eine Tour mit dem Kajak», sagte er leise zu ihr. Helen hatte zwei neue Kajaks gekauft, offenbar extra für dieses Wochenende. «Hättest du … vielleicht Lust, mitzukommen?»

Isabel schaute ihn einen Augenblick lang an und fand dann, dass er der süßere von den beiden Brüdern war. «Klar. Das wird sicher lustig.»

«Für mich ist das hier sozusagen mein Privatstrand», sagte Cole. «Obwohl ich natürlich weiß, dass er jemandem gehört. Aber hierher kommt kaum jemand. Es ist total verrückt. Sieh dir bloß das Haus an. Riesig! Und keiner wohnt darin.»

Sie waren mit den Kajaks zu einer anderen Insel gefahren, die viel kleiner war als die, auf der sie wohnten, und in Privatbesitz war. Nur ein riesiges Haus stand darauf, außerdem ein Bootshaus, das die Größe von Helens Ferienhaus hatte, mindestens.

Cole steuerte sein Kajak direkt auf den Sand, und sie folgte ihm. Mit einem sanften, schabenden Geräusch setzten sie ihre Boote auf.

«Willst du aussteigen?», fragte er.

«Klar», antwortete sie. Er stieg zuerst aus und hielt ihr Boot fest, während sie herauskletterte. Sie setzten sich nebeneinander in den Sand. Sie zog ihre Flipflops aus und tauchte ihre Füße ins Wasser. Sie schwiegen.

«Helen hat gesagt, dein Dad hätte im letzten Sommer das Haus neben unserem gemietet, als deine Eltern noch zusammen waren. Das muss irgendwie schräg sein», sagte er.

«Das ist es wirklich», sagte sie. «Aber weißt du was? Ich dachte, es würde hier schrecklich werden, aber das ist es gar nicht.»

«Das dachte ich auch», sagte er. «Aber ich finde es auch nicht schrecklich.»

Sie wollte fragen: *Findest du es meinetwegen nicht schrecklich?,* brachte es aber nicht über sich. Es hätte unsicher geklungen und wäre das Gegenteil von dem gewesen, was Mykayla ihr geraten hätte.

Ihre Füße hingen noch immer im Wasser, und ein kleiner Schwarm Elritzen hatte sich darum versammelt. Wenn sie ihren Fuß etwas bewegte, stoben sie auseinander, kamen aber sofort wieder zurück.

«Was glaubst du, denken sie, was ich bin?», fragte sie.

«Wer?»

«Die Elritzen.»

Er schaute auf ihren Fuß hinunter. «Ich weiß es nicht», sagte er. «Vielleicht eine Art Riese? Eine Art … richtig hübscher Riese?»

Sie warf ihm einen Blick aus dem Augenwinkel zu und schaute dann wieder ins Wasser. Der Augenblick verging zu schnell.

«Ich glaube, meine Eltern lassen sich auch scheiden», sagte Cole.

«Wirklich? Das ist schrecklich. Tut mir leid.»

«Ja. Ich meine, ich weiß es nicht. Sie haben noch nicht mit uns darüber gesprochen. Aber … weißt du, ich glaube, sie denken, wir seien blöd. Sie glauben, dass wir nicht merken, dass sie kaum noch miteinander sprechen, oder nicht mitbekommen, wenn sie sich nachts in ihrem Zimmer streiten.»

«Ja, aber verbringen sie nicht dieses Wochenende zusammen, um miteinander zu reden oder so?» Sie zögerte. «Tut mir leid. Ich habe gehört, wie deine Tante mit meinem Dad darüber geredet hat.»

«Ja. Glaub schon. Ich weiß es echt nicht. Wahrscheinlich weißt du da mehr als ich. Sie scheinen es besser zu finden, wenn meine Brüder und ich nicht eingeweiht sind. So nervig.»

«Meine Eltern waren auch so. Wir haben fast den ganzen Sommer hier oben verbracht, aber sie waren gar nicht mehr zusammen, sie haben nur so getan. Natürlich hat Bea nicht viel davon mitbekommen, aber ich habe gemerkt, dass etwas nicht stimmte. Es war ehrlich gesagt ziemlich beleidigend.»

«Ja. Das ist das richtige Wort. *Beleidigend.*»

«Bist du sauer auf deine Eltern?»

Cole seufzte. «Irgendwie ja. Manchmal. Weißt du, sie sind nicht übel, für Eltern. Meine Mom ist ziemlich verkrampft, aber auch eine gute Mom. Sie kommt gut mit Becks Scheißkram klar, und er kann wirklich ein Arsch sein – aber das ist genau das Problem, er wird nur noch arschiger, und in den letzten paar Monaten ist es noch schlimmer geworden. Und sie hat sich praktisch abgemeldet. Und mein Dad … na ja, irgendwas ist mit ihm los. Irgendwie war alles so gut, und damals habe ich es überhaupt nicht gemerkt, weil es eben immer gut war. Und jetzt ist es das nicht mehr, und das ist echt scheiße, weil ich es früher gar nicht geschätzt habe.»

Sie nickte. «Genau. Genau das ist es. Wenn es alles den Bach runtergeht, schaut man zurück und denkt: *Mann, was war das alles schön, und mich hat es überhaupt nicht gekümmert.*»

«Weil man nicht darauf achten musste. Weil man nicht wusste, dass es zu Ende geht.»

«Ich bin wirklich gern Einzelkind gewesen. Ich bin mir ziemlich sicher, dass meine Eltern Bea nur bekommen haben, um ihre Ehe zu retten. Aber als sie auf der Welt war, ist alles nur noch schlimmer geworden. Außerdem … na ja, ich hab sie lieb, aber sie nervt ziemlich.»

Er lachte. «Ja, das stimmt. Sorry.»

«Schon okay.»

«Also, wie ist es denn so, du weißt schon, mit Liane?»

Sie warf ihm einen Blick zu.

«Ich weiß, dass sie meine Tante ist, aber du kannst trotzdem sagen, was du willst.»

«Eigentlich kann ich gar nichts Schlechtes über sie sagen», sagte Isabel. «Ehrlich, sie ist supernett. Es ist nur … schwierig, meinen Dad zu teilen, mehr nicht. Es ist komisch, weil ich glaube, dass die meisten Mädchen wohl eine engere Beziehung zu ihren Moms haben, aber bei mir ist es so … mein Dad und ich stehen uns ziemlich nah. Ich habe aus irgendwelchen Gründen überhaupt kein Problem, meine Mom zu teilen. Sie ist … irgendwie distanziert. Sie ist Wissenschaftlerin», fügte sie hinzu und hoffte, das würde alles erklären.

«Ich könnte mir auch nicht vorstellen, das tun zu müssen, meine Mom oder meinen Dad teilen zu müssen.»

Isabel biss sich auf die Unterlippe. «Aber vielleicht ist es auch okay», sagte sie. «Ich meine, vielleicht wird es irgendwann okay sein. Mein Dad wirkt jedenfalls glücklicher mit Liane. Meine Mom – na ja, sie ist ohnehin kein besonders glücklicher Mensch. Ich weiß gar nicht, ob sie überhaupt jemals glücklich sein wird. Mein Dad scheint wenigstens glücklich sein zu wollen. Ich glaube, das ist wichtig.»

«Wenn unsere Eltern wüssten, wie gut wir sie kennen», bemerkte Cole.

«Wenn.»

Und dann griff er nach ihrer Hand. Sie saßen am Strand, sie sah ihn an, und er sah sie an. Sie wünschte sich, dass er sie küssen würde, aber weil sie noch nie einen Jungen geküsst hatte, hatte sie keine Ahnung, wie sie das zeigen sollte. Schließlich wandte sie den Blick ab. In diesem Moment hörte sie das Geräusch eines näherkommenden Motorbootes.

«Hey, ist das … was *tun* die da?» Cole ließ ihre Hand los und stand auf. «Das ist Beck. Und Eliot fährt das verdammte

Boot.» Cole begann mit den Armen zu wedeln. «Er hat Eliot schon gestern dazu bringen wollen. Eliot tut so ziemlich alles, was Beck will. Aber er hat keinen blassen Schimmer, was er da tut.»

«Braucht man nicht auch einen Spotter fürs Wakeboarden? Hat Helen nicht darauf bestanden, dass immer ein Zweiter mit an Bord sein muss?»

«Ja», sagte Cole. «Hoffentlich sehen sie uns.»

Jetzt kam noch ein Boot in Sicht. «Cole, Eliot sieht überhaupt nicht, wo er hinfährt», warnte Isabel.

«Ich weiß, ich weiß, ich …» Cole wedelte wild mit den Armen, Isabel ebenfalls.

«Eliot, pass auf!», schrie sie.

Isabel würde niemals vergessen, was dann passierte.

16

DIE MÖWE (LARIDAE) Möwen sind ihr Leben lang monogam und brüten in Kolonien. Hin und wieder trennt sich ein Paar, aber offenbar sind die sozialen Nachteile hoch, die die Möwen dafür in Kauf nehmen müssen, und halten für Jahre nach der Trennung an. Möwen bleiben auch ihren Nistplätzen treu und kehren dorthin zurück. Sie suchen sich sogar immer wieder genau denselben Platz innerhalb der Brutkolonie.

✦

Als Tim und Fiona heirateten, schrieben sie keine eigenen Eheversprechen, sondern wählten jeweils einen kleinen Text, den sie einander während der Zeremonie vorlasen. Fiona fand, das würde die Zeremonie persönlicher machen (als wäre es irgendwie *un*persönlich, vor allen Freunden und der gesamten Familie zu stehen und die Absicht zu verkünden, das Leben mit dem anderen verbringen zu wollen). Fiona besaß Tims Text noch; sie hatte ihn ganz hinten in ihrem Nachttisch verstaut. Es war eine Karteikarte, die er ihr ganz zerdrückt und mit Eselsohren gegeben hatte, nachdem er sie die ganze Zeit in der Brusttasche seines Smokings mit sich herumgetragen hatte. Jetzt war das Papier vergilbt, und die Tinte war ein wenig verschmiert. *Nicht bevor die Sonne dich ausschließt, schließe ich dich aus; nicht bevor die Wasser sich weigern, für dich zu glitzern, und die Blätter, für dich zu rauschen, weigern sich meine Worte, für dich zu glitzern und zu rauschen.* Walt Whitman. «Ich hoffe, du weißt, was ich damit gemeint habe», hatte er später zu ihr gesagt. «Dass ich dich bis zum Ende der Welt liebe.» Tim war nicht der Typ für solche romantischen Liebeserklärungen, und Fiona war nicht der Typ, der sich danach verzehrte. Weshalb sie ihm geglaubt hatte. *Bis zum Ende der Welt.*

Und doch waren sie jetzt hier und verbrachten ein Wochenende mit einer «intensiven» Paartherapie. Das war Fionas Idee gewesen – na ja, eigentlich Helens; sie hatte es bei einem der Telefongespräche vorgeschlagen, die inzwischen beinahe täglich stattfanden. Fiona war immer noch davon überrascht, dass es da diesen Menschen gab (diesen Menschen, nicht die Mutter; das gehörte zu den Dingen, um die Helen sie während ihrer Gespräche gebeten hatte: zu versuchen zu erkennen, dass auch Helen, ganz genau wie Fiona, nicht *nur* eine Mutter war), den sie über all die Jahre gar nicht richtig kennengelernt hatte. Und obwohl, ja, Helen und Fiona immer noch keine Ähnlichkeit miteinander hatten, lag darin keine Bedrohung mehr. Erst als sie aufhörte, Helen zu bekämpfen, aufhörte, Angst zu haben, so zu werden wie sie, konnte sie sie endlich wirklich erkennen. Und sie begriff, dass es vielleicht in gewisser Weise gar nicht so schrecklich wäre, mehr so zu sein wie sie. Sie hatte beschlossen, etwas Neues auszuprobieren, den Rat ihrer Mutter zu befolgen und diese Therapie zu beginnen.

Aber sie hegte keine großen Hoffnungen. Ihre Recherchen hatten ergeben, dass die meisten Paartherapien nichts brachten, weil die Paare erst dann zur Therapie gingen, wenn alles längst zerbrochen war. Offenbar musste man regelmäßig zur Paartherapie und sie monatlich auffrischen, um die Ehe gesund zu erhalten. Es wunderte Fiona, dass sie sich jetzt wünschte, genau das getan zu haben. Ihr altes Ich hätte es niemals riskiert, zur Paartherapie zu gehen, selbst wenn man ihr wissenschaftliche Fakten präsentiert hätte, die bewiesen, dass ihre Ehe damit auch in Zukunft vor dem Zerbrechen geschützt wäre. Ihr altes Ich hätte niemals riskiert, dass jemand herausfinden könnte, dass ihre Ehe womöglich nicht ganz perfekt war.

Das Wartezimmer der Therapeutin war ganz neu eingerichtet. So neu, dass die Bücherregale, die die gesamten Wände bedeckten, noch absolut leer waren. Fiona und Tim waren schon ein paarmal dort gewesen, und jedes Mal fragte sich Fiona, obwohl jemals Bücher hineingestellt würden. Aber die Regale blieben leer. Das gab Fiona das Gefühl, dass es vielleicht gar kein echtes Wartezimmer war, dass all das vielleicht gar nicht wirklich passierte. Sie kamen immer zu früh zu ihren Sitzungen, die immer zu spät begannen, und dann saßen sie da und starrten die leeren Regale an und fürchteten den Moment, in dem sich die Tür öffnete und das Paar heraustrat, das den Termin vor ihnen hatte. Was, wenn es Leute waren, die sie kannten?

Die Therapeutin hieß Audrey Stevens und wollte lieber «Dr. Audrey» als «Dr. Stevens» genannt werden. Sie arbeitete mit einer Methode namens Imago-Paartherapie. Sie war gerade aus New York City nach Rye gezogen und galt als eine der besten Imago-Therapeutinnen im Land. (Wer hatte Fiona von ihr erzählt? Jane, natürlich. «Sie hat meine Ehe gerettet, und ich hätte nie gedacht, dass das überhaupt möglich ist», hatte sie zu Fiona gesagt. *Aber du wirkst überhaupt nicht glücklich*, hätte Fiona am liebsten gesagt, hatte es aber nicht getan. Jane war immer noch eine neue Freundin. Sie wollte es lieber nicht riskieren, sie zu beleidigen.)

Dr. Audrey hatte dunkelbraunes Haar, das sie immer zu

einer Banane hochgesteckt trug, und eine Lesebrille mit winzigen Semikolons auf den oberen äußeren Ecken des Rahmens. Fiona fand, sie sollte älter sein, weniger hübsch, weniger schick. Sie fühlte sich nicht bedroht von ihrer Attraktivität. Aber sie fühlte sich dadurch auch nicht besonders getröstet. Audrey benutzte ein iPad statt eines Notizblocks, und das irritierte Fiona ebenfalls. Sie argwöhnte, dass Dr. Audrey vielleicht heimlich ihre E-Mails las, wenn sie auf dem Bildschirm herumtippte, während Fiona und Tim redeten.

Heute Abend saßen sie auf dem braunen Ledersofa, und Fiona merkte, dass sie so weit entfernt voneinander waren, wie es nur ging. Fiona hatte die Beine übereinandergeschlagen und die Arme vor der Brust verschränkt. *Allein unserer Körpersprache nach zu schließen, hat sie vermutlich überhaupt keine Hoffnung für uns*, dachte Fiona.

Tim redete. Sie hätte gedacht, dass er zurückhaltender sein würde, aber ihrer Meinung nach dominierte er die Sitzungen. Er hatte so viele Dinge über sie gesagt, und das einem Menschen, den sie kaum kannten. Dinge, durch die sie sich ausgeschlossen fühlte, kleingemacht und entblößt. *Wie konnte es so weit kommen?* Es ging gar nicht mehr um Samira. Sie hatten kaum über sie geredet. Dr. Audrey hatte ihnen geraten, damit zu warten und lieber erst einmal alles durchzugehen, was überhaupt zu der Krise geführt hatte. *Wir waren so schrecklich kaputt, und ich wusste das nicht einmal.*

«Es lief ganz gut, als die Kinder noch klein waren, als wir noch in Toronto wohnten, aber nachdem wir hierhergezogen sind, als wir im Alltag ankamen, hat sie mir immer mehr das Gefühl gegeben, eigentlich überflüssig zu sein», sagte er gerade. «Als wäre ich ganz generell unwichtig. Und um ganz ehrlich zu sein, schien sie gar nichts mehr dagegen zu haben, dass ich so oft wegmusste. Fast als freute sie sich darüber. Weil ich sie sonst eher nervte. So ein Typ, der ohnehin keine Ahnung hat, wo die Dinge in den Schubladen sind.»

Fiona wollte ihn anschreien, damit er aufhörte. Es stimmte natürlich alles. *Genau so* hatte sie ihn empfunden. Sie konnte es einfach nicht glauben, dass Tim so leichthin über sie sprach, als wäre sie gar nicht da. Sie dagegen sagte entweder gar nichts oder öffnete den Mund und sprach mit einer zornigen, irrational klingenden Stimme, die sie gar nicht wiedererkannte. Einmal hatte sie die Kontrolle verloren, vollkommen verloren, und hatte ihn angeschrien und geweint, und dann, als ihr Ausbruch vorbei war, hatte Dr. Audrey mit Tim einen verschwörerischen Blick gewechselt und gesagt: «Also, *das* war allerdings unangenehm.»

«Auf wessen Seite sind Sie eigentlich?», hatte Fiona sie angefahren.

«Fiona, ich bin auf niemandes Seite. Ich versuche Ihnen nur zu helfen.»

Jetzt griff Fiona nach einem Taschentuch und schnäuzte sich laut, in der Hoffnung, die beiden anderen Menschen im Zimmer würden merken, wie verletzt sie war.

Dr. Audrey warf ihr einen Blick zu, und Fiona las nur Mitleid darin. «Die Sitzung ist vorbei», sagte sie. «Wir versuchen es morgen noch einmal.»

Am nächsten Morgen stand Fiona allein in ihrer weißen, perfekten Küche. Sie machte sich einen Americano und begann dann, aus alter Gewohnheit auch für Tim einen Kaffee zu machen. Sie hielt inne, starrte die beiden Kaffeetassen an und kippte ihren Inhalt dann in den Ausguss. Ihr war etwas eingefallen, was Helen am Tag zuvor zu ihr gesagt hatte. Es ging um Ilsa. «Ich weiß schon, dass Ilsa und du euch nie so recht verstanden habt – aber sie hat immer zu dir aufgeschaut. Du hast das offenbar nie gemerkt, aber sieh sie dir an. Sie hat immer viel zu sehr versucht, dir nachzueifern, weil sie dich für vollkommen gehalten hat, die ideale Frau, die alles schafft. Sie ist nur eine kleine Schwester, die zu dir aufsieht.»

Fiona ließ die beiden Tassen auf der Arbeitsplatte stehen. Sie ging in den Keller, um ihre Putzsachen zu holen, denn wenn sie das hier schon tat, wollte sie etwas in der Hand haben. Im Eingangsbereich nahm sie ihre Tasche und die Autoschlüssel und verließ das Haus.

Sie fuhr zu Ilsas Atelier und klopfte an die Tür. Keine Antwort. Sie klopfte erneut. Einen Moment lang dachte sie, dass ihre Schwester vermutlich mit einem Mann darin war, und der vertraute Ärger stieg in ihr hoch. *Aber selbst wenn, na und? Sie hat Michael schließlich verlassen. Warum sollte ich sie da verurteilen?*

«Ilsa? Hallo?»

Die Tür öffnete sich. Die Sonne schien durch die Fenster hinter hier, und ihr schwer zu bändigendes Haar wurde von hinten erleuchtet. Einen Moment lang sah Ilsa aus wie ein Engel, als trüge sie einen Heiligenschein. Dann trat sie in den Schatten, und der Heiligenschein verschwand.

«Ich dachte, ich mache hier mal ein bisschen sauber», sagte Fiona, weil sie nicht wusste, was sie sonst sagen sollte.

«Oh.» Ilsa klang nicht besonders überrascht darüber, dass ihre Schwester so früh am Morgen mit einem Eimer voller Putzmittel vor der Tür stand.

«Hast du einen Mopp?»

«In dem Schrank da, ja. Aber Fiona, du musst wirklich nicht …»

«Ilsa, es ist eklig hier.»

«Danke.»

«Es ist wirklich eklig. Ich nehme an, du glaubst, Kreativität kann nur im Chaos entstehen, und was weiß ich schon von Kreativität … aber ich will dir helfen.» Die Worte standen zwischen ihnen. *Ich will dir helfen.* «Du wohnst hier jetzt», fuhr sie fort. «Das hier ist dein neues Heim. Du musst dafür sorgen, dass es sich auch so anfühlt.» Sie versuchte, noch etwas anderes zu sagen, konnte es aber nicht in Worte fassen. Dr. Audrey würde vermutlich sagen, dass sie etwas verschwieg. Sie wollte sagen: *Ich vergebe dir. Ich bin nicht mehr wütend auf dich. Ich verstehe.* Und sie versuchte zu sagen: *Ich brauche dich auch. Ich bin genauso verloren wie du.* Aber wie sollte man so etwas einfach so sagen?

«Was ist das? Vim?», fragte Ilsa. «Ich glaube nicht, dass das für die Böden hier drin gut ist.»

«Das ist nicht *Vim*», erwiderte Fiona. «Es ist ein kompostierbarer Cremereiniger auf Enzymbasis, und ich habe nicht vor, ihn für die Böden zu benutzen.» Sie hielt eine andere Flasche mit einer gelben Flüssigkeit in die Höhe. «*Das hier* werde ich für die Böden benutzen.» Jetzt wandte sie sich um und schaute sich im Atelier um. «Wow. Es ist wirklich eklig hier», sagte sie. «Wie kannst du hier nur leben?»

«Das ist nicht eklig. Das ist … unkonventionell.» Ilsa versuchte zu lächeln.

Fiona trat ans Fensterbrett, wo ein lange vergessener Teebecher stand, der mit Schimmel überwuchert war. Sie hielt den Becher ins Licht, in dem Staubpartikel schwebten. «Eklig.»

«Ja, na gut, das ist eklig.» Ilsa trat hinzu, nahm Liane den Becher ab, ließ ihn in den winzigen Ausguss fallen und füllte ihn mit Wasser, um die schrecklichen kleinen Partikel abzuspülen. Dann stellte sie den Wasserkocher an und beobachtete schweigend, wie Fiona Stühle verrückte und Wäsche aufhob. «Hey, ich habe Le Palais des Thés Imperial», sagte Ilsa. «Ich weiß doch, wie sehr du den magst.» Der Kocher vibrierte jetzt, das Wasser brodelte in kontrolliertem Chaos. *Klick.* Dann schaltete er sich aus. «Willst du welchen?»

«Klar. Hast du Milch? Ach, egal. Vergiss einfach, dass ich gefragt habe.» Fiona trat zu ihrer Schwester. «Hey, ist das ein neues Tattoo?» Ilsas anderes Handgelenk trug jetzt ebenfalls einen Reif aus Tinte.

«Ja.»

«Was ist es denn diesmal?» Fiona hoffte, dass ihre Stimme interessiert klang und nicht wertend. Sie bemühte sich.

«Ein Zitat von Cézanne. *Nous vivons dans un arc-en-ciel de chaos.* Wir leben in einem Regenbogen aus Chaos.»

«Das ist … hübsch», sagte Fiona und hatte das Gefühl, ihre Schwester übervorsichtig zu behandeln. Das war auch nicht ganz natürlich. Sie wünschte, etwas sagen zu können, was die Situation erklären würde, um dann alles auszulöschen, was je zwischen ihnen passiert war. Aber das konnte sie nicht, also blies sie auf ihren Tee, bis er genügend abgekühlt war. Sie sprachen über das Wetter, über die Kinder, über die Reise, die Helen als Nächstes machen würde, über Liane und ihre neuen Beinahe-Stiefkinder. Dann war ihr Becher leer, und sie nahm sich einen Lappen, um weiterzuputzen.

Auf dem Skizzentisch, den Ilsa auch als Schreibtisch benutzte, musste Fiona einen Turm von Briefen beiseiteschieben.

«Oh», sagte Ilsa. «Damit zumindest kann ich dir helfen.» Fiona sah vier große Umschläge, auf denen in großen Buchstaben stand, man möge doch bitte Briefe schicken. Ilsa versuchte hastig, die Briefe ganz unten in den Haufen zu schieben.

«Du musst sie nicht verstecken. Ich habe sie doch schon gesehen. Wow, wie viele von diesen Patenschaften hast du denn?», fragte sie.

Ilsa seufzte. «Vier.»

«Vier? Wie kannst du dir das denn leisten? Du hast doch nicht … ich meine, du hast es doch noch nicht einmal versucht, dich mit Michael finanziell zu einigen, wie willst du dann das hier bezahlen …»

Ilsa schüttelte hastig den Kopf. «Ich kann nicht. Ich kann das jetzt nicht machen. Mein schlechtes Gewissen würde mich umbringen.»

«Aber Ilsa …»

«Aber was? Ich kann es nicht. Ich muss ein bisschen abwarten. Eines Tages regeln wir das schon. Ich verdiene es nicht, Geld von ihm zu bekommen. Ich kann nicht. Ich kann einfach nicht.»

«Natürlich verdienst du sein Geld.» Fiona war selbst überrascht von ihren Worten. Aber sie merkte, dass sie sie ernst meinte.

«Findest du das nicht unfair? Du und Tim würdet mir nicht vorwerfen, dass ich ihm auf Teufel komm raus die Taschen leeren will, wenn ich jetzt gegen ihn vor Gericht ziehe?»

«Ich kann im Moment nicht für Tim sprechen. Aber *ich* würde es dir nicht vorwerfen.»

Ilsa schwieg. Dann legte sie ihre Hand auf die ihrer Schwester. «Wir gehören zusammen, oder?»

Fiona schaute auf ihre Hände. «Wir gehören zusammen»,

flüsterte sie. Sie blieben eine Weile so, sie war sich nicht sicher, für wie lange.

«Wie läuft es denn so?», fragte Ilsa schließlich. «Mit der Therapie.»

«Grauenvoll. Es ist absolut schrecklich.» Fiona lachte ein trockenes Lachen. «Ich glaube nicht, dass es funktioniert. Vielleicht muss ich dann bei dir einziehen.» Sie versuchte erneut zu lachen, schaffte es aber nicht.

«In diesem Dreck könntest du doch nie leben.»

«Vielleicht musst du dann zu mir ziehen.»

«Fiona», fing Ilsa an. Sie seufzte und faltete die Hände, beinahe als wolle sie beten. «Du und Tim ... ihr werdet es schaffen.» Sie schloss die Augen. «Er ist so ein guter Mann», sagte sie. «Ich weiß, dass er ein großes Geheimnis vor dir hatte, aber ich bin mir sicher, dass es auch für ihn nicht leicht war. Und außerdem ... und außerdem gibt es da etwas, was ich dir erzählen muss. Vielleicht hilft es dir zu verstehen, wie treu er ist, wie gut. Da war diese Nacht ...»

Aber Fiona unterbrach sie. «Nicht, Ilsa. Das ist so lange her. Lass es einfach, okay?»

Ilsa riss die Augen auf. «Du wusstest es?»

«Natürlich wusste ich es. Tim hat es mir noch in der Nacht erzählt. Aber um seine Ehrlichkeit mir gegenüber, zumindest unter gewissen Umständen, geht es gar nicht mehr. Er ist vielleicht ein guter Mann, aber ich bin mir nicht mehr so sicher, ob wir beide gut genug sind, um wieder zusammenzufinden.»

«Du musst alles tun, was in deiner Macht steht, Fiona», sagte Ilsa mit sehr weicher Stimme.

«Aber warum ich? Warum muss ich der Held in unserer Ehe sein? Warum kann *er* das nicht sein?»

Ilsa schüttelte den Kopf. «Weil er nicht so stark ist wie du. Niemand ist das.»

Fiona warf einen Blick auf den Stapel Briefe. Sie blinzelte. Sie versuchte, so stark zu sein, wie ihre Schwester glaubte. «Weißt du, nur weil du dich schuldig fühlst, ist das noch lange kein Grund, hier in deinem Atelier zu hocken …»

«Ich hocke nicht!», unterbrach Ilsa sie.

«Was auch immer du da tust. Ich will nur sagen, dass du dich wirklich nicht bestrafen musst. Du solltest dir eine Wohnung suchen, einen Ort, an dem dich Ani und Xavier besuchen können.»

Ilsa schwieg.

«Ich bin mir sicher, dass Tim mich dafür umbringen würde, aber … na ja, du solltest dir wirklich einen Rechtsanwalt suchen. Ich kann dir dabei helfen, wenn du willst. Michael ist vielleicht der beste Freund meines Mannes, aber … du bist meine Schwester.»

Ilsa berührte erneut Fionas Hand und drückte sie. Dann putzten sie gemeinsam das Atelier.

Später dachte Fiona, dass die wirklich schlimmen Anrufe immer kamen, wenn sie draußen im Garten war. Andererseits hatte es in ihrem Leben bisher nur einen einzigen Anruf gegeben, den sie wirklich schlimm gefunden hatte. Nach diesem Nachmittag waren es zwei.

«Hallo?»

«Fiona. Ich bin's, Liane. Es ist etwas Schlimmes passiert. Mit Beck. Ein Bootsunfall. Er ist verletzt. Sie bringen ihn gerade ins Sick-Kids-Krankenhaus. Tim und du – ihr müsst kommen. Sofort. Es tut mir leid. Es tut mir leid.» Liane weinte.

Wie waren sie nach Toronto gekommen? Sie musste geflogen und Auto gefahren sein, aber als Fiona auf den Haupteingang des Krankenhauses zuging, konnte sie sich überhaupt nicht mehr an den Weg hierher erinnern. Sie ging schneller, überholte Tim. Sie warf einen Blick zurück zu ihrem Mann und sagte: «Tim. Ich muss rennen. Ich muss die Jungen sehen, jetzt.»

«Dann lauf», sagte Tim mit müder Stimme. Er ging langsam, als hätte ihn die Reise altern lassen, als wäre er der Verletzte. «Ich komme hinterher.»

Sie wusste, dass sie eigentlich an der Seite ihres Mannes ins Krankenhaus hätte gehen sollen. Sie wusste, dass ihr Sohn gerade operiert wurde, dass sie ihn nicht würde sehen können, dass sie absolut nichts tun konnte, und dennoch rannte sie. Cole brauchte sie. Eliot brauchte sie. *Eliot. Oh, Eliot. Was wird jetzt aus dir? Was, wenn Beck nicht …* Sie drängte diesen Gedanken sofort zurück und lief noch schneller.

Endlich fand sie sie im Wartezimmer im sechsten Stock.

«Wo ist Tim?», fragte jemand, sie wusste nicht, wer.

«Er kommt», sagte sie. «Er kommt gleich hinterher.»

Und dann trat Helen vor, trat zwischen sie und ihre beiden Jungen, die da saßen und vor sich hinstarrten, offenbar noch unter Schock. *Oh, meine Jungen. Oh, meine Jungen. Oh mein Gott.* Der Schmerz kam mit aller Kraft und ließ sie zurückweichen. Sie verstand jetzt, warum die Leute sagten, dass etwas sie in die Knie gezwungen hatte.

«Es tut mir leid», sagte Helen. «Fiona, es tut mir so leid.»

«Mein Gott, ist er … tot?» Schmerz, Schmerz, Schmerz überall. Wie konnte sie überhaupt noch stehen?

«Nein, nein», sagte Helen. «Das meinte ich nicht. Ich meinte, dass es mir leidtut, weil das alles meine Schuld ist, ganz und gar meine Schuld. Dass ich dieses blöde Boot gekauft und nicht gut genug auf sie aufgepasst habe. Es tut mir so leid.»

Fiona starrte ihre Mutter an, nahm sie richtig wahr. *Es ist meine Schuld.* Und das stimmte. Es hatte vielleicht eine Zeit gegeben, in der Fiona Helen die ganze Schuld gegeben hätte, für das hier, für alles. Aber jetzt sagte sie: «Natürlich ist es nicht deine Schuld, Mom. Bitte gib dir nicht dafür die Schuld.» Und sie ließ es zu, dass ihre Mutter sie umarmte und so drückte, wie sie ihre Söhne drücken wollte, weil sie wusste, dass es das war, was ihre Mutter brauchte. Und auch weil es das war, was sie von ihrer Mutter brauchte. Als sie spürte, dass es genug für sie beide war, löste sie sich von ihr und trat zu ihren Jungen.

«Jungs», flüsterte sie. «Jungs. Es wird alles wieder gut. Mommy ist ja da.» Und sie standen beide auf und drückten sich an sie. «Es ist nicht deine Schuld», sagte sie jedem von ihnen, «und deine ist es auch nicht. Verstanden?»

Tim kam. Sie sprachen mit einer Krankenschwester. Becks Arzt war natürlich nicht abkömmlich, weil er gerade operierte. Fiona erinnerte sich an die Worte der Krankenschwester: *Kopfverletzung, Gehirntrauma, kleine Blutung. Klein*, wiederholte die Krankenschwester. Fiona hatte keine Ahnung, was das bedeutete. *Hoffnungsvoll*, sagte die Krankenschwester. Eigentlich sagte sie etwas anderes als «hoffnungsvoll», sie musste das Wort irgendwie in einem Satz wie «Die Ärzte sind hoffnungsvoll» gesagt haben, aber Fiona hatte Probleme damit, die Worte der Frau zu begreifen, weil sie wusste, dass ihr Sohn irgendwo im Krankenhaus auf einem OP-Tisch lag, mit geöffnetem Schädel und so verletzlich in der Welt statt verschlossen und geschützt, wie es sein sollte, und dass sein Hirn blutete und sie versuchten, die Blutung zu stoppen. Klein, groß, das war egal, es gab eine Blutung, und sie versuchten, sie zu stoppen, aber vielleicht würden sie es nicht schaffen oder währenddessen noch mehr Schaden anrichten, was bedeutete, dass sie ihren Jungen auf andere Weise verlieren konnte, selbst wenn sie ihn nicht ganz verlor.

Was es noch schmerzhafter machte, war, dass alle zu glauben schienen, dass es ihre Schuld war, aber das stimmte nicht. Es war nicht Eliots Schuld, obwohl er das Boot gesteuert hatte. Und es war nicht Coles Schuld, obwohl er woanders gewesen war und ihr zugeflüstert hatte, dass es nicht passiert wäre, wenn er nur bei seinem Bruder gewesen wäre. Und es war nicht Helens Schuld, weil sie das Boot überhaupt besorgt hatte.

Es war Fionas Schuld, weil sie so sehr mit ihrem eigenen Leben beschäftigt gewesen war, dass sie sie ganz vergessen hatte, dass sie sie allein gelassen und sie all die schlechten Entscheidungen hatte treffen lassen, die Kinder und besonders Jungen in der Pubertät nun mal trafen.

Sie schloss die Augen. Sie presste die Lippen aufeinander. Aber sie konnte die Tränen nicht zurückhalten, und sie begriff, dass sie das auch nicht wollte. *Wenn er überlebt, tue ich alles*, sagte sie und merkte, dass sie betete. Sie konnte sich kaum erinnern, wann sie das zum letzten Mal getan hatte. *Lieber Gott, bitte hilf mir. Bitte hilf meinem Sohn. Bitte beschütze diese Ärzte, bitte leite ihre Hände. Bitte sei bei uns allen. Bitte sei bei Tim. Bitte hilf mir.* Komisch, dachte sie bei sich, als sich ihre Gedanken ein wenig klärten. *So viele Menschen behaupten, sie glaubten nicht an Gott, aber in Wirklichkeit tun sie es. Im Schützengraben gibt es keine Atheisten. Lieber Gott, bitte beschütze meinen Sohn. Bitte hilf ihm. Bitte rette ihn. Bitte rette uns alle.*

Die Krankenschwester sagte, die Operation würde noch mindestens sechs Stunden dauern. Sechs Stunden. Fiona wusste nicht, ob sie das ertragen konnte, aber sie hatte ja keine Wahl.

Sie saßen im Wartezimmer. Sie tranken Tee. Sie aßen nichts. Die Jungen schwiegen, aber sie griff immer wieder nach ihren Händen. Und dann endlich sagte Cole: «Ich muss mal kurz raus. Komm, Eliot.» Und er sah dabei erst Fiona, dann Tim an. «Ist das okay?», fragte ihr kleiner Junge. «Natürlich», antwortete Tim, und Fiona merkte, dass sie gleichzeitig «natürlich» gesagt hatte. Tim griff nach seiner Brieftasche und gab ihnen viel zu viel Geld. «Kauft euch was zu essen, wann habt ihr zuletzt etwas gegessen?» Das war eigentlich ihr Bereich.

Die Krankenschwester hatte geraten, dass sie spazieren gehen sollten, sogar nach draußen, um ein wenig frische Luft zu schnappen, aber Fiona konnte das Krankenhaus auf keinen Fall verlassen. Was, wenn etwas passierte, und sie war nicht da?

Aber als die Jungen nach zwanzig Minuten nicht wieder da waren, merkte sie, dass sie auch gehen musste. «Ich glaube, ich gehe auch ein bisschen Luft schnappen», sagte sie und stand auf. Niemand bot an mitzugehen, aber sie wusste, dass es nicht daran lag, dass sie nicht wollten. Sie warteten, dass sie sie fragte. Aber das tat sie nicht.

Sie nahm den Aufzug nach unten und gelangte in die Eingangshalle, wo sie noch vor wenigen Stunden hereingekommen war. Es kam ihr vor wie Tage. Sie sah den Starbucks Coffee Shop, ging hinein und stellte sich in die Schlange.

Vielleicht kaufe ich mir einen Muffin.

Aber als sie schon die Hälfte der Schlange hinter sich gebracht hatte, merkte sie, dass sie keinen Muffin wollte. Sie hatte einen Kloß im Hals, von dem sie wusste, dass sie ihn nicht würde hinunterschlucken können. Und sie wollte nicht stehen bleiben müssen.

Sie ging auf die Eingangstüren des Krankenhauses zu und trat hinaus ins Sonnenlicht. Sie ging weiter bis auf die Straße, stand auf dem Bürgersteig und schaute am Krankenhausgebäude hinauf. *Irgendwo darin liegt mein Sohn. Darin ist meine Familie. Irgendwo gehen meine anderen beiden Söhne oder sitzen, unterhalten sich oder schweigen. Irgendwo darin blutet etwas Kleines, und sie versuchen, es zu stoppen.*

Sie wandte sich ab. Sie schaute auf ihre Uhr. Noch drei Stunden. Sie begann zu gehen. Sie war überrascht, dass sich Toronto immer noch wie ihr Zuhause anfühlte und dass der Canadian National Tower so schnell ein Wahrzeichen, ein Leuchtturm geworden war, wie die vertrauten Gebäude ihr Halt gaben, sie daran hinderten, zu Boden zu fallen und zum Himmel zu schreien. Sie ging an den anderen Krankenhäusern vorbei, Mount Sinai, Women's College, und dachte: *In diesen Krankenhäusern sind andere Familien, andere Kinder. Sie sterben oder sterben nicht, werden geboren oder nicht.*

Sie ging die University Avenue entlang, bog in die Queen Street ein. Sie ging an den Läden vorbei, den Bars, den Restaurants, den Straßenmusikern. Sie nahm nicht wahr, was sich seit ihrem letzten Besuch in der Stadt verändert hatte und was nicht. Sie bog nach links in die Spadina Street ein.

Schließlich kam sie zur Brücke. Sie stellte sich ans Geländer, schaute hinunter auf die Eisenbahnschienen, dann darüber hinweg zum See. Dunst lag darüber. Ein Flugzeug schickte sich zur Landung auf dem Flughafen auf der Insel an. Einen Moment lang geriet sie in Panik, weil sie sich so weit vom Krankenhaus entfernt hatte. Sie warf einen Blick auf ihre Uhr. Zweieinhalb Stunden noch. Sie beobachtete das Flugzeug, bis es außer Sicht war. Dann beobachtete sie die weißen Möwen, deren Federn in der Sonne leuchteten, wie sie nach oben, nach unten und hin und her flogen. Von weitem sahen sie wunderschön aus, obwohl sie wusste, dass das nicht stimmte.

Schließlich rief sie Tim an. Er ging sofort ran. «Fiona. Wo bist du? Geht es dir gut?»

«Hast du was gehört?»

«Nein. Nichts.»

Sie versuchte, den Kloß hinunterzuschlucken. «Erinnerst du dich noch an die Zeit, als wir hier wohnten? Weißt du noch, als es da einmal diesen Stromausfall gab, als ich noch im Kindergarten arbeitete und du in der Bay Street, und … erinnerst du dich daran, dass alle Telefone tot waren und ich kein Handy hatte, und wir uns nicht erreichen konnten?»

«Ja.»

«Erinnerst du dich noch daran, was wir an jenem Abend bei Kerzenlicht beschlossen haben, als wir es endlich zueinander geschafft hatten? Erinnerst du dich daran, was du mir damals gesagt hast? Du sagtest, wir bräuchten einen Katastrophenplan, als Familie. Ich glaube, du dachtest damals immer noch an den 11. September. Du sagtest: ‹Wenn irgendetwas Schlimmes passiert, dann nimm die Jungs und geh mit ihnen zur Brücke Ecke Spadina Street und Front Street.› Erinnerst du dich? Und ich sagte … ich sagte: ‹Etwas Schlimmes? Was denn? Wenn die Welt untergeht?› Und du sagtest: ‹Ja, wenn die Welt untergeht, geh dahin, und ich komme und hole dich.›»

Stille. Dann sagte Tim: «Ja. Ich erinnere mich daran.»

«Also, ich bin da. Die Welt geht unter, und ich stehe auf der Brücke. Würdest du bitte kommen und mich holen?»

Sie wartete. Er kam, und als er kam, zögerten sie kurz, aber dann streckten sie die Arme nacheinander aus. Sie begann zu schluchzen, und es war ihr völlig egal, was die Leute, die an ihnen vorbeigingen, dachten. *Die Welt geht unter*, wollte sie zu einem Mädchen sagen, das sie misstrauisch von der Seite ansah, während sie auf dem Display ihres Handys herumtippte. *Die Welt geht unter, du solltest zu dem Menschen gehen, den du am meisten liebst.* Stattdessen vergrub sie ihr Gesicht an der Schulter ihres Mannes. Als sie glaubte, nicht mehr weinen zu können, hob sie den Kopf.

«Wenn all das hier vorbei ist, wenn sich Beck erholt …», sagte sie und ließ ihre Stimme fest klingen, weil er sich erholen *würde*, eine andere Möglichkeit gab es einfach nicht. «Wenn sich alles etwas beruhigt hat, setzen wir uns mit den Jungs zusammen und erzählen ihnen alles. Wir erzählen ihnen sogar, wer dieser Arsch von ihrem Großvater ist. Vielleicht freuen sie sich darüber.» Sie lachte, wie nur ein Mensch lachen kann, der gerade erst geschluchzt hat. Tim lachte auch. Sie hatte ihm von ihrem Vater erzählt, während der Therapie. Er hatte sich immer gewundert, wie viele Alben der Band es im Haus gab, aber Fiona hatte nie ein Wort gesagt. «Und dann … dann lädst du sie ein, uns für eine Weile zu besuchen. Samira. Lad sie zu uns ein. Das ist das Richtige.»

Tim umarmte sie erneut, aber diesmal fühlte es sich anders an. «Danke», flüsterte er. Sie spürte immer noch alles, was zwischen ihnen stand, alles, was gesagt und getan worden war, all die Jahre, in denen sie sich als selbstverständlich hingenommen hatten, all den Schmerz und den Groll. Aber der Fluss war gestoppt worden. Die Blutung war vorbei. Vielleicht würden sie nie mehr dieselben sein, aber sie würden das hier überleben. Sie würde ihre Ehe zu retten versuchen, und sie würde es schaffen, weil sie niemals versagte.

17

DER RABENGEIER (CORAGYPS ATRATUS) Rabengeier versuchen Untreue zu verhindern, indem sie fremdgehende Artgenossen angreifen. Diese Vögel sind im sozialen Sinn monogam, indem sie als Paar zusammenleben, aber sie bleiben selten wirklich treu. Viele Männchen ziehen Nachwuchs groß, der nicht der eigene ist, manchmal ohne ihr Wissen.

✦

«Hallo, ich bin's! Ich habe Neuigkeiten», sagte Liane.

«Du heiratest. Du bist schwanger.»

«Nein. Laurence und ich werden nicht heiraten. Wir werden für immer in Sünde zusammenleben.»

Ilsa lachte. «Na dann. Gratuliere zur Nichtverlobung.»

«Vielen Dank. Möchtest du unsere Gründe hören?»

«Natürlich.»

«Eigentlich gibt es nur einen richtigen Grund: Weil wir für den Rest unseres Lebens jeden Morgen nebeneinander aufwachen und dabei sicher sein wollen, dass wir es tun, weil wir es wollen, nicht weil wir müssen. Und weil wir nicht wollen, dass die Mädchen glauben, dass man aus Pflichtgefühl heiraten und sich vertraglich an jemanden binden muss, damit die Liebe etwas bedeutet.»

«Sehr fortschrittlich.»

«Na ja, ich verbringe nun mal die meiste Zeit an der Uni. Die ganzen jungen Gehirne müssen ja irgendwie auf mich abfärben.»

«Du klingst übrigens wie Helen.»

«Allerdings. Dieses Nebeneinander-aufwachen-weil-wir-es-wollen ist ein Helen-Zitat. In letzter Zeit ist sie wirklich gut darin geworden, Ratschläge zu geben. Jedenfalls sagt Fiona, dass du eine Ausstellung hast. In der Galerie von Patrick Francis in New York. Und dass nächsten Samstag die Vernissage ist. Und du sollst wissen, dass ich komme. Laurence und ich und Isabel auch, die offenbar unbedingt Cole sehen will. Ist das nicht süß? Sie freut sich auch sehr darauf, Beck zu sehen, um ganz sicherzugehen, dass er, wie Fiona und Tim sagen, auf dem Wege der Besserung ist und sich ganz erholen wird. Um ehrlich zu sein, möchte ich mich auch vergewissern, dass es ihm wieder gutgeht.»

«Du solltest unbedingt Beck besuchen – er macht das prima. Aber du musst dir nicht die Mühe machen, noch zu meiner Vernissage zu kommen. Es ist doch nur eine kleine Ausstellung in einer Galerie, die keiner kennt.»

«Es ist *deine* Ausstellung. Und ich habe schon von der Galerie gehört.»

«Weil wir mit Patrick zur Schule gegangen sind.»

«Ilsa, natürlich komme ich! Ich will dich unterstützen.»

«Okay, aber du musst wissen, dass ich da ganz andere Kunstwerke ausstelle, als ich sonst gemacht habe.»

«Wie aufregend! Ich kann es kaum erwarten, sie zu sehen.»

Später legte Ilsa auf und stand mitten in ihrem Atelier, das jetzt ihre Wohnung war. Im Raum standen ein schmales Bett mit einem schmiedeeisernen Rahmen, das sie in einem Antiquitätengeschäft gefunden hatte, und die Möbel, die schon vorher darin gestanden hatten – zwei Barhocker, ein niedriger Stuhl, auf dem sie vor den Leinwänden saß, ein Skizzentisch. In dem Schrank, in dem sie vorher ihre alten

Bilder und Briefe aufbewahrt hatte, waren jetzt ihre Kleider und Schuhe untergebracht; in den Regalen, in denen vorher Malutensilien und Müll gelegen hatten, standen jetzt Bücher, die ihr wichtig waren; ihre Malutensilien lagen in Regalen, die sie an den Wänden befestigt hatte und von denen sie heimlich glaubte, dass sie eines Tages herunterfallen würden, weil sie davor noch nie in ihrem Leben hatte etwas anbohren müssen.

Ilsa schaute auf die Uhr. Sie hatte noch ein paar Minuten, bis sie Ani von der Schule abholen musste, wie sie es jetzt jeden Tag tat. Sie nahm sie zum Mittagessen mit nach Hause, wo das Kindermädchen mit Xavier schon wartete. Nach Hause war ihr altes Zuhause, in dem sie jetzt nicht mehr wohnte. Manchmal war sie sich sicher, die richtige Entscheidung getroffen zu haben, dann wieder konnte sie es kaum glauben, dass sie so etwas Schreckliches getan hatte.

Es ist ja nicht für immer. Eines Tages werde ich eine Wohnung haben, in der ich mit meiner Tochter und meinem Sohn lebe. Bisher hatten sich Ani und Xavier ganz gut an die Veränderungen gewöhnt. Eigentlich sahen sie Ilsa sogar öfter. Ilsa malte – oder bemühte sich zu malen; sie hatte immer noch Schwierigkeiten damit, und ihre neueste Ausstellung hatte tatsächlich nichts mit ihrer Malerei zu tun – an den Vormittagen und an den Abenden. So konnte sie die Nachmittage mit Ani und Xavier verbringen. Manchmal machte sie den Kindern noch das Abendbrot und ging dann, wenn Michael nach Hause kam. Michael und sie waren immer sehr freundlich zueinander. Manchmal schlief sie auf der Couch ein, wenn er spät nach Hause kam, oder übernachtete sogar im Haus, wenn er auf Dienstreise war.

Es war ein merkwürdiges Arrangement, aber es funktionierte. Zumindest funktionierte es nicht *nicht*. Und eines Tages würden sich die Dinge ändern. Sie wusste nicht, wie, aber sie würden es tun. Taten sie es nicht immer? Das war das Einzige, worauf man im Leben zählen konnte.

Ich muss wohl putzen. Im Atelier war es wieder unordentlich; wenn Fiona zu Besuch kam, brachte sie immer ihren Putzeimer mit. Ilsa ging durch den Raum und hob einen Stapel Bücher auf. Alte Tagebücher, Dinge, die sie aus den Schubladen genommen, angesehen und nie wieder zurückgelegt hatte. Wenn sie vielleicht öfter putzen würde, könnte sie es vielleicht über sich bringen, ihren Kindern zu zeigen, wo sie wohnte. Aber dann lenkte sie wieder etwas ab, wie jedes Mal, wenn sie zu putzen versuchte. Sie schlug eines der Tagebücher auf. Es war in rotes Leder eingebunden, das mit einem Netzmuster geprägt war. Der Eintrag, der ihr ins Auge fiel, stammte aus dem Sommer vor zwei Jahren, als sie im Ferienhaus gewesen war. Sie hatte eine Biographie von Violet Trefusis gelesen. Sie erinnerte sich an einige Zeilen, die sie sehr beeindruckt hatten und die sie in ihrem Tagebuch festgehalten hatte:

Der Himmel bewahre uns vor all jenen lauen und schäbigen Tugenden wie Pünktlichkeit, Gewissenhaftigkeit, Treue und Anstand! Welcher große Mann war je beständig? Welche große Königin je treu? Das Neue ist das Wesen des Genies und wird es immer sein. Wenn ich morgen sterben müsste, denk nur, wie ich hätte leben sollen!

Sie schüttelte den Kopf. Sie hatte beschlossen zu leben, all jene «lauen und schäbigen» Tugenden abzuwerfen, und das hatte sie beinahe zerstört. Bereute sie es? Sie war sich immer noch nicht sicher. Was sie aber überraschte, war, wie einsam sie sich manchmal fühlte, obwohl sie sich doch nur nach dem Raum sehnte, sie selbst sein zu können. Es überraschte sie auch, dass es Zeiten gab, in denen sie an Lincoln dachte und einen Schmerz spürte, der weder Hass noch Wut war. Sie hatte ihm praktisch ihre Ehe geopfert, bevor sie sie einfach für sich selbst opferte. Sie hatte sein Kind in sich getragen und es verloren. Es war merkwürdig, dass er nicht in ihrem Leben war, nicht einmal am Rande. Sie sah ihn nie, und Fiona erwähnte ihn nie. Sie konnte sicher fragen, aber das brachte sie nicht über sich. Und was würde Fiona dann antworten? *Ja, es gibt ihn noch. Ja, er ist noch immer in dieser Welt. Nein, er hat nie nach dir gefragt.* Die Zeit würde auch diese Wunde heilen. Das war immerhin etwas, dessen man sich im Leben sicher sein konnte. Wenigstens hoffte sie das.

«Hallo, Ani!»

Ilsa schaute von den Einkäufen auf, die sie auf das Kassenband im Bio-Supermarkt in der Nähe des Hauses geladen hatte: Reismilch, Holunderwasser, Rucola, Pilze, Beeren, einen Ahornsirupriegel für Ani, die hinter ihr stand und es geduldig ertragen hatte, wie ihre Mutter endlos zwischen den Regalen auf und ab gewandert war, um sich schließlich mit ihrer kargen Ausbeute an die Kasse zu stellen. Michael arbeitete heute bis spätabends, und sie machte Abendessen für die Kinder.

Ani sah die Frau schüchtern an. «Hallo», sagte Ilsa fragend. Die Frau hatte olivfarbene Haut, ein Adlerprofil und trug ihr lockiges Haar zu einem Pferdeschwanz zusammengefasst. Sie war dünn und hochgewachsen. Ihre geschmeidige Gestalt wirkte voller Energie, obwohl sie ruhig dastand.

«Ich heiße Tabitha», sagte die Frau und lächelte Ilsa mit geschlossenen Lippen an.

«Ilsa», sagte Ilsa und lächelte nicht, obwohl sie sich sicher war, dass man das von ihr erwartete.

«Wir haben uns schon kennengelernt, als Sie hierhergezogen sind. Ich bin vorbeigekommen. Wir wohnen an der Ecke Oak Leaf Street und Elm Street.» Die Frau sagte es stolz. Ilsa wusste, dass sie beeindruckt sein sollte. Beide Straßen gehörten zur besten Gegend in ihrer Nachbarschaft, das hatte sie einmal jemanden sagen hören. Vielleicht sogar *diese* Frau, als sie sich kennengelernt hatten.

«Wir haben einen Kaffee getrunken. Ihre Tochter war gerade erst auf die Welt gekommen. Sie hatten sie die ganze Zeit im Tragetuch.» Die Frau lachte kurz auf. Ilsa schämte sich ein wenig. Jene Tage lagen für sie wie im Nebel. Sie erinnerte sich nicht an Tabitha, aber sie erinnerte sich an das Tragetuch. Eigentlich war es nur eine Schlinge gewesen, aber eine sehr komplizierte, die mit einer DVD geliefert worden war. Ilsa hatte einige Male geweint, als sie im Schneidersitz vor dem Fernseher saß und verzweifelt versuchte, die Anleitung zu verstehen. Als sie endlich damit zurechtkam und sich Ani auf den Bauch schnallte, hörte sie sofort auf zu weinen und legte ihr flaumiges Köpfchen an Ilsas schmerzende Brust. Daher nahm Ilsa sie nur dann noch heraus, wenn sie es unbedingt musste. Und diese Frau sagte, sie sei vorbeigekommen. Hätte Kaffee mit ihr getrunken. Ilsa schüttelte den Kopf. Nein. Sie erinnerte sich nicht daran. «Tut mir leid …»

«Hallo, Ani», sagte die Frau erneut, lächelte und nickte Ani ermunternd zu. Ani schaute zu ihrer Mutter auf. Weder nickte Ilsa, noch ermunterte sie sie.

«Meine Tochter Georgie ist in Anis Klasse. Sie lieben sich. Georgie redet ständig von Ani.»

«Ach so», sagte Ilsa. «Natürlich. Georgie.»

«Sie sind beste Freundinnen», sagte Tabitha, die zwar mit Ilsa sprach, dabei aber Ani anlächelte und nickte. «Sie ist sicher ganz traurig, wenn sie hört, dass ich dich getroffen habe und sie nicht dabei war!» Sie wandte sich an Ilsa. «Sie ist zu Hause bei ihrem Papa und ihren Brüdern. Mommy hat einen Nachmittag lang Ausgang!»

«Mm, wow, einkaufen», sagte Ilsa und merkte erst hinterher, dass das womöglich zu sarkastisch gewesen war.

«Wir sollten die beiden Mädchen mal verabreden», schlug die Frau vor. Sie zog ihre Brieftasche hervor und gab Ilsa eine Visitenkarte. «Hier bitte. Rufen Sie an. Mittwochs passt es immer gut. Und bei Ihnen?» Jetzt warf Ilsa Ani einen Blick zu und erkannte etwas wie Hoffnung in ihrem Blick. Ilsa nahm die Karte an.

«Danke schön», sagte Ilsa und las den Text darauf. *Tabitha Woods*, stand da. *Löwenbändigerin.*

Tabitha lachte erneut kurz auf. «Sind die nicht lustig? Eine meiner Freundinnen hat sie mir aus Spaß gemacht. Sie sind ganz nützlich, wenn man Playdates ausmachen will.»

Ilsa dachte kurz an ihre eigene Kindheit, an all die Reisen, die Sommer im Ferienhaus. Wie alle Nachbarskinder zum Spielen kamen und sie selbst zu den anderen gelaufen waren, wenn sie zu Hause waren. Es kam ihr im Nachhinein vor wie die vollkommene Freiheit. Liane und sie waren in der Nachbarschaft herumgelaufen, wann immer sie wollten, hatten sich zwischen den Häusern versteckt und mussten erst nach Hause, wenn die Straßenlaternen angingen. Plötzlich hasste sie das Wort *Playdate*. Aber Ani. Ani wollte es. Und heutzutage konnte man seine Kinder nun mal nicht mehr frei herumlaufen lassen.

Die Frau an der Kasse begann, ihre Waren über den Scanner zu ziehen. «Schön, Sie kennengelernt zu haben», sagte Ilsa und steckte die Visitenkarte ein. Tabitha sah sie mit einem merkwürdigen Blick an. *Stimmt ja. Wir kennen uns ja schon.*

«Tschüs, Ani!», sagte die Frau heiter.

Ani antwortete nicht, und Ilsa überlegte kurz, ob sie sie ermahnen und etwas sagen sollte wie: *Sag tschüs zu der netten Frau, Ani.* Aber sie ließ es, und Tabitha ging, und Ilsa zahlte ihre Einkäufe, nahm die Hand ihrer Tochter und ging mit ihr nach Hause. «Ich hab dich lieb, Ani», sagte Ilsa auf dem Weg dorthin.

«Ich hab dich auch lieb», sagte Ani und drückte ihre Hand. «Guck mal!» Sie zeigte in den Himmel. «Die hübschen Vögelchen!» Es waren Rabengeier, die Ilsa eigentlich immer ein wenig beunruhigend fand. Aber Ani zeigte immer auf sie und freute sich, wenn sie sie am Himmel über dem Wald in der Nähe des Hauses entdeckte.

«Ja, die hübschen Vögelchen. Willst du mal mit Georgia spielen?»

«Georgie. Ja.»

«Okay.»

«Mama?»

«Ja?»

«Schläfst du bald wieder jede Nacht bei uns zu Hause?»

Und wenn ich jetzt falschliege? Was, wenn das hier das Falsche ist, nicht das Richtige? Was, wenn sie später nicht findet, dass ich integer war, sondern nur sieht, dass ich ihr Leben kaputt gemacht habe, als sie erst vier Jahre alt war?

«Nein», antwortete Ilsa schließlich. «Ich glaube nicht.»

Es auszusprechen schmerzte nicht so sehr wie der Moment kurz davor. «Aber ich komme dich immer besuchen, jeden Tag, und ich werde dich immer liebhaben, immer, immer, immer … und bald habe ich auch ein eigenes Haus, und du kannst mich dort besuchen, und vielleicht, manchmal …» Sie merkte, dass sie zu viel redete. Sie drückte Anis Hand und hoffte, dass sie keine Fragen mehr stellen würde. Und das tat sie nicht. Sie gingen schweigend weiter. Aber Ilsa dachte, dass es vielleicht kein trauriges Schweigen war. Vielleicht war es ein hoffnungsvolles Schweigen.

Ilsa war überrascht, wie voll die Galerie zu ihrer Vernissage war. Sie war nervös gewesen, beinahe verrückt vor Lampenfieber, hatte sich ausgemalt, dass niemand kommen und sie in einem leeren Raum stehen würde, nur mit Patrick. Sie würde seine Enttäuschung spüren, die sich mit ihrer Scham mischte, nicht nur wegen der wenigen Besucher, sondern auch dafür, dass sie ihre Machwerke als Kunst hatte ausgeben wollen. *Du hast doch nicht mal einen Pinsel in die Hand genommen. Du hast nur ausgeschnitten, eingeklebt, gelackt. Das hätte Ani auch gekonnt.*

Ihre gesamte Familie war gekommen: Fiona und Tim Hand in Hand, Tim ganz fröhlich und freundlich, ohne jeden Vorwurf oder Bitterkeit, weil sie seinen besten Freund verlassen hatte; Beck, der beinahe ganz der Alte war, nur mit kürzerem Haar und einer Narbe, die man sah, wenn er den Kopf wandte, und einem beinahe geläuterten Gesichtsausdruck; Cole, gutaussehend und stolz mit Isabel an seiner Seite; Samira, Tims Tochter; Ilsa konnte sich gerade noch zurückhalten, es auszusprechen, aber sie erschrak jedes Mal ein wenig – mit ihrem langen karamellfarbenen Haar und Tims Augen und einem Mund, den sie von jemand anderem hatte; Laurence und Liane, zwischen denen Beatrice in einem schwarzroten Kleidchen mit einem Petticoat unter dem Rock stand und mit großen Augen die Kunstwerke anstarrte. («Hübsch», hörte Ilsa sie sagen und versuchte sich nicht dafür zu schämen, dass Beatrice auf ein kleines Stückchen Papier deutete, das auf einen Untergrund geklebt war, der wiederum Ilsas Brust zeigte.) Aber abgesehen von ihrer Familie waren noch unzählige andere Leute gekommen, einige Freunde, andere ebenfalls Künstler, und dann noch Leute, viele Leute, die sie überhaupt nicht kannte. Sie spürte Wärme in dem Ton, in dem sich die Leute unterhielten. Und dann hatte ihr Patrick auch noch erzählt, dass die einzelne Frau, die langsam mit einem nachdenklichen, aber nicht unbeeindruckten Blick durch den Raum wanderte, die Kunstkritikerin der *Village Voice* war.

Ein wenig später traf auch Helen ein und ging durch den Raum, wobei sie respektvoll vor jedem Ausstellungsstück stehen blieb. Dann trat sie mit zwei Gläsern Champagner auf Ilsa zu. «Ich wusste es schon immer, und ich bin mir sicher, dass ich es dir schon mal gesagt habe, aber jetzt tue ich es noch einmal: Du bist brillant.»

«Du bist voreingenommen.»

«Bin ich nicht. Ich bin durch die Galerie gegangen und habe dabei so getan, als sei das hier die Ausstellung von jemand anderem. Deshalb habe ich dich auch nicht begrüßt. Ich wollte vollkommen unabhängig urteilen. Aber das hat nicht ganz geklappt. Du bist so deutlich in diesen Leinwänden zu erkennen.» Helens Augen leuchteten. «Ich wünschte, es hätte dich nicht alles so verletzt, meine Tochter. Aber ich bin sehr stolz auf dich, dass du all das so schön aussehen lässt.»

«Es wird besser. Ich verspreche es. Es geht mir besser.»

«Hör mal, meine Freundin Cameron, die ungefähr zehn Minuten außerhalb von Rye wohnt, vielleicht erinnerst du sich an sie, hat beschlossen, die nächsten sechs Monate im Ausland bei ihrem Sohn zu verbringen. Sie braucht jemanden, der auf ihr Haus aufpasst, die Katze füttert, die Pflanzen gießt … ich habe ihr von dir erzählt, und sie hat gesagt, dass sie nichts dagegen hätte, wenn du dort wohnst. Soll ich ihr sagen, dass du interessiert bist? Ani und Xavier fänden es dort sicher ganz toll. Die Nachbarn haben ein Pony. Sie könnten an den Wochenenden bei dir bleiben. Entschuldige, ich will mich nicht einmischen, ich dachte nur …»

«Danke, Mom. Ich schätze das sehr. Das ist vielleicht die perfekte Lösung. Ich rede mal mit ihr.»

«Dann gebe ich ihr deine Nummer.»

«Wie geht es *dir* eigentlich, Mom?»

«Mir?» Helen wirkte überrascht, dass Ilsa fragte. Offenbar hatte sie das schon lange nicht mehr getan. Wenn Helen jemand fragte, wie es ihr ging, sagte sie immer die Wahrheit. «Na ja, eigentlich bin ich … ich bin einsam», sagte sie. «Ich fühle mich in letzter Zeit ein wenig einsam.»

«Ach Mom. Kein Mann in Sicht, der dich ablenken könnte?»

Zu Ilsas Überraschung lachte Helen nicht. «Oh, da ist schon ein Mann in Sicht», sagte sie. «Aber die Sicht ist nicht so gut.»

«Du könntest auch bei mir wohnen. Bei Cameron. Ich meine, wenn ich dort hinziehe, wenn das klappt.»

«Vielleicht. Aber ich glaube, ich ziehe lieber etwas weiter in den Norden.» Sie zögerte. «Wenn ich hier nicht gebraucht werde?»

«Ich bin mir ziemlich sicher, dass wir alle gut zurechtkommen. Im Augenblick wenigstens.»

Liane trat zu ihnen. «Ups. Ich hab euch auch Champagner mitgebracht, aber Mom war wohl schneller. Ilsa, das ist wirklich ganz tolle Arbeit. *Wirklich.* Diese … ich weiß gar nicht, wie ich sie nennen soll … sie haben etwas.»

Ilsa lachte. «Ich weiß auch nicht, wie ich sie nennen soll.»

«Sie machen mich …» Liane neigte den Kopf zur Seite. «Na ja, zuerst einmal machen sie mich traurig. Sie erinnern mich an gebrochene Herzen und Kummer. Und doch geben sie mir auch Hoffnung. Sie lassen mich an die Liebe glauben. Ergibt das irgendeinen Sinn?»

Ilsa nickte. «Genau das habe ich gemeint. Ich habe versucht zu zeigen, dass das, was zerrissen und kaputt gemacht worden ist, dass das, was nicht funktioniert hat, auf andere Art wieder zusammengefügt werden kann. Vielleicht sogar auf schönere, zumindest aber auf wahrhaftigere Weise.» Sie spürte eine Hand auf ihrem Arm. Fiona. Jetzt standen sie alle zusammen bei ihrer Mutter. Sie dachte: *Vielleicht hatte Helen doch recht. Vielleicht haben wir die Männer, die Väter nie* gebraucht. *Vielleicht brauchten wir nur einander und sie.* Aber sie wusste auch, dass das kein besonders fairer Gedanke war, dass ihre Väter bei ihnen – in ihnen – waren und immer sein würden, auch wenn sie nicht in diesem Raum standen.

«Weißt du, ich mochte deine Bilder immer sehr, aber dieses hier ist noch besser», sagte Fiona. «Anders. Tiefgründig. Ganz genau *du.* Ich habe ja keine Ahnung von Kunst, aber ich finde diese hier richtig gut.» Liane gab Fiona das überzählige Champagnerglas und stieß mit ihr an.

«Hört, hört», sagte sie.

Helen lächelte. «Mädchen», sagte sie. «Jetzt stehen wir

seit einem Jahr zum ersten Mal wieder zusammen im selben Raum. Ich finde, das schreit nach einem echten Toast.» Sie hob ihr Glas. «Auf meine Töchter, meine Mädchen, meine Leute.» Sie hoben alle ihre Gläser.

«Auf dich auch, Mom», sagte Fiona beinahe flüsternd. Dann tranken sie. Helen schaute sich im Raum um.

«Wie läuft denn der Besuch von Samira, Fiona? Sie wirkt ganz reizend.»

Fiona überlegte einen Augenblick. Sie schaute ebenfalls zu Samira hinüber, die mit Cole und Isabel sprach. «Es ist ein bisschen merkwürdig», sagte sie. «Aber überhaupt nicht schlimm. Ich glaube, ich fand die Vorstellung bedrohlich, dass sie nur Tims Tochter ist und dass sie ihn uns vielleicht noch mehr entfremdet. Als wir sie vom Flughafen abgeholt haben, hatte ich solche Angst, dass alles, worauf Tim und ich hingearbeitet haben, zusammenbrechen würde. Ich wusste nicht, was ich fühlen, wie ich mit ihr umgehen, wie ich meinen Groll ihr gegenüber und meine Angst vor ihr verbergen sollte. Aber dann, als sie durch die Tür in die Ankunftshalle trat, war *ich* diejenige, die sie sofort erkannte. Sie sieht ein bisschen aus wie Tim, findet ihr nicht? Sie hat dieselbe Haltung. Und seine Augen. Und bevor ich mich zurückhalten konnte, habe ich gewinkt. Ich sage nicht, dass das alles ganz einfach ist – aber es fühlt sich nicht so an, als sei sie nur *seine* Tochter. Es fühlt sich so an, als sei sie unsere.»

Ilsa hörte Fiona zu, aber eine Bewegung an der Tür lenkte sie ab. Lincoln Porter war eingetreten. Er trug einen dunkelgrauen weichen Filzhut. Fiona verstummte und sah Ilsa mit großen Augen an, und Ilsa schüttelte beinahe unmerklich den Kopf. *Nein, sag nichts. Erzähl es ihnen nicht. Und geh nicht weg. Bleib bei mir. Ich habe Angst.* Helen und Liane fingen jetzt an darüber zu sprechen, dass sie und Laurence übers Wochenende Helen besuchen könnten, wenn sie ein paar Wochen im Norden verbringen würde. Ilsa sagte leise zu Fiona: «Sprich einfach mit mir, bitte sprich mit mir. Egal worüber.»

Also erzählte ihr Fiona, dass sie den Tag mit Samira in der Stadt verbracht hatten und wie lustig es gewesen war, sich all die Sehenswürdigkeiten anzusehen, die man längst kannte, aber jetzt ganz neu sah. Und wie Samira und sie beschlossen hatten, ohne die Jungs einkaufen zu gehen. «*Kleider*, weißt du, und solche Sachen. Es war, als hätte ich eine Tochter, glaube ich zumindest. Und ich muss zugeben, es hat mir gefallen.» Sie hielt inne. «Ilsa?»

«Bitte», sagte Ilsa. «Sprich weiter. Ich kann nicht.» Als Lincoln vor dem Bild neben ihnen stand, merkte Ilsa, dass sie kaum noch atmen konnte. Sie starrte ihrer Schwester in die Augen und konzentrierte sich auf den Klang ihrer Stimme. Fiona legte die Hand auf den Unterarm ihrer Schwester und ließ ihn dort liegen.

Dann ging er um sie herum zum nächsten Bild. Nur noch ein paar, dann war er wieder in der Nähe der Tür. Fiona hörte auf zu reden. Sie beobachteten ihn jetzt beide. Er stand regungslos da. Ilsa dachte, dass er sich vielleicht ein Glas Champagner nehmen und bleiben würde, sodass sie irgendwann zu ihm gehen und ihn begrüßen, ihm für sein Kommen danken müsste. Ein Teil von ihr wollte wissen, was er von ihren Arbeiten hielt. Ein Teil von ihr war ganz begeistert, dass er nach alldem gekommen war. Das bedeutete etwas. Es bedeutete, dass es nicht alles umsonst gewesen war.

Aber er blieb nicht. Er schaute sich ein letztes Mal um. Sein verächtlicher Blick kam nicht bei Ilsa oder Fiona an, er verpasste sie nur knapp. Ilsa begriff, dass sie falschgelegen hatte, dass sein Kommen ihm nichts bedeutet hatte.

Er ging.

«Wahrscheinlich hat ihm nicht gefallen, was er gesehen hat», sagte Ilsa.

«Er hat nicht *verstanden*, was er gesehen hat», verbesserte sie Fiona. «Das ist zu hoch für ihn. Mehrere Klassen zu hoch für ihn. Absolut außerhalb des Bereiches, den ein Mann wie er in der Lage ist zu begreifen.»

«Worüber sprecht ihr gerade?», fragte Helen und beugte sich vor.

«Über die Vergangenheit», antwortete Ilsa.

Epilog

✦

Nach einigen Tagen im Ferienhaus fasste sich Helen endlich ein Herz. Er war im Garten, genau wie damals, als sie genau diesen Weg entlanggegangen war.

Aber etwas war doch anders. Keine Schürze, zunächst einmal, und neue Scheffelkörbe, die weniger abgenutzt wirkten als die alten. Helen stand da und beobachtete ihn. Schließlich schaute er auf, und sie erwartete halb, dass er genau das sagen würde, was er beim ersten Mal gesagt hatte, dass sie merkte, dass sie irgendwie in den Kaninchenbau gefallen war und jetzt die Chance bekam, alles noch einmal von vorn zu beginnen. *Aber so etwas passiert nicht im wirklichen Leben, egal, wie sehr man es sich wünscht. Man bekommt keine zweite Chance.*

Stattdessen schaute er auf, und sie konnte seinen Gesichtsausdruck nicht deuten, weil er ihr nicht mehr so vertraut war. Das machte sie traurig.

«Hallo», sagte er schließlich.

«Hallo», antwortete sie. Sie machte einen Schritt auf ihn zu, dann noch ein paar. Endlich stand sie nah genug. «Ich bin eine dickköpfige alte Frau», sagte sie und wünschte sich sofort, einen anderen ersten Satz gesagt zu haben.

«Das war vermutlich eins der Dinge, die ich an dir geliebt

habe, diese Dickköpfigkeit», sagte er. «Aber alt? Nie. Du nicht. Aber hör mal, wir gehen besser rein.»

«Vermutlich? Geliebt?»

«Komm mal her», sagte er. Etwas in seinem Tonfall alarmierte sie. Als sie neben ihm stand und sich umdrehte, sah sie, dass unter den Bäumen auf der anderen Straßenseite ein Kojote stand, mager und struppig, und sie beobachtete.

«Oh, und ich dachte, du lädst mich zu dir ein, weil du es möchtest, nicht weil wir in Todesgefahr schweben.»

«Er kommt in letzter Zeit oft vorbei», sagte Iain. «Ich sollte wohl jemanden rufen, aber das bringe ich irgendwie nicht über mich. Er wirkt harmlos, aber dann wiederum ... ein bisschen zu zahm. Vielleicht ist er aber bloß einsam.»

«Woher weißt du, dass es ein *Er* ist?»

«Er hat irgendwas an sich. Vielleicht liege ich auch falsch. Wusstest du, dass sich Kojoten ein Leben lang treu sind?»

Helen lehnte sich an ihn und sagte: «Ich dachte immer, es wären nur dumme Tiere.» Sie erwartete nicht, dass er lachen würde, aber er tat es.

«Sie sind schlauer, als du denkst», sagte er. «Also bitte, komm doch rein, Helen. Ich möchte es gern. Sehr sogar. Ich muss dir so viel sagen. Ich habe mir sogar Notizen gemacht. Ich habe ein eigenes Notizbuch. *Was Ich Helen Sagen Will*, steht darauf.»

«Gut, aber das wirst du jetzt seltsam finden.»

«Ganz sicher nicht. Ich glaube nicht, dass du mich noch überraschen kannst.»

Sie wirbelte herum und ging rückwärts auf sein Haus zu.

«Hilf mir», sagte sie. «Pass auf, dass ich nicht über irgendetwas stolpere und mir die Hüfte breche.»

«Was machst du da?», fragte er.

«Ich spule zurück», antwortete sie.

Er lächelte, wandte sich um, nahm ihre Hand und ging ebenfalls rückwärts. «Und wenn wir beide fallen?»

«Dann fallen wir beide», sagte sie. «Aber ich glaube, ich kenne den Weg.»

Danksagung

Die folgenden Websites haben mir sehr geholfen, Informationen über das Paarungsverhalten der Tiere zu Beginn jedes Kapitels zusammenzutragen: Wikipedia, eol.org (Encyclopedia of Life), hww.ca (Hinterland Who's Who), bear.org (North American Bear Center), defenders.org (Defenders of Wildlife), barnowltrust.org (The Barn Owl Trust), all aboutbirds.org (The Cornell Lab of Ornithology), north land.edu (Northland College). Ich habe mich außerdem auf die Erkenntnisse der wissenschaftlichen Untersuchungen des Slimbridge Wetland Centres in Gloucestershire in England bezogen, was Schwanenscheidungen angeht.

Vor Jahren hat man mir einmal gesagt, dass ein Schriftsteller Menschen haben muss, die sein Buch wirklich lieben, um ein Zuhause dafür zu finden. Ich bin mit einem ganzen Team von Menschen gesegnet, die mein Buch lieben – und außerdem mit dem perfekten Zuhause dafür. Ich bin so dankbar dafür.

Ich danke besonders Samantha Haywood, meiner leidenschaftlichen Agentin mit dem untrüglichen Instinkt (alles Nette, was mein Dad über dich sagt, ist wahr); ihrer Assistentin Stephanie Sinclair, weil sie mein Buch zuerst gelesen hat; Sarah Cantin, meiner außergewöhnlichen Lektorin bei Atria

Books, die sich als Bärenmutter, Cheerleaderin und liebe Freundin erwiesen hat (und die mir die allerbesten E-Mails und Notizen auf diesem Planeten schickt); und Alison Clarke bei Simon & Schuster Canada dafür, dass sie mich so herzlich willkommen geheißen und mir so weise Ratschläge gegeben hat (danke auch für die Austern und Cocktails).

Ein besonderer Dank gebührt Judith Curr von Atria Books und Kevin Hanson von Simon & Schuster Canada dafür, dass sie das Schiff steuern und diesen Verlag zu einem Zuhause gemacht haben.

Danke an die Marketing-Experten Felicia Quon (ich arbeite immer noch an der Aussprache) und Anneliese Grosfeld; an meine wunderbare Pressefrau Amy Jacobson; an den Rest des Teams bei S&S Canada (ein besonders herzliches Dankeschön geht an Sarah Smith Eivemark, die mein erster echter Fan war); außerdem an Marketing-Profi Hillary Tisman und an Presseguru Valerie Vennix von Atrium Books.

Ich danke Kathleen Rizzo, Kimberly Goldstein und Kristen Lemire für all ihre harte Arbeit an den Details und dafür, dass sie mein Buch auf seinem Weg zur Verwirklichung begleitet haben; und Janet Perr für das wunderschöne Cover.

Ich danke nicht nur meinen Freunden, sondern bin auch dankbar für sie. Danke, Chantel Guertin, dafür, dass du die ersten Fassungen gelesen, mit mir deine literarischen Träume geteilt und über Witze gelacht hast, die nur wir beide kapieren; danke, Nance Williams, dass du *alles* gelesen hast, was ich dir geschickt habe und mich immer unterstützt hast; danke, Asha Frost (du weißt schon, warum); Priya Karani Davies, dass du an mich geglaubt hast (und für den Rosé-Champagner); Susan Robertson, Delfine Buglio und Natalie Bordeau-Legris dafür, dass ihr mir bei den französischen Zitaten geholfen habt; Joni Serio dafür, dass du mir beigebracht hast zu fischen, als es um meine Website ging; und Leigh Fenwick, Michelle Schlag und Amanda Watson, weil ihr wie Schwestern und wirklich großartige Freundinnen seid.

Viele Schriftstellerkollegen haben mir geholfen, darunter Moriah Cleveland, die gelesen, an mich geglaubt und mir zu genau dem richtigen Zeitpunkt das richtige Mantra geschenkt hat («Alles wird gut, und jede Art von Ding wird bald gut sein»; vermutlich muss ich dafür auch T.S. Eliot danken); Jennifer Close, die mir so viele Freundlichkeiten geschenkt hat; Lauren Groff, die erlaubt hat, dass ihre Worte die Seiten meines Buches zieren dürfen, und Grace O'Connell, die mich mit Wolitzer und Atwood verglichen hat und mir damit das Jahr und vielleicht sogar mein Leben gerettet hat.

Schließlich danke ich meiner Familie: Bruce Stapley, eindeutig dem besten Dad der Welt, weil er so stolz auf mich ist, mir das Schreibgen vererbt hat und dafür, dass er mit mir im Laufe meines Lebens so viele Wochen und Wochenenden im Ferienhaus verbracht hat, natürlich auch dafür, dass er einfach insgesamt toll ist; Dank an meine Mom, Valerie Clubine, dafür, dass sie mir immer zur Seite, hinter mir, vor mir und um mich herumsteht (es kommt mir vor, als ob das immer noch nicht reicht, aber ich glaube, alle wissen, was ich meine); Dank an meinen Stiefvater James Clubine für all die Liebe, die Gebete und dafür, dass er immer auf meiner Seite ist; an meine Brüder Shane, Drew und Griffin Stapley, weil sie so untypische Brüder sind (ich liebe euch alle so sehr und bin auf jeden Einzelnen von euch stolz); an meine Schwiegereltern Joyce und Joe für das Babysitten (zu manchen Zeiten hätte ich ohne euch gar nicht schreiben können!) *und* natürlich dafür, dass ihr diesen Joe aufgezogen habt; Dank an die ganze Ponikowski-Familie dafür, dass ihr mir das Gefühl gegeben habt, eine von euch zu sein, immer; außerdem geht ein spezieller Dank an meine Stapley-Onkel und -Tanten: Es gibt wohl nirgends einen verrückteren, stolzeren und hilfsbereiteren Haufen Leute. Danke auch an meine Großeltern, die mich immer ermuntern: Ron Soper und, in liebendem Angedenken, Jean Soper (von der ich die Charakterstärke geerbt habe, ein Buch bis zum Ende zu schreiben und die ich jeden Tag vermisse) und Margaret und Ray Stapley, die beide Autoren waren und sich sehr gefreut hätten, mein Buch in den Händen zu halten.

Ich danke auch meinen Kindern Joseph und Maia für die erstaunliche Freude, die sie mir schenken, und dafür, dass sie mir einen Grund zum Schreiben geben. Natürlich auch für ihre bedingungslose Liebe. Ihr seid meine Lieblinge. Ihr seid großartige kleine Leute.

Und nicht zuletzt (am meisten, eindeutig am allermeisten) danke ich meinem Ehemann Joe dafür, dass er geduldig den Alltag einer Ehe mit einer Schriftstellerin erträgt, dass er mir die Hand hält, dass er im letzten Winter immer mit mir zur Brücke gegangen ist, und dafür, dass er mich liebt. Ich liebe dich auch, bis zum Ende der Welt.

Weitere Titel von Marissa Stapley

Das Glück an Regentagen

Ein Leben lang lieben

MIX
Papier aus verantwortungsvollen Quellen
FSC® C083411

Das für dieses Buch verwendete Papier ist FSC®-zertifiziert.